A Dama da Ilha

PATRICIA CABOT

A DAMA DA ILHA

Tradução
Sulamita Pen

Planeta

Publicado originalmente por Pocket Books, uma divisão de Simon & Schuster, Inc.
Título original: *Lady of Skye*

Preparação: Olga Cafalcchio
Revisão: Victor Strazzeri
Capa: © Dan Craig
Diagramação: SGuerra Design

CIP-BRASIL. CATALOGAÇÃO-NA-FONTE
SINDICATO NACIONAL DOS EDITORES DE LIVROS, RJ

C116d
Cabot, Patricia
A dama da ilha / Patricia Cabot ; tradução Sulamita Pen. –
São Paulo : Planeta, 2011.
320p. : 23 cm

Tradução de: Lady of skye
ISBN 978-85-7665-735-4

1. Romance americano. I. Pen, Sulamita. II. Título.

11-5766. CDD: 813
029516 CDU: 821.111(73)-3

2011

Editora Planeta do Brasil Ltda.
Avenida Francisco Matarazzo, 1500 – 3º andar – conj. 32B
Edifício New York
05001-100 – São Paulo-SP
www.essencialivros.com.br
www.editoraplaneta.com.br
vendas@editoraplaneta.com.br

1

Lyming, Escócia, fevereiro de 1847.

O barqueiro estava morto.

Não havia dúvida quanto a isso. O sujeito estava gelado e sem pulsação. As pupilas estavam dilatadas, vítreas e fixas. Reilly Stanton nem precisava ter licença médica para saber que ele já não estava entre os vivos.

No entanto, Reilly não era o único que precisava de convencimento. O pescador enrugado que se abaixara ao seu lado não parecia acreditar no óbvio.

– O que ele tem? – o velho perguntou, e sua respiração se transformou em vapor no ar frio do inverno.

– Isso mesmo, o que ele tem? – A pergunta do pescador foi repetida por vários companheiros que tinham ido espiar o cadáver, assim como Reilly, que tivera a infeliz ideia de mergulhar na água gelada para resgatar o afogado.

– Sinto dizer – Reilly declarou, erguendo a cabeça molhada do peito ensopado do morto –, mas ele se foi.

– Se foi? – O mais velho dos pescadores pestanejou. – O que está querendo dizer com isso?

– Bem, ele expirou. – Os que o rodeavam continuavam a encará-lo sem entender. A palavra "expirar" sempre era bem recebida pelas famílias dos pacientes de Reilly em Mayfair. Contudo, tal delicadeza era evidentemente um desperdício para aqueles homens tão rústicos. Por isso, Reilly teve que explicar melhor, batendo os dentes por causa do frio. – Seu amigo morreu.

– Morreu? – o velho trocou olhares de incredulidade com os outros. – Stuben morreu?

Reilly se ajoelhou – um feito admirável, pois seu calção, antes em boas condições, estava duro por causa da água salgada gelada – e fitou com ansiedade a taverna ao longe. Pelo menos, o que parecia ser uma. Era a estrutura mais próxima do píer onde se encontravam e, em meio ao nevoeiro, Reilly pôde ver uma placa balançando em cima da porta e luzes convidativas atravessando as janelas. Reilly não se importava que fosse uma cervejaria ou um prostíbulo, contanto que chegasse lá o mais depressa possível para se secar e aquecer diante de uma lareira, de preferência com um copo de uísque na mão.

Mas, antes, teria que resolver o problema do barqueiro.

– Não pode ser – o pescador desdentado insistiu. – Stuben não pode ter morrido. Ele nunca morreu.

– Ora, mas essa é a natureza da morte, não acha? – Reilly procurou sorrir com simpatia. – Costumamos fazer isso uma única vez.

– Mas não Stuben. – Cabeças grisalhas anuíram enfaticamente ao redor do cadáver. – Ele já caiu na água várias vezes, mas nunca morreu.

– Bem. – Reilly tentou imaginar alguns de seus colegas mais instruídos – Pearson, por exemplo, com seu indefectível charuto, ou Shelley, com aquela bengala ridícula de cabo de prata, da qual não precisava – em pé naquele píer desolado, discutindo o significado da morte com aquele grupo estranho. Não conseguiu.

Ora, Pearson e Shelley eram dotados de sensatez suficiente para não aceitar aquele emprego e não possuíam nenhum traço da impetuosidade de Reilly.

– Bem, cavalheiros. Acho que ele não teve a mesma sorte dessa vez. Sinto muito pela perda que os senhores tiveram. Mas ele estava obviamente embriagado...

Aquela era uma descrição generosa. O barqueiro estava tão bêbado que Reilly pensara em perguntar se não havia outro barco que ele pudesse alugar para o trajeto. Mas não chegara a se manifestar. O que poderia ser pior do que um barqueiro embriagado? Um barco encalhar ou afundar?

E se ele acabasse afundando nas águas geladas e turbulentas da costa das Terras Altas da Escócia? E daí? De qualquer forma, não tinha muito pelo que viver. Christine, em Londres, ficaria sabendo de seu afogamento e teria que viver suportando a ideia de que Reilly Stanton morrera se esforçando para conquistar seu amor...

Era evidente que, ao ver o homem estúpido perder o equilíbrio e cair no mar no instante em que atracavam, Reilly não considerou a própria segurança. Muito menos o que a senhorita Christine King pensaria. Pulara imediatamente na água gelada e puxara o camarada, já morto, para a margem.

E apenas àquela altura, ensopado e tremendo como um cão, ocorreu a Reilly que perdera outra maravilhosa oportunidade para fazer Christine arrepender-se do que fizera. Ele chegara tão perto de uma morte romântica! Quase podia ouvir o que diriam as damas de Mayfair:

"Querida, você não soube? O jovem doutor Stanton, o oitavo marquês de Stillworth, morreu nos confins das ilhas Hébridas, tentando salvar a vida de outro homem. Não posso imaginar o que a desumana Christine King estava pensando, quando dispensou um homem como ele. Christine devia estar louca. Um cavalheiro altruísta, generoso, nobre... e belo, pelo que me disseram. A pobre moça está fora de si de tanto sofrimento."

Talvez a descrição fosse exagerada. E como o velho idiota morrera, apesar de seu maior esforço, Reilly nem podia escrever para casa e mencionar, mesmo que casualmente, como tentara salvar uma vida no primeiro dia de trabalho.

"Quando" sua sorte iria melhorar?

– Sinto muito pelo senhor Stuben – Reilly afirmou para os amigos do barqueiro –, mas se serve de consolo, ele não sentiu nada quando morreu. Estava completamente embriagado. Se os bondosos cavalheiros não se importarem, estou molhado, com muito frio e gostaria de sair desse vento...

– Aí está o problema. – Várias cabeças grisalhas se sacudiram. – Tirá-lo desse vento. Alguém precisa avisar a senhorita Brenna.

– Já foi feito – um homem desdentado garantiu. – Mandei o menino chamá-la, assim que vi Stuben afundar.

– Bom rapaz. – O pescador mais velho suspirou. – Bem, eu o seguro pela cabeça e você, pelos pés. Pronto? Um, dois e já!

Reilly ficou em pé. O vento gelado lançava jatos de sal para todo lado enquanto os homens de mãos encarquilhadas seguravam o corpo do homem e o levantavam. Então a procissão solene se moveu bem devagar até a construção mais próxima, a mesma que Reilly esperava que fosse uma taverna.

Reilly, sozinho no cais, relanceou um olhar ao redor. Atingida pelas ondas e pelo vento, a balsa chocava-se ruidosamente contra a lateral do ancoradouro. Suas sacolas e a arca ainda estavam na embarcação. Ele era o único passageiro, isto é, além das garrafas vazias do barqueiro que rolavam de um lado para outro. Exceto pelos amigos do defunto e de um bando de gaivotas, nada mais havia por perto. Reilly não contava que viessem esperá-lo, pois a comunicação com o continente era péssima, mas pelo menos poderia haver alguém para carregar a bagagem...

Bem, pouco importava. Afinal, houvera uma morte. Supôs que, por enquanto, seus pertences estariam a salvo. Embrulhou-se melhor na capa – embora o tecido incrustado de gelo pouco servisse para protegê-lo do frio – e seguiu atrás do cortejo do defunto. Caminharam rumo à única construção visível através do nevoeiro e, que, pelas luzes que apareciam nas janelas, prometia pelo menos um bom fogo.

Reilly acompanhou os passos dos homens, e quando um se queixou de cansaço, ele segurou a cabeça do morto.

Nisso, outro pescador apertou o peito do homem e se afastou. Reilly teve que segurar não apenas a cabeça, mas também o tórax do morto.

Um terceiro pescador se curvou, atacado por uma alarmante tosse espasmódica. Não demorou muito para que Reilly jogasse o barqueiro nas costas, sob gritos de incentivo e aplausos dos camaradas. Felizmente, esse fato não chegaria ao conhecimento de Christine. Sua morte teria sido romântica, mas essa situação em particular não.

Ele cambaleou em direção à taverna – era mesmo uma taverna, embora o nome na placa que balançava ao vento não fosse encorajador – Lebre Ferida. Mas assim que a porta foi aberta, Reilly mergulhou em uma onda de calor seco que recendia a cerveja e ficou aliviado que, o que quer que fosse aquilo, a Lebre Ferida era no mínimo quente, seca e estava aberta.

O lugar estava cheio de gente. Um dos homens que o acompanhavam anunciou que Stuben havia se embriagado novamente e caíra na água, de onde o estranho o retirou. Houve um murmúrio coletivo de excitação, seguido por uma torrente de movimentos, quando os homens se apressaram a tirar os canecos do caminho das mulheres que se preparavam para colocar um pranchão sobre vários bancos que alguém arrumou perto da lareira.

– Ponha-o aqui – ordenou uma mulher volumosa de avental imaculado e touca. – Bem aqui, na mesa.

Reilly aquiesceu, embora mesa não fosse o termo que ele escolheria para descrever a estrutura improvisada onde ele deixou o defunto. No mesmo instante, a mulher se apressou a tirar as roupas encharcadas do barqueiro, dando ordens em voz alta.

– Flora, traga uma garrafa de uísque! Maeve, os lençóis estão no armário de cima. Nancy, na cozinha dos fundos há uma caçarola com água quente. Pegue-a e traga alguns panos. Já mandaram avisar a senhorita Brenna?

– Mandei o garoto atrás dela – um dos pescadores assegurou.

– Ótimo – A mulher ficou satisfeita.

De novo a senhorita Brenna?, Reilly pensou. Quem seria essa moça? E que nome horrível! Sua opinião era partilhada pelos amigos Pearson e Shelley, que haviam declarado que Brenna era o nome mais odioso da língua inglesa, talvez com exceção de Megan. Haviam decidido, quase com certeza, que qualquer mulher batizada com o nome de Brenna teria queixos múltiplos, dentes centrais exageradamente grandes e fisionomia cavalar. E durante a investigação não muito científica da veracidade daquela teoria, esperavam que alguém provasse o contrário.

As roupas do barqueiro foram retiradas, e ele ficou exposto, nu, diante dos que se encontravam na Lebre Ferida – o que, Reilly reparou, incluía as criadas, sendo algumas delas muito jovens. Era espantoso que as moças não pareciam chocadas diante do corpo masculino em trajes de Adão. Mesmo quando ele foi submetido à indignidade de ser envolvido em panos tirados de uma vasilha com água quente que Nancy segurava, nenhuma dessas jovens empedernidas das Terras Altas lançou um segundo olhar sobre ele.

– Hum – Reilly conseguiu balbuciar depois de parar de tremer, ao mesmo tempo em que o morto era coberto dos pés à cabeça com roupas quentes.

A mulher, na certa a dona do local, olhou-o de viés e então disse:.

– Maeve, não fique aí parada como uma tonta. Tire as roupas molhadas do cavalheiro e cubra-o com uma manta.

Reilly ficou alarmado quando a tal moça caminhou em sua direção. Recuou depressa e ergueu as mãos.

– Hum, não, não. Não é... quero dizer, estou bem. De verdade. Senhora, penso que alguém deveria dizer-lhe que esse homem...

Mas Reilly, cujas visitas anteriores à Escócia haviam se limitado a expedições esporádicas de caça, durante as quais tivera pouco ou nenhum contato com os nativos, não estava preparado para se defender da determinação ingênua de uma típica criada gaélica. Em segundos, Maeve tirou sua capa e o casaco, o que o fez suspeitar que ela estava acostumada a tirar a roupa de fregueses relutantes... com propósitos inequívocos.

Quase a ponto de recorrer à violência, Reilly não teve como deter Maeve de seu objetivo, que parecia ser deixá-lo nu como o defunto que estava diante deles... Pelo menos até ele se encontrar no outro lado do recinto, literalmente encurralado em um canto, sem colete nem camisa, enquanto sentia um par de dedos ansiosos e prontos para soltar-lhe o calção...

– Isso já basta. – disse Reilly, apertando os pulsos da moça que pretendia despi-lo.

Maeve piscou e olhou para cima, com expressão travessa e nada envergonhada.

– Ela disse que era para eu tirar suas roupas molhadas – a criada o lembrou.

– Eu sei – Reilly disse. – Bem, se você não se importa, gostaria de ficar com minhas calças.

– Não acho que deva fazer isso – Maeve contestou. – O senhor pode ficar com dor de garganta.

– Ou com reumatismo – disse outra voz feminina.

Foi então que Rilley notou os olhares embevecidos da jovem Nancy, a que recebera ordens para trazer água quente.

– Isso mesmo – Maeve disse com firmeza. – Ou reumatismo. O senhor não quer acabar doente... – Maeve fitou o peito desnudo. – Não seria justo para um belo homem como o senhor.

Convencido de que havia entrado em um antro de lunáticos, Reilly deu um puxão no pulso de Maeve. Depois tirou os dedos da jovem do cós de suas calças, preservando o pouco que lhe restara de dignidade.

– Vou me arriscar – disse ele, resoluto, afastando de si Maeve.

Já só de calção e botas, ambos ensopados, Reilly percebeu que o medo de ser emasculado diante de toda a aldeia não tinha fundamento: ninguém, exceto Maeve e Nancy, prestava atenção nele. Os fregueses da Lebre Ferida estavam mais empenhados em esvaziar o conteúdo dos canecos de cerveja do que em olhar para o homem seminu em um canto, talvez mais interessante do que o morto sem roupas estendido na prancha no meio do recinto.

Todos, exceto a proprietária da taverna, que falava com o barqueiro:

– Vamos, Stuben, acorde.

Reilly, estranhamente comovido pela recusa tenaz da mulher em admitir o óbvio, disse:

– Madame, sinto informá-la da verdade. O senhor Stuben está morto.

A mulher parou com a mão no ar, segurando o pano quente com que estava prestes a cobrir o baixo-ventre do defunto.

– Morto? – ela repetiu.

A palavra chamou a atenção dos fregueses. De repente, todos viraram a cabeça na direção de Reilly.

– Sim... sim. – Pelo menos, conseguira atrair a atenção de todos, apesar do constrangimento de estar seminu. A manta sugerida ainda não chegara.

No entanto, tinha um dever a cumprir.

– Isso mesmo, madame, morto. Desde que o tirei da água, ele está sem pulso e não respira. Odeio ter de lhe dizer que seus esforços, embora valiosos, agora serão inúteis.

Àquela altura, Reilly notou que ao perceberem que o homem deitado na maca não estava mais vivo, alguns fregueses pareciam muito mais interessados. Reilly supôs que um barqueiro morto devia ser muito mais valioso do que um vivo.

– Morto? – Ela tornou a repetir, olhando a expressão cadavérica do homem estendido. – Stuben? Mas ele nunca morreu antes.

Reilly arqueou uma sobrancelha.

– Isso mesmo – ele disse e se pôs a imaginar se todo mundo ali naquele lugar era louco e se ele, sendo o único médico na aldeia, teria que fazer algo a esse respeito. – Dessa vez, creio que o mergulho dele foi fatal. – Sinto muito ser o portador de más notícias. Fiz o que era humanamente possível para salvá-lo, mas a água estava muito fria e ele era bem idoso.

Reilly achou mais sensato não mencionar o estado de embriaguez do homem. Afinal, havia senhoras presentes.

– Ele já não era tão forte para sobreviver dessa vez. Bem, se não for pedir demais, eu gostaria que a senhora mandasse alguém buscar minhas coisas na balsa. Gostaria de trocar...

Ele foi interrompido por um baque violento na porta da frente. Ela se abriu, e uma jovem alta entrou, vestida com uma capa escura cuja barra esvoaçava ao vento.

– Ah, senhorita Brenna! – A proprietária da Lebre Ferida demonstrou um alívio imenso. – Graças a Deus que está aqui!

Então essa era a tal senhorita Brenna de quem todos falavam! Bem, ele não se sentiu desapontado. Ela era alta o suficiente para ser uma Brenna. Apenas alguns centímetros menor que ele, que se vangloriava de ter mais de um metro e oitenta de altura. A capa escondia sua silhueta e o capuz, a face. Reilly não pôde comprovar se o resto se adequava ao nome, mas ela certamente parecia uma amazona. Pearson e Shelley ficariam satisfeitos em saber disso.

– Stuben voltou a beber – um dos pescadores a informou. – E esse aí disse que ele está morto.

– Quem?

A voz era *exatamente* a que ele esperava de uma Brenna. Profunda e nada feminina. Reilly congratulou a si mesmo por ser um excelente juiz em matéria de feminilidade, mas quando a jovem tirou a mão enluvada das dobras do casaco e afastou o capuz para trás...

... Por pouco não lhe causou um ataque apoplético. Não viu nenhum queixo duplo, nem o menor traço de expressão que lembrasse um equino, exceto talvez pela vasta cabeleira de cor de cobre que caía solta, em cachos indomáveis do alto de sua cabeça. Na verdade, essa Brenna em particular era bela e atraente.

Isso ele era bem capaz de atestar, levando em conta que sob a capa a jovem usava, um segundo olhar o confirmou, um par de "calças de homem".

Sim, "calças masculinas" que se colavam sugestivamente em suas coxas delgadas e estavam presas na altura da cintura por uma tira de couro por cima de um suéter verde, grosso. Nos pés, a jovem trazia um par de botas fortes, também de couro.

O suéter e as botas escondiam alguns atributos chave, mas as calças eram magníficas. Reilly nunca havia visto uma mulher de calças. Estava certo de que Christine teria preferido usar um saco de batatas a vestir calças.

Ainda assim, era uma inovação da moda que, mesmo não tendo alcançado Paris ou Londres, lhe agradava bastante. Na verdade, sentiu-se dominado pelo impacto e levou alguns minutos para perceber que a jovem estava falando.

– *Quem* disse que Stuben estava morto? – ela perguntou numa voz grave que não combinava com a aparência extremamente feminina.

Uma dúzia de dedos apontaram na direção de Reilly, e um segundo depois ele se viu analisado pelos olhos mais azuis e astutos que já vira. Sem chapéu na cabeça para cumprimentá-la – Maeve se apropriara dele, da capa e do paletó – só pode fazer uma pequena reverência até a cintura, tristemente consciente de seu estado de quase nudez.

– Fui eu. – disse Reilly, se sentindo acovardado, o que era estranho, diante do brilho daquele olhar. – Eu o tirei da água. Estava sem pulso e gelado...

– Quem é o senhor?

Reilly notou que Brenna falava um inglês perfeito, ao contrário dos outros aldeões, que tinham um forte sotaque escocês.

– Reilly Stanton. Fui eu quem aceitou o posto...

Brenna já passara os olhos por ele e se encaminhou até o defunto.

– ...que os senhores anunciaram. – Reilly a viu virar o barqueiro de lado e ir para trás dele. – O de médico. Estou aqui para começar meu trabalho. – Percebeu que ninguém o compreendia. – Obtive a licença de médico no *Royal College of Physicians*. Sou membro dessa instituição, como também de Oxford, e estudei em Paris... Bem, talvez não me tenham ouvido, mas aquele cavalheiro está mesmo...

Para seu descrédito, a jovem deu nas costas do barqueiro – entre as omoplatas – um soco que teria acordado qualquer um que tivesse um sopro de vida.

– ...morto – Reilly confirmou. – Desculpem-me. Fiz o que pude.

No mesmo instante, o barqueiro abriu a boca e lançou um jato de rum e água salgada no chão, sujando as botas de quem estava por perto, inclusive as de Reilly.

Piscando como um bêbado, aquele que estava morto sorriu, acanhado.

– Sinto muito – o homem se desculpou.

2

— Quem anunciou? – ela lhe perguntou.

Reilly afastou o olhar incrédulo do homem que acabara de "ressuscitar" e fitou a jovem postada diante dele. Brenna era bem alta e bastaria que levantasse um pouco o queixo para olhá-lo diretamente nos olhos. Lembrou-se que, ao contrário, a cabeça de Christine não chegava nem à metade de seu peito.

– De que anúncio está falando, senhor Stanton? – ela insistiu.

– Mas ele estava morto – Reilly se ouviu dizendo. – Aquele homem estava morto. Auscultei o peito dele. Não havia mais nenhum batimento cardíaco.

Brenna olhou de esguelha para o barqueiro que, feliz por ser o centro das atenções, recebia os cumprimentos dos amigos e vizinhos e se mostrava muito satisfeito pelo copo com bebida quente que alguém lhe entregara.

– Ah, o frio em geral paralisa o coração dele por instantes. Basta um ou dois bons socos para ele voltar a bater.

Reilly sacudiu a cabeça.

– Não me admira que todos tenham dito que ele nunca havia morrido antes. Quantas vezes a senhorita o trouxe de volta do inferno?

– Uma ou duas – ela respondeu.

Ele sorriu.

– Desconfio que deva ter sido bem mais do que isso. Admito que nunca vi caso semelhante em nenhum livro, enquanto estive em Paris...

– Ah! – Ela riu e revirou os olhos. – Ah! Paris.

Era evidente que Brenna não era grande apreciadora da capital da França.

– Saiba que – Reilly afirmou, com orgulho ferido – estudei medicina com algumas das mentes mais brilhantes de Paris.

– Garanto que essas *mentes brilhantes* não lhe ensinaram a lidar com casos como o de Stuben, não é?

Reilly franziu a testa.

– Não tenho por hábito esmurrar as costas de meus pacientes.

– Talvez o senhor devesse tentar – Brenna sugeriu com doçura. – Assim não perderia muitos deles.

Ele a fitou com olhar intenso, disposto a mudar de opinião a respeito dela. Brenna era sedutora, mas também era um pouco...

– Ou quem sabe o senhor está acostumado a perder coisas. A jovem de olhos azuis fitou os ombros desnudos, o centro do peito cheio de pelos e parou sugestivamente no cós do calção.

Reilly percebeu que corava, o que não acontecia havia muito tempo. Sentiu também uma urgência ridícula de proteger-se daquele olhar penetrante.

Sem querer demonstrar que ficara embaraçado, cruzou os braços na altura do peito e disse:

– A perda de uma camisa não é nada em comparação com uma vida salva. – Mesmo que se trate da vida de um idiota bêbado.

Ele não pronunciou a segunda frase em voz alta, mas achou que Brenna – que arqueara uma sobrancelha – pensava o mesmo. Ou então ela poderia estar apenas refletindo sobre o fato de que fora ela, e não ele, quem salvara a vida infeliz de Stuben.

Mesmo assim, ela evitou comentários.

– Senhor Stanton, qual foi o anúncio que o trouxe aqui?

– Doutor Stanton, por favor. Foi o publicado no *The Times*, procurando um médico.

– *The Times*. – Brenna continuou com a sobrancelha erguida, parecendo duvidar.

A dúvida era constrangedora, ainda mais associada à maneira indecorosa que ela havia fitado seu peito descoberto. Reilly olhou em volta, em busca de suas roupas e viu que Maeve, aparentemente esquecida do uísque e da manta prometidos, pendurava-as diante da lareira.

– Recebi uma resposta à minha carta de intenção. – Ele atravessou a sala, pegou o colete e procurou dentro do bolso.

Tudo o que estava congelado no píer havia derretido no calor da taverna, e Reilly demorou algum tempo para tirar um pedaço de papel ensopado das profundezas do bolso igualmente molhado. Levantou-o contra a luz e viu que não se tratava do que ele queria. Era a carta de Christine, que ele guardava de encontro ao coração, desde o dia fatídico em que a recebera. Àquela altura não passava de uma folha de papel de carta cor-de-rosa que havia sido desdobrada e dobrada várias vezes, com algumas frases manuscritas, perceptivelmente uma letra feminina, a de Christine.

Brenna tornou a levantar uma sobrancelha ruiva.

– "Isto" não me parece um anúncio do *The Times* – ela afirmou.

Reilly enfiou o pedaço de papel rosa no bolso e tirou outro.

– Aqui está. É a resposta à carta que escrevi depois de ver o anúncio. É de Iain MacLeod, Conde de Glendenning...

Dos lábios da moça saiu uma palavra de tamanha baixeza que Reilly se lembrou de tê-la ouvido apenas uma vez no cais de East London, nas primeiras noites após Christine ter rompido o noivado, quando Pearson e Shelley haviam insistido em que ele fosse se encontrar com uma prostituta para aliviar a dor do coração partido. A voz de Brenna, profunda e peculiar, repercutiu pelo recinto até alcançar os ouvidos da proprietária da taverna, que imediatamente saiu de perto do barqueiro.

– O que houve, senhorita Brenna? – A mulher estava preocupada. – Ele a desrespeitou? – Ela fitou Reilly com reprovação. – Tenha modos, senhor. Este é um estabelecimento respeitável, e não quero ver meus visitantes insultados. Agradeço sua boa vontade por haver carregado Stuben até aqui, mas isso não lhe dá o direito de desrespeitar a senhorita Brenna...

– Ouça bem, senhora – disse Reilly, surpreso. – Não encostei um dedo na senhorita Brenna e sinto-me ofendido com a insinuação de que me comportei de maneira que possa ser considerada desagradável...

Ele parou de falar quando a parte supostamente ofendida tirou a garrafa de uísque das mãos da mulher mais velha e bebeu – com os mesmos belos lábios que haviam proferido aqueles palavrões – um gole generoso da boca da garrafa.

Reilly nunca vira uma mulher beber uísque, quanto mais do gargalo de uma garrafa. Christine ocasionalmente bebia vinho e nada mais forte, e sempre numa taça de cristal.

Ainda assim, embora estivesse chocado, o fato não lhe desagradou. Esse era o comportamento que se podia esperar de alguém que tinha o infortúnio de se chamar Brenna.

Ela tirou a garrafa da boca e devolveu-a para a proprietária da taverna.

– Perdoe-me, senhora Murphy – ela disse sem se mostrar envergonhada. – Não foi esse aí. Foi *ele* novamente.

A senhora Murphy parecia aborrecida não pelos modos de Brenna, mas pela informação que recebera.

– Ah, querida.

– É melhor eu ir embora... – Ela fechou a capa, para desapontamento de Reilly, que não podia mais apreciar suas belas coxas – ...e ver se posso dar um jeito nisso.

– Oh, Deus. – A senhora Murphy inspirou fundo. – Francamente, senhorita Brenna, acho que não deve ir sozinha...

– Nada me acontecerá. – disse ela, sacudindo os cabelos ruivos. – Mantenha o senhor Stuben aquecido, mas com chá e não com uísque. Entendeu, senhora Murphy?

– Entendi – a outra murmurou. – Tenha cuidado, senhorita Brenna. A neblina está muito densa e o vento, gelado.

Brenna fez um gesto de pouco-caso com a mão.

– O doutor Stanton parece estar precisando de um uísque – foi seu último comentário antes de apontar Reilly com a linda cabeça, enquanto se dirigia para a porta. – E ele também necessita de uma camisa seca, se a senhora encontrar uma grande o suficiente.

Reilly imaginou que fora brevemente demitido.

– Eu disse... – ele gritou. – Ainda não acabei... – a porta da Lebre Ferida bateu com força – ...de falar com a senhorita.

– Não se importe com a senhorita Brenna – disse a senhora Murphy em tom maternal. Ela se aproximou e finalmente pôs a manta nos ombros dele. – Agora cuidaremos do senhor e o secaremos. O senhor deve estar congelando. A senhorita Brenna tem razão ao dizer que será difícil encontrar na aldeia uma camisa grande o suficiente para seu tamanho... exceto as de Lorde Glendenning, mas ele não tem por costume emprestar as camisas. Tome um copo de uísque para se aquecer até que suas roupas sequem. – Ela serviu a bebida da mesma garrafa que Brenna havia bebido.

Reilly pegou o copo sem perceber. Seu pensamento estava na jovem que havia partido tão de repente. Ele limpou o vapor condensado da vidraça com uma ponta da manta e viu-a montar em uma égua cinzenta cujas pernas eram pouco mais longas que as de Brenna.

Ele nunca havia visto uma mulher cavalgar com uma perna de cada lado. Na verdade, conhecera poucas cavaleiras. Sua mãe e irmãs preferiam usar uma carruagem para ir ao parque e voltar. E Christine tinha horror a cavalos. Não sabia montar e sequer tinha traje de montaria.

Bem, a amazona Brenna também não usava traje de montaria, nem montava de lado como as mulheres. Ela cutucou a égua com os calcanhares e, de repente, a amazona e sua montaria desapareceram no nevoeiro.

– Como a rainha Boadicéia* – disse Reilly, exprimindo em voz alta, sem querer, seu encanto.

– É verdade – a senhora Murphy respondeu sem entusiasmo. – Como o senhor disse. Afinal, o senhor pretende separar-se de suas calças ou elas se tornaram parte de sua pele? Se quiser me dar suas botas, pedirei a Nancy que as recheie. Assim o couro não perderá o belo formato.

Reilly se sentou e, sem hesitar, começou a tirar o calçado.

– Quem é aquela mulher? – ele perguntou. – Ela não é daqui, é?

– Está se referindo à senhorita. Brenna? – A senhora Murphy viu que ele tinha dificuldade para tirar as botas. Abaixou-se e levantou um dos pés dele.

– Ela nasceu em Londres, não é?

A bota foi solta com um grande barulho de sucção. A senhora Murphy desequilibrou-se para trás e um jato de água do mar saiu do calçado que antes fora bonito.

– Sinto muito – Reilly se desculpou ao ver a poça de água no chão. – Se a água causar um dano permanente, pagarei pelo prejuízo. Então, ela é de Londres?

---

* Rainha celta (circas 6 d.C.) que liderou uma revolta contra a ocupação do Império Romano.

A senhora Murphy mandou que duas de suas criadas limpassem o chão. Sem aparentar que ouvira a pergunta, começou a tirar a outra bota.

– Ela é de Hampstead, não é? – Reilly tirou alguns apontamentos da carteira.

A segunda bota saiu, e as criadas se apressaram em limpar a água que se espalhava. Reilly mexeu os dedos quase congelados dentro das meias molhadas.

"O que uma jovem de Hampstead estaria fazendo aqui?", ele se perguntou. "Seria casada com um sujeito da região? Mas por que então a chamavam de senhorita Brenna?".

Não que isso lhe importasse. Não estava naquela ilha para desvendar o estado civil de mulheres que tinham a má sorte de chamar-se Brenna... Mesmo que fossem muito bonitas, vestissem calças e montassem de pernas abertas. Ainda mais uma que demonstrara antipatia por ele. E que era tão segura de si.

Nada disso. Estava naquela ilha para provar à ex-noiva que não era nenhum amador nas artes médicas. Tinha as melhores intenções, pretendia salvar vidas. Por isso abandonou sua clínica em Londres, onde seus pacientes tinham o hábito frustrante de adoecer com males que não lhes ameaçavam a vida. Como poderia provar a seriedade de seu compromisso com a profissão médica, se não havia doentes para serem salvos?

Por Deus, ele haveria de provar competência, nem que tivesse que aturar mil senhoritas Brenna...

– Lyming – a dona da Lebre Ferida anunciou.

– Como? – Reilly olhou para a mulher.

– A senhorita Brenna. – A senhora Murphy anuiu. – Ela nasceu e foi criada aqui.

Reilly não ocultou o espanto.

– Ela é de Lyming?

– É. – A mulher parecia não ter entendido o assombro dele.

Foram necessários alguns segundos para Reilly digerir a informação. Então não conteve a curiosidade.

– Como isso é possível? Ela é muito bem-educada e tem conhecimentos médicos. Ora, ela é muito jovem para ser parteira, não é? Ela não deve ter mais de vinte anos. A senhora Murphy ouvia tudo atentamente, mas não parecia disposta a responder. Em vez disso, ela lhe fez uma pergunta.

– Senhor Stanton, onde está sua arca? Talvez possamos encontrar nela uma camisa. E uma muda de calças.

A questão bem colocada o distraiu do interrogatório que pretendia continuar.

– Tenho uma na barca, além de algumas sacolas com equipamentos médicos. Talvez fosse melhor levar tudo direto para a casa.

– Casa, senhor? – A mulher se espantou.

– Sim, senhora. Lorde Glendenning escreveu que a moradia estava incluída no cargo. Disse que se tratava de uma casa. Ou melhor, creio que ele citou uma cabana. Cabana do Riacho, é isso.

As moças que limpavam o chão se detiveram de imediato, igualmente surpresas.

– O senhor tem certeza de que ele disse Cabana do Riacho? – A senhora Murphy o fitou com incredulidade.

– Absoluta – Reilly confirmou. – Lembro-me de ter estranhado o nome curioso e ter esperança de que o local fosse perto de um rio, caso a moradia estivesse sujeita a incêndios.

Só ele riu. Ou ninguém tinha senso de humor ou seu comentário não tinha graça. Na verdade, Christine sempre insistira em que suas gracinhas eram, na maioria das vezes, inoportunas, e talvez aquela fosse uma dessas ocasiões. As criadas, após um olhar severo da patroa, levantaram-se e trataram de voltar às funções habituais de servir os fregueses. Stuben já vestira roupas secas, que provavelmente eram guardadas na taverna prevendo acidentes como os daquele dia.

– Não se preocupe, senhor – disse a senhora Murphy com um sorriso bondoso. – A cabana é adorável, mas...

– Ora, senhora. É evidente que falta esclarecer algo. O local está condenado? Ouvi falar da epidemia de cólera que atingiu a ilha no verão passado. A Cabana do Riacho ficou de quarentena?

– Não, não – a senhora Murphy apressou-se a responder. Não foi bem isso. É que...

– Vamos lá, Moira. Conte para ele – um dos homens gritou do bar.

– É que... – a senhora Murphy estava hesitante. – É muito tarde irmos para lá agora, pois o nevoeiro está muito intenso. Mandarei alguém buscar suas coisas, e o senhor passará esta noite aqui. Flora ficará com Maeve, não é?

Flora, com a grande barriga sob o avental sujo, revirou os olhos em resposta e começou a subir uma escada em mau estado que ficava nos fundos.

– Escute – disse Reilly, assustado. – Não há necessidade de a senhorita... senhora Flora mudar de cama. Não pretendo dar trabalho.

– Claro que não. – A senhora Murphy parecia alarmada com a sugestão. – Não há problema se Flora mudar de cama.

– Isso é o que a senhora diz – Flora murmurou alto o suficiente para ser ouvida pela patroa, que foi atrás dela de mão erguida.

– Chega, mocinha – disse a senhora Murphy, que foi segura por Reilly antes de abaixar a mão.

– Eu já lhe disse, senhora – insistiu Reilly, com fingida alegria. Em sua opinião, nada era mais asqueroso do que um patrão bater num empregado, exceto, é claro, maridos que batiam nas esposas. – Não seria nada cavalheiresco tirar uma jovem de seu quarto. Nem quero ouvir falar nisso, ainda mais por se tratar de uma em estado tão delicado. Se meus colegas ouvissem falar disso, eu seria expulso da associação.

Aquela era uma mentira deslavada. Muitos profissionais que conhecia não se incomodariam em tirar uma mulher grávida da cama para o próprio conforto. Aliás, a maioria acharia ter esse direito só por ser médico, o que Reilly não conseguia entender.

Como a senhora Murphy na certa não conhecia muitos médicos, também não podia constatar esse fato tão estranho.

– Prezada senhora – Reilly afrouxou o aperto no pulso, mas não o soltou –, se tiver a generosidade de mandar trazer minhas coisas para cá, eu me acomodarei no sofá e pronto.

A senhora Murphy não foi a única a olhá-lo com espanto. Maeve, Nancy e até Flora o fitavam como se ele fosse um espécime desconhecido.

E, para elas, talvez fosse. A clientela habitual da Lebre Ferida não se preocuparia com o lugar onde ia dormir uma jovem grávida nem se importaria se ela apanhasse da dona.

Por outro lado, os olhares das mulheres poderiam não se dever à gentileza de Reilly, mas sim ao fato de a manta ter escorregado quando ele segurou o pulso da senhora Murphy. Seu peito nu ficara exposto mais uma vez, para o deleite de quem o inspecionava.

A senhora Murphy foi a primeira a afastar os olhos daquilo que as embevecia.

– Bem – disse ela, devagar. – Não sei. Lorde Glendenning certamente não vai gostar disso...

– Ora, se ele não gostar – Reilly contestou –, não seria o caso de fazer um convite para eu me hospedar no castelo de Glendenning?

A senhora Murphy anuiu sem entusiasmo.

– Sim, ele poderia tomar essa atitude.

– Então está resolvido. – Reilly soltou o braço gordo da mulher, segurou a manta e protegeu-se dos olhares lascivos das moças. Depois pegou o copo de uísque que esquecera de beber e ergueu-o em um brinde na direção de Flora. – À saúde das jovens damas...

Ele fitou de viés o barqueiro – que voltara a desfalecer, devido ao grande número de drinques que os companheiros lhe haviam oferecido – e deitou a cabeça para trás enquanto bebia o uísque de uma só vez.

A bebida era deliciosa, de boa qualidade, embora forte o bastante para provocar ardência na vista. O líquido ardente desceu pela garganta, aquecendo-o em todos os locais que ele pensava que tinham se congelado para sempre. Refletiu que Pearson e Shelley deviam pagar de duas a três coroas por cada copo da bebida que ele estava tomando de graça, em retribuição por haver salvado do afogamento um barqueiro semimorto.

Ah, e eles que o haviam incentivado a não deixar Londres!

Depois de ingerir várias doses de uísque e de vestir roupas secas tiradas da arca, ele se lembrou de um dos motivos de Christine ter rompido o noivado – pelo menos um dos citados na carta que, quase ilegível, estava pendurada em um gancho acima da lareira – que era sua embriaguez crônica, embora a última palavra fosse um exagero. Afinal, ele até bebia menos do que outros homens que conhecia.

Mas a doce e piedosa Christine, que nunca perdia uma ida à igreja aos domingos e pertencia a mais sociedades – da temperança, missionárias e abolicionistas – do que se podiam contar nos dedos, achava que uma ou duas doses à noite era uma quantidade excessiva.

Era possível que ela estivesse certa. Quanto mais ele bebia – a Lebre Ferida tinha uma atmosfera de bacanal difícil de resistir –, menos ele se lembrava do propósito de ter ido para aquele lugar deserto.

E não era para competir com os bêbados locais, como parecia estar fazendo, mas para executar boas ações, para se sacrificar pelos outros, para provar a Christine King, de uma vez por todas, que Reilly Stanton – Lorde Reilly Stanton, pois afinal não era o oitavo marquês de Stillworth? Se é que isso valia alguma coisa – era um homem de coragem e convicção que não precisava acenar com o título, como se fosse uma bandeira, para conseguir respeito. E certamente não era o bêbado imprestável e indeciso que ela imaginava.

Por Deus, haveria de provar isso a ela, nem que tivesse que salvar mais vezes barqueiros embriagados nessa costa rochosa.

– Stanton. – Adam MacAdams, o novo melhor amigo de Stanton, o mais velho e desdentado dos pescadores, interrompeu sua meditação, segurando-o pela nuca. – Deixe-me pagar outro drinque para o senhor – disse, arrastando as palavras com a língua enrolada.

– Não, muito obrigado – Reilly recusou com cortesia. – Já bebi o bastante.

– Só mais um. O senhor salvou meu companheiro Stuben. Não vai permitir que eu lhe pague uma dose em agradecimento?

– Não fui eu quem o salvou, mas sim a senhorita Brenna.

– Só mais um drinque – MacAdams insistiu.

Reilly nunca fora tão bem-recebido em nenhum lugar. Seus amigos ingleses estavam muito enganados. Os habitantes das Terras Altas eram criaturas muito civilizadas. E o povo da ilha de Skye era o mais bondoso e amigável de todos.

– Está bem, só mais um – Reilly aceitou, com lágrimas nos olhos. – Mas só se eu puder fazer o brinde.

– Fique à vontade – MacAdams consentiu. – Faça o brinde.

Reilly ergueu seu copo no alto.

– Gostaria de brindar à dama mais bela, gentil e doce do mundo, a autora desta carta – todos se viraram para olhar o papel de carta cor-de-rosa que secava perto da lareira. À graciosa, adorável e devota mulher com quem pretendo me casar, se ela me quiser, é claro: a respeitável senhorita Christine King.

– À senhorita King – os pescadores entoaram.

Todos esvaziaram seu copo, e Reilly voltou-se para MacAdams.

– Agora me diga qual é o problema com a Cabana do Riacho.

A resposta não veio, porque todos os seus novos amigos haviam adormecido antes que ele terminasse o discurso.

Reilly, com uma reação de companheirismo reconfortante, decidiu que seria falta de cavalheirismo não se juntar a eles naquele cochilo hospitaleiro... independentemente do que Christine pensasse a respeito disso.

3

O castelo era muito antigo, mas ao longo dos séculos foram feitos alguns acréscimos. O curioso é que as partes mais modernas – datadas talvez de 1650 – começaram a se deteriorar primeiro. As paredes vinham se estragando por décadas a fio, e não havia alicerces. A cada primavera, as masmorras se inundavam. Como não havia mais prisioneiros nas celas subterrâneas, o transtorno não era relevante, mas os ninhos de ratos que se alojavam entre os barris de vinho no porão eram levados pela água para a parte residencial do castelo.

Esse fato aborrecia os criados, mas não o dono do castelo. Brenna acreditava que, se um rato do tamanho de um pônei se aconchegasse no peito de Lorde Glendenning, ele só se irritaria se o animal o impedisse de levar à boca o caneco de cerveja.

Brenna, da entrada, fitou o conde adormecido e lamentou que não fosse primavera.

Não que lhe agradasse encontrar animais nocivos nos corredores escuros e bolorentos do castelo de Glendenning. De maneira nenhuma. Mas ela preferia que Iain MacLeod, décimo nono conde de Glendenning, não fosse tão tolerante com os ratos em sua propriedade, caso ela resolvesse jogar um desses animais nojentos no pescoço dele, o que ele bem merecia.

Sem roedores à mão, Brenna cruzou o recinto e deu um chute nas canelas do conde estendidas perto da lareira.

Os pés enormes de Lorde Glendenning bateram no chão de pedra fazendo um grande barulho, acordando os cães aconchegados diante do fogo. Os cães se levantaram e começaram a latir furiosamente. O conde procurou a espada nas dobras do manto em que estava enrolado e gritou:

– Pare aí, ladrão! Tenho uma arma e sei como usá-la!

Ele finalmente brandiu a antiga e ameaçadora espada de lâmina larga – que diziam estar em sua família desde os tempos do rei Arthur –, mas a pessoa para quem ele apontava a espada não parecia impressionada. Na verdade, Brenna afastou – com o polegar e o indicador – a ponta encostada em seu pescoço.

– Milorde não poderia, ao menos, ter me contado que pretendia contratar um novo médico?

Parecia que o conde havia acordado. Piscou as pestanas escuras que escondiam os olhos azuis-claros que despedaçavam muitos corações femininos.

– Brenna, é você?

– Claro que sou eu. – Ela se curvou, passou por baixo da espada e esticou diante do fogo os dedos gelados pela cavalgada. Os cães, reconhecendo uma amiga, pularam sobre ela, pedindo carinhos com o focinho e lambendo seu rosto.

– Parem! – ele gritou com os animais, mas, como de costume, não foi obedecido.

Brenna se sentou de costas para o fogo e disse com voz de comando:

– Não! Sentados!

Os cães obedeceram.

– O que você está fazendo aqui? – Lorde Glendenning tornou a embainhar a espada. – Por acaso mudou de ideia? – Ele afastou do rosto os cabelos negros e longos e examinou a expressão dela sob a luz fraca das chamas que já estavam diminuindo. – Por Deus, é isso mesmo. Finalmente você criou juízo. Bem, isso merece uma celebração. Raonull! – O conde atirou a cabeça para trás e berrou mais alto do que os sonoros uivos de seus cachorros. – Raonull! Acorde e traga vinho!

– Pare com essa gritaria – disse Brenna e, por instinto, começou a tirar carrapichos dos pelos do cão mais próximo dela. O cão adorou a atenção e descansou a cabeça pesada em seu colo. – Será que milorde perdeu todo o bom senso que Deus lhe deu? Não mudei de ideia. Quero saber apenas por que contratou um médico sem falar com ninguém.

O conde pareceu desconcertado.

– Contratar... – Ele piscou algumas vezes. – Ah, você descobriu, não foi?

– Descobrir? – Brenna sacudiu a cabeça. – Não foi preciso. O camarada entrou na taverna de Moira há meia hora. Francamente, milorde. Como pôde fazer uma coisa dessas? Pelo menos podia ter me alertado...

– Há meia hora? – Perplexo, Glendenning largou-se na poltrona de tapeçaria onde dormia até pouco tempo atrás. – Mas ele só deveria vir na quarta-feira.

Brenna revirou os olhos.

– Milorde, hoje é quarta-feira.

– Ah.

Iain MacLeod olhou para as grandes mãos calosas, como se elas pudessem salvá-lo da situação constrangedora. Brenna fitava-o com calma. Embora o conde raramente tivesse uma atitude que lhe agradasse, ela sabia que não se tratava de uma ofensa consciente, mas sim de uma maneira tola de agir. De fato, muitas vezes ele saía de sua rotina apenas para contentá-la. E não era culpa dele se essas tentativas fracassavam.

Era o que Brenna dizia a si mesma toda vez que tinha vontade de estrangular aquele grosso pescoço.

– Milorde poderia – disse Brenna, repreendendo-o com certa dose de carinho, enquanto acariciava as orelhas de um dos cachorros – ao menos ter me avisado.

Lorde Glendenning franziu a testa. Ele era um homem bonito. Na verdade, o mais bonito que Brenna já vira... Ao menos, até conhecer Reilly Stanton, pois agora já não tinha certeza.

Ainda assim, poderia afirmar que Lorde Glendenning estava ciente de sua boa aparência – o que talvez não pudesse ser dito a respeito do doutor Stanton – e o efeito devastador que ele exercia sobre damas jovens e mais velhas. O conde usava, sem remorso e sempre que possível, esse poder em seu próprio benefício.

Brenna sabia muito bem que a boa aparência do conde era enganadora. Sob uma expressão angelical, havia um coração diabólico. Sem se deixar intimidar por sua carranca, ela também franziu a testa.

– Essa não é uma batalha justa, não é verdade? – disse ela, severa. – Milorde poderia, ao menos, ter-me avisado.

O conde ergueu o queixo quadrado e com covinha, azulado pela barba sem fazer.

– Eu *pretendia* avisá-la – respondeu ele com agressividade – mas... esqueci.

– Entendo. – Brenna anuiu. – Milorde *esqueceu*. É claro, que estupidez a minha! Pensei que milorde houvesse agido com o propósito de me pegar desprevenida e me deixar vulnerável... às suas sugestões.

– Mas que droga, Brenna! – O conde se levantou e começou a andar de um lado para outro ao longo do recinto, muito grande e que em tempos passados fora o grande hall do castelo. Bandeiras antigas e rasgadas ostentavam o brasão daquele ramo da família MacLeod – dois leões lutando em uma campina – ainda estavam penduradas nas vigas do teto de mais de seis metros de altura. – O que esperava que eu fizesse?

– Que procedesse como um homem – Brenna respondeu – e não como um menino mimado.

– Não sei por que diz essas coisas. – Ele se virou tão depressa que a capa longa que usava ondulou atrás dele como uma nuvem de tempestade. – Estou agindo segundo o melhor interesse de meu povo...

– Contratando um médico por um anúncio no *Times* de Londres? – perguntou Brenna com sarcasmo. – Milorde tem certeza de que esse homem é qualificado para o posto? Ele pode ser um charlatão...

– Ele não é um charlatão. Ele me enviou várias cartas de recomendação, todas excelentes. Brenna, ele estudou em Oxford. É membro da *Royal University*...

– *College* – Brenna o corrigiu.

O conde deu de ombros.

– Ele tinha uma clínica em Londres há mais de um ano. Alguns de seus pacientes eram nobres do reino. Uma delas era uma viscondessa...

– Ah, e Deus sabe por que um médico de sucesso em Londres aceitaria a oportunidade de jogar tudo fora e vir trabalhar por uma miséria na área mais isolada e infestada de pragas de toda a Europa?

Glendenning fitou-a com um olhar dardejante. Ele era, infelizmente, imune ao sarcasmo.

– O que está pretendendo dizer?

– Estou dizendo que milorde foi enganado. Se ao menos houvesse me consultado...

– O que a faz pensar que fui enganado? O que há de errado com esse médico?

Brenna piscou. Na verdade, em certos assuntos, ele era ingênuo como uma criança.

Mas bem crescido em outros.

– Bem, não há nada de errado com ele – ela afirmou. – Não da maneira como milorde está pensando.

– Não? – Glendenning fez pouco-caso. – Da maneira como você falou, pensei que, no mínimo, ele fosse corcunda.

– Ele não é corcunda – Brenna afirmou.

Longe disso. O doutor Stanton lhe parecia, pelo breve encontro que haviam tido, um jovem vigoroso. Bastante vigoroso... pelo que pudera constatar. Não era comum Brenna entrar na Lebre Ferida e se ver diante de um Apolo, mas foi isso que aconteceu naquela tarde.

Pior ainda, um Apolo sem camisa, de ombros largos, abdome plano, músculos rijos, pele acetinada e brilhante como bronze. Brenna sentira-se compelida a desviar os olhos daquela visão, ainda mais quando uma inspeção mais de perto revelara uma floresta densa de pelos negros, que pareciam sedosos na parte mais larga do peito e que se afunilavam no abdome, que aparentava ser duro como uma rocha, e desapareciam de maneira provocante no cós do calção.

Mais difícil de ignorar foi o fato de o médico ser tão alto quanto o único homem em Skye que a superava em altura, além de seu pai: o infame Lorde Glendenning. Mas o doutor Stanton não tinha apenas a mesma altura do conde. Oh, não. Era também tão forte quanto ele, como atestaram os músculos de seus braços, quando ele os cruzou na altura do peito. Brenna não podia imaginar por que um médico precisava de músculos como aqueles, mas ele puxara Stuben de dentro da água, tarefa que normalmente exigiria quatro homens.

Brenna sentira dificuldade em não demonstrar admiração, embora não pudesse dizer o mesmo a respeito das criadas da taverna, que haviam se comportado de maneira indecente diante do recém-chegado...

principalmente Maeve, que praticamente arfava toda vez que olhava para ele. Nem se poderia culpá-la. O doutor Stanton era uma visão mais do que agradável, com o corpo musculoso, mas delgado, e os ombros largos e firmes, pra não falar dos olhos negros alegres e do riso fácil.

Então o que, em nome de Deus, ele fora fazer em Skye?

– Ele deve estar envolvido em problemas em Londres – Brenna afirmou.

– Problemas? – O conde olhou por sobre o ombro na direção do aparador, onde estava o uísque. – Sobre o que você está falando? Que tipo de problemas?

– Não sei – Brenna admitiu. – Mas nenhum homem inteligente, como o doutor Stanton parece ser, viria para cá para iniciar uma clínica. Não quando já possuía uma tão lucrativa em Londres. Seria uma completa loucura. Portanto, só posso supor que ele tenha cometido algum ato terrível e teve a licença cassada. É a única explicação.

– Nada disso – indignou-se o conde e serviu dois copos. – Eu mesmo escrevi para o *Royal College of Physicians*, a associação médica inglesa, e me asseguraram que ele era um excelente candidato para o posto, mas era questionável o motivo pelo qual ele o aceitava.

– Ah! – Brenna deu um grito que assustou os cães. – Então é isso! Ele não está em seu juízo perfeito.

Glendenning serviu a ela uma dose de uísque e mostrou-se novamente preocupado.

– Você teve impressão de que ele é desequilibrado?

– Bem... não. – Infelizmente, ele lhe parecera bem lúcido. Brenna franziu a testa, deixou de lado a bebida, fora do alcance dos cães e voltou a se animar. – Mas devo dizer que ele pulou na baía atrás de Stuben.

O conde deu uma risada de triunfo.

– Aí está – ele declarou, satisfeito. – Isso explica tudo. Ele é um "daqueles".

– Daqueles? – Brenna ficou curiosa.

– Ele não estava pregando religião na taverna de Moira?

– De maneira nenhuma. Mas de quem milorde está falando?

– Stanton! – berrou Glendenning, e o nome ecoou nas vigas do telhado. – De quem mais poderia ser? Brenna, você terá que admitir que a razão para o camarada ter aceitado o cargo é praticar o bem, ajudar os menos afortunados e tudo o mais. Você conhece o tipo. Um fanático. Um defensor das boas causas. Londres está repleta deles.

– Ah, com certeza. – Brenna ironizou. – É tão comum médicos especialistas e bem pagos deixarem a cidade onde se distinguiram para se estabelecer em minúsculas aldeias costeiras das Hébridas, onde receberão uma ninharia de salário... Ah, milorde na certa esqueceu. – Ela sacudiu a cabeça. – Eu morei em Londres e sei como são esses homens. São os mesmos que, como lhe falei, impediram meu pai de exercer a medicina. Nenhum deles sacrificaria a vida confortável por – ela olhou ao redor – *isto*.

– *Isto* – repetiu Glendenning, parecendo magoado – é o castelo mais antigo de Skye, como você também sabe. De qualquer forma, ainda está em pé.

– Tem razão, sem dúvida.

Satisfeito por Brenna não ter feito pouco-caso de sua propriedade, o conde levantou o copo de uísque em sua direção.

– Brenna, você pode caluniar o médico à vontade, mas ele disse que viria, está aqui e não vou mandá-lo de volta. Ele fica.

– Então – ela retrucou, rápido –, *onde* ele vai ficar?

O conde parou de rir e assentou o copo com energia na mesinha ao seu lado.

– Você sabe muito bem onde – ele afirmou com voz profunda.

Brenna concordou com um gesto de cabeça e sentiu-se diminuída. Era isso. Ele não chegara a dizê-lo, mas era óbvio que acontecera justamente o que ela mais temia, porém não podia acreditar que o conde fosse realmente capaz de fazê-lo. Apesar de todas as fanfarronadas, Glendenning era um homem simples, incapaz de trapaças ou desculpas. Ou, pelo menos, era o que ela imaginava até então.

– Isso muda um pouco as coisas, não é?

O conde parecia inquieto mas determinado.

– Mas não muda uma delas. – Ele parou a poucos passos de Brenna e cruzou os braços musculosos na altura do peito. – Você já deveria saber que sempre consigo o que quero.

Brenna deu de ombros.

– Só se passar por cima de meu cadáver.

Ele rangeu os dentes e a contração dos músculos da mandíbula foi visível à luz das chamas.

– Ora, Brenna, seja razoável.

– Eu *tenho* sido, mas isso que milorde acaba de fazer é desprezível, até mesmo para alguém como o senhor.

– Veja – disse ele, franzindo o cenho, aborrecido. – Creio que tenho sido paciente, dadas as circunstâncias. Mais paciente do que qualquer outro homem teria sido, Brenna. Não pretendia que você descobrisse o fato dessa maneira, na taverna de Moira, mas devo dizer que me arrependo. Isso não está certo.

– Não, por Deus, não está, e não pense que não posso...

– O que já fiz está feito – Glendenning bateu um dedo no próprio peito. – Estou agindo corretamente. Você é que está fazendo confusão.

– *Eu*? – Brenna ficou de pé num salto e de novo assustou os cachorros. – Eu fazendo confusão? Essa é boa. Milorde sabe que mais de mil vezes me ofereci para pagar-lhe um aluguel e nunca recebi sua atenção.

– Brenna, você está atrapalhando tudo! Olhe para si mesma. Você usa calças!

– Então é isso? – Ela passou por cima de um dos cães e parou diante do conde, de cabeça erguida. – Nenhuma discussão? Nenhuma negociação?

O conde parecia um pouco inquieto, e ela entendeu que devia ser pela sua proximidade dele. No entanto, não podia recuar.

– Já tivemos negociações suficientes. Você conhecia minha posição e agora sabe que venci. Sinto muito ter que agir dessa maneira, mas você não me deixou escolha. Então diga, quando posso esperá-la?

Brenna não pôde deixar de rir.

– Milorde deve estar brincando!

– Não estou. – O conde tentava ser duro, para manter um comportamento digno. – Nunca falei tão sério.

– Pode ser, mas não está sendo esperto. Milorde sabe que tenho outras opções.

– Opções? – O conde se alarmou. – Quais "opções"?

– Posso deixar Skye.

Para crédito do lorde, ele se manteve calmo, sem entrar em pânico.

– Você poderia, mas tem de admitir, Brenna, que em outro lugar que não Skye você...

– Eu o quê?

– Bem... Não se encaixaria.

Brenna lançou-lhe um olhar fulminante. Ele era intolerável! Mesmo que estivesse certo.

– Milorde pensa assim porque uso calças e não saberia usar um vestido? Sei muito bem me vestir como mulher, milorde. E estou lhe avisando. Se milorde não desistir desse seu plano ridículo, vestirei uma saia e irei embora desta ilha miserável...

Brenna não obteve a resposta desejada. Em vez de recuar, o conde se adiantou, segurou-a pelos ombros com os dedos calosos e puxou-a de encontro ao peito.

– Agora me escute. – Disse ele sacudindo-a com tanta força que fez seus longos cabelos avermelhados caírem sobre seu rosto. – Você não vai a lugar nenhum, entendeu?

Os olhos azuis do conde se tornaram frios como o gelo que cobria o riacho.

– Se pensa que pode fugir na balsa, darei um jeito de descobrir quando o fará – o conde assegurou. – Acha que eu não faria isso? Afinal, sou o senhor desta pequena aldeia. Se for preciso, eu a arrastarei de volta.

"Brenna, como sempre, você falou demais", ela pensou, sentindo o coração disparar e engolindo em seco.

– Francamente, milorde – ela conseguiu dizer, com calma –, será que precisa comportar-se com tanta brutalidade? É bem melhor quando milorde age com mais comedimento.

– Minhas atitudes intempestivas são provocadas por você – ele a acusou. – Você sabe disso, Brenna.

Nisso, ele pensou que uma expressão mais física de seu ardor talvez fosse mais persuasiva que as palavras. Assim, apertou Brenna de encontro ao peito e encostou os lábios nos dela, confiante em que, dessa maneira, lhe transmitiria um pouco de sua paixão.

O efeito foi desperdiçado. Brenna começava a se assustar com essa demonstração de emoções incontidas.

E ela então fez o que achou razoável nessas circunstâncias. Atingiu o conde na orelha com a lateral de seu punho. Surpreso, ele afastou a boca e o rosto. Brenna aproveitou para dar-lhe um soco no olho direito.

O conde gritou e soltou-a de imediato. Cambaleou, segurando a face.

– Pelo amor de Deus, Brenna – ele gritou. – Por que fez isso?

Brenna esquivou-se dele e ficou do outro lado da sala, rodeada pelos cães, que uivavam, nervosos.

– Milorde sabe perfeitamente o motivo – ela não se incomodou com a voz trêmula. – Se pretende se comportar como um bruto, será tratado como tal.

– Mesmo assim, você não precisava bater com tanta força – o conde retrucou, deprimido.

– Ora, milorde também não devia ter me agarrado daquela maneira.

– Eu sei. É que... – o conde se deixou cair em sua poltrona e pegou o copo de uísque – ...estou louco de amor por você.

– Não está, não. – Brenna sentia por ele certa simpatia. Ele não passava de uma criança grande. – Milorde pensa que está, mas continua confundindo amor com desejo.

– Você sempre diz isso, mas não é verdade – o conde teimou.

Brenna deu um suspiro. Não adiantava argumentar com Glendenning, quando ele estava daquele jeito. Devia ter ido embora, assim que reconhecera os sinais. No entanto, fez uma última tentativa.

– Milorde vai mandar o doutor Stanton de volta para Londres ou não?

– Não vou mandar ninguém de volta – ele respondeu, sombrio. – O que acha disso?

O conde ficou sem saber o que ela estava pensando, pois Brenna se virou e saiu do castelo. Ah, como ela desejava que as chuvas da primavera viessem mais cedo e que Lorde Glendenning fosse devorado pelos ratos durante seu sono odioso.

4

– Doutor Stanton?

Reilly estremeceu, mas não abriu os olhos nem levantou a cabeça.

– Doutor Stanton, o senhor está bem?

Reilly abriu devagar uma pálpebra e fechou-a rapidamente. Na certa, ainda estava sonhando. Ele, Pearson e Shelley haviam bebido em excesso na noite anterior e agora estava pagando por isso. Mergulhara num daqueles pesadelos abomináveis sobre poetas românticos, consequência, sem dúvida, de outra daquelas tediosas leituras poéticas a que comparecia por insistência de Christine.

– Doutor Stanton? Vi o senhor espiando com um olho. Sei que não está dormindo.

Reilly escutou um barulho, como se alguém muito grande houvesse se sentado em uma cadeira fraca para seu peso.

– Levante-se e venha tomar o café da manhã comigo.

Reilly deu um suspiro e abriu os olhos. Se arrependeu imediatamente e desejou fechá-los de novo.

Não se tratava de um sonho. Lorde Byron estava sentado ao seu lado.

Bem, não era Byron, que morrera havia uns vinte anos, mas alguém parecido com ele... ou melhor, alguém que pretendia rivalizar com ele. Aquele homem tinha ombros largos e quadris estreitos, sem o menor traço de gordura. Era musculoso, e o cabelo, exageradamente longo e negro, lhe caía na testa; os braços peludos apareciam porque ele enrolara para cima as mangas da camisa branca. Como estava sem gravata, pelo colarinho aberto, também se notavam os pelos.

Estava de barba feita, mas alguns pelos já cobriam o rosto magro e bem-delineado. Apesar da penumbra – Reilly supôs que fosse madrugada – era possível notar que o homem era bastante viril.

Exceto pela saia que usava.

Mas não era uma saia. Era um kilt. E a quantidade de pelos que apareciam dos joelhos para baixo da barra da vestimenta era fenomenal.

– Quem é o senhor? – disse Reilly arrastando as palavras, uma prova de que bebera muito.

– Glendenning – o homem respondeu com voz tão profunda que parecia reverberar como um trovão no crânio de Reilly, levando-se em conta a fragilidade de seu cérebro naquela altura dos acontecimentos. – Iain MacLeod, conde de Glendenning. Vim o mais cedo que pude. O maldito nevoeiro impediu que eu viesse antes. Parece que o senhor se entreteve de maneira satisfatória durante minha ausência.

Com a visão borrada, Reilly olhou ao redor. Adam MacAdams e seus amigos estavam jogados ao redor do bar em diversos estágios de inconsciência. Apenas Stuben, o ressuscitado, encontrara um local confortável para dormir, estendido no sofá que a senhora Murphy preparara como cama para Reilly.

– Que... – Reilly estremeceu e abaixou o tom de voz. – Que horas são?

– Quase seis. Parece que o senhor e seus amigos se divertiram muito – ele afirmou.

Reilly observou os parceiros embriagados, que ressonavam. Estranho, eles pareciam bem menos velhos e feios à noite do que à pequena claridade do amanhecer.

– Creio que sim – Reilly admitiu, relutante, pois na verdade não se lembrava de nada. – Só não entendo por que a senhora Murphy não os despediu na hora de fechar.

– Hora de fechar? – Lorde Glendenning sorriu, e Reilly se reclinou mais na cadeira, espantado pelo tamanho dos dentes na boca do conde, que lembravam os de um lobo. – Não existe hora de fechar em Skye. Moira deixa que bebam até cair, quase todas as noites. Aposto que a maioria deles não aparece em casa há mais de um mês.

Reilly fez uma careta. Isso explicava o cheiro daquele lugar.

– Não que eles façam muita falta – Glendenning continuou. – Algumas das esposas são muito bonitas. – Ele piscou para Reilly. – Aqueci muitas camas, enquanto esses idiotas ficavam sentados neste bar, bebendo até cair.

Reilly ficou horrorizado, não pelo fato de Lorde Glendenning admitir despreocupadamente o adultério, mas por ele achar normal dormir com as esposas daqueles homens idosos. A situação em Skye era bem pior do que ele fora levado a acreditar.

Glendenning notou o espanto de Reilly e sorriu.

– Sei o que lhe passa pela mente, mas garanto que se engana. Está vendo o velho MacAdams?

Reilly anuiu com um gesto de cabeça.

– Ele tem uma mulher que não tem ainda trinta anos e por que não? Ele mesmo tem pouco mais de trinta e cinco.

Reilly ficou boquiaberto.

– Meu Deus... "eu" tenho trinta e...

– É o mar. – Glendenning deu de ombros. – Muitas horas ao ar livre, sob a ação do sol, vento, da brisa salgada, o mau tempo... Uma vida dessas envelhece um homem muito antes da hora.

Reilly sacudiu a cabeça.

– Jamais teria pensado nisso, nem em um milhão de anos.

– Claro que não. Por que isso lhe ocorreria? – Glendenning olhou em volta. – Nenhuma das moças se levantou? Pensei que podíamos conversar durante o desjejum.

Reilly também olhou para os lados.

– Creio que não. Não se preocupe, não estou com...

– Mas eu estou. – Glendenning se levantou com as juntas reagindo em protesto e foi até a escada dos fundos. – Vamos ver se consigo convencer uma delas a fritar alguns ovos. Quando quero, sei ser bastante persuasivo. – Olhou por sobre o ombro e piscou, antes de desaparecer escada acima.

Reilly, com expressão impassível, esperou o conde sumir, levantou-se depressa e pegou a carta de Christine de cima da lareira já fria. Como pudera deixar uma coisa tão importante pendurada à vista de todos como se fosse uma simples receita ou uma carta de recomendação? A mensagem da noiva desmanchando o compromisso não era algo que um homem devesse ostentar. Ainda bem que a água do mar apagou a maioria das palavras de Christine. Não que fizesse diferença. Há muito, ele havia memorizado o texto. Mesmo assim, não havia necessidade de partilhar sua intimidade com desconhecidos com quem teria apenas uma relação profissional.

Foi até sua arca, que a senhora Murphy mandou buscar no barco de Stuben e deixara sob o bar, levantou a tampa, pôs a carta dentro, tirou o diário junto com a tinta e a pena suja. Sentou-se, abriu o diário, verificou a última anotação e escreveu:

15 de Fevereiro, 1847.
Bebi muito a noite passada e estou enjoado, com vontade de vomitar. Christine tinha razão. Sou mesmo um bêbado imprestável. Como poderei provar que ela estava errada? Além de parar de beber, é claro.
Não consegui salvar a vida de um homem ontem à noite. Ele ressuscitou diante de toda a aldeia por obra de uma amazona de calças. Ela se chama Brenna, mas é diferente de todas as Brennas que conheci.

Reilly fez uma pausa, pensando em como descrever aquela mulher tão atraente e ao mesmo tempo tão rude. Decidiu que, por causa da dor de cabeça, aquela tarefa estava além de suas possibilidades no momento. Resolveu escrever sobre Iain MacLeod.

Lorde Glendenning se parece assustadoramente com Lorde Byron. É preciso ter receio de olhar para seus pés, caso se pense em dar uma surra nele. Ninguém ainda mencionou o prato haggis, *feito com miúdos de carneiro picados. Pearson e Shelley se enganaram de novo.*
Parece haver algum problema a respeito da cabana.

Escutou alguns ruídos sugestivos e olhou para cima. Guardou o diário e se sentou no bar, pensando se o café faria sua dor de cabeça melhorar. Nisso o conde retornou, seguido por Flora, que, aos risinhos, ainda se esforçava para abotoar o vestido. O que o fez entender com clareza que Glendenning era o responsável pela gravidez de Flora e imaginar quantos bastardos aquele homem gerara entre as criadas da Lebre Ferida.

– A senhorita Flora concordou em preparar algo para nós, doutor – o conde explicou, com sua voz retumbante. – O que acha de nos sentarmos a esta mesa e esperar o desjejum digno de um rei que ela prometeu fazer?

A ideia de comer deixou Reilly nauseado, mas ele acompanhou Glendenning até a mesa indicada, depois de passar com cuidado por cima de um de seus novos amigos – cujo nome ele não podia lembrar – que dormia no chão.

– Muito bem. – Glendenning ergueu o copo de cerveja que Flora servira. – Primeiro faremos um brinde, doutor Stanton, à sua saúde. Seja bem-vindo a Skye.

Reilly olhou enjoado para a própria cerveja. Uma leve camada de espuma cobria o alto do copo.

– Certo. A Skye.

Reilly bebeu o líquido espesso e fermentado.

A náusea que o invadiu o fez imaginar que vomitaria em si mesmo, na mesa e sobre o conde. O que certamente não causaria uma boa impressão em seu novo empregador, ele pensou.

E, de repente, ele se sentiu melhor. A cerveja sossegou seu estômago, e a dor de cabeça desapareceu.

O alívio deve ter se manifestado em sua fisionomia, pois o conde achou graça.

– Tinha certeza de que isso resolveria o problema. É preciso beber para curar a ressaca. Nunca falha.

Reilly olhou para a cerveja com admiração.

– Mal posso acreditar. A senhora Murphy devia patentear a ideia e vender a cerveja como um tônico. Certamente os americanos comprariam na hora.

Glendenning levou um dedo aos lábios.

– Ficou maluco, doutor? Ela nos deixaria, e onde iríamos passar as noites?

– Correto. – Reilly concordou com a sagacidade do raciocínio. – Tem razão.

Glendenning se coçou num lugar que não seria tão acessível, se não estivesse usando um kilt.

– Após o café da manhã, sairemos para avaliar o dispensário. Pode imaginar que esteve fechado desde que o último cirurgião...

– Médico – Reilly o corrigiu.

– Como é? – Glendenning olhou-o com espanto.

– Médico. – Reilly tomou mais alguns goles de cerveja. Ele se sentia bem melhor. Ora, não demoraria muito para ter Christine de volta. Seria preciso apenas curar algumas pessoas da cólera e provar como a medicina era importante para ele. Muito mais importante, apesar da opinião contrária de Christine, do que ser marquês de Stillworth. Ele voltaria para casa no próximo Natal e ela imploraria para que a aceitasse de volta. – No anúncio, milorde procurava um médico.

– Certo. – Glendenning afastou do rosto algumas madeixas de seus cabelos excessivamente longos.

Reilly supôs que Christine ia considerar o conde um homem muito atraente, opinião talvez partilhada por outras mulheres. Mas, para ele, Glendenning era lamentável, com aqueles seus joelhos peludos batendo nos seus o tempo todo sob a mesa e a mania incessante de se coçar que era grotesca. Ora, era de se supor que ele próprio não estivesse com uma aparência muito boa. A barba de um dia já lhe irritava o rosto, e os cabelos já haviam se soltado da tira de couro com que os prendia. Ainda assim, esperava que seu aspecto fosse bem melhor que o de Glendenning, que dava a impressão de se achar um herói de romance. Não se surpreenderia se o conde cavalgasse um garanhão negro.

– Certo, médico – o conde murmurou. – Por isso temos que chamá-lo de doutor Stanton e não de senhor Stanton?

Reilly anuiu.

– O doutor terá que perdoar as pessoas se elas, de início, o chamarem de senhor Stanton, pois não? Nosso último médico não se incomodava quando o chamávamos de senhor Donnegal.

Reilly anuiu de novo.

– Soube que o senhor Donnegal não está mais entre nós.

– É verdade...

– Ouvi dizer que foi a cólera.

Glendenning fitou-o com expressão indecifrável.

– Sim, foi a cólera, mas não da maneira como está imaginando...

– Oh, não se preocupe – Reilly interrompeu-o. – Não dou valor excessivo à minha vida. Milorde verá que não terei o menor problema em tratar de pacientes com cólera.

Na verdade, Reilly teve de se esforçar para não demonstrar alegria. A noção de lutar contra uma epidemia de cólera, o que poderia desencadear mau presságio no coração de outro médico, era motivo de excitação para o doutor Stanton. Afinal, a cólera era uma doença tão alarmante e devastadora que chegava a impressionar até a excessivamente crítica senhorita King. Se ele morresse em consequência de seu esforço para salvar algumas vidas, pareceria ainda mais dedicado à humanidade.

Flora apareceu para servi-los, carregando, com dificuldade, uma bandeja enorme com uma quantidade assustadora de comida. Felizmente isso distraiu Lorde Glendenning, e ele não perguntou mais nada sobre a declaração extraordinária de Reilly.

– Obrigado, meu amor. – O conde estendeu um guardanapo sobre a camisa branca.

Reilly se levantou depressa, tirou a bandeja pesada das mãos de Flora e tornou a se sentar. Foi então que reparou que havia se tornado objeto de olhares incrédulos tanto da criada quanto do Lorde.

– Obrigada, senhor – Flora agradeceu, espantada e ruborizando.

– Ah, sim... obrigado, doutor. – Glendenning parecia aborrecido por Flora ter enrubescido. – Eu a teria ajudado, mas machuquei o polegar outro dia...

– Darei uma espiada nisso – Reilly se ofereceu, enquanto punha uma porção de ovos no prato.

– Ah, já sarou – o conde disse.– Está apenas um pouco sensível.

– Com certeza – disse Reilly com suavidade, mas refletiu que o relacionamento entre eles era muito recente para caçoadas e mudou de assunto. – Sobre a cabana, milorde...

– Ah, sim. – O conde encheu a boca com ovos e continuou a falar, atirando partículas do alimento para todos os lados. – A Cabana do Riacho. Temos uma ligeira dificuldade no momento...

– Verdade? – Reilly acompanhou um bocado de ovos mexidos que fora cuspido e descia lentamente pela parede. – Não estou nem um pouco preocupado com minhas acomodações. Contanto que eu tenha um teto para me abrigar, está ótimo. Se o local estiver desarrumado...

– Não se trata disso – o conde garantiu. – É que ainda não pudemos nos livrar da atual moradora.

Reilly arqueou as sobrancelhas.

– Atual moradora, milorde?

– Sim. Ela é teimosa como uma cabra. Vê isto aqui? – Ele pôs o indicador na leve mancha púrpura sob o olho direito. – Foi ela quem me deu um soco a noite passada, sem o menor motivo.

Reilly largou o garfo e pensou que ele também gostaria de socar o rosto do conde.

– Pelo que entendi – Reilly falava num tom gélido, semelhante à água em que mergulhara no dia anterior – a moradia está incluída no cargo de médico da aldeia.

– Isso mesmo. – O conde sorveu ruidosamente a cerveja. – Isso mesmo.

– Então se o médico anterior já se foi – a voz de Reilly seria capaz de endurecer manteiga derretida –, como é que há alguém morando na cabana?

– Ah. – O conde sacudiu os ombros. – É a filha dele.

– Milorde está me dizendo – Reilly esperava ter entendido mal – que pretende deixar uma órfã ao relento?

– Órfã? – Disse o conde, zombeteiro. – Órfã uma ova!

Reilly teve certeza de que gostaria de atingir o olho esquerdo do conde, o que não seria difícil. Os dois deviam ter a mesma altura e o mesmo peso. Na universidade, Reilly enfrentara com sucesso rapazes bem maiores.

E nenhum deles usava saia.

– Escute aqui, Glendenning. – Reilly, aborrecido, jogou o guardanapo na mesa. – Não concordarei com isso, está entendendo? Milorde não vai atirar uma menina inocente na neve por minha causa. Se tiver de pagar por um quarto, eu o farei... Mas o que há de tão engraçado nisso?

– Ah, doutor... – o conde respondeu entre gargalhadas. – Jamais encontrei um homem como o doutor. Achei que essa espécie de homens havia morrido com a Távola Redonda!

– Por quê? – Reilly fitou-o com raiva. – Porque não admito um proprietário saudável que pretende deixar uma órfã ao relento para acomodar um médico que se propôs cuidar de seus polegares delicados?

Foi a vez de Glendenning atirar o guardanapo na mesa.

– Olhe aqui, Stanton. Esse seu tom não está me agradando. Primeiro, machuquei bastante meu polegar e por pouco não arranquei a unha. Está vendo?

Reilly não se impressionou com o dedo que o conde exibiu diante de seus olhos.

– Em segundo lugar, não o contratei para ser meu médico particular. É verdade que depois do último verão tenho desconfiado de... algumas coisas desagradáveis. Mas eu o trouxe aqui para cuidar tanto dos aldeões quanto de mim. Em terceiro lugar, em relação à pobre órfã que o doutor pretende defender, eu lhe asseguro que ela não é órfã, que tem quase vinte anos e que não é nenhuma coitadinha. Ela é perfeitamente capaz de cuidar de si mesma, como a maldita mancha no meu olho pode comprovar.

– Milorde deveria pôr um pedaço de carne no olho – Reilly aconselhou em tom monótono. – Ajuda a desinchar. E mergulhar o dedo em água quente.

– Verdade? – Glendenning, surpreso, olhou o polegar machucado.

– Sim, milorde. Eu lhe darei um pó para acrescentar na água. Será mais interessante se milorde mantiver o dedo enfaixado. Agora me explique. A que milorde se referiu ao dizer que ela não é órfã? Pensei ouvi-lo dizer que o senhor Donnegal havia morrido.

O conde sacudiu a cabeça e os cabelos negros esvoaçaram.

– Eu nunca disse isso. Donnegal está vivo e passa bem.

– Vivo e... – Reilly se interrompeu e fitou o conde. – O senhor disse que ele foi vítima da epidemia de cólera no verão passado.

– De certa forma, foi. – Glendenning tornou a dar de ombros. – Ele pegou a esposa, os filhos... e foi para a Índia. Foi para pesquisar... o que mesmo? Ah, sim. As *origens* da cólera asiática.

– Santo Deus – disse Reilly, incrédulo. – E deixou a filha para trás?

Glendenning revirou os olhos.

– Já vai recomeçar... Não, ele não largou a filha para trás. Ele a deixou aos cuidados do irmão dele em Londres. E ela, voluntariosa e mal-agradecida, voltou para Skye na primeira oportunidade em que conseguiu escapar.

Reilly o olhou sem entender.

– Voltou? Para Skye? Por quê?

– Como posso saber? Ela não me disse. – O conde se inclinou para a frente. – Uma coisa eu sei: ela terá que desocupar a cabana agora. Quero dizer, agora que o doutor está aqui.

Reilly não se conformava. Um dos motivos pelos quais não se incomodou muito de deixar Londres foi por pensar que não veria mais homens como o conde... membros privilegiados da elite, que pensavam muito em si mesmos e muito pouco a respeito das pessoas por quem deviam ser responsáveis. Eram homens que viam com incredulidade e até com desprezo a ambição de Reilly de se tornar médico. Eles não podiam entender as razões de um homem de sorte, que havia nascido para ser marquês, querer estudar e ter uma profissão. Se fosse um segundo filho, até seria compreensível, mas Reilly era primogênito.

De nada adiantaram suas afirmativas de que era fascinado pela medicina, como ciência e profissão. Sua determinação em conseguir a licença médica se transformou em motivo de piada entre seus conhecidos, que se referiam, mesmo diante dele, àquela vontade de estudar como a Insensatez de Stillworth. Quando ele conseguiu seu objetivo e insistiu em ser chamado de doutor em vez de Lorde Stillworth, até Christine se opôs. O fato de Reilly ser marquês se sobrepunha à sua condição de médico.

Porém, para Reilly, o título que obtivera com muita dedicação e esforço era infinitamente mais precioso do que o herdado do pai, que quebrara o pescoço e morrera após a queda de seu cavalo preferido.

No entanto, era uma ironia que, em um lugar tão afastado como a ilha de Skye, Reilly não pudesse escapar da hipocrisia e do egoísmo da classe social à qual pertencia por nascimento e que, ao longo dos anos, passou a envergonhá-lo.

– Não aceitarei isso. – Reilly largou de novo o guardanapo não muito limpo que Flora lhe entregara e mirou o conde com olhar fulminante. – Eu me recuso a permitir que milorde despeje essa mulher indefesa por minha causa...

Glendenning sorriu para ele.

– Abaixe a espada, Lancelot. Ou será Galahad? Tenho um bom motivo para querer que a dama em questão saia da Cabana do Riacho.

– Outra além de desocupá-la para mim? – Reilly fitou-o, desconfiado. – E que motivo seria?

– Simples. – O conde voltou a comer. – Quero que ela venha morar comigo. Será sua única opção – ele ergueu os ombros –, se ela tiver que sair da cabana.

5

A rapidez com que Reilly se levantou, derrubando a cadeira para trás com impacto, fez que alguns de seus companheiros da noite anterior se mexessem, gemendo.

Ele não se importou. Inclinou-se para a frente, apoiou os punhos fechados ao lado do prato do conde e sibilou em seu ouvido.

– Canalha! Se eu estivesse com minha pistola, faria um buraco tão grande nessa sua cara convencida, que se poderia ver o oceano através dele.

Glendenning se espantou, mas não parou de mastigar.

– Calma, Stanton, pretendo me casar com ela.

Reilly piscou.

– O quê?

– Foi isso mesmo que o doutor escutou. Ou acha que pego minhas amantes à força?

Reilly gostaria de dar uma resposta afirmativa, pois o visual ridículo do conde parecia direcionado a causar tal impressão. Mas como não quis encorajá-lo, disse:.

– Bem, se milorde não se envergonha de dormir com as esposas de seus amigos, por que eu não poderia imaginar que suas intenções com essa moça não fossem as melhores?

O rosto de Glendenning escureceu de raiva.

– Eles não são meus *amigos* – disse ele de modo enfático, mais ofendido pela sugestão de que poderia se relacionar com pescadores do que pelo adultério. – Está brincando? Eles fazem parte de meu povo. E há uma grande diferença entre estes homens e eu. Tenho direitos feudais.

– Direitos feudais? – Incrédulo, Reilly repetiu, sacudindo a cabeça. Aquilo era muito pior do que ele já ouvira de seu grupo social de Londres, pior ainda do que encontrara em Oxford.

– Claro. – disse Glendenning, com a faca de manteiga no ar. – O doutor sabe. O lorde de um domínio feudal tem o privilégio de deflorar as virgens da aldeia e outras coisas mais. Não que eu faça isso. Bem, não dessa maneira. Quer dizer, exigindo que elas se entreguem por eu ter direito. Mas elas parecem ansiosas para dormir comigo. Querem que eu as deflore, se é que me entende. Eu não saberia dizer o motivo.

Reilly sabia. Dera uma boa olhada na concorrência. Que mulher em seu juízo perfeito haveria de preferir Adam MacAdams a Iain MacLeod? O sujeito era enorme e bonito para quem gostava do gênero, e por razões que Reilly jamais entenderia, as mulheres gostavam.

Reilly supôs ainda que Glendenning, sendo o solteiro mais rico de uma vasta região, seria mais do que atraente.

– Então qual o problema com a senhorita Donnegal? – Reilly quis saber. – Se as damas da ilha estão ansiosas para se atirar em sua cama, por que milorde tem de forçar a senhorita Donnegal a sair da própria casa e ir para a sua? Ela não deveria se atirar a seus pés como Flora faz? – Ele apontou para a cozinha, onde Flora havia entrado.

Pensativo, Glendenning não parou de mastigar.

– Ela deveria, certamente. Mas é um pouco... como eu disse, teimosa.

– A ponto de não aceitar se casar com um conde? – Reilly endireitou a cadeira e tornou a se sentar. – Não conheço nenhuma jovem londrina que seja tão teimosa. – Bem – ele pensou – com exceção de uma tal senhorita Christine King, que recusou um marquês, não um conde. E se ela fez isso, foi porque ele se recusava a aceitar que era um marquês.

Glendenning anuiu. Pela primeira vez desde que a refeição fora servida, ele parou de comer. Inclinou-se para a frente e cochichou em tom conspiratório.

– Eu sei. Eu lhe digo, Stanton, a situação não me agrada nem um pouco. – E abaixou mais o tom de voz. – Estou começando a pensar que ela nem gosta de mim.

Reilly também falou em voz baixa, mas sem perder a ironia.

– Não posso imaginar o porquê disso. Milorde apenas está querendo deixá-la sem teto.

– Ah, ela já me odiava bem antes disso – o conde afirmou. – Por que o doutor acha que tive que apelar para truques tão baixos? Eu lhe asseguro que não tenho o menor prazer nessa situação. Mas ela tem que aprender a enxergar...

– Que milorde é uma pessoa bondosa e amável?

Glendenning piscou, na certa pensando que Reilly falava a sério.

– Não. Que ela está se comportando como uma tola e jamais conseguirá ninguém melhor do que eu. Não por aqui. Sou o homem mais rico, mais bonito e mais culto da ilha.

O que não era muita coisa, Reilly considerou, em vista da amostra da população masculina que já vira.

– É o mais modesto também, milorde.

Glendenning era imune ao sarcasmo.

– Sim, é verdade. Esse problema com a cabana... na realidade, é um último recurso. – O conde ficou alguns instantes em silêncio, examinando o que sobrou em seu prato. Avistou um pedaço de bacon, pareceu se animar e olhou para cima. – A menos...

– A menos... ? – Reilly arqueou as sobrancelhas.

– Bem, a menos que o doutor... – Parecia tão excitado pela ideia, que sentia dificuldade de prosseguir com qualquer lucidez.

– A menos que eu o quê? – Reilly indagou, desconfiado.

– Bem, o doutor é um homem inteligente. Educado em Oxford e tudo o mais. Acho que ela respeitaria tal bagagem.

– Receio – Reilly falava com cuidado, sem gostar do rumo da conversa – não estar acompanhando seu raciocínio, milorde.

– Ora, tenho a impressão de que se um camarada como o doutor, bastante esclarecido, desse as explicações necessárias, ela poderia considerar o assunto mais racionalmente...

Atônito, Reilly fitou o homem do outro lado da mesa. Ele previra o que o conde ia pedir, mas ouvir as palavras ditas assim tão rudemente... o fazia duvidar do que ouvira.

– Milorde ficou maluco?

O conde não parecia tê-lo escutado e ficou ainda mais animado com a própria ideia.

– Será perfeito! Ela sempre gostou de camaradas como o doutor, que escrevem tratados sobre o cuidados com os dentes e coisas do gênero. Ela respeitará o que o doutor lhe disser.

– Veja bem – Reilly se ofendeu. – Nunca escrevi um tratado em minha vida e muito menos a respeito de cuidados com os dentes...

– O doutor só terá de explicar a ela – o conde continuou, como se Reilly não houvesse falado – o assunto sob um ponto de vista científico. Ela gostará de ouvi-lo discursar. Diga-lhe como nosso casamento tem sentido, já que somos da mesma classe social. Ouvi dizer que esse tio com quem ela deveria ficar é um par do reino ou coisa assim. Por isso não há motivo...

– Lorde Glendenning – Reilly, determinado, interrompeu o conde –, sou um médico, não um casamenteiro. Não o ajudarei a coagir essa jovem.

O conde não era um homem inteligente. A boa aparência o privara da necessidade de raciocinar para conseguir o que desejasse, pelo menos na maioria das vezes. Reilly conhecia muito bem esse tipo de homem. Metade dos estudantes de Oxford era como Glendenning. Frequentavam a universidade porque os pais e os avós haviam estudado lá e não porque tinham sede de aprender.

Mas ao contrário dos colegas que Reilly conhecera, o conde tinha um traço de esperteza, um sentido animal de sobrevivência.

Deve ter sido isso e nada mais sofisticado que fez o conde expressar o comentário seguinte.

– É uma lástima, realmente. Eu esperava vê-la fora da cabana antes que as chuvas da primavera começassem. Não podia fazer nada quando os pais dela estavam lá, mas esta será a primeira primavera em que ela ficará sozinha e com aquele... *problema*... Não tenho certeza de que será correto deixá-la isolada... sem ninguém...

Reilly relutou em fazer a pergunta óbvia, por saber que o conde lhe dava corda, mas não resistiu.

– Problema? A que exatamente milorde está se referindo? A jovem dama tem alguma... dificuldade?

– Bem, eu não queria dizer nada – Glendenning desculpou-se. – Muito menos para o doutor. Quero crer que não há nada alarmante ou, pelo menos, é o que me parece. Mas desde que voltou para cá, ela tem agido de maneira... um pouco estranha.

Reilly passou a língua pelos dentes.

– A senhorita Donnegal tem agido de maneira estranha... – Reilly repetiu.

– Sim, mas nada de muito assombroso. Fora o fato óbvio de que ela voltou para cá, fugindo de quem deveria estar cuidando dela, sabe-se lá por quê. Na verdade, desde que retornou... Ela vem se comportando com estranheza...

– Porque ela não quer se casar com milorde? – Reilly se manteve inexpressivo.

– Sim... mas também por outras coisas. Perambular pelo cemitério no meio da noite, fazendo anotações em um caderno. Esse tipo de atitude.

Reilly arregalou os olhos.

– Fazendo anotações. Em um caderno. No cemitério. No meio da noite.

– E isso não é tudo. Ela também fica andando pela aldeia depois que escurece, com o mesmo caderno que usa no cemitério. Vai de casa em casa, escrevendo coisas. Depois se tranca no quarto dos fundos da cabana, recusando-se a receber quem quer que seja. Não se sabe o que ela faz lá. Deve ser algo bem inocente, mas sabe como as pessoas falam...

Glendenning tornou a sacudir os ombros enormes antes de continuar.

– Sabe como é, as pessoas falam, e tenho que lhe confessar que não me sinto muito bem, sabendo que uma jovem mora sozinha e que a época das enchentes está chegando. Os invernos aqui em Skye são brandos, mas não é nada agradável quando a neve das montanhas começa a derreter. E se as capacidades mentais da jovem... realmente estiverem afetadas, nunca me perdoarei se a encontrarmos congelada ou morta por afogamento. Não quero ser o portador de uma notícia dessas aos pais dela...

– Certo.

Reilly procurou manter a voz firme. Não queria demonstrar a excitação que sentia. Era possível que Glendenning estivesse exagerando para obter sua cooperação.

Mesmo que uma parte do que o conde dizia fosse verdade, eles poderiam estar diante de uma mulher efetivamente perturbada. Por que uma mulher deixaria o amor e a segurança de seus parentes queridos para viver sozinha em um lugar como Skye? E para andar pela aldeia, isso sem mencionar o cemitério, na calada da noite?

O coração de Reilly disparou. Será que a senhorita Donnegal viria a ser sua primeira paciente?

Bem, se a mulher era tão desequilibrada, por que Glendenning desejava se casar com ela?

– Ora, isso devia ser óbvio – o conde respondeu quando Reilly fez a pergunta. – Eu a amo.

Simples assim. Três palavras pequenas, mas carregadas de uma abundância de informações. Era comovente a devoção daquele homem a uma mulher que precisava de cuidados médicos. Pareceu a Reilly que se tratava de uma neurótica.

E passear no escuro era provavelmente o resultado de uma demência.

Quando contasse o caso para Pearson e Shelley, eles ficariam loucos de inveja.

Ainda assim, Reilly não pretendia demonstrar entusiasmo. Glendenning estava apaixonado por essa mulher.

– Suponho – Reilly disse com cautela – que não haverá nenhum transtorno se eu a visitar, milorde, para assegurar-me da gravidade de sua doença.

Glendenning bateu palmas com as mãos enormes, e o ruído, que lembrava um trovão longínquo, fez que alguns pescadores que estavam dormindo gemessem.

– Soube que o doutor era o homem certo para o trabalho – o conde se entusiasmou – assim que o vi pela primeira vez.

Acontece que, quando o conde viu Reilly Stantou pela primeira vez naquela manhã, ele estava desmaiado sobre o bar da taverna local. Reilly preferiu não lembrar seu empregador desse fato e disse:

– Se milorde me disser onde posso encontrar água quente, mudarei de roupa, tomarei um banho e farei a barba...

E assim foi. Algumas horas mais tarde, Reilly montava um corcel peludo e fogoso, trazido especialmente da estrebaria do conde para uso pessoal do doutor, segundo palavras do jovem estribeiro que o trouxera. O rapaz, que afirmou se chamar Rob por causa de um antigo rei, foi designado como guia de Reilly, cargo que exerceu sem se pronunciar, com exceção do momento em que apontou para o castelo Glendenning, obviamente, como o ponto mais elevado da aldeia, que não passava de um amontoado de choupanas em ruínas que se alinhavam ao lado do ancoradouro. O castelo parecia uma ave de rapina empoleirada em um penhasco a sessenta metros acima do nível do mar.

Reilly virou o pescoço ao passar pela fortaleza e percebeu que não se tratava de uma visão muito convidativa. O sol da manhã afugentara o nevoeiro da noite anterior e foi possível avaliar os arredores que formavam uma paisagem interessante. A neve cobria tudo, desde o telhado de colmo da Lebre Ferida até as torres do castelo, com o gelo se acumulando onde ela começava a derreter. As poucas árvores que apareciam tinham os ramos cristalizados, refletindo a luz fria do sol. No caminho para a aldeia, era possível ver muitas ovelhas com uma fina capa de gotas de gelo colada no manto de pele.

Apesar de tudo, Reilly estava satisfeito com a decisão de ter ido para Skye. As pessoas eram simples, com exceção da problemática senhorita Donnegal e, por certo, da senhorita Brenna, uma beldade irritante. Skye era uma tranquilidade quando comparados aos pacientes londrinos, que com frequência contestavam seus diagnósticos, insistindo que doenças simples eram muito mais dramáticas ou exóticas. Os que sofriam de amigdalite, teimavam que era malária, e os que tinham uma indigestão convenciam-se de que sofriam de uma rara doença cardíaca. Reilly não esperava ter projeção no bairro londrino de Mayfair. Mas em Skye teria oportunidade de provar seu verdadeiro valor como médico.

Rob o levou por uma subida que se afastava do castelo e da aldeia. O terreno era irregular e rochoso, embora fosse uma estrada, ou melhor, uma trilha por onde os cavalos seguiam como se a ela já estivessem acostumados. A população local era pequena, resumindo-se a uma centena de pessoas desde que a epidemia do último verão ceifara a vida de um terço dos habitantes do local. No pátio da igreja, havia um folheto amarelado ainda preso a uma árvore escura e desfolhada, com um aviso aos paroquianos de que o cemitério estava lotado e não seriam permitidos mais enterros individuais, somente coletivos.

No entanto, nem mesmo essa lembrança sombria de morrer do verão anterior – que também atingira Londres, embora nenhum de seus pacientes houvesse contraído a cólera, doença devastadora que atingira as populações mais pobres – diminuiu sua expectativa. Inalou o ar puro com cheiro de sal e o achou muito mais agradável do que a atmosfera impregnada de fuligem de Londres em consequência da queima do carvão. Era ali que Deus preferia que Suas criaturas vivessem e não nas cidades, atiradas umas contra as outras. Sentiu pena de Pearson e Shelley, que àquela hora deviam estar a caminho da primeira visita e, na certa, ficariam presos no trânsito da manhã.

– Lá está a Cabana do Riacho – o garoto afirmou.

Reilly olhou para onde Rob apontava e viu uma cabana encantadora, aninhada em um local no qual, no verão, certamente passava uma enchente, mas que, no inverno, era simplesmente um riacho de seis metros de largura, com uma correnteza rápida, sobre o qual se estendia uma ponte de madeira apenas suficiente para a passagem de um cavalo e nenhum tipo de veículo. Um local perfeito para uma moradia.

Reilly puxou as rédeas do cavalo e parou.

– Essa paisagem parece uma pintura.

O garoto também deteve seu animal, mas não se mostrava impressionado. Um telhado de colmo não era nenhuma novidade para ele, que passava a maior parte do inverno tremendo debaixo de um. O riacho, que lembrava uma fita de prata, também não o enternecia.

– É. – Rob cutucou o pônei com o calcanhar. – O fogo está aceso – disse, mostrando a espiral de fumaça que saía da chaminé. – Poderemos tomar uma xícara de chá.

Em instantes os cascos do pônei atravessaram as pranchas de madeira da ponte. Reilly seguiu seu guia e refletiu que a Cabana do Riacho dificilmente seria o local preferido por uma demente. Nunca vira local mais alegre e esplêndido. Em contrapartida, o castelo de Glendenning, com suas torres antigas e a atmosfera de melancolia sombria, seria o lugar ideal para uma louca.

Rob apeou da montaria e, com passos confiantes, foi até a porta da frente. Reilly desmontou e não pôde deixar de notar o pátio bem cuidado, com os jardins cobertos de neve, uma horta com talos mortos de um tomateiro, um canteiro que parecia ser de plantas medicinais e outro canteiro que deveria ser de flores. Refletiu que a loucura podia assumir várias formas, um lunático podia ter um belo jardim e, ao mesmo tempo, manter em segredo os males de seu distúrbio. Pessoalmente não conhecera nenhuma louca, mas Pearson cuidara de uma condessa italiana que tinha o hábito infeliz de atrair pombos em seu sótão, onde ela os desmembrava e comia, crus. Pearson escrevera uma dissertação sobre o caso, que fora apresentado e muito bem recebido em um encontro médico.

Enquanto Rob batia na porta, Reilly pensou na possibilidade de escrever um artigo sobre a infortunada senhorita Donnegal. A necrologia era uma neurose incomum. Nunca ouvira falar de indivíduos patologicamente perturbados fazendo listagem de mortos, um sintoma que na certa fascinaria seus pares, pelo menos os integrantes da comunidade médica. Não tinha muita esperança de impressionar Christine. Seria mais provável deixá-la enojada e doente. Mas se ele desse um jeito de curar essa jovem... Quem sabe?

Quando a porta da cabana se abriu, Reilly não viu nenhuma mulher perturbada, mas sim o olhar lúcido e hostil da dama conhecida como senhorita Brenna.

Só então ele percebeu que fora enganado.

6

Brenna ficou surpresa ao ver o homem alto à porta. Pestanejando, refletiu sobre como ele não perdera tempo. Santo Deus, mal chegara e já vinha pedir para ela desocupar a casa?

Os londrinos eram mesmo estranhos, e não era novidade que se comportavam com grosseria.

– Serei o mais breve possível – disse ela com uma impertinência que não pôde controlar. – Somente ontem à noite fiquei sabendo que o senhor viria, e precisarei de um dia ou dois para sair daqui. Ainda não tive tempo nem de empacotar minhas coisas, quanto mais de procurar novas acomodações.

O médico a fitou com espanto... como se fosse ter um ataque apoplético, mas Brenna não pôde imaginar o motivo.

– Não me importo de discutir o assunto mais tarde – ela continuou rapidamente. – Mas como o senhor pode ver, agora estou atendendo um paciente. – Ela esticou um braço para trás e indicou um garoto que segurava um cão branco e preto em cima da mesa da cozinha. O paciente era Lucais, o *border collie* do pequeno Hamish MacGregor. O cachorro adorava duas coisas: caçar coelhos e se meter em confusão. As duas paixões por vezes se combinavam e colocavam Lucais em maus lençóis, ou, como era o caso, em uma das armadilhas para lobos de Glendenning.

O que o doutor Stanton pensava, pouco importava. Ele poderia até mesmo achar que o garoto era o paciente.

– Por isso o senhor terá que voltar outra hora. Até logo.

Ela começou a fechar a porta e disse para si mesma que felizmente, vestido, o doutor Stanton não era tão intimidador como sem camisa...

Reilly, num reflexo imediato, empurrou a porta, mantendo-a aberta, apesar da força que Brenna fazia com o corpo em sentido contrário.

– Doutor Stanton – Brenna resmungou, firmando os pés no chão. – Francamente...

De costas para a porta, ela fez um sinal a Hamish para que fosse ajudar. O garoto deu um salto, ansioso para participar do que lhe parecia um grande jogo, e juntou seu peso ao de Brenna contra a porta maciça de madeira.

Não fez diferença. Como se eles não pesassem mais do que um saco meio cheio de batatas, Reilly os empurrou, entrou na cabana e fitou os dois como se nunca houvesse visto nada igual.

E devia ser verdade, na opinião de Brenna.

– Meu Deus! – Reilly gritou, quando recuperou a voz. – É a senhorita! Eu não tinha certeza...

Brenna, sem saber a que ele se referia, virou-se de costas para ele e voltou a atender seu paciente. O cão ergueu a cabeça peluda e olhou para o recém-chegado, batendo o rabo na mesa. A pata do animal fora presa em uma armadilha e se encontrava em estado deplorável. Brenna suturava a ferida, quando ouviu as batidas na porta.

– Fique à vontade – ela disse com mau humor. – Mas tenho a impressão de que é preciso que o novo morador espere até que o ocupante anterior desocupe a casa...

Hamish, um menino esperto e sardento de uns onze anos, observava Reilly com curiosidade.

– Quem é ele? – ele perguntou.

– O novo médico – Brenna respondeu, irritada. – E está aqui para me despejar. Agora segure a pata de Lucais, por favor.

– Ele não pode fazer isso! – ele gritou, fitando Reilly com raiva.

Brenna notou, com o canto dos olhos, que o médico havia tirado o chapéu, demonstrando, pelo menos, ser um cavalheiro ou querendo parecer um. Parado, ele contemplava o que ela fazia, aparentemente sem saber o que dizer.

Hamish, contudo, falou pelos dois.

– A senhorita Brenna sempre morou aqui – o garoto declarou, hostil. – O senhor não pode atirá-la lá fora. Se tentar fazer isso, eu... eu... lhe darei uns bons murros!

Aborrecida com o comportamento do doutor Stanton, ela não pôde deixar de sorrir, mas evitou que o garoto percebesse. A cabeça de Hamish chegava à cintura do médico, mas isso não o intimidava.

– Rapazinho – Reilly finalmente prestou atenção nele –, não pretendo expulsar ninguém de lugar nenhum. Só vim aqui porque Lorde Glendenning explicou que havia uma senhorita Donnegal morando na cabana e que... – Reilly interrompeu-se e olhou para Brenna. – Bem, ele não me disse que a senhorita Donnegal era... A "senhorita".

Indiferente, Brenna fitou-o por sobre o ombro.

– Sim. – No momento ela não entendeu a que ele se referia. – Imagino que isso deva ter sido um choque para o senhor. Se esperar um pouco, poderemos falar sobre o assunto. Mas agora estou ocupada. Rob, você vai ficar aí parado como um bobo ou pretende entrar? Está ficando muito frio.

Rob, que não primava pela inteligência, resmungou e deu um pontapé na porta.

Brenna apontou para o fogão.

– Tem chá na chaleira. Se quiser, pode se servir, mas cuidado, pois está quente, Rob.

Ele tirou as luvas sem dedos e foi até a lareira, deixando Reilly abandonado. Brenna notou que o médico analisava o recinto e pensou, com raiva, que ele devia estar refletindo como arrumaria as próprias coisas.

"Praga insolente!", ela pensou.

Nisso, ele a surpreendeu.

– A luz a esta hora do dia é muito fraca. Permita-me melhorar a luminosidade.

E para espanto ainda maior de Brenna, Reilly acendeu a lamparina a óleo que estava sobre o console da lareira e segurou-a no alto, diretamente sobre Lucais, que continuava deitado na mesa da cozinha.

Brenna não soube o que dizer, murmurou um agradecimento e voltou a tratar da ferida do animal. Eles ficaram em silêncio, e Brenna escutou Rob se servindo. Ele, um pequeno glutão, misturava leite e seis pedrinhas de açúcar no chá. Ela devia tomar cuidado e não deixar a jarra ao alcance dele. Lucais respirava com regularidade, mas seu dono arfava de ansiedade, sem muita fé na capacidade de Brenna.

Foi então que eles ouviram o ruído de uma gata que pulara para o chão. Eirica passeou pela sala para inteirar-se do que acontecia. Alguns instantes depois, um bater de asas anunciou a presença de Joe, o corvo de estimação de Brenna, que se empoleirou em uma das vigas mais baixas, para acompanhar as ocorrências. E Sorcha, a vira-lata de pelos claros de Brenna, estava debaixo da mesa com expressão preocupada: Lucais era um de seus companheiros preferidos.

E, apesar de tudo isso, Brenna não deixou de ficar sensibilizada pelo homem que estava ao seu lado... Isto é, um pouco mais perto do que "ao lado". Reilly Stanton inclinava-se sobre ela para manter bem iluminado o local do ferimento que ela suturava. Tão perto que Brenna podia sentir o considerável calor do corpo dele, apesar do manto que usava. Ela se enganara ao pensar que, vestido, o doutor Stanton fosse menos intimidador. De qualquer forma, ele era uma presença marcante e aterrorizante. Era bastante ameaçador aquele físico volumoso inclinado sobre ela.

Ou pelo menos era o que deveria ser. Oh, ela não se sentia à vontade. Parecia estar ali a sós com um homem bonito e robusto. Relativamente sozinha. Rob e Hamish não contavam, pois os dois juntos não seriam capazes de tirar Reilly Stanton de cima dela, caso ele resolvesse assediá-la de maneira inconveniente.

O que, infelizmente, ele não fez.

"Infelizmente?" Mas o que estava se passando com ela? Ora, estava se comportando como Maeve, que ansiara pelo jovem médico como se fosse uma colegial apaixonada. Até o perfume do sabão que o doutor Stanton usara para se barbear naquela manhã teve um efeito perturbador sobre ela. Era um aroma penetrante, de limpeza, que ela reconheceu como o sabão de lavanda da senhora Murphy. A mulher provavelmente emprestara uma barra para o jovem médico. Não era uma fragrância provocante, no entanto, causou um ligeiro arrepio em Brenna. Aquele odor, juntamente com o cheiro das roupas que deviam ter sido lavadas antes da viagem, era curiosamente tentador. Brenna garantiu a si mesma que isso acontecia porque fazia muito tempo que ela não ficava perto de um homem que tomava banho com regularidade, mas não adiantou. Quando terminou de suturar o ferimento de Lucais, sentiu que estava com o rosto vermelho, como num tórrido dia de verão. Teve que se desculpar e foi para o quarto.

Fechou a porta, correu até o lavatório e aplicou uma toalha molhada no rosto. O que havia de errado com ela? Estava tão enrubescida como ficava Flora quando Lorde Glendenning aparecia na porta.

E por quê? Porque um homem – que era limpo e exalava um perfume como nenhum outro que ela encontrara ultimamente – estivera muito próximo dela.

Ridículo! Tratava-se apenas do médico jovem e irritante que o conde contratara para fazer da vida dela um inferno. Lorde Glendenning o chamara de fanático, e estava coberto de razão. Que motivo haveria para um homem com um cheiro tão delicioso aventurar-se nessas terras longínquas do norte?

O doutor Stanton só iria se decepcionar. Em Skye ele não teria glória nem dinheiro, com certeza.

Ela asseguraria que assim fosse.

Enquanto ela se refazia da ansiedade e arrumava algumas coisas no quarto adjacente que ficava sempre trancado, Reilly passava o tempo conversando com Hamish, que vencera a antipatia pelo médico e lhe contava os detalhes do acidente com o cão, incluindo aí algumas referências nada elogiosas ao conde e a seu péssimo hábito de espalhar armadilhas por suas terras.

– Ele diz que os lobos podem comer seus cervos – Hamish afirmou –, mas eu nunca vi lobos por aqui. Só raposas.

O doutor Stanton anuiu, sentado à mesa de jantar, apoiando o queixo em uma das mãos, enquanto com a outra acariciava a orelha direita de Lucais.

– Enquanto isso – Hamish continuou – os cães quebram as patas.

– A pata não está quebrada – Brenna disse ao voltar. – O osso pode estar machucado, mas não se quebrou.

O doutor Stanton se levantou com cortesia, como um cavalheiro londrino, quando ela apareceu. Foi impossível não notar que o olhar escuro dele ficava brilhante ao fitá-la. Brenna desviou a vista, um pouco nervosa por descobrir que estava novamente com calor, mesmo depois de ter-se lavado com água gelada.

– Mesmo assim, vou enfaixar a perna dele com uma tala – ela explicou, aliviada por conseguir falar com naturalidade, ou pelo menos foi o que lhe pareceu. A presença do médico atraente não a afetava. Nem um pouco. – Você terá que evitar que Lucais arranque a tala. Certo, Hamish?

O menino respondeu qualquer coisa ininteligível. O que talvez se devesse ao fato de ele ter se servido, assim como Rob, de um pedaço do bolo de especiarias que ela deixara esfriando no aparador, pois os dois estavam com a boca cheia.

– Sua técnica é esplêndida – Reilly elogiou Brenna, apontando para a pata de Lucais. – Foi seu pai quem lhe ensinou a suturar?

– Foi. – Brenna se sentou, procurando não demonstrar como se sentia abalada pelo olhar do médico. Esperava que ele não começasse a se mostrar bondoso. Como continuaria a odiá-la, se ele a tratasse com bondade?

– Presumo que desde que seu pai deixou a ilha, a senhorita vem cuidando das pessoas daqui.

– Das pessoas – disse Brenna com um pauzinho na boca, enquanto enfaixava a pata do cachorro – e de seus animais, como o senhor pode ver.

– A senhorita deve estar aliviada por eu ter vindo.

Ela o olhou com espanto. De todos os arrogantes, convencidos...

– Deve ter sido um esforço excessivo para a senhorita – ele acrescentou, receoso de que suas palavras houvessem sido mal entendidas... como de fato foram. – Quero dizer, pelo fato de estar à disposição de todos na aldeia. Imagino que a senhorita tem coisas melhores para fazer.

– Na verdade, não – Brenna retrucou. – Ela falou com mais clareza por haver retirado o pequeno pedaço de madeira da boca para ajustá-lo à pata de Lucais.

– Bem, apenas pensei... que... uma jovem... Todas as jovens que conheci em Londres passavam a maior parte do tempo... bem, fazendo compras, indo a festas ao ar livre e...

Reilly parou de falar ao fitar o rosto dela. Brenna supôs que estivesse com uma fisionomia de espanto, a julgar pelas palavras dele que se seguiram.

– Imagino que em Skye não deva haver muitas festas.

– Dificilmente acontece alguma. – Brenna deu várias voltas na bandagem, na esperança de que isso fosse impedir Lucais de destruir o curativo.

– Como também não creio – Reilly continuou no mesmo tom irônico – que, se houvesse, a senhorita as frequentaria.

Brenna sentiu-se corar, mas dessa vez de ódio. Como ele ousava insinuar que, por entender de medicina, ela não fosse feminina e não pudesse alegrar-se com as frivolidades de reuniões ao ar livre? Ora, ela fora a muitas recepções e sempre se divertira bastante.

Na verdade, não tinham sido muitas, e ela nem se divertira a valer, mas Stanton não sabia disso. E por que lhe importaria o que esse londrino arrogante, com roupas limpas e peito largo, pensava dela? Para ela, tanto fazia.

Exceto...

Ela não seria uma cientista escrupulosa se não admitisse o fato de que Stanton era um homem muito atraente, que parecia tomar banho com regularidade e ainda demonstrava inteligência. E a julgar pela reação anterior dela à proximidade de Stanton, seria muito difícil não se sentir atraída por ele.

Contudo, ela não se deixaria influenciar por costumes cosmopolitas e cheiro de sabão de lavanda. E o modo mais fácil de fazer isso seria lembrar-se do motivo que o levara à sua casa.

– Então foi Lorde Glendenning quem o mandou vir aqui, doutor Stanton? – Ela acariciou a cabeça do cachorro, para dar a entender que terminara o curativo, e pareceu que o animal sorrira em resposta, balançando o rabo, que batia na mesa, como a dizer que não havia rancores.

– Não, não foi.

– Não? – Brenna arqueou as sobrancelhas. – Pois entendi o contrário. O senhor veio por sua livre e espontânea vontade? Planejou tirar algumas medidas? Olhe, a não ser um pouco de fumaça na lareira quando chove, eu lhe recomendo o local sem reservas.

Brenna teve o prazer de ver que o irritava. O queixo de Stanton estremeceu e ele gaguejou.

– Não foi... por isso... que vim aqui. – Ao vê-la sorrir com desdém, ele disse de uma vez: – Está certo. Foi Lorde Glendenning que me mandou. Mas não para avaliar a cabana...

– Então por quê? – Brenna estava surpresa.

Mas em instantes ela entendeu.

E, pela terceira vez, ela corou, furiosa.

– Agora compreendo – Brenna declarou e ficou em pé de repente, assustando Joe, que bateu as asas. – Ele o mandou para avaliar *a mim*. Acertei? – Pela expressão de desconcerto dele, deduziu que acertara. – O que foi que ele lhe disse? Que sou uma débil mental? Não, espere. Eu sei. – Ela levantou as duas mãos. – Um perigo para mim mesma. É isso?

– Ele não disse... – Stanton se esforçava para demonstrar indignação.

– Claro que ele fez o drama. O conde já fez isso antes. Ele mandou o senhor aqui para analisar a pobre e patética senhorita Donnegal, a quem ele espera persuadir a aceitar sua nobre proposta de casamento. – Brenna começou a andar de um lado a outro no comprimento da pequena cabana, e suas saias ondulavam toda vez que se virava. Ela não conseguia se lembrar de jamais ter ficado tão colérica. Maldito lorde intrometido e ignorante, nobre de araque!

– Mas ele se esqueceu de lhe dizer que a senhorita Brenna, a quem o senhor conheceu ontem à noite, e a pobre e patética senhorita Donnegal eram a mesma pessoa, não foi? – Ela sacudiu a cabeça. – O senhor deve ter levado um choque quando abri a porta.

– Não foi exatamente um choque, mas decepção, por ver que não estava usando calças.

Sua sinceridade – ela se convenceu de que foi isso e não seu sorriso – a acalmou. Brenna o fitou, sem saber o que retrucar...

E nesse momento, pela terceira vez naquela manhã, alguém bateu à porta da frente da Cabana do Riacho.

7

– Aposto que é *ele* – Brenna disse com rispidez, mostrando-se irritadíssima.

Reilly calculou que ela podia não ir a festas com regularidade, mas certamente caprichava na arte do ressentimento feminino.

– Deve ter vindo para conferir em que pé está meu diagnóstico... – Reilly concordou com ela, ansioso para alimentar as chamas da raiva de Brenna. Embora poucas vezes tivesse visto uma bela mulher tão temperamental, aquilo lhe agradava. – Tenho certeza de que é ele.

A frase serviu para deixar Brenna ainda mais enraivecida. Reilly julgou não ser um exagero afirmar que vira uma ou duas centelhas voarem do olhar azul brilhante da jovem.

Era obrigado a tirar o chapéu para ela. Christine, que não suportava a injustiça da exploração do trabalho infantil, nem chegaria aos pés de Brenna. O ódio de Brenna era extraordinário.

Chegou a sentir pena de Iain MacLeod. O conde não se encontrava em seu juízo perfeito, quando se tratava de Brenna Donnegal. Não duvidava de que Brenna, ao abrir a porta e vê-lo na soleira, no mínimo daria um soco no outro olho de Glendenning. Também não era improvável que se seguisse um ataque mais sério para mutilar o conde. Reilly se posicionou de modo a poder ajudar e socorrer Brenna, caso fosse preciso. No entanto, ela abriu a porta, e não se tratava do lorde. Era uma das moças da taverna, esbaforida e parecendo azul de frio.

– Ah, senhorita! – Maeve gritou.

– Santo Deus! – Sem esconder o espanto, Brenna segurou o braço da moça e, antes que Reilly pudesse ajudar, levou a rapariga até o fogo e, sem cerimônia, empurrou Rob, Hamish e a gata malhada da frente da lareira.

– Maeve, você está morta de frio – Brenna a repreendeu. – O que deu em você para vir aqui enrolada apenas em um xale?

– Senhorita, é preciso ajudar Flora – ela gaguejou, batendo os dentes. – A senhorita terá que ir ao castelo imediatamente.

Aquilo era demais. Reilly estivera pronto para recuar junto com o imperturbável Rob e Hamish, que não parava de comer bolo, mas aquilo passava dos limites.

– Castelo? – Reilly fitou a moça, que não parava de tremer. – O que Flora está fazendo no castelo?

– Ela sempre vai ao castelo – Brenna explicou – quando chega a hora.

– É mesmo? – Reilly arqueou as sobrancelhas. Desde que cruzara o riacho, fora uma surpresa atrás da outra. Deveria ter adivinhado que o conde... faltava com a verdade, isso para não usar palavras descorteses. Ainda assim era desolador imaginar a que ponto Glendenning chegava para ocultar o que realmente acontecia.

Não havia o menor sinal de anomalia na saúde mental de Brenna, exceto que ela possuía um bom senso incomum para sua idade e, por isso, percebia a postura byroniana do conde.

A surpresa de Reilly não poderia ter sido maior quando Brenna, que fora tão rude com ele na noite anterior, abrira a porta da cabana. E ficara chocado ao fazer a conexão minutos depois. A senhorita Brenna era a senhorita Donnegal, a mesma por quem Lorde Glendenning estava apaixonado.

A pseudo-órfã cujo pai fora cirurgião até abandonar o posto.

A própria senhorita Donnegal, que tornava incerta a possibilidade de Reilly se instalar na casa.

A senhorita Donnegal, que ressuscitara o barqueiro, tomara uísque do gargalo, cavalgara de pernas encanchadas no nevoeiro e era muito atraente usando calças.

E que não ocultava a antipatia que sentia por ele.

O que lhe pareceu injusto. Havia ignorado *quase* tudo a respeito de Skye, quando respondera ao anúncio que Glendenning mandara publicar no *Times*.

A voz rouca de Brenna trouxe-o de volta de seus devaneios.

– Leve Lucais para casa – ela ordenou. – Veja se consegue fazê-lo não andar muito por uns dois dias e nem pense em deixá-lo atravessar o riacho. Mantenha a pata seca. – Reilly demorou a entender que ela se dirigia a Hamish e não a ele. – Traga-o de volta dentro de alguns dias, ou antes, se você sentir um cheiro desagradável ou se o cão estiver sofrendo.

O garoto anuiu, obediente.

– Sim, senhorita Brenna. Vamos, garoto. – O cachorro, que se fazia de muito doente, deu um pulo e andou nas quatro patas, mancando suavemente.

– A senhorita tem ideia da altura em que se encontra a gravidez de Flora? – Reilly perguntou.

– Adiantada o suficiente – a resposta foi dada secamente, antes que Brenna sumisse no quarto e continuasse com voz rouca, porém doce. – Maeve, a que horas ela começou a subida para o castelo?

– Não sei ao certo. – Maeve estava mais corada, graças ao calor do fogo e de uma caneca com chá quente que Brenna lhe entregara antes de sair da cozinha. – Foi depois do café da manhã, mas antes de lavar a louça. E havia bastante louça. Ela contou que Lorde Glendenning fora até lá para o desjejum.

Reilly não se conformava com o fato de a moça provavelmente estar em trabalho de parto precoce por causa do conde, que a acordara e exigira aquela refeição enorme. Tudo fora por culpa dele. A criança nasceria prematura, e o conde teria de viver com o peso na consciência de que tudo acontecera como resultado de um esforço excessivo condenável para uma gestante na situação de Flora.

– Ela não ajudou na lavagem dos pratos, dizendo que estava mal-humorada – Maeve afirmou como quem não acreditava na desculpa e como se a gravidez fosse uma invenção só para não lavar louça. – A última coisa que vi foi ela calçar a luva grossa e pedir para eu vir chamar...

– Não se preocupe, Maeve – Reilly a interrompeu. – Sairei imediatamente. Rob, vá buscar minha maleta na taverna e leve-a ao castelo. Eu o esperarei lá.

Rob, que Reilly não considerava um dos habitantes mais brilhantes da ilha, não se mexeu.

– Você escutou, Rob? – Reilly tivera auxiliares tolos, mas Rob superava a todos. – Corra. – Pôs a mão no bolso das calças, procurando algo que o convencesse a partir.

– Um guinéu para você.

E, no entanto, Rob continuou sentado no mesmo lugar, até que uma suspeita invadiu a mente de Reilly.

– Algo errado?

Rob olhou Maeve de relance, antes que a moça respondesse, nervosa.

– Perdão, doutor, mas Flora não pediu sua presença. Ela quer a senhorita Brenna.

– A *senhorita Brenna*? – Reilly repetiu, incrédulo.

– Sim, doutor. – Maeve arregalou os olhos azuis. – A senhorita Brenna fez todos os partos de Flora... com a ajuda do senhor Donnegal.

– Todos... ? – Foi a vez de Reilly arregalar os olhos. Na verdade ouvira Brenna afirmar que Flora ia ao castelo sempre que chegava a hora. Mas quantos seriam? – A senhorita Flora tem quantos filhos?

Maeve contou rapidamente nos dedos.

– Com esse serão quatro.

Aquela jovem franzina, que parecia uma colegial, tinha quatro filhos? Era uma barbaridade. E talvez muito pior do que isso...

– Rob. – A voz da indomável Brenna soou do outro quarto. – Ponha a sela em Willow e traga-a imediatamente. Seja um bom menino.

Reilly não podia acreditar. O garoto enfiou na boca o último pedaço de bolo e apressou-se para fora da cabana. Virou-se e viu que a "Amazona" – o único nome que seria adequado para uma jovem com aquele caráter e energia, pois Brenna não combinava com ela – saía daquele que devia ser seu quarto.

A despeito de sua própria confusão, Reilly ficou encantado ao ver que Brenna trocara o vestido – bonito, de lã azul, que iluminava seus cabelos vermelhos, mas um pouco folgado – pelas calças com que a conhecera. Ela carregava uma maleta preta, semelhante à usada pelos médicos, e distribuía ordens como um general.

– Maeve, vista esta capa. É um perigo sair sem agasalho. Apesar da melhora do tempo, ainda não estamos na primavera. Doutor Stanton, queira me desculpar, estão me chamando...

– Desculpá-la? – Reilly sacudiu a cabeça. – De maneira nenhuma.

"Amazona" foi até a porta da frente, onde havia um par de botas de cano alto. Ela parou, jogou para trás algumas madeixas de sua gloriosa cabeleira – que usava solta, num estilo que Christine e suas amigas, tão ligadas à moda, certamente não apreciariam – e olhou por sobre o ombro.

– Como é? – ela perguntou, com sua voz de contralto, estranha mas sensual.

Reilly pôs o chapéu na cabeça.

– Eu mesmo tratarei disso. – Aprendera há muito tempo que, para conseguir a confiança dos outros, era importante demonstrar confiança em si mesmo. – Senhorita Donnegal, não há motivos para se preocupar.

– Preocupar-me? – A "Amazona" se endireitou – ela estivera desamarrando os sapatos. – A que o senhor está se referindo?

– Pelo que entendi – Reilly afirmou –, desde que seu pai se foi, a senhorita vem cuidando das necessidades médicas da comunidade. – Mas, agora que estou aqui, isso não será mais necessário.

Eles se entreolharam, e Reilly tentou manter uma expressão agradável. Era difícil, pois tinha a impressão de que acabariam discutindo. Não que estivesse ansioso para fazer o parto de Flora. Em Londres, raras vezes se ocupara de um parto. As parteiras cuidavam desse ofício, e quando havia complicações apelavam para um cirurgião. Os médicos eram chamados depois, quando a mãe estava com dores ou a criança precisava de atendimento.

Por que ele discutia? Por que tanta confusão pelo direito de trazer à vida o filho ilegítimo de uma criada local?

Porque não seria correto a população ser atendida por uma pessoa não licenciada e certamente sem a formação adequada, agora que ele estava em Skye. Como provaria habilidade a si mesmo – dessa vez ele não pretendia provar a Christine, pelo menos não inteiramente –, se não tivesse uma chance de atuar como médico?

Contudo, teria que agir com cautela. Não desejava ofender a senhorita Brenna, que era muito estimada pelos aldeões. Mas todos teriam que aprender que Reilly Stanton fora o escolhido para tratar de emergências e não a filha do antigo cirurgião, a despeito do fato de que ela, sem dúvida, tornava a medicina mais atraente.

E, afinal, tudo para o bem dela. Nenhuma mulher com a aparência de Brenna Donnegal deveria circular pela aldeia, ajudando bebês a nascer e ressuscitando barqueiros. Na verdade, era um absurdo. Em Londres, ela seria a sensação da temporada. Ora, ela e Christine King poderiam até se tornar amigas.

Amizade improvável, ele refletiu, ao se lembrar da facilidade com que Brenna levou a garrafa de uísque aos lábios. E apenas numa região longínqua e isolada uma bela mulher como Brenna Donnegal seria tratada como outra qualquer...

Não exatamente. Reilly não havia notado nenhuma mulher de calças em Skye.

– Doutor Stanton – Brenna iniciou com calma –, aprecio seu gesto, mas eu lhe asseguro que ele é completamente desnecessário. Ajudei muitas crianças a nascer e não preciso...

– Tenho certeza que não – Reilly retrucou, ciente de que Maeve e Hamish ainda não haviam saído e os olhavam com grande interesse. – Como sou o novo médico desta ilha, não há motivos para sobrecarregá-la com o nascimento do filho de Flora.

Brenna estreitou os olhos brilhantes.

– Ela pediu minha presença.

Esse era um fato que Reilly não podia ignorar.

– Apesar disso – ele disse com um vigor que não admitia desobediência –, eu irei.

Brenna não demonstrou haver se impressionado com o tom enérgico.

– Fique à vontade – ela o olhou com expressão indefinível. – Mas eu também vou.

– Ótimo – ele disse e retesou o queixo.

– Muito bem – ela retrucou com orgulho.

– Ótimo – Reilly repetiu.

– Peço perdão, senhorita, doutor – Maeve falou com humildade, perto da lareira – mas, se forem, será melhor fazê-lo sem demora. Flora não estava nem um pouco animada, quando a deixei.

Mas o alerta de Maeve foi precipitado. Na verdade, Flora estava em trabalho de parto, mas as contrações se sucediam a cada dez minutos, e

Flora, ao contrário do que Maeve dissera, estava bastante animada, na opinião de Reilly. Eles a encontraram sentada num colchão de palha, num dos quartos dos fundos das cozinhas do castelo, lendo revistas femininas. Ler não seria o termo correto, pois Flora não sabia ler. Mas ela parecia estar se deliciando com as ilustrações de moda.

– Veja este aqui, senhorita Brenna – disse ela, quando os dois entraram correndo no quarto. – Não é lindo? Estou com vontade de encomendar este modelo.

Reilly, exausto por cavalgar até o castelo, largou-se em uma cadeira pouco segura ao lado da cama e procurou recuperar o fôlego. Suas extremidades estavam dormentes por causa do frio. Não sentia os dedos e as orelhas. A "Amazona", sempre no comando, era uma excelente cavaleira, e sua égua Willow preferira evitar as conveniências modernas, como pontes e estradas, e optara pelos terrenos mais desafiadores, como ravinas e encostas.

Ou então a senhorita Donnegal tentara simplesmente despistar Reilly. Ele pensou que deveria ser a segunda hipótese, pois quando ela puxou as rédeas de Willow na ponte levadiça do castelo e viu que Reilly ainda estava atrás dela, não conteve uma expressão de surpresa. Mesmo assim, fez um elogio.

– Para um londrino... o senhor cavalga muito bem.

Reilly teve que dissimular o cansaço extremo – sem dúvida em consequência da grande quantidade de uísque consumido na véspera – e o espanto diante das ruínas da propriedade de Glendenning, que, fazendo jus ao nome, era um castelo verdadeiro. Havia torres, ameias e talvez até uma masmorra. Construído com fragmentos de pedras pelos ancestrais do atual conde, era uma fortaleza escura e horrenda que, por certo, não proporcionava conforto aos moradores. Não era de admirar que Brenna recusasse o casamento com o conde. A Cabana do Riacho parecia infinitamente mais confortável.

Reilly não podia entender por que Flora havia escolhido aquele lugar horrível para dar à luz. Na certa não devia ser por comodidade. No quarto imundo – para onde haviam sido levados por uma cozinheira sisuda – havia um amontoado de batatas, cebolas e nenhum aquecimento. Ele nunca vira nada igual, embora tivesse ouvido falar de tais recintos pelos conferencistas que iam à sua universidade relatar as condições adversas de trabalho. E era ainda mais difícil supor que locais como aquele existissem em um castelo cujo dono se considerava um homem de ideias avançadas.

Mas havia sido para isso que Reilly fora para Skye. Para ajudar os pobres e oprimidos. Mais ainda. Queria demonstrar para Christine que não pretendia ficar à espera de que sua fama como "marquês médico" fizesse o trabalho por ele. Tencionava provar seu valor como médico de merecimento próprio e não pelo número de nobres em sua lista de clientes.

Mesmo assim, nunca se vira em meio a pilhas de vegetais, escutando uma grávida falar sobre gravuras de moda.

– Veja isto! – Flora virou uma das páginas para Brenna analisar. – Mangas bufantes, elas estão na moda. Não tenho nenhum vestido assim, mas quando milorde e eu nos casarmos, terei um guarda-roupa repleto.

– Claro que sim – Brenna disse, sentada sobre um cesto de maçãs virado de boca para baixo, folheando outra revista de moda, como Reilly vira Christine fazer com uma edição do *Godey's* na sala de estar.

– Se dessa vez for um menino – Flora explicou –, ele se casará comigo.

– Espero que sim – Brenna retrucou com suavidade.

– Será que a senhora Murphy ficará aborrecida por ter de me chamar de *milady*? Se isso acontecer, vou achar muita graça.

– Ainda bem.

– Acha que dessa vez conseguirei um menino, senhorita Brenna?

– Veremos – Brenna evitou dar palpites.

Reilly continuou sentado em sua cadeira, pensando que talvez houvesse cometido um erro ao ter ido junto. Aquela situação poderia ter sucesso apenas com a presença da indomável Brenna. Ela não era licenciada para a prática médica, mas que parteira tinha licença? Por que não lhe permitir aquela pequena vitória? Isso poderia lhe garantir a aprovação dela, o que representaria um grande avanço na confiança dos ilhéus.

Talvez fosse melhor procurar o conde na imensidão daquele castelo monstruoso e aproveitar para beber uma dose de uísque, que o faria sentir de novo os pés e as mãos. De qualquer forma, precisava falar com Lorde Glendenning. Tinha que explicar que Brenna, a despeito de todas as suas características curiosas, era mentalmente sã e não oferecia perigo a si mesma nem aos outros. Se fosse possível, pediria ao conde para alugar um quarto na taverna, até que Brenna tivesse tempo de encontrar novas acomodações.

Pegou seu diário, pena e tinteiro, resolvido a escrever o que planejava dizer ao conde. Apesar de ter que equilibrar o caderno no colo, conseguiu seu intento.

15 de fevereiro de 1847
Atendimento a uma garçonete prestes a dar à luz. Talvez a moça precisasse de alguns conselhos para não se iludir com Glendenning: para que ele compraria uma vaca, se tinha leite grátis e à vontade?
A Cabana do Riacho é tão charmosa e pitoresca como em uma paisagem pintada por Gainsborough. Christine adoraria o telhado rústico de colmo. Há um único problema. A moradia no momento está ocupada pela Amazona.

Nesse momento, Flora sentou-se e deu um grito agudo.

Reilly ficou aliviado ao perceber que não fora o único a se espantar com aquela súbita mudança. Brenna largou a revista e se levantou do cesto como se houvesse levado um tiro.

– O que houve, Flora? – Brenna pôs a mão no ombro da moça.

– Alguma coisa está errada, senhorita Brenna. – O rosto bonito de Flora estava contraído pela dor. – Muito errada.

Brenna levantou imediatamente a manta que cobria Flora da cintura para baixo e examinou-a por baixo da mesma. Flora se atirara de costas nos travesseiros, gemendo em voz alta.

– Que gritaria é essa, capaz de acordar até os mortos? – A cozinheira apareceu, carregando uma chaleira de água quente.

Reilly esqueceu o diário, levantou-se e pegou a chaleira das mãos dela.

– Precisaremos de mais água quente, além de lençóis e toalhas limpos!

– Lençóis? – a cozinheira resmungou. – Toalhas? Se o senhor acha que vou desperdiçar a roupa de cama e banho de milorde nessa porcaria que está deitada...

Flora deu outro grito e Reilly, embora não fosse um homem violento, respondeu com raiva.

– Senhora, se não fizer o que estou pedindo, serei forçado a obrigá-la.

– Verei o que posso fazer. – A mulher parecia alarmada e deixou o quarto às pressas.

Reilly pensava em sua antipatia pela cozinheira, pelo próprio conde e pelos homens que eram amorais e se espantou ao sentir um puxão na manga.

– Não sei como agir – disse Brenna, preocupada, sussurrando para não alarmar a paciente. – Ele ainda não se virou.

– Ele quem? – Reilly fez uma pergunta idiota.

Brenna o fitou com desprezo.

– O bebê. Quem mais poderia ser? Acho que terá que ser virado.

– Correto. – Reilly procurou aparentar calma. – A senhorita já virou um bebê ainda no útero?

– Sim... – respondeu Brenna, piscando. – Não... bebês humanos. De ovelhas, algumas vezes.

– Bem, então vá em frente. – Reilly se animou.

– Não é tão simples. – Brenna fitou-o com olhar penetrante. – Este quarto é minúsculo, os bebês de Flora são imensos, e ela é uma moça de pequeno porte físico. Não acho que eu poderia fazer isso.

– Eu também não.

Brenna não escondeu o ressentimento.

– Pensei que o senhor havia estudado com as mentes mais brilhantes da medicina parisiense – ela ironizou.

– Nem elas poderiam ajudar nesta situação – ele retrucou no mesmo tom. – Precisamos de alguém com mãos pequenas. – Reilly largou a chaleira fumegante e estendeu os dedos com as palmas viradas para Brenna. – Veja estas coisas monstruosas. Acha que são adequadas para o que necessitamos?

Brenna estendeu uma de suas mãos e, palma contra palma, mediu as duas. Seus dedos tinham metade da grossura dos dedos de Reilly e eram quase três centímetros menores.

Reilly olhou para as duas mãos unidas e sentiu algo estranho que não soube definir. E a visão daquela mão delicada e feminina deixou-o perturbado. Teve a impressão de que os gritos iam ficando cada vez mais fracos, até que mal podiam ser ouvidos, e ele viu com clareza surpreendente que a íris dos olhos azuis de Brenna tinha um contorno quase negro.

Felizmente Brenna comparou a diferença de tamanho das duas mãos e soltou um palavrão que foi como um balde de água fria no calor do sentimento que ameaçava desabrochar no peito de Reilly em relação a ela.

– É isso – disse ele, tirando a mão rapidamente. – Vá em frente. – Segurou-a pelos ombros e virou-a para a paciente. – Cuidado com o cordão. Não deixe que ele se enrole no pescoço da criança.

– Tentarei não me esquecer – ela resmungou.

Reilly se sentou junto à cabeça de Flora e segurou sua mão.

– Não se preocupe, Flora. A senhorita Brenna tem tudo sob controle.

– Então o que o senhor está fazendo aqui? – Flora o olhou com suspeita.

– Eu? – Reilly sorriu e demonstrou confiança. – Vim para encorajar as duas. Eu ouvi quando falavam sobre moda e, como acabo de chegar de Londres, tenho o dever de avisá-las que aquelas revistas são antigas. Não se usam mais mangas bufantes. De fato...

8

– Outra menina... – Lorde Glendenning continuou reclinado na poltrona, quase encostada na lareira. – Ora, que lástima!

Reilly pensou em segurar o conde pelo capuz do manto ridículo que ele usava e atirá-lo do outro lado da sala.

Contudo, a violência não era recomendável e confundia indivíduos grosseiros como Glendenning.

– Flora por pouco não suportou o parto – Reilly se achou na obrigação de explicar. – Em caso extremo, seria uma decisão entre salvar a mãe ou a criança. Os dois sobreviveram por causa da competência da senhorita Donnegal.

Glendenning olhou de soslaio para Brenna, que estava parada ao lado do fogo, com as mãos cruzadas na altura do peito.

– Ela não está pensando que vou me casar com ela, não é? – o conde quis saber.

– Na verdade, é o que ela deseja – Brenna respondeu, com uma serenidade que causou inveja a Reilly. – Ela espera por milorde lá embaixo e quer mostrar-lhe a filha.

– Ah. – Glendenning se levantou e foi até o aparador onde estavam enfileirados um decantador com uísque e vários copos. – Filhas... Agora tenho quatro.

– Eu sei – Brenna concordou.

De costas para os dois, o conde deu um murro no aparador que fez tilintar os cristais. Os cães, espalhados pelo chão, levantaram a cabeça. Em seguida, ele se virou bruscamente e saiu da sala, com a capa esvoaçando dramaticamente.

Reilly esperou o ruído de passos sumir, antes de falar com Brenna.

– Como a senhorita conseguiu conviver com ele todos estes anos sem lhe abrir a cabeça com uma adaga? – ele perguntou em tom jocoso.

Brenna deu risada. Reilly disse a si mesmo que a ouvira rir uma vez e às suas custas. Escutar quase uma gargalhada de Brenna naquele lugar lúgubre era surpreendente.

Ou talvez ele estivesse se tornando um tolo como os demais habitantes daquele lugar esquecido por Deus.

Flora, por exemplo. Reilly entendeu a razão da insistência dela em ir até o castelo para dar à luz. Ela se apegava à esperança de que, se tivesse um filho, o conde se casaria com ela.

O que provavelmente não aconteceria, segundo Brenna lhe dissera durante o percurso até o grande hall onde deram a notícia ao conde. Mas Flora não desistia, e era a expectativa que a fazia suportar uma gravidez atrás da outra.

Por outro lado, Iain MacLeod se dizia apaixonado por Brenna, mas levava a criada da taverna para a cama. Reilly nunca imaginou encontrar um homem tão hipócrita e repulsivo na face da terra. Uma espécie de pessoa que Reilly jamais desejaria ser.

– Oh, ele não é tão mau assim. – disse Brenda, surpreendendo-o com a afirmação.

– Não? – Reilly a fitou. A placenta manchara o suéter de Brenna, e sua testa estava suja de sangue, mas ela continuava atraente. Perturbadora. Provavelmente por causa das calças, ele cismou, e tratou de tirar da mente aqueles olhos lindos. – Senhorita Donnegal, creio que Glendenning está certo ao afirmar que sua mente *está* um tanto desequilibrada.

Brenna sorriu.

– Admito que ele dá a impressão de ser grosseiro e patife. Mas eu o conheço há muito tempo e posso garantir que, debaixo da postura afetada, existe um bom coração. Não é – o sorriso deu lugar a uma careta – como alguns homens ricos e de alta posição social que conheci.

Reilly arqueou as sobrancelhas.

– A senhorita conheceu muitos? – Ele não conseguiu ocultar a incredulidade, e Brenna lançou-lhe um olhar fulminante.

– Doutor Stanton, estive em Londres – ela se expressou com frieza. – Não sou uma tola camponesa. Conheci homens que usavam seus títulos em benefício próprio e, se criticados, protegiam-se atrás desses mesmos títulos. Por exemplo, os membros do *Royal College of Physicians*. A maioria deles não estava interessada na ciência da medicina ou em sua aplicação, mas apenas em como poderiam projetar seu nome por meio dela. Se dependesse deles, deixariam morrer uma criança doente, se os pais não tivessem condições de pagar uma consulta. – Os olhos azuis cintilaram. – Metade deles acha que, por serem nobres, não precisam se preocupar em aprender a prática médica. Conseguir a licença é o bastante. Por serem Lorde Fulano ou Sicrano, não precisam de outra qualificação. É virtualmente impossível para um homem que não seja par do reino qualificar-se para uma licença, mas isso não significa que a maioria dos licenciados que exerce a medicina esteja apta para praticá-la. Não pelos meios legais.

Reilly arregalou os olhos. Era como ele pensava, principalmente em relação aos nobres que exerciam essa profissão. Por um momento, sentiu-se atingido.

Mas logo entendeu que Brenna não o considerava membro da elite privilegiada de cuja ética – ou da falta dela– ela falara com tanto desprezo. E nem poderia. Ele não lhe contara que era, na verdade, Lorde Stillworth. E continuaria sendo apenas o doutor Stanton.

– Lorde Glendenning – Brenna continuou em tom mais leve – não é assim, apesar de seus erros. Ele jamais prejudicaria alguém de propósito. À sua maneira, ele gosta de Flora.

Reilly sacudiu a cabeça. Não esperava escutar Brenna defendendo Glendenning. Ela, por sua independência de pensamento, teria todos os motivos para desprezar o conde. Ele próprio conhecera muitas mulheres que nutriam ódio ao sexo masculino e que pareciam gravitar em torno de funções caritativas para onde Christine o arrastara em Londres. Tornara-se um aborrecimento ouvir tantas críticas ao seu gênero, mas tinha clareza de que havia muitos canalhas por aí afora e que eram absurdas as supostas leis que diziam que as mulheres eram incapazes de administrar suas próprias vidas.

No entanto, Reilly não estava tão certo de que tais leis não se justificavam em determinados casos.

– Não posso dizer que me agrade a maneira como ele gosta de Flora, se isso significa um filho por ano. E quem cuida dessas crianças?

– Lorde Glendenning, é claro – Brenna respondeu com presteza. – Não se pode confiar em Flora para criá-las. Ela não tem inclinações maternais, embora ame as filhas e as visite com frequência. Na minha opinião, se ela tivesse uma babá, poderia até cuidar delas. Porém ele prefere manter sua prole em um convento de Lochalsh, onde terão educação muito superior à que teriam aqui. E com certeza são mais bem alimentadas. As freiras cuidam de todas, mediante uma doação generosa.

– Bem, pelo menos isso. – Reilly franziu a testa. – Concordo que será melhor do que se ficassem aqui.

Ele analisou o grande hall onde se encontravam e teve um arrepio. O local era tão frio como no restante do castelo. A mobília naquele saguão enorme era escassa e arrumada ao acaso, exceto a poltrona de Glendenning, que estava colocada no lugar mais quente do aposento.

– Sempre achei – Brenna deu de ombros – que a presença de crianças poderia afastar a tristeza do castelo.

– Devo presumir – Reilly a fitou com desconfiança – que sua resistência à corte de Lorde Glendenning não passa de um flerte?

Brenna arregalou os olhos.

– Não, por Deus! Não quero me casar com ele! E, como o senhor sabe, ele só insiste em se casar comigo porque...

Ela se interrompeu e, quando continuou, Reilly teve a impressão de que pretendia dizer outra coisa.

–... sou a única mulher na ilha que ele não conseguiu ter, e ele sabe que me teria só pelo casamento.

Reilly arqueou as sobrancelhas. Na verdade, Brenna era uma das mulheres mais sinceras e determinadas que havia conhecido. Não conseguia imaginar Christine fazendo o parto de uma criada de taverna. Ela provavelmente faria a pobre moça escutar um sermão sobre os malefícios do pecado da carne, mesmo achando Lorde Glendenning uma pessoa fascinante.

– Tão sem afetação – ela diria. – Um homem de verdade.

Reilly admitiu, depois de ter ficado algum tempo afastado de Christine e de seu mundo, que ela não era aquela exímia julgadora de caráter que ele pensava.

– Quer ver uma coisa? – Brenna perguntou, de repente.

Reilly não era tolo e aceitou de imediato.

– Claro.

Infelizmente não se tratava de nenhuma marca de nascença localizada em seu busto, como ele, sonhador, chegou a imaginar que fosse. Em vez disso, ela o levou até uma pequena porta lateral do saguão, por onde chegaram a uma escada íngreme em caracol.

Ainda assim, o passeio não foi inteiramente desperdiçado. Brenna subiu na frente de Reilly, que pôde ter uma visão adorável dos quadris que ondulavam dentro das calças justas.

Nisso ela abriu outra porta, e Reilly prendeu a respiração, mas não apenas por causa do frio. Haviam chegado às ameias do castelo, a mais de sessenta metros de altura. Ele pode ver ao redor do castelo o oceano cinzento azulado e as ondas brancas. Acima se estendia o céu azul da cor dos ovos de tordo, sem nenhuma nuvem. Os campos, que na primavera deviam se cobrir de urzes, chegavam até as colinas, que nessa época do ano estavam com os picos cobertos de neve. Ele nunca vira uma paisagem tão magnífica. Nem nos Alpes Suíços, para onde levava a mãe com frequência para fazer um tratamento.

– Lindo, não é? – Brenna afastou do rosto as madeixas que esvoaçavam ao vento. – Gosto de vir aqui, sempre que posso. É uma visão sem igual. Olhe, lá está a taverna e, mais além, o pátio da igreja. Adiante, a cabana. Também se enxerga o riacho sinuoso brilhando ao sol.

Reilly se esforçou para ver o que ela apontava, mas diante dele, havia algo bem mais interessante. Valia a pena observar Brenna Donnegal sob qualquer intensidade de luz, mas os raios do sol permitiam a visão de seus muitos atributos, inclusive os tons dourados de seus cabelos vermelhos e a suavidade da pele translúcida. Ele viu também que, além das bordas escuras das íris azuis, Brenna tinha cílios escuros, algo muito raro em quem possuía sobrancelhas e cabelos vermelhos.

Reilly foi incapaz de dar uma espiada nos locais por ela apontados. Como poderia fazê-lo se tinha diante dos olhos algo próximo à perfeição?

– E acredite, aqueles pequenos pontos brancos são ovelhas – ela explicou. – A esta hora, deve ser o rebanho de Hamish. O senhor logo conhecerá os pais dele, pessoas muito agradáveis. Simples e bondosas. Hamish é um pouco rebelde, mas Lucais toma conta dele...

– A senhorita foi esplêndida... – Reilly não conseguiu segurar as palavras.

– Como é? – Brenna fitou-o, curiosa.

Reilly gostaria de poder engolir o que dissera. Não a elogie, ele disse a si mesmo. Qualquer lisonja de sua parte poderia ser mal-entendida por Brenna, sempre desconfiada.

Tarde demais. Ela escutou, e seus olhos brilhantes o encaravam com suspeita.

– Em relação a Flora, acho que fez um trabalho excelente – ele tratou de explicar – mesmo diante de tanta dificuldade.

Ela pestanejou e logo a desconfiança sumiu dos olhos da cor do céu.

– Obrigada. Essa opinião significa muito, por vir de um homem que teve uma formação impecável.

Reilly sorriu. De qualquer modo, a ironia era melhor do que a suspeita.

– Sou médico e não parteira. Antes desse, só compareci a um parto: o meu.

– Então por que insistiu em fazer o de Flora?

Reilly pensou em dizer a verdade – que estava determinado a ser aceito pela comunidade, mesmo sendo uma aldeia pequena e atrasada. Mas isso seria o mesmo que dizer que ele pensava em afastá-la dessa comunidade... pelo menos do ponto de vista médico. E isso não carrearia nem um pouco de simpatia por ele.

Era importante que Brenna sentisse amizade pelo novo médico, pois ele precisava ganhar a confiança dos pacientes dela que passariam a ser seus pacientes.

Essa foi a desculpa que deu a si mesmo para a importância de Brenna gostar dele, e acabou se decidindo por uma resposta frívola.

– Eu tinha vontade de ver como era o castelo.

Brenna franziu as sobrancelhas.

– O senhor é um homem estranho, doutor Stanton.

– É uma afirmativa engraçada – Reilly deu uma risada – por vir de uma mulher que usa calças e passeia em cemitérios.

Brenna não achou graça e fitou-o estreitando os olhos.

– Quem foi que lhe contou que ando no cemitério?

Reilly deu de ombros. Não gostaria de trair a confiança de seu empregador, mas ele mesmo se sentia traído, porque o conde não lhe contara toda a verdade.

– Lorde Glendenning usou esse exemplo para fazer que eu duvidasse de seu equilíbrio mental e afirmou que, por isso, a senhorita não poderia permanecer sozinha na Cabana do Riacho...

Brenna se virou de repente e correu para a porta, mas Reilly conseguiu segurá-la pelo braço, antes que ela descesse.

– Ei, aonde pensa que vai?

– Matá-lo – ela resmungou e tentou soltar-se com força inimaginável para uma mulher. – Solte-me!

Santo Deus! Ele ouvira falar do temperamento exaltado das ruivas, mas era a primeira vez que se confrontava com uma.

– Espere um pouco. – Reilly bloqueou-lhe a passagem. – Não vai querer matar um homem no dia do nascimento de sua caçula, não é?

Brenna conseguiu se soltar e afastou as mechas de cabelo do rosto.

– Doutor Stanton – ela disse, sem demonstrar raiva. – Saia do meu caminho.

– Não leve tão a sério os falatórios – Reilly tentava manter a calma. – As pessoas poderão pensar que há um fundo de verdade nisso. – Como eu estou começando a pensar, ele refletiu.

Ela não sorriu.

Reilly tentou mais um paliativo.

– Sorte sua estarmos no século XIX. No passado, a senhorita poderia ser queimada viva na fogueira, como uma bruxa. Quer dizer, por perambular à noite entre as sepulturas.

Brenna se manteve séria.

– Quanto ele lhe pagou?

Confuso, Reilly sacudiu a cabeça. Os ilhéus se comportavam de maneira inexplicável e mudavam de assunto mais depressa do que qualquer povo que ele conhecera.

– Quanto quem me pagou? E por quê?

– Lorde Glendenning. – Brenna o encarava sem pestanejar. – Quanto ele lhe pagou para vir até aqui? Pretendo dobrar esse preço.

A surpresa foi tanta que Reilly ficou de queixo caído.

– Estou falando sério. – A seriedade de Brenna parecia brotar de todos os poros, e seu corpo estava tenso como o de um felino pronto para atacar. – Pagarei suas dívidas em Londres, qualquer que seja o montante, contanto que o senhor vá embora.

Do que Brenna estava falando? Talvez o conde estivesse certo e ela fosse uma doente mental.

– Agradeço bondosamente sua oferta – Reilly disse com cuidado –, mas não tenho dívidas em Londres.

Ela franziu a testa.

– Não é possível. Por que o senhor viria para cá? Certamente Lorde Glendenning lhe ofereceu...

– O pagamento pelo cargo de médico, conforme o anúncio dele. Insignificante, como deve saber. – Reilly cismou que o dia estava ficando cada vez mais estranho. Se não estava enganado, Brenna Donnegal estava lhe oferecendo suborno para ele deixar a ilha. Sem saber que ele era um dos pares do reino que ela tanto odiava, na certa imaginava que era dinheiro o motivo de sua ida para Skye. – Posso lhe assegurar – ele sorriu – que minha motivação para aceitar esse cargo não foi pecuniária.

Brenna franziu ainda mais a testa.

– Então por quê? – A frustração estava presente em seu tom de voz. – Por que o senhor haveria de deixar Londres e vir justo para cá? Deve haver centenas de cargos mais rentáveis para um médico de sua categoria. Por que logo aqui?

– Simples. – Ele ergueu os ombros. – Vim por causa do *haggis*.*

Impaciente, ela continuou a encará-lo.

– Está certo, eu lhe contarei o motivo por ter escolhido esta ilha. Porque me pareceu o local mais longínquo possível, mas que ainda continua em solo britânico.

– E do que o senhor queria escapar em Londres?

---

* N. T.: miúdos de carneiro.

Brenna era muito perspicaz, como ele já percebera.

– De minha ex-noiva.

Reilly poderia esperar qualquer reação, menos a gargalhada que se seguiu.

– Oh, não posso acreditar.

Humilhado, ele estreitou os lábios. A referência ao *haggis* não a fizera rir, mas ela achara hilariante alguém fugir de uma mulher...

– Na verdade, não havia grandes motivos para fugir, mas eu apenas queria provar que ela estava errada. Ela me acusou de ser um imprestável e imaginei...

– Que vir para Lyming seria uma atitude oposta à de qualquer imprestável? – Brenna anuiu, ainda sorrindo. – Entendo. Desculpe-me por ter dado risada. Eu disse a Lorde Glendenning que deveria haver um motivo para o senhor ter vindo para cá, tão longe de sua clínica, que, suponho, era bem-sucedida. Imaginei que o conde o houvesse subornado. Mas ele se referiu a algo parecido com o que o senhor contou. Desejo de fazer o bem.

Reilly procurou sorrir, mas não pareceu muito convincente.

– E quanto à senhorita? Por que voltou para a ilha, sabendo que teria que morar sozinha na ausência de seus pais?

Brenna inclinou a cabeça.

– O senhor ouviu? Creio que o conde está nos chamando.

Reilly não ouviu nada a não ser o barulho do vento e o grito de uma gaivota que voava por cima de uma onda.

– Não escutei nada. Agora seja sincera. Não acredito que seus pais ficariam satisfeitos se soubessem que a senhorita resolveu morar aqui sozinha.

– Precisamos descer – ela afirmou, tentando passar por ele.

Reilly não saberia dizer qual dos dois se espantou mais, quando ele a segurou pela mão.

– Senhorita Donnegal, por que está fugindo de minha pergunta? – ele se ouviu dizer.

A mão na dele era quente e parecia ter vida própria. Seria imaginação sua ou a pulsação dela se acelerara sob seus dedos? Seria possível que a senhorita Brenna se sentisse tão afetada como ele pela proximidade?

Pela voz dela, que continuava rouca e autoritária, nada se podia deduzir.

– Doutor Stanton, por favor, solte minha mão.

– Eu o farei, quando responder à minha pergunta.

O estranho era que a pulsação dele também estava descontrolada. Não havia como negar que Brenna Donnegal era uma jovem muito bonita, mas não era a mais bela que ele conhecia. Christine, com os cabelos claros e a silhueta graciosa, seria considerada mais bonita do que Brenna à maneira tradicional.

Então por que seu coração palpitava de maneira tão curiosa?

– Entendo que o senhor tenha que morar aqui por ter aceitado o cargo de médico da aldeia. – Brenna continuava a puxar a mão. – Mas até a noite passada eu não sabia que o senhor viria, portanto...

Se aquela não era mais uma tentativa de mudar de assunto...

– Srta. Donnegal, tudo o que eu quero saber é...

– Levarei algum tempo – ela continuava tentando soltar a mão – para desocupar a cabana. Espero que o senhor não se importe...

– Senhorita Donnegal... – ele repetiu.

– Não vai demorar muito – ela assegurou, sem demonstrar que o ouvira. Parecia resolvida a continuar no mesmo assunto. As interrupções dele somente serviam para prolongar a situação, pois ela não ouvia nenhuma palavra do que Reilly dizia. – Eu lhe ficarei muito grata, se puder esperar até o verão. Sei que é um pedido inoportuno, mas preciso muito ficar na ilha... e na cabana... até...

Ele a interrompeu, selando-lhe os lábios com um dedo.

– Psiu. – Ele procurou acalmá-la. – Entendo. Use o tempo que for necessário. Encontrarei outra acomodação, não se preocupe.

Brenna ficou vesga ao olhar para baixo e fitar o dedo que ele pressionava sobre sua boca cálida e vibrante. Ocorreu a Reilly que ele gostaria de sentir aqueles lábios em outras partes de seu corpo. Foi um pensamento um tanto excitante.

– Doutor Stanton...

– Chega. – Ele pressionou o dedo com maior intensidade. – Eu já lhe disse, darei um jeito...

Brenna afastou de sua boca o dedo de Reilly com tanta força que o machucou.

E doeu ainda mais quando ela torceu o pulso de Reilly e o fez soltar sua mão.

– Senhorita Donnegal! – ele gritou.

Brenna aproximou da orelha dele a boca cálida e vibrante.

– Nunca mais faça isso – ela sussurrou e o soltou.

Reilly endireitou-se e esfregou o pulso machucado. Santo Deus! Glendenning estava certo. Ela era maluca!

Ele não saberia discernir se o que ocorreu em seguida havia sido bom ou ruim, mas naquele instante Lorde Glendenning abriu a porta atrás deles e apareceu nas ameias, demonstrando alívio.

– Ah, enfim os achei. Eu não sabia mais onde procurá-los. Eu devia ter desconfiado. Sempre que tem oportunidade, Brenna sobe até aqui – o conde afirmou com afeição e calor.

Reilly imaginou se o conde já sofrera uma torcida de pulso tão dolorida e, se fosse o caso, como ele ainda a fitava com olhar tão apaixonado?

– Se milorde acha que Flora está bem, devo ir embora – Brenna considerou.

Lorde Glendenning pareceu surpreso.

– Suponho que ela está bem, Brenna, mas você não precisa ir embora. A cozinheira está fazendo um almoço para nós. Achei que você e o doutor...

– Eu não posso ficar, milorde. Mas o doutor Stanton adoraria sua sugestão.

Reilly começou a gaguejar uma desculpa, mas não encontrou nenhuma. Não tinha para onde ir, nem onde comer, nem quarto para ficar, nada para fazer e nenhum paciente, a não ser os dois malucos do castelo.

– Esplêndido! – disse Lorde Glendenning, batendo em suas costas. – Depois do almoço iremos até a aldeia para examinar seu dispensário.

Reilly fitou Brenna com raiva, mas ela lhe deu as costas antes de afirmar que daria uma espiada em Flora antes de ir embora.

Em segundos ela desapareceu por onde tinham vindo, e Reilly imaginou se não seria tão tolo quanto Glendenning. Afinal, acabara caindo no conto da dama indefesa e assegurara que ela poderia ficar na cabana *dele* durante o tempo que fosse necessário. Ora, Brenna não era nem um pouco indefesa. Era, sim, uma mulher que tomava conta de si mesma com perfeição.

De fato, era Reilly que começava a achar que precisava de um pouco de ajuda.

9

Pela segunda vez em vinte e quatro horas, Reilly Stanton foi despertado de seu sono profundo de maneira rude.

E pela mesma mão, como não demorou a entender.

– Vamos, Stanton – disse o conde, impaciente –, não temos a noite toda.

Reilly, enrolado em várias mantas, piscou por causa da luz da vela e ficou confuso. Por alguns instantes, não sabia onde se encontrava.

De repente, sua memória voltou. Estava no castelo de Glendenning por ter impedido que o conde obrigasse Brenna a deixar a Cabana do Riacho e porque não havia acomodações razoáveis na aldeia.

O dispensário também não oferecia condições de moradia. O recinto precisava de uma boa limpeza, camadas de tinta e uma visita do limpador de chaminés antes que a umidade se colasse definitivamente às paredes.

Ainda assim, o dispensário, úmido e com cheiro de mar, teria sido preferível às acomodações oferecidas pelo conde, que ele acabou aceitando. O quarto que lhe fora destinado era grande, mas gelado. O fogo da lareira não alterava a baixa temperatura, e ele foi forçado, enquanto escrevia algumas palavras para a mãe e as irmãs na enorme escrivaninha que ficava em um dos cantos, a usar luvas, chapéu e cachecol, encolhido como um pobre secretário de alguma peça teatral.

Christine ficaria espantada com a determinação dele. Indeciso? Ele? Jamais.

Mas não houve escolha. Seria aquilo ou juntar-se a Glendenning naquele hall horroroso onde o conde ficava polindo a maldita espada, acompanhado dos cães mal-cheirosos. Reilly tinha coisas melhores a fazer do que ficar observando Glendenning se coçar e admirar o próprio reflexo na lâmina da família.

As cartas não tinham sido bem feitas. Era muito difícil escrever com luvas, mesmo com as pontas dos dedos para fora. Mas a tarefa fora cumprida, e as cartas estavam empilhadas à espera de um mensageiro que a levasse para o correio. Havia também uma para Pearson e Shelley, contando as aventuras vividas em Skye, sem omitir detalhes, nem mesmo em relação às calças usadas por Brenna Donnegal.

Embora houvesse passado a noite apenas escrevendo as cartas, Reilly estava cansado. Talvez fosse a atmosfera marinha. Ou a umidade das paredes do castelo. Fosse como fosse, largou-se na cama enorme de dossel com a cobertura rasgada e adormeceu de imediato. Não ficou nem um pouco feliz por ter sido acordado algumas horas mais tarde, no meio da noite, por seu anfitrião.

– Vá embora – Reilly resmungou, tirando as pontas da manta das mãos do conde. Sonolento, esqueceu que Glendenning era seu empregador e que o conde não sabia que estava acordando de modo rude o oitavo marquês de Stillworth.

Lorde Glendenning – muito bem agasalhado, o que tornava evidente que ele pretendia sair, embora dentro do castelo estivesse tão gelado quanto fora – não se ofendeu.

– Mexa essa carcaça preguiçosa, Stanton. Isto é, se quiser ver a prova da insanidade mental da senhorita Donnegal.

Aquilo o convenceu. Reilly não pulou da cama, mas desistiu de tentar rastejar de novo para dentro dos cobertores.

– Como é? – ele perguntou com voz rouca de sono.

– O doutor me ouviu. – Glendenning pegou o calção de Reilly que estava em uma poltrona próxima. – Vista isso e pegue seu capote. Esta é uma noite de lua cheia, quando Brenna costuma andar pelo cemitério.

Glendenning deixou o calção na cama e virou-se, levando a vela.

– Não é insanidade mental – o conde resmungou para si mesmo, foi até a lareira onde só havia brasas. – Veremos!

Reilly entendeu que o comentário se referia à sua afirmativa durante o almoço de que Brenna não sofria de insanidade mental, apenas de uma teimosia exagerada. Tal ponderação irritou o conde e o fez acusar o doutor de ter cedido aos encantos da jovem.

– Ela é desse jeito – ele havia declarado com o dedo em riste, por cima do rosbife. – Ela é capaz de encantar, mas posso lhe garantir que ela não é isso tudo, pelo menos na cabeça.

Reilly largara o garfo e se impacientara.

– Glendenning, só porque ela não quer se casar com milorde, não quer dizer que ela deve ser internada em Bedlam.

– O doutor verá – o conde resmungou, entre goles de cerveja. – Eu lhe mostrarei, e o doutor comprovará.

Reilly apenas sacudiu a cabeça. Se havia alguém em Lyming que tinha a mente perturbada, com certeza não se tratava de Brenna Donnegal.

E suas suspeitas se confirmaram, quando alguém entrou em seu quarto às duas da manhã e declarou que fariam um passeio até o cemitério. No entanto, Glendenning era seu anfitrião, além de empregador, e parecia ser relativamente são. Reilly suspirou, saiu da cama quente e vestiu as roupas frias.

Meia hora mais tarde, ele estava agachado atrás do muro da igreja, tremendo de frio e desejando jamais ter saído de Londres, onde nunca havia sido chamado para visitar cemitérios no meio da noite. Sua avaliação a respeito de Lorde Glendenning teria sido correta? O conde o arrastou para a noite lá fora, que poderia ser a mais fria do ano, e não parecia se sentir desconfortável, apesar de estar usando um kilt e, como Reilly, estar sentado sobre a neve. Reilly teria duvidado da humanidade do conde, se ele não lhe tivesse oferecido o uísque de uma garrafa que tirara de dentro da capa, embora a bebida não afastasse o frio.

Glendenning não tremia nem parecia cansado. Ele estava quieto, sentado, observando as lápides que lançavam sombras alongadas na neve, sob o luar. O conde seria um daqueles espectros sanguessugas de origem germânica sobre os quais Pearson lhe falara? Eles eram impermeáveis à temperatura. Glendenning teria provocado a saída para morder seu pescoço e chupar-lhe o sangue?

Não parecia provável. Ele poderia ter sugado o sangue de Reilly dentro do castelo. Além do mais, os vampiros, ainda de acordo com Pearson, não comiam com a voracidade do conde. Eram frugais e seletivos na alimentação.

Glendenning não era um vampiro. Mas isso não significava que não fosse um tolo, como Reilly também devia ser, pois o acompanhava. Afinal, o que estariam fazendo naquele local? Reilly não era supersticioso e não esperava ver nada naqueles túmulos, mas havia algo... insólito no ar. Talvez fosse o silêncio quebrado de vez em quando pelo piar de uma coruja. Elas não eram atraídas pela morte e pela epidemia? Em Lyming, havia o suficiente...

"Brenna seria um vampiro?", Reilly perguntou a si mesmo. Seria isso que Glendenning tentava provar? Era improvável. Vampiros sofriam combustão espontânea sob a luz do sol, e Brenna continuava inteira depois de ficar ao sol nas ameias, naquela manhã. De fato, ela brilhava e os cabelos vermelhos refletiam os raios solares...

Glendenning assustou-o ao pôr a mão em seu ombro.

Reilly, envolvido nas lembranças de Brenna e esquecido de onde se encontrava, afastou a mão do conde.

– Se milorde fizer isso de novo, irei embora.

– Psiu – Glendenning sussurrou. – O doutor ouviu aquilo?

Reilly ouvira.

– Milorde está se referindo à coruja?

– Ah, eu pensei...

– Era apenas uma coruja.

Reilly estava convencido de que era o conde que precisava de cuidados médicos. Nada havia ali, exceto um frio de matar e o cheiro de fumaça que vinha da chaminé da casa do vigário. Como Reilly invejava o vigário! O religioso, sendo escocês e não inglês, não poderia chamar-se vigário. O mais provável era que fosse um pastor. Reilly, mesmo sem muita paciência com a igreja, não teria se importado de ser um pastor aquecido em uma cama, com uma mulher gorda a quem se aconchegar e esperar um café quente pela manhã. Nem mesmo isso Reilly tinha para esperar. A cozinheira do castelo Glendenning era tão pouco talentosa quanto dura de coração.

Reilly mergulhou na mais terrível das depressões, convencido de que cometera o pior erro de sua vida ao ter ido para Lyming. Imaginou o que Christine pensaria se ele entrasse na sala de estar dos pais dela na semana seguinte e dissesse:

– Perdão, você estava certa. A profissão de médico não é boa. Se você ainda quer ser Lady Stillworth, vamos a Stillworth Park, onde nos tornaremos Lorde e Lady Stillworth até o fim de nossos dias.

Nisso, Glendenning cutucou-o com o cotovelo e apontou.

Reilly observou a direção do dedo não muito limpo do conde e teve uma visão que fez seu sangue esfriar, o que não seria difícil, pois ele mesmo estava quase congelado. Viu uma silhueta encapuzada que se movia rapidamente por entre as lápides. O coração de Reilly disparou, porque ele tinha certeza de que a figura carregava na mão uma foice grande.

Meu Deus, ele pensou. Estou vendo a Morte de frente!

Mas quando a figura se aproximou, viu que se enganara e o que pensou que fosse uma foice nada mais era senão uma lamparina. Mesmo assim, a silhueta teria passado como um dos vampiros de Pearson... não fosse por causa do cachorro.

Ao lado da figura encapuzada caminhava um cachorro, que Reilly reconheceu. Era a cadela sem raça definida que vira na Cabana do Riacho. Não o *border collie* ferido, mas o cachorro de Brenna... Sorcha, se não estava enganado.

– Mas... – Reilly não poderia estar mais perplexo.

– Quieto – o conde murmurou. – Apenas observe.

Reilly obedeceu e ficou ainda mais confuso. A figura de manto se aproximou de uma sepultura e, erguendo a lamparina, inclinou-se para ler a inscrição na modesta placa de madeira.

– Mas que diabos... – Reilly murmurou.

– Eu não lhe disse? – Apesar do sussurro, Glendenning parecia triunfante. – Ela está positivamente maluca.

Nesse caso, Reilly concluiu, sua brincadeira sobre bruxaria não estava longe do alvo. Mas Brenna não dava a impressão de ser uma mulher que acreditasse em ocultismo. Pelo contrário. Brenna parecia uma pessoa prática e de pés firmes no chão. O que ela estaria fazendo em um cemitério no meio da noite?

E por que ele a espiava?

"Isso é demais", Reilly disse para si mesmo e começou a se levantar.

– Fique quieto. – O conde segurou-o pela capa. – Aonde pensa que vai?

– Acabar com essa tolice – Reilly retrucou, tirando a neve do calção. – E o que mais eu faria?

Ele não fez o que desejava. Glendenning puxou-o com força para baixo.

– O doutor também ficou maluco? – o conde perguntou, em voz baixa. – Ela não deve saber que estamos aqui!

Reilly não gostou da maneira como havia sido tratado e teve a impressão de que Glendenning rasgara – com os dedos enormes – a única capa que ele trouxera de Londres.

– Por que não?

– Porque ela está possuída. – Glendenning olhou por cima do muro, em direção às lápides. – Se a acordarmos do transe, ela poderá cair para sempre no abismo da loucura. – Ele sacudiu a cabeça e os longos cabelos negros. – Afinal, que espécie de médico é o senhor? Não sabe nada a respeito disso?

Reilly não acreditava no que ouvia.

– Abismo da loucura? – ele repetiu. – Mas que bobagem é essa? Deixe-me ficar em pé, camarada ignorante. Quero uma explicação, nem que para isso eu tenha que sacudi-la.

– Ela não dirá nada – Glendenning insistiu e segurou Reilly pelos ombros. – Acredite, eu já tentei. Ela o mandará cuidar de seus próprios negócios.

– Esse não parece o discurso de uma mulher possuída – Reilly contestou.

– Contudo, alguma coisa acontece com ela nos dias de lua cheia. Essa é a terceira vez que venho aqui e a vejo do mesmo jeito. Ela olha as placas, depois rabisca algumas coisas em uma brochura, em seguida vai até a aldeia e escreve mais coisas. Algumas vezes, ela pega um pouco de terra do chão, põe no bolso e volta para casa.

Santo Deus! Terra? O que seria isso? Algum tipo de obsessão geológica? O que estaria acontecendo com Brenna?

Ela se ajoelhou dentro do círculo de luz formado pela lamparina e com um lápis escreveu algo no caderno que tirou de dentro da capa. Nesse momento, Brenna não parecia muito normal. E com certeza era Brenna, com algumas madeixas vermelhas escapando do capuz e ondulando sob a luz do luar. Reilly até viu suas calças de relance, quando ela se levantou. Em segundos, ela guardou o caderno e olhou ao redor, provavelmente procurando a cadela.

Tarde demais, Reilly percebeu que o cachorro os descobrira. O animal parecia sorrir por sobre o muro, sacudindo a cauda amistosamente.

– Vá embora! – o conde sibilou. – Vá!

A cadela não lhe obedeceu, mas se apoiou no muro com as patas dianteiras e começou a lamber o rosto de Reilly.

– Saia daqui! – Glendenning ordenou e se abaixou. – Vá embora!

O cão arreganhou os dentes e só foi embora quando um galho se partiu sob os pés de sua dona, o que deixou claro que Brenna estava saindo do cemitério. Sorcha se virou e correu atrás de Brenna, sem fazer barulho, pois a neve abafava o som de suas patas, que voavam.

Glendenning deu um suspiro de alívio.

– Eu não lhe disse? – perguntou em voz alta, depois que a cadela e a dona sumiram de vista. – Agora ela vai perambular um pouco pela aldeia, depois vai para casa. Ela está completamente louca.

Reilly também se levantou, dessa vez sem ser impedido pelo conde.

– Tenho certeza – disse Reilly, passando a mão pela capa para tirar a neve e galhos – de que há uma explicação racional por trás desse comportamento.

Tinha que haver.

– Certo. – Glendenning se levantou, e suas juntas estalaram em protesto. – Ela está possuída.

– Não seja idiota. – Reilly pulou o muro baixo de pedra atrás do qual haviam estado escondidos.

– Bem, se ela não está possuída... – Glendenning seguiu-o devagar, o que levou Reilly a pensar que o conde talvez não estivesse tão à vontade sobre a neve como demonstrara – ...então do que se trata?

Reilly cruzou o cemitério e parou ao lado da sepultura diante da qual Brenna se ajoelhara. A placa era um pedaço de madeira com meia dúzia de nomes inscritos. Todas as pessoas ali enterradas aparentemente haviam morrido na mesma data: 4 de agosto de 1846.

– Milorde conhece essas pessoas? – Reilly apontou para as inscrições quando o conde se aproximou.

– Uma ou duas – Glendenning resmungou. – Parece que são crianças. As crianças e os idosos foram os mais afetados pela cólera. No final, tínhamos tantas pessoas morrendo por dia, que começamos a enterrá-las umas sobre as outras, cinco ou seis em cada sepultura. Se não fosse assim, teríamos que deixá-las em solo não consagrado, e ninguém queria isso. Muitos nem mesmo foram colocados em caixões, pobres pestilentos! O carpinteiro também faleceu, e tivemos de sepultá-los envoltos nos lençóis em que haviam morrido. Nós tivemos o cuidado de fazer as covas bem fundas para evitar que os cachorros os farejassem. Trabalhamos muito depressa, para evitar a putrefação dos corpos...

– Santo Deus – Reilly suspirou.

Ele sabia, é claro, pois em Londres também foi ruim. Mas nem ele nem seus conhecidos haviam se aventurado pelas comunidades mais atingidas pela peste do último verão.

E quando tinham que fazer isso, cobriam o nariz com um lenço de seda, para evitar a inalação do pútrido miasma que espalhava a horrível doença estrangeira.

Assim mesmo, sabia de histórias de enterros coletivos, carroças carregando os mortos, famílias inteiras dizimadas...

Mas nunca vira evidências do que acontecia.

Lembrou-se com amargura das acusações de Brenna. Ela afirmou que o *Royal College of Physicians* estava lotado de homens que não se importavam com o tratamento das doenças, mas apenas com o progresso de sua carreira. E era verdade. Nenhum de seus colegas, e muito menos ele, haviam dado atenção à praga que dizimava os arredores mais pobres de Londres. Não era como se seus próprios pacientes tivessem sido afetados. A cólera, para Reilly e os demais nobres, sempre tinha sido uma doença restrita aos outros.

– Nós. – Reilly parou e tossiu. – A quem milorde se refere com *nós?* Milorde também ajudou nos funerais? – Era difícil de acreditar que um conde, ainda mais *esse*, se rebaixasse para fazer um trabalho tão... sórdido.

– Claro. – Foi a resposta surpreendente de Glendenning. – Nós trabalhamos muito e todos ajudaram. Até mesmo a mãe de Brenna, a senhora Donnegal, uma mulher pequenina, ajudou muito.

Então era por isso que Brenna assegurara que Lorde Glendenning não era como os outros nobres que ela conhecia. Bem, ele também não se parecia com os conhecidos de Reilly, embora ele odiasse admitir qualquer coisa de bom a respeito do conde. Pelo que parecia, Lorde Glendenning se preocupava mais com seu povo do que os nobres da Câmara dos Lordes, cujo trabalho era – em teoria – cuidar de seu povo.

Reilly sacudiu a cabeça. Havia muitas outras placas como aquela que estava na sua frente. Quantos moradores da aldeia de Lyming estavam nessas sepulturas improvisadas? Que barbaridade.

Mas isso não servia de desculpa para o comportamento estranho que testemunhou naquela noite. De maneira nenhuma.

– Então o que o doutor pensa disso? – Glendenning perguntou.

Reilly foi tirado de seus devaneios.

– Disso o quê?

– De Brenna. – Mesmo sob a luz do luar era possível ver a impaciência do conde. – O que acha dessa insistência em escrever os nomes dos mortos? E colher punhados de terra da aldeia?

– Não sei. – Essa era a única resposta que Reilly podia dar.

– Como não sabe? – O conde lhe lançou um olhar dardejante. – É óbvio. Ela está maluca.

Reilly tentou raciocinar. Era difícil, por causa de seu grau de exaustão, da quantidade de uísque que havia tomado e do frio excessivo. Assim mesmo, ele tentou.

E não gostou do que teria que sugerir.

Não era apenas o fato de Brenna estar num cemitério no meio da noite, escrevendo o nome dos mortos, nem por perambular pela aldeia, sempre à noite, recolhendo terra. Havia mais uma coisa que o perturbava, algo que ele descobriu no dispensário da aldeia.

Faltava um equipamento médico.

Ele havia visto um bom estoque de ataduras, unguentos e pomadas.

Mas o local da mesa onde na certa havia um microscópio estava vazio e ele só encontrou um punhado de lâminas quebradas em volta.

Faltavam também frascos com substâncias químicas nas prateleiras.

O mais estranho de tudo era que não havia nenhum prontuário de pacientes no local.

Impossível que o pai de Brenna não houvesse mantido um controle dos doentes.

O que teria acontecido com eles?

Ladrões? Talvez. Mas não havia sinal de arrombamento, e Glendenning jurava que só ele tinha a chave do local. E por que prontuários médicos iriam interessar a ladrões?

Teria de recomeçar do zero.

Para Reilly, um microscópio seria facilmente substituível. Ele mandaria comprar outro, e seu banco pagaria a conta. Lâminas e produtos químicos também poderiam ser repostos.

O que o perturbava era saber por que tinham sido retirados. Com que finalidade? Por que não acreditar que se tratava de um ato inocente?

Porque tinha quase certeza de quem os retirou. Mas o que o realmente o apavorava era o *motivo*.

As mulheres não deveriam se meter a usar estas coisas.

– Milorde mencionou – Reilly disse ao conde – que a senhorita Donnegal tem um quarto trancado na cabana.

– Sim. Não há fechaduras na ilha, apenas a do dispensário e outra na porta do escritório do pai de Brenna, como ele chamava o recinto. Por quê?

– Por nada – Reilly respondeu, pensativo.

Glendenning podia não ser o mais inteligente dos sujeitos, mas também não era estúpido. Em um segundo, ele segurou os ombros de Reilly e virou-o de frente.

– Diga-me, Stanton – a voz dele, que em geral soava como um trovão distante, pareceu mais suave na noite fria –, não me esconda nada. Vejo por seu modo evasivo que alguma coisa não lhe parece correta. Ela... realmente é um caso perdido? É isso?

– Solte-me. – disse Reilly, encarando o conde.

Glendenning obedeceu e se afastou. Em seguida, virou-se, e Reilly viu que ele estava pálido de raiva.

– Acho melhor dizer logo do que se trata! O senhor sabe mais do que aparenta. É bom começar a falar ou acabará cuspindo seus dentes, doutor.

Reilly suportava muitas coisas. Aguentou ser dispensado por Christine, o amor de sua vida, porque ela o considerava um imprestável e mal-educado que não sabia usar o excelente título que possuía. Abandonou tudo o que sempre conhecera para recomeçar a vida em Lyming, uma aldeia no fim do mundo, só para provar que ela estava errada. Ele não era imprestável nem grosseiro, e se ela o amasse de verdade não se importaria de ser chamada de senhora Stanton ou *Lady* Stillworth. Ele foi capaz de mergulhar na água gelada para salvar um barqueiro e supervisionou o nascimento difícil do filho ilegítimo de uma criada da taverna local. Podia até tolerar ser acordado no meio da noite por um conde apaixonado.

Mas havia uma coisa que ele não aturava. Ameaças. Virou-se para Iain MacLeod, com os punhos erguidos.

– Tente me agredir, Glendenning, para ver o que acontece.

O conde pareceu abalado e fitou o punho que Reilly mantinha apontado diante de seus olhos.

– Ora, Stanton, o que é isso? Eu não pretendia fazer nada. Não precisa se alterar tanto.

Reilly entendeu que havia ido longe demais e abaixou o punho. No entanto, não pôde acalmar o coração disparado nem evitar que os pelos de sua nuca se arrepiassem.

– Desculpe-me, milorde.

Glendenning o olhou com receio.

– Eu é que tenho que pedir desculpas, doutor. – A respiração ofegante de ambos formava no ar flocos brancos de vapor. – Pode me dizer, doutor. Suportarei, seja o que for. O que é isso? Possessão ou bruxaria?

Uma coruja piou no momento em que o conde pronunciou a última palavra, e Reilly estremeceu.

– Nenhuma das duas coisas. – Reilly se agasalhou melhor com a capa.

– Então é isso. – Pesaroso, Glendenning encolheu os ombros. – Acho que eu sempre soube. Nunca me pareceu natural ela não querer nada comigo. Todas as mulheres que conheci... bem, pelo menos isso explica tudo.

Reilly o olhou sem entender.

– Doutor, não queira me iludir. Brenna é louca e não adianta fingir que não é verdade.

Reilly não fingia coisa nenhuma. Pelo menos, de modo consciente. Pensou em Pearson e sua condessa e em como ficaria animado com a perspectiva de ter uma demente sobre quem escrever. Ele era mesmo um idiota. Um imprestável. O que ele sabia a respeito de demência? O que ele sabia em geral? Brenna falou com desprezo dos nobres do *Royal College of Physicians*. Homens com títulos que nada sabiam e que só pensavam no orgulho próprio...

A voz profunda de Glendenning mais uma vez interrompeu suas reflexões.

– O que o doutor acha que devemos fazer? Ela representa um perigo para si mesma?

– Eu não diria isso. – Reilly suspirou. – Pelo menos... isso depende do que acharmos naquele quarto.

– Em qual deles?

– No da cabana, o que está trancado.

O conde resfolegou.

– Ah, o doutor jamais conseguirá entrar lá. Ela guarda seus bens misteriosos como se fossem as joias da coroa.

– E quanto aos parentes? Aqueles que a receberam quando os pais viajaram?

– Ah, sim – Glendenning se lembrou. – Trata-se de um tio que talvez seja um nobre. O que há com ele?

– Acho que seria melhor escrever para ele – Reilly murmurou.

– E de que adiantaria isso? Ele a arrastará de novo para Londres.

– Que é o lugar dela. Alguém tem de tomar conta da senhorita Donnegal. É evidente que ela está arquitetando alguma coisa. E, pelo fato de ela manter tudo em segredo, significa que não deve ser algo bom para ela...

– Eu já lhe disse – Glendenning berrou – que tomarei conta de Brenna! O doutor terá apenas que convencê-la de que, segundo sua opinião médica, ela não pode viver sozinha, e eu farei o resto...

– Glendenning, se a senhorita Donnegal está realmente louca, milorde não pode se casar com ela – Reilly o preveniu, desgostoso.

– E por que não? Há algum impedimento legal contra isso?

– Provavelmente. Mas mesmo se não houvesse, milorde haveria de querer para a mãe de seus filhos uma mulher que perambula em cemitérios no meio da noite?

Glendenning ergueu o queixo.

– Meu pai sempre dizia que minha mãe não era boa da cabeça, e eu não tenho nenhum problema.

Reilly considerou que essa era uma questão de ponto de vista, mas resolveu ser caridoso.

– Não duvido disso. Falarei com a senhorita Donnegal pela manhã, e veremos se ela tem alguma explicação aceitável.

– Assim está ótimo. – O conde não escondia sua alegria. Ao perceber que Reilly não estava muito feliz, ele o enlaçou pelo ombro. – Não fique tão aborrecido, Stanton. Tudo dará certo. Conseguirei a esposa que desejo, o doutor vai se instalar na cabana, e ficaremos todos felizes.

Reilly tinha sérias dúvidas a respeito disso.

10

Brenna Donnegal alisou o cetim dourado de sua saia e fitou o jovem que estava em pé diante dela.

– Bem – disse ela, fingindo indecisão. – Não sei...

– Por favor, senhorita Donnegal. – O jovem bonito estava muito bem trajado com casaco e calção de veludo. – A senhorita disse que reservaria a última dança para mim.

– Hum. – Brenna tinha intenção de dançar com o cavalheiro, mas não deixaria que ele percebesse isso. Os jovens deviam apenas conjecturar a respeito dos verdadeiros sentimentos de uma dama. Todo mundo sabia disso. A incerteza sobre a afeição das jovens a respeito deles era o que evitava a perda de interesse.

– Bem – Brenna começou a falar com voz sedutora. – Suponho...

Ela foi interrompida por outro cavalheiro, ainda mais bonito do que o anterior, de ombros largos, olhos escuros e risonhos, e cabelos castanhos presos por uma tira de couro.

– A senhorita disse que reservaria a última dança para *mim* – ele disse e estendeu a mão.

E Brenna, para seu horror, viu-se segurando aquela mão, levantando-se da poltrona e permitindo que o doutor Stanton – Reilly Stanton –, de olhar alegre e cintilante, cabelos penteados sem sofisticação e talvez por isso tão encantador, a levasse até a pista de dança.

Quando a orquestra, que estava em um dos cantos do grande salão de baile, começou a tocar uma valsa e não uma escocesa como ela supusera, Brenna entrou em pânico. Ela não sabia dançar valsa. Como a menina mais alta de sua classe, sempre foi forçada pelo professor a desempenhar o papel do cavalheiro, por isso não tinha ideia de como acompanhar os passos. Suas poucas experiências em valsar com um parceiro tinham resultado em desastres. Joelhos esfolados, dedos inchados ou palavras amargas. Às vezes, as três coisas.

Fitou os olhos castanhos de Reilly Stanton e viu bom humor neles. Decidiu que contaria tudo, certa de que ele entenderia.

Mas quando ele a enlaçou pela cintura e ela sentiu o calor do corpo rijo e elegante, resolveu tentar os passos. Brenna foi tomada pela fragrância de sabonete de lavanda e fechou os olhos para sentir melhor o perfume. Ah, nunca pôde imaginar que um homem cheirasse tão bem.

Nisso a música ficou mais envolvente, e Reilly deu um passo à frente. Brenna, sem saber como agir, fez o mesmo.

Bang! Os joelhos colidiram dolorosamente, mesmo através das camadas de saia e anágua...

Brenna acordou num sobressalto e ficou deitada, imóvel por um momento, até conseguir focalizar as vigas de madeira crua do teto de seu quarto.

Santo Deus! Tudo não havia passado de um sonho.

Ou talvez de um "pesadelo". Fazia dois meses que não ia a um salão de baile. Foi na noite em que fingiu haver recebido uma carta de sua tia, informando-a da doença do tio.

– Tenho que voltar para Londres imediatamente – ela informou à senhora Bartlett, sua anfitriã.

Embarcou na primeira diligência postal disponível para Edimburgo, e dali, voltou para Skye.

Apenas Mary sabia da verdade e, por considerar aquela uma aventura eletrizante, jamais contaria a ninguém. Ela mandava para Skye todas as cartas que chegavam para Brenna na casa dos Bartlett em Bath, escondendo dos pais o real paradeiro da jovem amiga. Brenna nunca esperou ter uma amiga tão fiel, ainda mais que haviam se conhecido no Seminário Londrino para Moças, da senhorita Laver, uma escola que as duas desprezavam. Brenna não se importava com os assuntos que a senhorita Laver considerava cruciais para uma jovem moderna, como pintura e dança, embora se desse bem com as outras garotas. Eram boas meninas, cujo único objetivo era agarrar um homem rico e, se possível, bonito. Mary foi a única a demonstrar uma centelha de originalidade e bom senso para travessuras, o que as aproximou. Brenna nunca havia se adequado ao colégio nem a qualquer um dos salões de baile londrinos aos quais era arrastada pelos tios bem-intencionados.

Naquela altura, ninguém encontraria Brenna Donnegal em um salão de baile. E era assim que lhe agradava.

Então por que cargas d'água ela sonhava com um salão de baile? E pior, preocupando-se em dançar uma valsa com *Reilly Stanton*, quando havia coisas tão mais importantes com que se preocupar?

Nisso ela escutou novamente o *bang* de seus joelhos batendo nos de Reilly Stanton no sonho. Mas era apenas uma batida na porta da cabana.

Brenna se virou e consultou o pequeno relógio da mesa de cabeceira. Oito da manhã. E alguém batia em sua porta. Afundou a cabeça nos travesseiros. O que dera naquele povo? Não haviam entendido que havia um novo médico na cidade? Por que a chamavam àquela hora?

– Já vou! – ela gritou, ainda rouca de sono. Odiou ter de deixar o calor do ninho de cobertas onde estava aconchegada.

A pessoa que batia certamente não a ouvira, pois as batidas se intensificaram. Sorcha, que estava deitada na cama entre Brenna e Eirica, de olhar sonolento, se levantou e começou a latir.

Brenna, que nem chegou a dormir direito, gemeu e pegou o xale. Por que ela e não o jovem e competente doutor Stanton? Certamente todos sabiam da chegada dele. Lyming era uma aldeia muito pequena. Não era justo. Ele não permaneceu acordado a noite toda como ela. Na certa, ele passou uma noite quente e confortável em um dos muitos quartos de hóspedes do castelo de Glendenning. Bem, confortáveis talvez, quentes, nunca. Quente seria a última coisa que alguém pensaria ao se referir ao castelo...

Soaram mais batidas fortes.

– Já vou – ela repetiu, jogando o xale sobre os ombros.

Levantou-se, estremeceu por causa do frio e calçou os chinelos rasgados que deixava sob a cama. Durante esse tempo, as batidas não haviam cessado.

– Oh, Senhor – Brenna murmurou. – É bom que seja um caso grave!

Ela tentou se apressar, mas a animação de Sorcha pulando na sua frente dificultou-lhe a intenção. As batidas continuavam...

– Por favor – Brenna chegou até a porta e lutou para erguer a barra de madeira com que trancava a porta todas as noites –, pare de bater. – Ela levantou a tranca.

Brenna abriu a porta e, espantada, viu que não se tratava de nenhum dos aldeões. Quem estava plantado na neve era Reilly Stanton, com fisionomia de quem também não dormira.

– O senhor! – ela corou ao se lembrar do sonho idiota. – O que o senhor...

Reilly não a deixou terminar. Empurrou-a e entrou na cabana.

– Não queira me fazer de tolo. – Reilly se virou e chegou até a porta do quarto desocupado da cabana, o que o pai de Brenna chamava de escritório.

– Passei a noite remoendo meus pensamentos. Por mais que tentasse, não consegui encontrar um simples motivo racional para o costume que a senhorita tem de ir ao cemitério no meio da noite anotar o nome dos mortos inscritos nas placas e depois recolher punhados de terra nos arredores das casas da aldeia. Glendenning pensa que a senhorita é maluca e estou inclinado a concordar com ele. Exceto... que não posso aceitar isso.

Brenna, com as sobrancelhas muito arqueadas, fechou a porta da cabana, recostou-se nela e cruzou os braços na altura do peito.

– Um bom dia para o senhor também, doutor Stanton.

– Eu já lhe disse para não me fazer de tolo, senhorita Donnegal – disse Reilly com rispidez. – Isso pode diverti-la muito, mas eu não achei nada engraçado ficar sentado metade da noite no cemitério, congelando o meu... – ele a fitou com ressentimento – congelando meus pés.

– Não fui eu que o mandei ficar sentado lá. E por que está gritando *comigo*?

– Porque, como bem sabe, Glendenning está apaixonado pela senhorita e não pensa em outra coisa. Ele me arrastou até o cemitério, forçou-me a ficar lá para apreciar sua performance. – Reilly andava de um lado para outro ao longo do aposento, sem perceber que acima de sua cabeça o corvo de Brenna acompanhava seus movimentos, voando de viga em viga, agitando as asas negras.

– Fiquei acordado a noite toda na tentativa de me convencer de que ele estava certo, que a senhorita devia ser mesmo maluca, pois essa era a única explicação que fazia sentido. Exceto que... – Ele parou de repente e encarou-a do outro lado da mesa longa e das cadeiras. – Exceto que a senhorita não é maluca. Uma louca não teria feito o parto de ontem. Senhorita Donnegal, mas que diabos a senhorita estava fazendo ontem à noite?

Brenna inclinou a cabeça, e os cabelos que ainda não tinham sido escovados caíram para um lado de seu rosto.

– Gostaria de tomar chá, doutor Stanton?

– *Chá*!? – Reilly engasgou. – A senhorita perguntou se eu gostaria de tomar chá? Foi isso que a senhorita disse!? – Reilly Stanton, que para Brenna parecia o mais calmo dos homens, estava a ponto de explodir. Uma veia palpitava em sua testa, e os olhos castanhos, sempre tão tranquilos, irradiavam ódio.

– Foi isso que a senhorita disse? – ele repetiu, ameaçador. – Chá? Eu lhe faço uma pergunta pertinente, e a senhorita me pergunta se quero chá?

Brenna descruzou os braços e se afastou da porta. Uma brisa gelada soprava através dela. Brenna foi até a lareira, onde as chamas estavam quase extintas.

– O senhor deve estar morto de frio – ela disse, remexendo as brasas com o atiçador. – Pensei que uma xícara de chá fosse lhe agradar.

– O que me agradaria – ele respondeu, exasperado – seria uma explicação.

– Bem – disse Brenna, mexendo na chaleira –, como não sei do que o senhor está falando, não posso lhe dar explicações. Portanto, terá de se contentar com o chá.

Revoltado, Reilly puxou uma cadeira e se sentou.

– Por que – ele parecia falar consigo mesmo – vim para cá?

Brenna não sabia dizer se ele se referia a Lyming ou à cabana e, com pena dele, perguntou:

– O senhor tomou o café da manhã? Ainda tenho ovos...

– Não quero ovos! – Reilly respondeu, batendo na mesa com o punho fechado. – Quero saber o que pretende fazer. Por acaso está tentando convencer o conde de que está maluca? Se é isso, saiba que não adiantará. Ele quer se casar com a senhorita de qualquer maneira.

As chamas aumentaram, Brenna pôs a chaleira com água para ferver e foi até a porta da despensa.

– Isso é porque – disse ela por cima do ombro – sou a única mulher da ilha...

–... que ele ainda não teve – Reilly concluiu. – A senhorita já me explicou sua teoria sobre o caso. Acha mesmo que está no caminho certo, com todos esses segredos? Não quero que fique alarmada, mas andar ao redor dos túmulos de vítimas de cólera é bastante perigoso. A senhorita sabe que o contágio pode se dar pelo ar.

Brenna nem o olhou enquanto fechava a porta da despensa com o pé e equilibrava nos braços um pão, um pote de manteiga e um vidro de geleia.

– Não fale bobagem!

– Não estou fazendo isso. Não quero ofendê-la, mas por maiores que sejam seus conhecimentos médicos, a senhorita não recebeu a mesma formação que recebi. E posso lhe garantir que talvez esteja pondo em risco não apenas sua vida, mas a de todos os habitantes da aldeia.

Brenna sentiu o rosto em fogo. Por que esse homem a deixava com tanta raiva? Ficou envergonhada devido a sua atitude no dia anterior, quando arrancara dos lábios o dedo de Reilly. Mas o que mais poderia ter feito? Era ridículo que um mero toque de um homem a afetasse tanto.

Mas essa era a verdade.

Dessa vez procurou não ficar com raiva e pôs a mesa para o desjejum.

– Sei que o senhor se considera uma grande autoridade na questão do cólera. Estou consciente de que, pelo fato de o senhor ter se deslocado de Londres até aqui para nos deslumbrar com sua experiência eu deveria lhe ser grata, como uma verdadeira camponesa, por seu conselho esclarecedor. Mas devo discordar de suas conclusões, afirmando que minha visita ao cemitério trará uma nova onda de cólera à comunidade. Tenho que discordar de seus colegas que afirmam que o cólera é causado por miasma, como o tifo ou a escarlatina.

Reilly parecia não escutá-la. Ele analisava a cabana com irritação.

– Não está certo – ele declarou, finalmente.

Brenna anuiu enquanto cortava uma fatia de pão.

– Eu sei. É uma ousadia de minha parte contradizer os postulados médicos. Mas eu creio...

– Não se trata disso – Reilly respondeu com desprezo, como se estivesse irritado com ela por não seguir o modelo de seus pensamentos. – Estou me referindo ao fato de a senhorita morar aqui, sozinha. Não está certo – ele repetiu.

Brenna relanceou um olhar ao redor.

– Bem, não uso o quarto de meus pais nem o de meus irmãos, mas não acho que deva ser condenada por desperdiçar espaço...

– Sabe muito bem do que estou falando, senhorita Donnegal. – Ele a fitava, irritado. – Uma jovem como a senhorita não deveria morar sozinha. Nem receber visitas masculinas sem uma acompanhante por perto. Creio que seus pais não gostariam disso, se soubessem.

Brenna era da mesma opinião. Mas o trabalho era mais importante, e ela preferia pensar que, se soubessem, entenderiam que a filha estava apenas tentando provar a sua teoria...

– O conde disse que a senhorita tem um tio – Reilly continuou –, e que seus pais foram para a Índia, mas a deixaram aos cuidados dele...

Brenna começava a perceber que o médico ia acabar interferindo em seu trabalho. Teria que usar alguns subterfúgios. Passou manteiga no pão que havia cortado para ele e suspirou.

– É verdade.

– E o que seu tio disse – Reilly mostrou indignação – quando a senhorita resolveu vir para Skye?

– Ele não gostou, mas compreenda, não posso voltar.

– Infelizmente, não posso ser compreensivo. – Reilly pegou a fatia de pão com manteiga e o vidro de geleia.

– O senhor não entende. Não posso voltar.

– Por que não? – Reilly entregou a ela a fatia de pão com manteiga e geleia. – Pegue. E não tente me dizer que fugiu porque ele lhe batia. Não sou tão ingênuo quanto pareço ser. Estou convencido do fracasso de um homem que tentasse lhe bater.

Brenna franziu a testa para a fatia de pão que ele segurava. Ela se preparava justamente para dizer aquilo para Reilly, mesmo à custa de manchar o bom nome do tio.

– Por que não me diz francamente o que a fez voltar para Skye? Isso ajudaria muito, não acha?

Brenna o fitou com raiva.

– Para quê? Para o senhor tentar me proteger um pouco mais?

– De maneira nenhuma. Estou apenas tentando dialogar, supondo que nós dois somos pessoas racionais. Onde fica essa proteção?

– O senhor não tem o direito de meter o nariz em meus negócios.

– É aí que a senhorita se engana. Tenho esse direito, se seus interesses se sobrepoem aos meus. A água está fervendo.

A chaleira sobre o fogo começou a cantar.

Brenna, ainda carrancuda, foi até a fornalha, com a certeza de que ele era o homem mais irritante que conhecia. Ele veio depois de uma noite insone, obviamente frustrado com ela, com o rosto por barbear e as pálpebras avermelhadas. No entanto, tudo o que ele fazia era se preocupar com problemas que não eram da conta dele. Estava certa de que não se tratava de ciúme profissional. Reilly não se ressentia pela posição de Brenna na comunidade nem por ela estar na casa que havia sido designada para ele. Reilly Stanton parecia sinceramente disposto a ajudá-la.

E pelo que ela sabia dos médicos londrinos, aquela atitude era incomum.

– Quer açúcar? – Brenna não foi muito delicada, enquanto servia chá para Reilly.

– Apenas leite, se tiver.

– Claro. – Brenna pôs leite na xícara dele e estendeu o braço. – Aí está.

– Obrigado. – Ele bebeu como se não sentisse o gosto. – Bem, se a senhorita se recusa a usar de sensatez e não voltar para a casa de seus parentes, teremos que concentrar nossos esforços para encontrar uma viúva decente que possa ser convencida a vir morar aqui.

Brenna ficou tão surpresa com o que ele acabara de dizer, que acidentalmente, derramou na mesa o leite que pretendia pôr em sua xícara.

– Como é?

– Acredito que uma viúva seria uma acompanhante adequada – Reilly afirmou. – Primeiro considerei uma das moças da taverna, mas sabe como é, elas não têm... a melhor das reputações. Por isso me ocorreu que certamente haveria uma viúva que talvez pudesse vir morar aqui, para não deixá-la sozinha.

Brenna disse a si mesma que aquela interferência tinha ido longe demais.

– Uma viúva!? – ela gritou. – Para me fazer companhia? – Ora, doutor Stanton, isso não... quero dizer, não preciso de acompanhante. Sou perfeitamente capaz de tomar conta de mim mesma...

– Como a senhorita tem demonstrado. Apesar disso, não posso deixar de perceber que Lorde Glendeninng tem sentimentos não muito honrosos a seu respeito. A senhorita já deixou um olho dele roxo. Não quero que isso aconteça novamente.

– Sim. – Brenna começava a perceber que estava perdendo terreno. – Todavia, uma acompanhante não impedirá que...

– Acredito que vai impedir, sim. – Reilly piscou, e Brenna teve a impressão de que ele estava gracejando. – Não fique assim irritada, senhorita Donnegal. Essa é a maneira apropriada de fazer as coisas.

– Não vou fazer nada disso!

– Senhorita Donnegal, é para seu próprio bem. Se as pessoas da aldeia não sabem cuidar dos interesses de um dos seus, eu terei de fazer isso...

Brenna caiu na gargalhada, mesmo sem achar graça nenhuma na situação, sacudindo a cabeça.

– O senhor chegou aqui anteontem e não sabe do que está falando. O senhor não conhece os meus interesses nem os dos outros.

E para aborrecimento de Brenna, Reilly a ignorou.

– A senhorita não pode – ele disse com calma – continuar aqui como tem feito até agora. Não é adequado nem correto. A senhorita fica muito isolada aqui pelo riacho. Muitas coisas podem acontecer. Por acaso a senhorita tem uma faxineira? Ou pelo menos alguém para lavar a roupa?

– Bem ... sim... tenho... – Brenna gaguejou – mas isso não é de sua conta.

– Quem pega a água?

– Ora, eu pego...

– Sim, do riacho, é claro. E a lenha para o fogo?

– Eu me arranjo...

– Sim, isso pode ser viável para o povo daqui de Lyming, mas não serve para mim.

Reilly parecia determinado e, infelizmente, a determinação lhe assentava bem. O que havia com esse homem, que ela achava tão atraente, a ponto de sonhar com ele? Além da boa aparência e do fato de observar hábitos higiênicos, ele não diferia de nenhum homem que Brenna conhecia.

Bem, exceto por esse cavalheirismo absurdo...

– Pois vai ter que servir – Brenna declarou. – Não pense, doutor Stanton, que por ter aceitado o posto que era de meu pai, o senhor agirá como ele. O senhor não é meu pai, portanto, não pode ditar regras para minha vida, muito menos para minha pesquisa...

– Eu sabia! – Reilly ficou em pé de um pulo e apontou um dedo acusador para ela. – Então era isso que a senhorita estava fazendo no cemitério no meio da noite. *Pesquisa.*

Brenna sentiu novamente o rosto em fogo, mas ergueu o queixo, altiva.

– Claro que não. Não foi isso que eu quis dizer. O que eu...

– E a terra. – Reilly parecia tão satisfeito como se houvesse encontrado a galinha dos ovos de ouro. – Amostras de solo. Claro. Eu devia ter desconfiado. – Reilly recomeçou a andar e, acima da cabeça deles, Joe pulava de viga em viga. – Quando Glendenning me levou ao dispensário, notei a falta do microscópio de seu pai. Ele pensou que um dos aldeões o houvesse quebrado ou roubado... em tempos difíceis... Mas não foi nenhum deles. Foi a senhorita quem o pegou e trancou o instrumento no quarto – aquele que tratou de convencer Glendenning que é reservado para rituais satânicos – para ninguém ficar sabendo. A única questão que resta é saber o motivo. Por que a terra? Não entendo.

Reilly parou de andar de um lado para outro. Alto e de ombros largos, ele parecia ameaçador. Acreditava na necessidade de uma dama de companhia para protegê-la das investidas de Lorde Glendenning, mas Brenna começava a suspeitar que não era esse o caso. Ela precisava se proteger de

Reilly Stanton. Afinal, não era Lorde Glendenning que dançava com ela em seus sonhos.

– Terra – ele murmurou, ainda olhando para Brenna como se ela fosse um enigma passível de solução, se fosse encarada. – Terra. Dejeto. – Ele estalou os dedos e apontou para Brenna. – O miasma se eleva do lixo pútrido. É isso. A senhorita está tentando traçar a origem da epidemia de cólera do último ano, não é?

Brenna abriu a boca, mas não conseguiu falar. Como ele sabia? Como ele, conhecendo-a fazia pouco mais de quarenta e oito horas, conseguira decifrar o que ninguém na aldeia conseguia imaginar?

Afinal, ele era membro licenciado pelo *Royal College of Physicians*. Supôs que isso servisse para alguma coisa.

Ainda assim, ela se recusava a acreditar que ele havia raciocinado corretamente. Fechou a boca e desviou o olhar.

– Não seja insensato.

– Santo Deus! – Reilly deixou cair o braço. – Insensata é a senhorita.

– O senhor não sabe o que está dizendo. – Ela se afastou dele. – Não estou tentando fazer nada disso.

– Talvez uma cura. Ou uma vacina. Como aquela da varíola... – Ele recomeçou a andar.

Brenna resfolegou em resposta.

– A senhorita não entende o risco que está correndo? – Reilly perguntou com seriedade e um brilho de preocupação no olhar. – A cólera é um assunto perigoso. A senhorita não deveria brincar com isso.

Brenna o fitou com impaciência.

– O senhor quer um ovo ou não?

– Não quero, obrigado, e pare de mudar de assunto. A senhorita não deve saber o que está enfrentando.

Brenna largou a colher que segurava e se virou para encará-lo.

– Por quê? E se eu estivesse fazendo algo, o que não quer dizer que esteja, por não saber o que poderia estar enfrentando? Eu lhe digo que estou muito bem qualificada para lidar com o problema, pois enfrentei uma epidemia da doença, enquanto e o senhor pouco viu dela.

Reilly franziu a testa.

– Não é por isso.

– Não? Então por que é? Porque sou mulher?

– Eu não disse nada parecido. – Ele parecia confuso e parou de andar por um momento.

– Mas pensou.

– Bem, é preciso admitir que é um pouco...

– O quê?

– Estranho.

Brenna não conseguiu impedir uma risada.

– O que é tão engraçado?

– O senhor.

– Eu? – Reilly se espantou. – Por que eu seria engraçado?

– O senhor deixou uma clínica de sucesso em Londres e escolheu logo Lyming para trabalhar. Se isso não é "estranho", então não sei o que é.

– Como já lhe expliquei, havia determinadas circunstâncias...

– Se está se referindo à sua noiva, sinto lhe dizer, mas acho isso ainda mais estranho. Ela o dispensou, não foi? Então por que está tão interessado em reconquistá-la?

– Reconquistar? – Reilly sacudiu a cabeça. – Do que está falando?

– Bem, foi o que o senhor disse ontem no castelo. Que o motivo de sua vinda para Lyming era provar-lhe que o senhor não era o imprestável que ela o acusava de ser. Em minha opinião, isso é bem mais esquisito do que a filha de um médico querer demonstrar à sua preciosa comunidade científica que a teoria de seu pai a respeito dessa doença em particular é bem fundamentada.

Reilly encarou-a, incapaz de olhar outra coisa. Isso foi um tanto desconcertante, ainda mais que Brenna de repente se deu conta de estar de camisola, chinelos e um xale roído por traças. No entanto, o doutor Stanton não a deixou constrangida. Ele somente fitava seu rosto.

– Que teoria? Do que a senhorita está falando?

Brenna blasfemou silenciosamente contra si mesma. Por que, "por que", tivera que abrir a boca?

– E por que eu deveria lhe contar? O senhor poderia publicar um artigo sobre o assunto e levar a fama, não é? Agora, doutor Stanton, acho melhor o senhor ir embora. – Brenna foi até a porta, abriu-a e deixou entrar o ar frio da manhã. – Tenha um bom dia.

Reilly ficou parado, olhando-a com raiva. A veia na testa continuou a pulsar. Estava furioso com Brenna Donnegal e muito mais do que aparentava. Brenna não imaginava o motivo. Não era da conta dele o que ela fazia ou deixava de fazer, ainda mais em se tratando de tema tão importante.

– Eu irei – ele finalmente concedeu. Brenna viu um músculo de seu queixo se contrair no mesmo ritmo da veia da testa. – Mas esteja certa, senhorita Donnegal, de que ainda falaremos sobre o assunto. Seria um irresponsável se não fizesse nada para impedir que arrisque sua vida, ou a vida dos habitantes desta ilha, só para provar alguma teoria tola de seu pai...

– Saia! – Brenna não se lembrava de ter ficado assim tão furiosa. – Saia *imediatamente*!

– Com satisfação – Reilly respondeu, pôs o chapéu na cabeça e retirou-se sem olhar para trás.

Brenna não deixou a última palavra para ele.

– A teoria de meu pai – ela gritou – não é tola. Provarei isso. Espere e verá.

O doutor Stanton não demonstrou tê-la ouvido. Melhor assim. Ela estava disposta a ignorar o novo médico, assim como ele a ignorava.

Brenna bateu a porta com esperança de que ele se mantivesse fora de seus sonhos e de seu trabalho.

11

— Sinto muito, senhora – Reilly repetiu pela décima vez naquele dia –, eu não trato de animais.

A esposa de Adam MacAdams, que correspondia à descrição do conde, espichou para a frente o lábio inferior polpudo.

– Ela nunca ficou sem botar por tanto tempo, e olhe que ela é uma das melhores. Regular como um relógio. Pelo menos, um ovo por dia.

Reilly olhou a galhina gorda e castanha que estava sobre a mesa de exames.

– Tenho certeza, minha senhora, de que se ela estiver se alimentando bem, logo vai se recuperar.

– Mas esse é justamente o problema, doutor! – a senhora MacAdams suspendeu o busto generoso. – Ela não está comendo. Oh, será que o doutor não poderia examiná-la?

Reilly pestanejou com tristeza olhando para a galinha. Ou era o que supunha que fosse. Se as galinhas eram um gênero, o que seriam os galos? Sua ignorância a respeito de assuntos rurais nunca havia se manifestado tanto quanto nessas últimas semanas, quando só o procuraram para resolver problemas sobre carneiros, cavalos, vacas e, numa tarde memorável, um porco-espinho. Até aquele momento, tivera apenas um paciente humano. Mas isso nem contava, pois se tratava de Lorde Glendenning, que sofria de unha encravada nos pés. Apesar de ter resolvido morar no dispensário para evitar o conde, tornou-se o que Iain MacLeod jurou que ele não era: um médico particular.

Apesar dos aldeões não serem muito saudáveis, pareciam não confiar muito no novo médico. Alguns só tinham coragem de deixá-lo cuidar dos animais. A única vez em que dera uma consulta de verdade fora...

– A senhorita Brenna disse para eu dar a ela malte moído quente. Mas o malte é muito caro. Será que não existe outra opção?

...para uma segunda opinião – e diferente. Era o que procuravam.

– Se a senhorita Brenna receitou o malte, a senhora deve seguir o conselho dela. Ela conhece as galinhas mais do que eu.

A senhora MacAdams sacudiu a cabeça e pôs a galinha favorita de novo no cesto onde a levara.

– Está bem, doutor, se é o que o senhor pensa... Mas acho que é um desperdício dar malte para galinhas.

– É uma pena – Reilly concordou com ela, acompanhou-a até a sala de espera, onde não havia nenhum paciente. – Uma pena.

Ele abriu a porta para o paciente e sua dona, e gostou da brisa agradável que os saudou. A primavera havia chegado, as folhas começavam a brotar nas árvores e havia brilho no olhar dos carneiros da colina. Aliás, Reilly nem tinha certeza se eram carneiros. Ele os conhecia tão pouco quanto as galinhas. Era a época de nascimento dos cordeiros, e todos os homens que não estavam pescando com as redes no estreito, iam para as colinas procurar ovelhas extraviadas ou, como se dizia no lugar, "as que estavam prestes a aliviar o bucho". Desde que a primavera começou, Reilly não havia visto sinal de Brenna. Na certa ela, com as mãos pequenas tão eficientes para fazer um parto difícil, fora requisitada para trabalhos semelhantes.

Enquanto os homens se ocupavam das providências para o aumento dos rebanhos, as mulheres da aldeia vendiam artigos feitos ou produzidos em casa num mercado ao ar livre que ficava perto do dispensário. Embora esse fosse um empenho otimista – pouquíssimos viajantes iam para a aldeia, e os que ali viviam tinham uma barraca no mercado –, Reilly adorava o que era vendido. A senhora MacGregor comerciava deliciosas tortas de carne, a senhora Murdoch levava alhos-porós e rabanetes, a senhora Connal preparava pães muito gostosos e a senhora Murphy não deixava faltar os sabões perfumados. Mesmo a desafortunada Flora também abastecia uma mesa onde vendia canecos com cerveja por poucos centavos. Reilly se tornou *habitué* na tenda de Flora, visitando-a algumas vezes ao dia. Se ela se ocupasse com os fregueses, não pensaria tanto na última recusa do conde em casar-se com ela. Essa era a intenção de Reilly.

Ele deixou uma placa "Voltarei em cinco minutos" – providência quase inútil, pois poucos ilhéus sabiam ler – e se aproximou da barraca de Flora. Ensimesmada, ela olhava o castelo empoleirado de forma precária em cima de um penhasco e só percebeu a presença dele ao escutar sua tosse.

– Ah, doutor Stanton, é o senhor – disse ela sem entusiasmo. – Olá.

– É uma bela saudação – Reilly brincou – para seu melhor cliente, Flora. Por favor, um caneco e cuidado com a espuma desta vez.

Flora suspirou e foi até seu barril, ou melhor, o barril da senhora Murphy, pois a barraca da cerveja estava vinculada à Lebre Ferida.

– Perdão, doutor Stanton – Flora se desculpou em tom monocórdio. – Não consigo parar de pensar nele. Acho que isso significa estar apaixonada.

– Ah, Flora, pense que ele não está à sua altura – Reilly respondeu com falsa animação para acalmá-la.

– Eu sei. – Ela suspirou de novo e encolheu os ombros finos sob o xale de renda puído. – Tom Feeney me pediu em casamento na semana passada.

– Ora, mas essa é uma ótima notícia, Flora. – Reilly estava agradavelmente surpreso. – Tom é um bom rapaz. Por que não aceita o pedido dele?

Flora sacudiu a cabeça e os cachos loiros balançaram.

– Não seria justo eu me casar com Tom, gostando de outro. Além do mais, a mãe dele não me suporta.

Reilly conhecia a senhora Feeney e entendeu a hesitação de Flora. Deixou uma moeda na palma aberta da jovem e pegou seu caneco.

– Não se preocupe, Flora. Há muitos outros rapazes disponíveis. Moças bonitas como a senhorita atraem os homens como o mel atrai as moscas.

Flora piscou, e os olhos azuis marejaram de lágrimas.

– Mas não o homem que eu quero.

A frase foi murmurada com muito pesar, e Reilly não soube o que responder. Afagou o queixo de Flora, deu-lhe mais uma moeda e se afastou em direção à barraca das tortas de carne, para não ver a expressão desconsolada da moça.

Apesar do desânimo de Flora, Reilly inalou a atmosfera marinha, ouviu o tagarelar das mulheres, o grasnido das gaivotas que rodopiavam acima de sua cabeça na esperança de apanhar uma lasca de pão e considerou que havia tomado a decisão certa ao ir para Skye. Embora tivesse apenas um paciente, sem contar com a galinha da senhora MacAdams.

Na verdade, em Londres ele nunca se sentiu tão bem como em Lyming. Talvez fosse o ar marinho e a ausência da fumaça das chaminés. Era possível que isso se devesse à comida gostosa e saudável da senhora Murphy e de sua cerveja na medida certa. E, sobretudo, ele gostava do povo honesto e bondoso que habitava a pequena vila de pescadores. Não havia pretensões nem excesso de intelectualização das coisas. Um pescador era um pescador, um peixe era um peixe e todos estavam conscientes de seu lugar e – exceto Flora – não tinham aspirações impossíveis.

Começava a sentir que ali, finalmente, ele poderia ser apenas o doutor Stanton em vez de um "marquês médico". Ah, se ao menos ele tivesse um ou dois pacientes...

Apesar desse pequeno desapontamento e das horas que passava à espera de clientes, sentia-se revigorado.

Claro, isso também poderia se dever ao tempo, que melhorava, e à suspeita de que, finalmente, tinha encontrado um lugar onde ele não só poderia sentir que pertencia, mas também no qual poderia ser útil. Reilly notara um novo brilho no olhar não só dos carneiros, mas no da maioria das pessoas e também no do conde.

Esse nobre ilustre chegou à aldeia com sua habitual teatralidade, espantando galinhas, cães, cachorros e crianças a torto e a direito quando passava pelo mercado com o garanhão negro. Ao ver Reilly, puxou as rédeas. Apeou do grande animal e agitou um envelope diante do rosto de Reilly.

– Veja isso. – O conde não ocultava seu contentamento. – Esta é a resposta a nossos problemas.

Reilly fitou Glendenning sem demonstrações de entusiasmo. Sua sensação de bem-estar se evaporou, mas não pelo garanhão, que parara muito perto dele.

– Que problemas? – ele perguntou, embora já soubesse a resposta.

Christine gostava muito de Tennyson, e um dos ditos do poeta provava ser desastrosamente verdadeiro no caso de Lorde Glendenning... "na primavera as fantasias de um jovem se transformam em pensamentos de amor". Quando o sol derreteu a neve do inverno, a paixão de Glendenning por Brenna se aqueceu, e ele se tornou mais obcecado do que nunca pela ideia de atraí-la para o casamento, a despeito dos conselhos de Reilly para que esquecesse o assunto.

– Brenna, é claro – foi a resposta previsível do conde. – Stuben acabou de trazer as cartas do correio, e o que o doutor acha que havia na correspondência de hoje?

Reilly supôs que fosse o microscópio pedido e, esperançoso, perguntou pelo instrumento.

– Não foi aquela porcaria de microscópio – o conde aborreceu-se. – É uma carta para a senhorita Donnegal, da amiga que está dando cobertura a ela. Parece que o segredo foi desvendado...

Reilly, chocado, tirou o envelope da mão do conde.

– Santo Deus! – ele gritou, ao ver o endereço. – Esta é uma carta particular para a senhorita Donnegal!

O conde, aborrecido, tomou o envelope de volta. Atrás dele, o cavalo resfolegou, nervoso pelo movimento brusco.

– Eu sei, e ouça o que diz aqui... – ele começou a abrir o papel.

Reilly arrancou a carta das mãos do conde.

– Não quero ouvir nada. Milorde ficou maluco? Não se pode andar por aí, abrindo a correspondência particular das pessoas. A senhorita Donnegal sabe que milorde lê as cartas a ela destinadas?

– Não sei. – Glendenning se mostrou confuso. – Suponho que sim. Tudo para ela vem aberto, e ela deve saber que qualquer um pode ler o que está escrito. Ela nunca disse nada, exceto por uma ou duas vezes.

– Isso é intolerável! – Reilly gritou, sem acreditar no que ouvia. – Quando milorde vai deixar essa mulher em paz? – Percebeu que elevara a voz e atraíra a atenção de algumas pessoas, além de impelir o cavalo nervoso a escarvar na terra, e então procurou se controlar. – Eu o proíbo de remexer na correspondência da senhorita Donnegal. Ouviu bem, Glendenning?

O conde sorriu diante da fúria de Reilly.

– O doutor me proíbe? – O conde deu uma risadinha. – Essa é boa. Stanton, por acaso se esqueceu de que "eu" o empreguei? Não foi o contrário. Embora possa dar uma falsa impressão para quem ouviu suas ordens.

Reilly estremeceu. A acusação tinha fundamento. Afinal, continuava a manter em segredo suas origens aristocráticas, pricipalmente porque isso nada tinha a ver com sua vida na ilha. Mas, a bem da verdade, a antipatia de Brenna pelos médicos de sangue azul pesara muito mais em sua decisão de não revelar que Reilly Stanton era o oitavo marquês de Stillworth.

E mesmo que decidisse desvendar seu segredo para Glendenning, os condes suplantavam os marqueses na escala social... mesmo os mais ignorantes, que passavam o tempo inteiro preparando armadilhas para levar ao casamento filhas de médicos.

– Apesar disso – Reilly contestou, severo – milorde não tem o direito de se intrometer na correspondência da senhorita Donnegal. Isso não é de bom–tom, e os que realmente amam não cometem tal erro.

O conde ficou carrancudo.

– Escute, doutor. Esta carta diz...

Reilly levantou uma das mãos.

– Não quero ouvir nada, Glendenning. Nada, entendeu?

– Mas...

Nesse momento da discussão, foram interrompidos por uma voz de criança.

– Desculpem-me.

Hamish MacGregor parou ao lado dos dois, torcendo o chapéu entre os dedos, com expressão de expectativa e o cão sentado a seus pés. O olhar penetrante de Hamish se dirigia ao conde.

– O que houve, Hamish? – Reilly quis saber.

Reilly teve numerosas ocasiões para conversar com o garoto, pois ele, quando não cuidava do rebanho com Lucais, não saía da porta do dispensário. Em parte, o fato poderia ser culpa de Reilly, que distribuía para as crianças da aldeia – enquanto o microscópio não chegava – uma porção de balas francesas que as irmãs mandavam para ele. As crianças haviam se acostumado a passar pelo consultório a caminho da escola e também na volta. Hamish tinha paixão por doces e seguia Reilly por toda parte.

– É sobre aquelas armadilhas – Hamish explicou, olhando para o conde.

Glendenning, aborrecido, voltou-se para o garoto. Até Reilly gemeu. Hamish havia iniciado, desde o que acontecera com Lucais, uma cruzada contra as armadilhas para lobos. O cachorro havia se recuperado bem do ferimento, mas o menino continuava magoado com o responsável pelo acidente.

– De novo, não – o conde murmurou. – Escute, Hamish, eu já lhe disse. Enquanto os lobos estiverem ameaçando meus cervos, continuarei espalhando minhas armadilhas.

– Eu gostaria de saber – Hamish, teimoso, insistiu no assunto –, quantos lobos milorde já apanhou este ano em suas emboscadas e quantos cães inocentes o senhor feriu?

– Nenhum, já disse, garoto – Lorde Glendenning respondeu, impaciente. – Mas isso não quer dizer que eles não estejam por perto. Agora vá andando, está bem? Doutor Stanton e eu precisamos ter uma conversa em particular... – Nesse instante, Glendenning afrouxou as rédeas do cavalo e tentou pegar a carta que Reilly ainda segurava, mas o médico foi mais rápido e tirou-a do alcance das mãos dele. – Se o doutor ler a mensagem, verá que o tio dela...

– Lorde Glendenning! – Hamish gritou e teve que se atirar para baixo do cavalo enorme, a fim de evitar que fosse pisoteado pelo animal, que ficou ainda mas arisco com o movimento brusco do conde. – O senhor não respondeu à pergunta. Quantos cachorros, em vez de lobos, o senhor apanhou naquelas armadilhas?

Glendenning tentava lutar com Reilly para recuperar a carta.

– Nenhum, exceto aquele seu cão pulguento, que é tão estúpido a ponto de meter-se numa armadilha para lobos...

Flora, que não resistia à atração que sentia pelo conde, se aproximou.

– Milorde – disse ela, disfarçando a melancolia que havia demonstrado para Reilly – deseja tomar cerveja? Posso trazer para milorde, é só um instante.

Glendenning a fitou, e seu sorriso derreteria o coração de qualquer jovem, ainda mais de uma pobre garçonete que lhe dera quatro filhas.

– Obrigado, doçura – ele disse. – Estou morto de sede.

Flora, feliz pela oportunidade de agradar ao amado, soltou um gritinho e correu para obedecer às ordens de seu senhor. Infelizmente, o garanhão do conde, que já estava nervoso, se assustou com o súbito movimento de corrida e escolheu aquele momento para se empinar.

Se Lorde Glendenning estivesse segurando as rédeas com firmeza, nada teria acontecido. Mas ele teve que soltá-las, na tentativa de pegar a carta que Reilly segurava, e o cavalo caiu com as patas um pouco mais longe do que estava antes, e um dos cascos bateu na cabeça de Hamish MacGregor.

Reilly, testemunha involuntária do acidente, deu um grito para avisar Hamish, mas foi tarde demais. O menino ficou estirado no chão, como um dos panos molhados de Flora.

O cavalo de Glendenning continuou a patear no chão e a resfolegar muito perto do menino inconsciente. Reilly gritou para o conde que controlasse a montaria e se jogou debaixo dos cascos do imenso cavalo. O conde agarrou as rédeas, prendeu o cavalo e se ajoelhou ao lado do menino ferido.

Não foi fácil fazer os exames necessários. Quase todos os que estavam no mercado naquela hora haviam presenciado o acidente e correram em direção à vítima, gritando fórmulas milagrosas para tratar do garoto. Lucais, confuso e assustado, começou a latir perto do ouvido de Reilly. O conde finalmente se deu conta da gravidade do acontecido e passou a se lamentar.

– Foi por minha culpa – Glendenning não parava de repetir.

– Não, meu amor. – Flora não permitiria que a luz de sua vida admitisse qualquer erro. – Foi o cachorro que começou a latir e assustou o pobre Tornod...

– Meu filho! – a senhora MacGregor, que estava na barraca das tortas de carne, vira tudo. Ela teve de ser contida para não se atirar sobre o filho. – Minha doce criança, meu filho!

O exame superficial feito por Reilly diante todas essas distrações, foi desalentador. De fato, ele fez um diagnóstico rápido... e terrível.

– Por favor! – ele gritou para as mulheres e o conde, que se amontoavam em volta dele –, recuem para que eu possa trabalhar!

Lorde Glendenning imediatamente estendeu os braços enormes e empurrou para trás as mulheres, inclusive a mãe de Hamish.

– Deixem o doutor trabalhar – o conde disse com sua voz mais doce, a mesma que na certa usara para enganar Flora, Reilly pensou com amargura.

– O doutor Stanton sabe o que está fazendo. Afinal, ele é de Londres. O menino vai se recuperar nas mãos dele.

Reilly, que não era da mesma opinião, estava muito preocupado e logo escutou o primeiro murmúrio.

– Alguém tem que ir chamar a senhorita Brenna.

– Sim, a senhorita Brenna saberá o que fazer.

– Corra, Una. Vá procurá-la.

– Esta manhã eu a vi no prado das ovelhas, ajudando Barra com um dos cordeiros...

Isso descongestionou o grupo em volta de Hamish, pois as mulheres mais velozes correram à procura de Brenna. Reilly não se sentiu ofendido pela falta de confiança em suas habilidades profissionais. A julgar pelos exames preliminares, não era possível que alguém pudesse salvar o garoto.

– Arrumem uma tábua – ele gritou para o grupo que estava atrás dos braços de Glendenning. – Alguma coisa que se possa usar como padiola para mantê-lo imóvel enquanto o removemos para o dispensário...

Lorde Glendenning foi o único que se mexeu para obedecer. Foi até a barraca de Flora, tirou o tambor e os canecos de cima da mesa e num movimento rápido arrancou uma tábua dos cavaletes onde ela tinha sido colocada e mostrou a peça para a aprovação de Reilly.

– Está ótimo. Ponha a tábua ao lado dele...

Reilly transferiu cuidadosamente o garoto para a tábua. Embora não houvesse encontrado sinal de fratura no exame da nuca de Hamish, ele se lembrou do acidente equestre que havia tirado a vida de seu pai e procurou mexer o garoto o mínimo possível.

– Tudo certo. – Reilly tinha de falar alto por causa dos latidos incontroláveis de Lucais. – Vamos erguê-lo...

E foi assim que o décimo nono conde de Glendenning e o oitavo marquês de Stillworth levaram o pequeno e inconsciente pastor para o dispensário da aldeia, seguidos pelas mulheres, que se lamentavam, e por um cachorro que não saía dos pés deles nem parava de latir.

Dentro do consultório, onde Reilly e Glendenning tiraram o garoto da maca improvisada e o puseram na mesa de exames, a cacofonia dos que se lastimavam foi demais para o médico suportar. Ele disse à mãe do menino que seria melhor ela se controlar, senão ele teria de tirá-la dali à força.

A mulher se espantou e ficou em silêncio uns cinco minutos, durante os quais Reilly foi capaz de fazer um exame mais minucioso em Hamish.

O quadro não era nada promissor. Glendenning, na sala ao lado de Reilly, o ajudou com pequenos martelos de reflexo e até com um fósforo, e depois o fitou esperançoso.

Reilly apenas sacudiu a cabeça e falou com a senhora MacGregor, dessa vez com maior gentileza.

– Senhora – ele foi até a pequena sala de espera que ficou ainda menor pela quantidade de mulheres ali reunidas e ansiosas pelo diagnóstico do médico. – Seu filho foi gravemente ferido...

– Mas... – Flora interveio. – Eu vi, ele nem estava sangrando...

– É verdade. Não há sangramento externo, mas tenho quase certeza de que Hamish está sangrando na cabeça... sob o crânio. O que é muito ruim.

As mulheres se entreolharam. Elas nunca tinham ouvido falar em sangramento interno. Reilly desconfiou que, na vida delas, as emergências médicas não deviam ser mais complicadas do que um anzol perfurar a pele, alguma queimadura ou os partos, exceto, era evidente, pelas epidemias esporádicas de cólera.

A pergunta da senhora MacGregor lhe deu essa certeza.

– O doutor está dizendo que meu filho está gravemente ferido?

Reilly anuiu.

– Gravemente, infelizmente.

– Ele... – a senhora MacGregor mastigou o lábio inferior. – Ele vai morrer?

– Sim – Reilly confirmou, sentindo-se miserável. Gostaria que Pearson ou Shelley estivessem ali ao seu lado, em vez daquele conde estúpido, para ajudá-lo a explicar para a mulher a gravidade da situação do filho. – Se o sangramento não for contido.

– Então, doutor, contenha a hemorragia. – A senhora Murphy, sempre uma mulher prática, entendeu a situação de imediato.

Reilly fez uma careta.

– Não é tão fácil como pode parecer – ele explicou para as mulheres pálidas e assombradas. – É uma operação de alto risco, na qual terei de perfurar o crânio de Hamish para fazer um orifício...

Nesse momento, a senhora MacGregor desmaiou.

Durante o caos que se seguiu, a porta do dispensário foi aberta mais uma vez e Reilly escutou a voz que jamais deixaria de surpreendê-lo por sua gravidade.

– O que é isso? – Brenna gritou. – Senhoras, controlem-se! Por favor!

– Hamish machucou a cabeça – a senhora Murphy, que abanava o rosto inconsciente de Bessie MacGregor, informou a Brenna. – O doutor Stanton disse que a única maneira de salvá-lo é fazer um buraco no crânio do menino para aliviar o sangramento.

– Senhorita Brenna – uma delas gritou. – Não deixe que ele faça isso com Hamish.

Reilly sentiu o olhar fixo de Brenna, antes mesmo de levantar a vista. Eram extraordinárias a franqueza do olhar de Brenna e a maneira como aquilo o afetava. Ao mirar aqueles olhos azuis e os cílios escuros, sentiu ter cometido um grande engano ao tornar-se seu inimigo.

Reilly nem mesmo sabia como isso aconteceu. Nas semanas que se sucederam à discussão desagradável na Cabana do Riacho, os dois mal haviam se falado, mas por opção de Brenna e não dele. Não diminuíra sua preocupação com o bem-estar da jovem, que ficava sozinha e teimava em continuar daquela maneira. Ele não podia achar o menor motivo para ressentimento, embora tivesse razões para não gostar dela, por saber que sua presença na ilha arruinava qualquer oportunidade de estabelecer uma clínica regular.

Em relação a Brenna, Reilly sentia tanto respeito como exasperação, porque, ainda que ela fosse uma pessoa que aparentava conhecer bem a própria mente, parecia igualmente incapaz de admitir um erro.

Ao vê-la na sala de espera lotada, achou-a adorável como sempre e ainda vestida com aquelas calças chamativas... embora o traje houvesse perdido um pouco de atrativo, por estar quase totalmente coberto de placenta ovina.

– Doutor, será que podemos conversar em particular? – Brenna perguntou, jogando algumas mechas dos cabelos vermelhos para trás dos ombros.

– Claro. – Reilly se afastou da porta estreita para que Brenna entrasse no consultório. Foi então que ele reparou no suéter que usava, também sujo de placenta e sabe-se mais do quê.

Viu também que ela estava com olheiras. A época de nascimento dos cordeiros foi difícil para Brenna.

O conde estava curvado sobre o paciente, com fisionomia de preocupação extrema. Ao ver Brenna, seu rosto se contraiu, como se estivesse segurando as lágrimas.

– Ah, Brenna, veja o que aconteceu. Foi Tornod que fez isso. Eu não estava segurando-o como devia...

Brenna pôs a mão consoladora sobre o braço do conde, mas não o olhava. Ela não desviava o olhar de Hamish, estendido ali na mesa de exames.

– Foi um acidente, milorde – disse ela. – O senhor poderia nos deixar por alguns instantes?

Iain MacLeod – o grande e poderoso guerreiro – obedeceu sem reclamar.

Brenna afastou da testa de Hamish os cabelos de cor mais vibrante que os dela e continuou a fitar o rosto pálido e imóvel do menino, sempre tão irrequieto.

– Seus reflexos estão num grau mínimo – Reilly explicou rapidamente. A rapidez era a melhor forma de dar as más notícias. – A respiração está irregular e superficial. O pior de tudo é que uma de suas pupilas não reage ao reflexo luminoso. O que significa, se é que estou certo, que ele tem um coágulo de sangue pressionando o cérebro.

– Meu Deus. – Brenna foi incapaz de dizer outra coisa, enquanto tirava mais fios de cabelo do rosto do garoto.

– O trépano é o único meio concebível de salvar a vida dele – Reilly continuou. – E mesmo assim... bem, não sei se há alguma garantia.

Brenna levantou a cabeça e fitou Reilly. Os olhos azuis emocionados refletiam vários sentimentos – sofrimento, tristeza e preocupação – que afloravam no pano de fundo azul de suas íris como nuvens num céu de verão.

– Um quê?

– Um trépano. É uma técnica que os americanos usam para tratar os sobreviventes... poucos, na verdade, dos escalpelamentos indígenas. É feito um orifício no crânio para permitir que o sangue aflore e saia.

– Um orifício. – Brenna olhou de novo o pequeno rosto lívido. – Através do crânio.

– Para aliviar a pressão no cérebro. – Reilly suspirou e passou a mão nos cabelos. – Não me ocorre nenhum outro tipo de intervenção. O fato é que ele certamente morrerá sem a cirurgia... mas ele também pode morrer depois. A senhorita tem alguma experiência com esse tipo de trauma?

Brenna o fitou de viés. Pela primeira vez não havia arrogância em seu semblante.

– Fazer orifícios em crânios humanos? De jeito nenhum. Eu nem mesmo tinha ouvido falar disso. – Ela voltou a mirar o pequeno ferido. – O senhor sabe como fazer isso? Como usar o... trépano?

Reilly passou novamente a mão nos cabelos.

– Eu... vi uma vez como se faz... num cadáver.

– Viu uma vez – ela repetiu.

Ele anuiu com um gesto de cabeça.

– Em um cadáver... – ela procurou se certificar.

Novamente ele anuiu. Era verdade, mas ao ouvi-la falar, parecia ridículo.

Brenna o olhou com firmeza.

– Se o senhor fizer a cirurgia e ela falhar, eles o culparão – disse ela num tom imparcial. – Eu me refiro aos pais, se Hamish morrer.

– Eu sei.

– E não apenas os MacGregor, mas toda a aldeia o evitará.

E qual seria a novidade? Bem, não era exatamente isso. Não que os aldeões o evitassem. Pelo contrário. Eles tinham sido muito receptivos, na maior parte, desde os companheiros de bebida na taverna até as esposas batalhadoras.

Eles apenas haviam decidido não procurá-lo para resolver seus problemas de saúde.

Se Hamish morresse por uma cirurgia malfeita, jamais o procurariam.

O frio que se apoderou de seu coração fez Reilly entender o quanto se afeiçoou àquela comunidade singular.

– Se pretende fazer a cirurgia – Brenna continuou, sem piedade – para impressionar sua noiva...

– Pelo amor de Deus, será que não pode me dar um pouco de crédito? Acha mesmo que eu faria uma operação perigosa e arriscada em uma criança só para impressionar uma mulher? Nem pense numa crueldade dessas. A senhorita tem outra sugestão? Ele morrerá se eu não tentar. E mesmo que eu tente, há uma boa chance de Hamish não suportar a cirurgia.

Brenna o olhou com argúcia.

– Ele não tem nenhuma chance de sobreviver sem a cirurgia – Brenna refletiu alto. – Acho que vale a pena arriscar. É melhor começar logo. Eu os avisarei de que serei sua assistente. Assim, se o pior acontecer, eles também poderão me culpar.

Reilly sentiu uma súbita onda de gratidão. Suas emoções em relação a Brenna Donnegal eram tão oscilantes como a cor do mar. Pouco tempo antes, ele experimentara antipatia, quando ela perguntou se ele pretendia fazer a cirurgia para impressionar Christine. Como se sequer ele houvesse se lembrado da ex-noiva nas últimas semanas...

Antes de sair do consultório para falar com os aldeões, Brenna pôs a mão no braço de Reilly, e ele se surpreendeu com o gesto.

– Vá em frente – ela disse, com um leve sorriso.

– Reilly reconheceu as palavras que ele disse quando descobriram que o bebê de Flora estava sentado. Entendeu como ela se sentira.

Irremediavelmente apavorada.

12

Naquela época, não havia passado de uma tarde divertida. Nenhum deles esperava ter que recorrer àquela técnica cirúrgica. Reilly teria visto o folheto anunciando a conferência e sugerira que eles deveriam ir porque os indígenas eram muito excitantes, e a demonstração seria feita por um médico da fronteira. Eles poderiam rir às custas do sujeito, ainda mais se ele tivesse sotaque americano e usasse chapéu.

Ele usava chapéu, mas para desapontamento de Pearson e Shelley, não era de caubói, mas uma respeitável cartola. O sotaque também não foi divertido o suficiente, e os dois acabaram adormecendo nas poltronas confortáveis da última fileira do auditório.

Reilly, por algum motivo desconhecido, não dormiu. Mas ele jamais admitiria para Pearson e Shelley mais tarde, quando a conferência terminou e ele teve de acordá-los, que fora para a primeira fila e observara, fascinado, o homem demonstrar como o sangue podia ser extraído pela superfície de uma cabeça escalpelada, permitindo à pele crescer novamente onde só havia ossos. A técnica, o médico americano explicou, era também eficaz para aliviar a pressão em caso de coágulos. Era preciso apenas um furador reto, um martelo e mão firme.

Reilly tinha as três coisas no dispensário, mas até então não havia como dizer se a cirurgia havia sido um sucesso. Na verdade, Hamish respirava mais regularmente, no entanto, a pupila esquerda ainda não respondia prontamente a estímulos luminosos.

O menino poderia sobreviver. Sim, poderia.

Mas poderia ficar com sequelas, como um atraso mental.

Se é que se podia chamar isso de sobrevivência.

Reilly, encostado na cerca do ancoradouro, inalou o aroma doce e pungente de seu charuto e tossiu. Fumar era um hábito maldito. Nunca foi afeito ao vício como Pearson e Shelley eram. A caixa de charutos que os amigos haviam mandado para ele como brincadeira – dizendo que ele precisava fumar se quisesse abafar o cheiro de peixe que, na certa, impregnava toda a aldeia de Lyming – ficara fechada até aquela noite.

Naquele momento, sentia grande necessidade de fumar.

Mas o que ele queria, na verdade, era beber. E isso não seria difícil de conseguir. Mesmo se não houvesse luz na taverna, ele poderia ir até lá e servir-se de uma dose de uísque. A porta se abriria facilmente. Ninguém em Lyming se preocupava em fechar nada à chave, exceto Brenna, com seu misterioso quarto trancado, e ele mesmo, que, por precaução, trancava o dispensário onde guardava drogas perigosas e produtos químicos.

Se fosse para a taverna, poderia encontrar Samuel MacGregor, que se embebedou ao saber que o filho sobrevivera à cirurgia invasiva. MacGregor pagou um drinque para os homens da cidade, e a sala de espera do dispensário ficou vazia, a não ser pelas mulheres que faziam companhia a Bessie MacGregor. Ela se recusava a sair até o filho acordar.

O que ela não sabia, e Reilly não tinha coragem de lhe contar, era que Hamish poderia nunca mais acordar. Reilly tinha a impressão de que, quanto mais ele ficasse deitado, imóvel, sem sentir que a mãe o acariciava e que o cão fiel continuava sentado aos pés da cama estreita onde ele se encontrava, menores seriam as possibilidades de ele acordar.

Reilly não comentou isso com ninguém. Também não disse nada a Brenna, que entendia perfeitamente a possibilidade de o menino não passar daquela noite, apesar de ter sobrevivido à trepanação. Por isso ela não se entusiasmou quando a cirurgia terminou e Hamish continuou vivo.

Porém ela foi corajosa e participou da comemoração da família... até certo ponto. Explicou aos pais do garoto que o estado dele ainda era muito grave... palavras que ecoaram em ouvidos surdos, pelo menos em relação ao senhor MacGregor. A mãe do menino, pelo menos, parecia compreender que o perigo não passara.

Reilly não pudera suportar aquele rosto angustiado e saíra do consultório em busca de ar fresco e alguma privacidade.

Ar fresco ele encontrou, pois era essa a atmosfera reinante em Skye. Estava no píer, no mesmo local onde se ajoelhou seis semanas atrás, com a cabeça no peito de Stuben, tentando escutar uma batida de coração que não se manifestava.

Naquele momento, a noite era bem mais agradável do que a da ocasião. Mesmo sem a capa, sentia-se à vontade.

Mas apenas o tempo mudou desde aquela noite.

Seus sentimentos em relação a Lyming e seu lugar na aldeia haviam resistido a uma modificação significativa antes do acidente de Hamish. Não conseguiu, como esperava, modelar um lugar para si mesmo em Skye. Certo, havia o dispensário que estava equipada e funcionando. Ajudara no nascimento de um bebê e prescrevera malte quente para uma galinha.

E isso era tudo o que havia conseguido.

Isso, é claro, sem contar com o transcorrer daquele dia, em que poderia ter causado um dano permanente a uma criança que corria risco de morrer de qualquer jeito.

Ele devia ter encontrado um lugar para si mesmo em Skye.

Mas supôs que a culpa fosse sua. Jamais deveria ter saído de Londres. Em Londres, seus serviços profissionais não tinham sido requisitados para nada mais importante do que extirpar uma mancha congênita. Era possível que Brenna estivesse certa e nobres como ele, que trabalhavam sem empenho nas artes médicas, não mereciam obter licença para exercer a medicina. Talvez devesse ter continuado a ser um "marquês médico", e Christine não teria rompido o noivado. Não lhe agradava o fato de ele beber socialmente, mas ele tinha que admitir que o fato de não querer ser chamado de milorde pelos pacientes foi o que mais a aborreceu. Muito mais...

Por isso nunca poderia ter se casado com ela.

Espantou-se com os próprios pensamentos. Santo Deus, o que era aquilo? Pensamentos piegas, como o nevoeiro que algumas vezes ameaçava engolir a ilha, o estavam ameaçando ultimamente. Não era a primeira vez que isso acontecia. De vez em quando acordava no catre do dispensário com as vozes dos pescadores que se dirigiam para o mar nas pequenas embarcações, seguidas por centenas de gaivotas, que gritavam sem cessar, e era invadido por uma sensação inexplicável de contentamento.

Contentamento por causa do tagarelar de um grupo de pescadores desalinhados e dos gritos das gaivotas. Ridículo!

Como a ideia de que ele nunca poderia ter se casado com Christine. Ele amava Christine. E teria feito qualquer coisa por ela.

É mesmo?, uma voz interior indagou. Até desistir da medicina? Era o que Christine mais queria que ele fizesse. Abandonar a medicina, instalar-se em Stillworth Park e passar o resto dos dias escutando as lamentações dos fazendeiros arrendatários...

Sim, ele refletiu, com os dedos em punho na parte superior da cerca do píer. Sim, ele teria desistido da medicina, se isso significasse ter Christine de volta.

Então por que, à pergunta de Brenna no dispensário, se faria a cirurgia para salvar a vida de Hamish ou para impressionar Christine, ele dissera... o que mesmo?

O mais inacreditável era ter dito a verdade. Isso mesmo. A verdade. De alguma maneira, as preocupações diárias, os problemas e a vida das pessoas dessa aldeia atrasada haviam se envolvido de maneira intrínseca com a dele. Mas era impossível avaliar desde quando a vontade de ajudar aqueles aldeões havia se convertido em realidade para mostrar à nobreza londrina que a insensatez de Stillworth terminara.

Imaginou que pudesse ter sido no momento em que vira o casco pesado daquele cavalo atingir o crânio de Hamish.

Contudo, podia criticar a si mesmo por sua arrogância. Como chegou a pensar que tinha talento para fazer uma carreira na medicina? Vidas dependiam de seu conhecimento e perícia, e seu único pensamento foi esperar que, um dia, ele fizesse alguma diferença.

E certamente conseguira isso. Ele fez uma grande diferença na vida de Hamish MacGregor. Fez dele um vegetal.

Voltaria para casa. Na manhã seguinte começaria a fazer as malas. Com sorte, poderia estar em Londres a tempo para as corridas de Ascot...

– Pensando nela?

Reilly virou-se, espantado. Não ouvira os passos leves nas tábuas rangentes e estragadas que formavam o quebra-mar. O barulho das ondas abafara os sons.

– Alguma mudança? – ele perguntou, quando ela se aproximou.

– Não.

Brenna ainda estava com a roupa que usava ao ajudar os cordeiros a nascer. Qualquer outra mulher teria ido para casa para se lavar e trocar de roupa, mas ela permanecera ao lado de Hamish durante toda a cirurgia e ali ficara até as primeiras horas da manhã. Brenna poderia ser qualquer coisa, menos fútil. Ela não se importava com a própria aparência... nem com seu cheiro. Naquele momento era éter que ela estava encarregada de administrar ao menino, e ainda havia um leve odor de carneiro.

E não eram cheiros desagradáveis, Reilly conjecturou. Apenas não eram aromas que mulheres costumavam exalar.

Ora, mas se ele não achava nada de mais no cheiro de ovelhas, estava mesmo precisando voltar para Londres *imediatamente.*

Brenna apoiou os cotovelos e olhou na direção de Lochalsh, invisível a essa hora da noite por causa da escuridão impenetrável. Não havia luar, mas Reilly observou que as estrelas nunca haviam sido tão brilhantes nem tão numerosas. Em Londres não se via tamanha extensão estelar. Somente em Skye era possível virar a cabeça para trás e sentir que o universo estava ao alcance das mãos.

Ar puro como em Skye era difícil. Quanto à privacidade, esse era outro assunto.

O estranho era ele não ter se ressentido pelo fato de Brenna ter ido ao seu encontro. Na verdade, ficara satisfeito. Pelo menos uma pessoa entendia seus sentimentos.

Ou assim lhe parecia.

– Se quiser, escreverei para ela.

Reilly a fitou com curiosidade. Mal podia vê-la na escuridão, embora Brenna estivesse a um passo de distância.

– Escrever para quem? – ele perguntou.

– Para sua noiva. – Brenna apoiou o queixo nas mãos. – E contar a ela tudo o que aconteceu. Sua luta corajosa para salvar a vida de um pequeno pastor. Assim, não dará a impressão de que estaria se vangloriando. – Ela o fitou, e seus olhos eram a única parte visível de seu corpo, pois a roupa também era escura. – Não era nisso que estava pensando, enquanto fumava aquela coisa malcheirosa?

Reilly olhou o charuto caro.

– Não, não era. – Ele deixou o charuto cair na água, e a ponta vermelha se apagou de imediato.

– Não? Então peço desculpas por minha presunção.

Eles ficaram alguns momentos em silêncio. Reilly supôs que devesse contar-lhe que voltaria para Londres. Brenna tentaria impedi-lo? Mas por que o faria? Ela ficaria satisfeita em ver-se livre dele. E o direito de ocupar a cabana estaria solucionado.

– Eu... – os dois disseram ao mesmo tempo.

– Pode falar – ele concedeu.

– Não – ela recusou. – Fale primeiro.

– Primeiro as damas.

Reilly escutou um suspiro antes que Brenna começasse a falar.

– Nunca vi nada parecido com a cirurgia que foi feita em Hamish. Considerando que foi sua primeira vez... bem, quero lhe pedir desculpas.

Era a última coisa que Reilly pensava ouvir de Brenna.

– Por que as desculpas?

– O senhor sabe. – Brenna olhou para a frente, mantendo o rosto de perfil. – Pelo que eu disse sobre sua noiva. E também... o senhor sabe que não encorajei os aldeões a aceitá-lo como médico. Não procurei mudar a opinião deles. E era o que eu deveria ter feito. O senhor é médico e eu, não. Quero que saiba que pretendo mandar que o procurem a partir de agora.

Reilly não pode evitar um suspiro de desgosto.

– Quer dizer, depois que consegui matar alguém? – ele disse, foi sarcástico. – Senhorita Donnegal, eu lhe agradeço por se preocupar comigo. Tenho certeza de que os moradores de Lyming levarão em conta minha opinião médica a partir de agora. Eles virão correndo de toda a ilha de Skye para serem tratados pelo doutor Stanton, o carniceiro.

– O senhor não sabe se Hamish não vai se recuperar – Brenna procurou ser gentil.

E, mais uma vez, ela pôs a mão no braço dele. Os dedos de Brenna eram cálidos. Reilly sentiu o calor através da lã do casaco.

Reilly fitou os dedos claros em contraste com o tecido escuro. Lembrou-se da expressão de Brenna durante a cirurgia. Um olhar de concentração intensa, sem demonstrar a forte emoção que sentia. Ele entendeu, desde que vira Hamish na cabana, que os dois gostavam muito um do outro. Mesmo quando falou rispidamente com ele, o olhou com ternura. E assim era com todos na ilha.

Durante a cirurgia, não houve nenhum momento de ternura. Ela foi uma assistente segura e sem emoções, ajudando quando se fazia necessário, sem pestanejar nos momentos mais críticos da cirurgia, durante a perfuração. Qualquer outra mulher, e muitos homens, teriam empalidecido ou desmaiado ao ver a broca penetrando no crânio do garoto.

Mas não Brenna Donnegal. Ela se conservou calma, como se Hamish fosse um estranho para ela... como se estivessem discutindo o tempo e não extraindo um coágulo do cérebro de um menino.

Todavia, apesar do comportamento nada feminino, em nenhum momento Reilly deixou de estar ciente de que a pessoa que trabalhava em conjunto com ele era uma mulher. Naquele instante, ao sentir nos braços a leve pressão dos dedos de Brenna, não pôde deixar de se lembrar de que havia muito tempo não sentia um toque feminino.

Se fosse em outra ocasião, teria se excitado, mas àquela altura só podia se lembrar de que a vida do menino, deitado a apenas dez metros dali, estava por um fio.

– E o que você fará – ele indagou com amargura – sem os pacientes? Continuará com sua pesquisa? – No mesmo momento, desejou nada ter dito.

Brenna se afastou fisicamente, ao retirar sua mão, e também emocionalmente.

– Suponho que sim – disse ela com frieza.

Idiota, ele se repreendeu, mas continuou no mesmo tom amargo.

– Aquela pesquisa obscura que ninguém sabe do que se trata?

– É, sim.

Reilly teve vontade de bater em si mesmo. O que estava fazendo? Brenna só pretendia ser bondosa. A rudeza dele havia sido inteiramente desnecessária. Tudo bem, ele poderia não ter salvado a vida do menino. Mas haveria algum cirurgião no mundo que podia tê-lo feito? O ferimento havia sido mortal...

Diga-lhe, de novo a voz interior o aconselhava, diga-lhe que partirá para Londres amanhã cedo...

– Eu agradeceria – ele disse com esforço – se a senhorita mandasse alguns de seus pacientes para mim.

Uma faixa vermelha apareceu no horizonte distante, o que tornava mais fácil ver a fisionomia de Brenna, que o olhava com expressão indecifrável.

– Bem – ela finalmente respondeu. – Será mais do que isso.

Mais tarde ocorreu a Reilly que muitas outras coisas poderiam ter sido ditas naquele momento. Ele podia ter dito, por exemplo, como a havia admirado pela coragem diante daquele cenário de horror.

Ou ter lembrado alguma coisa sobre o significado daquelas palavras bondosas dirigidas a ele, que estava perto de desistir de tudo...

Ou como estava agradecido por sua ajuda com os MacGregor e, mais tarde, com a cirurgia de Hamish.

Ele podia, se tivesse atrevimento suficiente, ter segurado sua mão, fitado aqueles olhos lindos e mencionado como, mesmo coberta de placenta ovina e cheirando a éter, ele ainda a achava uma das mulheres mais atraentes que conhecera e que, desde que se encontrara com ela, tinha dificuldade para mantê-la fora de seus pensamentos... apesar de ela ser a pessoa mais teimosa e birrenta com quem se defrontou.

Mas o que ele acabou dizendo não refletia, nem de longe, seus pensamentos.

– Se não for pedir demais, suplico que me mande apenas pacientes de duas pernas. Não tenho muito talento para tratar os de quatro.

Na pouca luz da manhã que se iniciava, Reilly viu o sorriso de Brenna ou, mais exatamente, a metade de um sorriso cansado. Mas, apesar de tudo, ele gostou e ficou satisfeito por não ter dito as bobagens piegas que haviam lhe ocorrido.

Naquele instante, a porta do dispensário se abriu, e a senhora MacGregor, em polvorosa, gritou pelo médico.

– Estou aqui, senhora MacGregor! – Reilly respondeu, com o coração disparado.

E, com Brenna atrás dele, correu na direção da mulher angustiada.

– Doutor Stanton? – disse ela, assim que ele se aproximou. – Posso dar a ele um pouco de água?

– Água? – ele repetiu, perplexo, olhando para a mulher sob o brilho vermelho do sol nascente. – Não entendo...

– Ele pediu um pouco de água, e eu não quis dar sem sua ordem...

– Hamish pediu água? – O coração de Reilly disparou, mas de alegria. – Ele está consciente?

– Ah, sim. – A senhora MacGregor parecia surpresa com a excitação do médico. – Já faz um tempinho que ele acordou. Fraco como um recém-nascido, mas furioso com o doutor, que raspou a cabeça dele. Disse que terá que usar chapéu no verão, o que será horrível, porque esquentará demais.

Reilly se virou para Brenna.

– Ouviu isso?

O rosto dela estava emoldurado por um sorriso, em contraste com as lágrimas nos olhos.

– Hamish não gosta de chapéu – foi tudo o que ela disse, emocionada.

Reilly não pensou no que fez em seguida. Simplesmente aconteceu, como se uma de suas irmãs, sua mãe ou sua avó estivessem por perto. Ergueu Brenna pela cintura e virou-a em círculos, enquanto ela atirava a cabeça para trás e ria.

Ele a girou três ou quatro vezes, e logo ela gritou para ser posta no chão porque estava com tontura, no que foi atendida, enquanto ambos riam.

Então por que motivo Lorde Glendenning, que surgiu de repente, vindo castelo para saber do pequeno paciente, estava com uma expressão tão ameaçadora?

Aquela explosão de emoções foi algo inocente, apenas uma consequência da alegria que a notícia trouxera para eles. Glendenning não tinha o direito de se aborrecer. Era como sugerir coisas que não existiam.

Embora, para ser bem sincero, Reilly tivesse que admitir que adorara o busto de Brenna encostado em seu peito.

– Boas-novas, Glendenning – Reilly deu um grande sorriso para o conde, que ainda estava montado, mas não no garanhão negro. Pelo menos tivera o bom senso de deixar o cavalo em casa. – Hamish está se recuperando muito bem.

– São boas-novas de verdade. – As feições bem delineadas do conde permaneceram impassíveis.

– Vou ver Hamish – Brenna afirmou, sem notar a seriedade de Glendenning, e saiu apressada, seguida pela senhora MacGregor.

Reilly, alegre, aliviado e exausto, entre outros sentimentos, não deixou de sorrir, apesar da sisudez do conde.

– Bem. – Reilly deu um tapa no pescoço da égua que o conde montava. – Foi por pouco, não foi, Glendenning? Parece que não terá que sacrificar o garanhão.

De cima, o conde o fitou com uma expressão sombria.

– O doutor quer dizer que deu certo? Aquela coisa que furou a cabeça?

– Deu certo, milorde. – Reilly sentiu um arrepio interno ao tocar no assunto.

– Isso é bom – Glendenning declarou, surpreso. Era óbvio que não tivera confiança no médico.

– Bom? – Reilly não se sentia tão feliz desde o dia em que Christine havia concordado em se casar com ele.

E o que acontecia era muito, muito melhor. Ele realizara não apenas uma boa ação, mas um ato milagroso. Ele salvara uma vida. A "insensatez de Stillworth" não existia.

– É bem mais do que *bom*, meu amigo – ele esqueceu que falava com um conde. – E o melhor é que Brenna disse que avisará os aldeões para me procurarem. – Reilly tinha dificuldade para controlar a satisfação. – Venha ver como Hamish está se recuperando.

– Espere um pouco – disse o conde, quando Reilly deu um passo rumo ao dispensário.

– Sim, milorde?

– O doutor a está chamando de Brenna...

– Como é?

– B-r-e-n-n-a – Glendenning soletrou a palavra. – O doutor a chamou de Brenna.

Reilly não tinha paciência para esse tipo de coisa, ainda mais naquela manhã em que operara um milagre.

– Isso mesmo, assim como fazem todos na aldeia.

– Não todos – o conde o corrigiu, rude, e apeou. – *Eu* a chamo de Brenna. Os demais a chamam de senhorita Brenna.

Reilly sentiu sua alegria se evaporar e ceder lugar à irritação.

– Se Brenna não fizer objeção à maneira como me dirijo a ela, não vejo razão...

– Oh, não... – Lorde Glendenning disse com azedume. – Pude constatar que ela não faz a mínima objeção.

Reilly sacudiu a cabeça. Aquele homem às vezes exagerava. E o que ele estava sugerindo agora? Que Brenna começava a gostar dele? Como Glendenning se enganava... Será que ele não percebia que Brenna o odiava?

– Pois eu imaginava – Reilly não ocultou a indignação –, que a recuperação do garoto fosse importante para milorde. Afinal, foi seu cavalo que por pouco não matou Hamish.

– Estou ciente disso – Glendenning concordou, sem emoção. – E me sentirei eternamente culpado disso.

– O que o senhor deveria fazer – Reilly resmungou – é ser eternamente grato a mim por ter salvado a vida do menino. Lorde Glendenning, não me agradam as insinuações de suas palavras ou de sua voz, pois entre a senhorita Donnegal e eu só existe respeito mútuo. O tipo de respeito que existe entre colegas.

– "Colegas?" – O conde esnobou. – É assim que se tratam? Devo supor que, no passado, quando o doutor fazia uma cura desse tipo, também levantava nos braços e rodopiava no ar seus "colegas masculinos"?

Reilly retesou a mandíbula.

– Se milorde só tem insultos para dirigir a mim, eu lhe desejo um bom dia.

Seu verdadeiro desejo era dar um soco no rosto daquele homem intolerável. Mas não podia fazer isso, sob o risco de ser despedido num momento tão decisivo.

– Espere – Glendenning chamou-o, quando Reilly estava a caminho do dispensário.

Reilly, mesmo sem o olhar, desconfiou que, pelo tom de voz, o conde pretendia se justificar.

– Doutor, eu nem dormi esta noite – o conde afirmou devagar e se aproximou de Reilly, segurando as rédeas – pensando se Hamish sobreviveria.

E ao chegar aqui, eu a encontro em seus braços... Bem, isso foi mais do que podia suportar. – O conde pôs a mão pesada no ombro de Reilly. – Claro que eu devia ter imaginado que o doutor jamais faria uma coisa dessas. Isto é, tentar roubá-la de mim.

Reilly não disse nada. O que ele poderia dizer? Que, ao segurar Brenna em seus braços por aqueles breves segundos, se sentiu vivo pela primeira vez em meses? Que a sensação do coração de Brenna batendo de encontro ao seu acordara sentimentos que ele supunha mortos? Que o som das risadas de Brenna havia feito seu sangue pulsar com propósito renovado e uma excitação sem par?

Claro que não poderia dizer nada disso. O que, afinal, estaria acontecendo com ele?

– Isso merece uma comemoração – disse o conde, enquanto amarrava o cavalo do lado de fora da porta do dispensário. – Venha jantar comigo no domingo à noite. Faremos um jantar comemorativo. Nada de comer as tortas de carne da senhora Murphy. Estamos combinados?

Reilly nem o ouviu. Pensava que o brilho acobreado a leste não era tão diferente do tom dos cabelos de Brenna.

– Stanton ? – O conde franziu a testa. – O doutor está bem?

– Bem, bem – Reilly se apressou em responder.

– Então jantaremos no domingo à noite?

– Sim, claro. Estarei lá.

Confuso pelo que acabara de acontecer naqueles segundos, Reilly nem mesmo se perguntou o motivo da súbita magnanimidade do conde. Entrou no dispensário sorridente, em paz com a vida... certo de que finalmente, havia encontrado seu lugar no mundo.

13

"Ian Olaghair MacLeod, décimo nono conde de Glendenning, tem o prazer de convidar a senhorita Brenna Donnegal para um jantar que se realizará no domingo, dia 02 de abril de 1847.

Por obséquio, confirme sua presença."

Brenna estranhou o convite. O que responderia? Era o entardecer de domingo, e a missiva misteriosa acabava de ser deixada debaixo da porta, seguida por uma forte batida.

Abriu-a depressa com a intenção de saber quem deixou a carta e viu a figura inconfundível de Rob correndo em direção ao riacho. Ela o chamou, mas ele fingiu que não ouvia, na certa por instruções de seu senhor, que não desejava saber qual seria a resposta.

Fechou a porta e franziu a testa para o convite. Essa era boa! Convite para um jantar! Ainda mais no castelo de Glendenning. Nunca ouviu falar que havia festas no castelo.

Não podia deixar de pensar na má sorte dos convidados do conde – se é que haveria outras pessoas além dela –, de o evento ser justo na época em que as águas do rio se elevavam nas masmorras, o que espantaria os ratos para os andares superiores do castelo. E seria muito engraçado ver todo mundo chacoalhando os pés para se livrar dos ratos.

Ela amassou a carta e jogou-a no fogo. Lorde Glendenning não desistia. Era uma pena que ela não se interessasse por ele, pois seria muito agradável receber atenções tão ostensivas de quem lhe agradasse.

Ela voltou ao trabalho, que não progredia da maneira como ela desejava, quando foi perturbada por outra batida na porta.

Os domingos nunca tinham sido dias de descanso para os Donnegal. Nesses dias os homens da aldeia de Lyming não trabalhavam nos campos nem na pesca. Como ficavam em casa, a tensão doméstica aumentava e, ao anoitecer, geralmente havia brigas conjugais. Brenna lembrou-se de que os casos mais curiosos atendidos por seu pai – olhos arrancados e narizes quebrados – haviam ocorrido aos domingos, geralmente resultantes de bebedeira após – ou mesmo durante – o culto.

Ela fechou cuidadosamente a porta do escritório de seu pai, mas não a trancou. Como resolveu mandar para o doutor Stanton todas as emergências médicas, em minutos voltaria a trabalhar, ou pelo menos era o que esperava.

Mas quando abriu a porta da cabana, não encontrou nenhuma criança pálida pedindo para a senhorita Brenna ajudá-la, pois a mãe havia dado, de novo, um soco na cara do pai. Era Reilly Stanton, extremamente elegante, em traje escuro de noite.

– Ainda não está pronta? – A expressão de espanto dele, ao vê-la com vestido grosseiro, de usar em casa, foi cômica. – Bem, posso esperar.

E, como se fosse a coisa mais natural do mundo, ele entrou e se sentou à mesa de jantar.

Brenna, atônita e ainda com a mão no trinco da porta, não soube o que dizer. Ela o vira no dia anterior, na visita a Hamish, que ainda estava em recuperação no dispensário, sob supervisão médica. Mas não se lembrava de haverem combinado sair juntos.

Ainda mais para um encontro – ela notou o brilho do outro lado do rio – que envolvesse uma carruagem.

– Perdão – ela finalmente conseguiu falar. – Por acaso nós tínhamos planos para esta noite?

Reilly, que coçava Sorcha atrás da orelha, fitou-a sem compreender.

– Creio que sim. Lorde Glendenning nos convidou para um jantar de gala.

– Ele também o convidou? – ela indagou, confusa.

– Sim. – Reilly arqueou as sobrancelhas. – Admito que três é uma multidão – ironizou –, mas achei que fosse lhe agradar. E se eu estiver lá, ele não se sentirá encorajado a renovar... suas intenções amorosas.

– É, talvez não. – Brenna fechou a porta, distraída. – Essa atitude não se parece com ele e não sei o que pensar.

– O que há para pensar? – Reilly esticou as pernas e descansou os calcanhares na cadeira do outro lado da mesa. – A comida é de graça e ouvi dizer que será ótima. Ele dispensou a cozinheira horrível por hoje e mandou chamar a senhora Murphy para fazer o jantar especialmente para nós. Sei que o famoso cozido de coelho está no cardápio, isso sem mencionar ostras assadas, frango capão, linguado com molho de lagosta...

– Como ficou sabendo? – Brenna franziu o cenho.

Reilly deu de ombros.

– Bem, como moro perto da taverna, não posso deixar de ouvir algumas coisas. Eu, por mim, estou animado para aproveitar a noite. A senhora MacGregor cuidará de Hamish, que está se recuperando muito bem. Nada acontecerá se eu o deixar algumas horas por conta da mãe. Ela é muito consciente, exceto quando se trata de perigo de morte para o filho – ele disse com um sorriso. Como Hamish está bem, não haverá problemas se o médico se divertir um pouco.

Eirica pulou na mesa e, com curiosidade, aproximou-se do visitante. Reilly coçou o queixo da gata com a mão livre, pois a outra estava ocupada com Sorcha.

– Então não é melhor ir se aprontar? Não que eu não goste de sua roupa, mas... – Ele torceu o nariz significativamente. – O que acha do traje azul que estava usando naquele dia em que eu conheci Hamish?

– Parece tudo tão estranho. – Brenna suspirou, frustrada. – Acabei de receber o convite e não pretendia aceitá-lo.

– Por que não?

– Ora. – Brenna ergueu as mãos. – Doutor Stanton, pretendo evitar Lorde Glendenning de todas as maneiras. Afinal, ele quis que o senhor declarasse que eu não tinha condições mentais para viver sozinha. Sabe-se lá Deus o que ele está planejando fazer esta noite...

– Suponho que ele esteja planejando nos agradecer por o havermos livrado de uma grande encrenca. Se o garoto tivesse morrido pela sua inépcia na condução do cavalo, ele se tornaria muito impopular na cidade. E ele não ignora o fato. – O ronronar de Eirica, enquanto Reilly a coçava, ficou mais alto e podia ser ouvido no meio do recinto, onde Brenna estava. – Creio que a intenção dele é só essa. Agora, não perca tempo e vá se trocar. Tive que deixar do outro lado do rio a carruagem que milorde me emprestou. A maldita ponte é muito estreita, e o veículo não passa.

Brenna mordeu o lábio inferior. Aquilo sim, tinha cara de Lorde Glendenning! Ele provavelmente não mandara seu convite mais cedo, por saber que ela não aceitaria. Mas dessa maneira – emprestando a carruagem para o doutor Stanton e mandando o médico buscá-la – esperava convencê-la a ir.

Por outro lado, Reilly Stanton estava certo sobre uma coisa: eles o haviam – bem, tecnicamente fora a perícia de Reilly, mas Brenna também ajudara – evitado que ele ficasse conhecido como um matador de crianças. Não importava que a patada houvesse sido dada por um cavalo, mas foi o animal de propriedade de Lorde Glendenning, um equino nervoso, que não devia ter sido levado à quadra da vila, que golpeou Hamish.

Não seria natural que milorde quisesse agradecer-lhes?

– Não sei... – disse Brenna, relutante.

– Paciência. – Reilly abaixou os pés e fez um movimento para se levantar. Sorcha e Eirica ficaram alarmadas, pois as duas estavam adorando os carinhos. – Se não quiser ir, pedirei desculpas a Glendenning em seu nome. Que pena, será um jantar caprichado.

– Eu irei. – Brenna havia se arrependido. Nunca experimentara o famoso cozido de coelho da senhora Murphy. – Espere cinco minutos, está bem?

Reilly, satisfeito consigo mesmo, voltou a se sentar e reiniciou os carinhos na gata e na cachorra, que já haviam solicitado o agrado com os focinhos.

Brenna entrou em seu quarto, sentindo-se zonza, e abriu as portas do guarda-roupa. Fazia tempo que ela não precisava se vestir bem, e era estranho que se sentisse animada ao pensar que Reilly a veria como aconteceu no sonho...

Não que se importasse com isso. Tirou do guarda-roupa um dos vestidos menos amassados.

Da última vez em que ele a viu, sua aparência estava péssima. Antes de visitar Hamish no dispensário, passara horas com as mãos dentro do útero de várias ovelhas. O nascimento não esperava por homens nem por meninos que estavam se recuperando de uma cirurgia no cérebro. Na mesma manhã em que Hamish se submeteu à cirurgia, ela fora direto para os campos, e quase não teve folga desde então. O descanso daquele domingo foi o primeiro em vários dias. Ela havia aproveitado para tomar um longo banho quente e usou quase toda a barra de sabão da senhora Murphy para tentar tirar o cheiro forte de ovelha que parecia ter se entranhado em sua pele e cabelos.

E pensar que Reilly Stanton a abraçou com tanta euforia e rodara com ela, como se ela fosse uma pena, e ainda cheirando a ovelha! Estremecia toda vez que se lembrava disso.

Bem, isso não se repetiria naquela noite. Mostraria a Reilly que não apenas sabia apresentar-se como uma dama como também teria a fragrância de uma dama. Tirou o vestido marrom para o qual ele franzira o nariz e pôs mãos à obra.

Os cinco minutos se estenderam até quase vinte, quando ela saiu do quarto. E pela maneira rápida como Reilly ficou em pé e a olhou, Brenna entendeu que havia valido a pena.

– Meu Deus! – O brilho no olhar dele parecia de admiração. – Se me permite dizer, senhorita Donnegal, foi uma bela transformação.

Brenna se sentiu corar de prazer. Sabia que estava com boa aparência no vestido de seda azul da cor do céu com fichu de tule pregueado. O azul realçava a cor dos olhos e o fichu branco como neve, o tom creme dos ombros desnudos. E os cabelos penteados em cachos longos brilhavam de modo atraente.

Ela não poupou o perfume. Não se sentia o menor cheiro de ovelha.

E pela maneira como Reilly lhe ofereceu o braço, percebeu que lhe agradou.

– Vamos, madame? – disse ele de modo galante, mas sem o tom de gracejo que ele talvez pretendesse que tivesse.

– Sim... – Ela inclinou a cabeça com graça e, de repente, se lembrou de que não tinha trancado a porta do escritório do pai.

Ficou ereta, fitou Reilly com um olhar que esperava que nada revelasse e correu de volta à porta do estúdio e girou a maçaneta.

Tudo estava exatamente como ela deixou. O microscópio continuava no lugar, os mapas nas paredes e a escrivaninha, arrumada. Deu um suspiro de alívio, apagou a lamparina, saiu do recinto e trancou a porta.

– Ah – Stanton disse de onde ela o deixara, junto à porta da frente. – O laboratório. É preciso não esquecer de trancá-lo, doutor Frankenstein. Não vai querer deixar sair o monstro, não é?

Brenna o fitou com amargura e cobriu-se com um xale de renda negra, muito leve para o começo da primavera, mas ela se recusava a usar algo mais pesado e estragar o fichu.

– Fique quieto – ela não soube mais o que dizer, passou por Reilly e enfrentou o ar da noite.

Por essa vez, ele aquiesceu. Na verdade, o trajeto para o castelo de Glendenning foi feito em silêncio... não por maldade de qualquer uma das partes, mas porque Reilly tinha dificuldade em dirigir o cavalo na estrada, que graças à neve derretida se tornara um rio de lama. Brenna, por sua vez, passou o tempo censurando a si mesma por achar que, com um vestido bonito, poderia fazer Reilly Stanton esquecer o fato verdadeiro que evitara, durante tanto tempo, que os dois se tornassem amigos.

O que mais ela poderia fazer? Se o que estava atrás daquela porta fosse um segredo seu, ela o compartilharia, ou pelo menos era o que deveria fazer, depois do que Reilly fizera por Hamish.

Mas o segredo não era seu. Por isso tinha de manter silêncio sobre o assunto, para não trair a confiança de quem ela amava tanto.

Finalmente eles alcançaram o castelo e até Brenna, que não tinha grande estima pelo conde, teve que admitir que estava impressionada com o esforço que ele havia feito naquela noite para o lugar perder a lugubridade habitual. Pequenas tochas haviam sido fincadas no chão ao longo do caminho sinuoso que levava à ponte levadiça e brilhavam alegremente quando Reilly guiou a carruagem por entre elas.

Uma vez passada a grade de ferro, foram saudados por Lorde Glendenning em pessoa e não por Raonull, o homem incompetente de cara azeda. O conde se mostrou tão encantado em vê-los que Brenna não pôde deixar de pensar, com maldade, se ele já não bebera champanhe, sem os esperar.

– Doutor Stanton! – ele gritou.

À luz das tochas, Brenna notou que o conde havia vestido seu traje mais requintado, optando por uma manta xadrez dobrada no ombro e mantida no lugar por um broche antigo e pesado e um pequeno kilt na cintura. As fivelas prateadas brilhavam nos sapatos polidos e, pela primeira vez, Brenna viu os cabelos negros do conde amarrados para trás.

– E senhorita Donnegal – Glendenning disse com certo alívio. – A senhorita está adorável esta noite. Fico muito feliz de que tenha decidido comparecer à nossa pequena celebração.

Brenna o olhou como se ele fosse uma serpente enrolada descansando pacificamente no caminho.

– Muito obrigada pelo convite, Lorde Glendenning. Eu...

Ela se interrompeu quando Lorde Glendenning lhe ofereceu o braço e a conduziu, seguidos por Reilly Stanton, não ao grande hall onde ele em geral fazia as refeições, mas ao salão de estar formal onde ela nunca viu ninguém entrar.

– O que há aqui? – Brenna perguntou ao passar pela porta que o conde abrira para ela.

Descobriu um segundo depois do que se tratava.

Ela devia ter imaginado que tudo não passava de uma armadilha.

Sentados em duas poltronas Luis XV, que pareciam desconfortáveis, estavam o pastor e a esposa.

14

– Senhorita Donnegal, ouvimos boatos de que estava de volta à ilha – o reverendo Marshall declarou e se serviu de uma ostra assada.

– Mas como não a vimos na igreja... – A senhora Marshal tocou delicadamente os lábios com o guardanapo.

– ... supusemos que os rumores fossem falsos. – O reverendo e a esposa terminavam as frases um do outro.

Reilly os observava. A tensão à mesa era tão densa que se poderia cortá-la com uma faca ou ainda com a espada de folha larga dos ancestrais do conde.

Não podia culpar Brenna por ter ficado com raiva. Na verdade, ele a admirava por manter-se controlada. O reverendo Andrew Marshall e a esposa formavam uma dupla irritante. Ele os vira algumas vezes, e a senhora Marshall, para agradar-lhe, o apresentara às filhas dentuças. Felizmente, a mãe não as trouxe para o jantar. Na certa ainda não podiam sair à noite, pois a mais velha nem tinha dezesseis anos...

O que não impedia a mãe de desfilar com elas diante do novo médico da aldeia sempre que vinham do internato, o que se dava aos domingos, quando elas tomavam a barca em Lochalsh a tempo de assistir ao sermão do pai.

Reilly havia feito um esforço e fora a um ou dois cultos, não para entrar em comunhão com Deus, pois ele achava melhor fazer isso na catedral da natureza do que em qualquer estrutura erguida pelo homem, mas para conhecer a congregação e ganhar a confiança da comunidade. Durante os sermões do reverendo Marshall não vira Brenna e agora entendia o motivo.

Ela evitava os Marshall por razões que se tornaram aparentes à medida que a noite prosseguia.

– E quer dizer – o reverendo continuou, enquanto punha cenouras glaçadas no prato – que seus pais sabem e aprovam sua permanência solitária na cabana?

Brenna não perdia os bons modos, embora estivesse irritada com a situação. Os olhares com que ela fulminava o conde a noite inteira seriam suficientes para gelar a excelente cerveja da senhora Murphy. Lorde Glendenning, que não demonstrava perceber a ira de Brenna, executava com perfeição o papel de anfitrião, exceto pelos rompantes ocasionais em que batia com força os pés no chão e depois olhava para cima com expressão de culpa e para ver se alguém notara. Após um desses incidentes, Reilly se aproximou do conde e olhou para baixo, sem conseguir notar nada de suspeito a não ser um pequeno buraco na argamassa entre as pedras da parede, onde poderia ter aparecido um pequeno focinho com bigodes.

– Meus pais estão cientes de que eu ficaria sozinha na cabana, na ausência deles. Isso foi combinado desde o início.

O reverendo pigarreou durante quase cinco minutos, e Reilly achou o hábito bem desagradável, para dizer o mínimo. Talvez devesse receitar-lhe uma pastilha curativa.

– Senhorita Donnegal, não foi o que sua querida mãe me disse – o pastor afirmou. – Antes que ela e seu pai partissem de nossas costas humildes para a grande aventura no leste longínquo, a senhora Donnegal afirmou que a senhorita iria para a casa de seu tio em Kilcairn e seguiria depois, com ele, para Londres...

– ...para aproveitar a temporada – a senhora Marshall concluiu pelo marido.

Brenna mal tocara no cozido de coelho, o que era uma pena, pois estava delicioso.

– Houve – Brenna remexia nos pedaços de carne do prato – uma mudança de planos.

– E bem grande, eu diria. – O senhor Marshall tinha outro hábito que Reilly achou ainda mais desconcertante do que pigarrear, que era a tendência a dizer *brrr* quando estava perturbado por alguma coisa. – *Brrr*. Uma mudança de planos bem significativa.

– Senhorita Donnegal – a senhora Marshall interveio –, não posso me convencer de que sua mãe aprovaria essa permanência solitária naquela cabana tão afastada. Ainda mais agora...

– ...com o degelo começando – o reverendo Marshall terminou a frase pela esposa.

– Os senhores não crêem que eu estaria aqui sem a aprovação expressa de meus pais – Brenna respondeu de olhos arregalados, aparentando grande inocência. No que foi ajudada pela cor do vestido, que era do tom de seus olhos, enfatizando seu tamanho e a falsa inocência da expressão.

Reilly ficou bastante espantado quando Brenna saíra do quarto muito diferente do que sempre se apresentava, embora ela fosse bonita tanto de suéter e calças como em traje de noite. Mas havia certos atributos que esse vestido em particular ressaltava. Se ao menos ela não estivesse escondendo os tais atributos sob aquela capa ridícula! Ele só era capaz de vê-los de relance, quando ela se virava de determinada maneira.

– Francamente, não sei o que pensar – disse o reverendo Marshall, inquieto. – Eu gostaria de imaginar que meus paroquianos sempre me dizem a verdade. Mas no seu caso, senhorita Donnegal...

– ... sua reputação fala mais alto. – A senhora Marshall tocou novamente a boca com o guardanapo. – A senhorita sempre foi perversa em suas diabruras.

Reilly se interessou pela última palavra, embora fosse bem desconfortável observar como o casal rebaixava Brenna. Desconfiou que Glendenning viveria para se arrepender do plano que arquitetara.

No entanto, tratava-se de uma inegável diversão.

– Diabruras? – ele repetiu. – Mas de que espécie?

Do outro lado da mesa, Brenna lhe lançou um olhar sinistro. Contra sua vontade, ela teve que se sentar à esquerda de Lorde Glendenning, enquanto a senhora Marshall ficou à direita dele. O reverendo estava ao lado de Brenna, e Reilly tivera a honra de ter à sua esquerda a esposa do pastor.

O conde, na cabeceira da mesa, era o único em posição de observar, ao mesmo tempo, o rosto de todos os presentes.

E dessa forma não perdeu o olhar malevolente de Brenna para Reilly, o que, pelo visto, lhe agradou.

– Pois é, senhora Marshall – o conde comentou. – Vamos ouvir algumas das *artes* que a senhorita Donnegal fazia.

A senhora Marshall ficou feliz em obedecer. A esposa de um pastor tinha a obrigação da obediência, e a senhora Marshall cumpria seu papel com fervor.

– Bem, deixe-me ver – ela começou. – Se bem me lembro, a senhorita Donnegal costumava torturar os irmãos mais jovens sem misericórdia. Houve uma época em que ela os desafiava a comer todas as tortas da despensa de sua mãe.

– Não era bem assim – interveio Brenna, exaltada. – Tratava-se de um experimento científico.

– Muito científico – a senhora Marshall concordou, pedante. – Ela queria determinar o ritmo de digestão de determinados frutos e esperava fazer isso...

– ...examinando o vômito das crianças, *brrr* – o reverendo completou a frase da esposa. – Um comportamento inaceitável. Eu disse isso para o pai dela, mas ele não achou impropriedade nenhuma. Parecia pensar que...

– ...se os meninos eram tão estúpidos a ponto de comer até se sentirem enjoados, eles bem mereciam aquilo. Mas isso não foi nada – a senhora Marshall declarou. – E quando ela cortou os cabelos e se escondeu na barca de Stuben? – a mulher sacudiu a cabeça. – Ela tinha intenção de se empregar como rapaz para qualquer serviço. Provavelmente teria conseguido, se...

– ...o pai não a tivesse trazido de volta e terminado com a brincadeira.

– Eu precisava de dinheiro – Brenna se defendeu.

– *Brrr* – o pastor resmungou. – Porque a senhorita queria comprar...

– ...um microscópio – a senhora Marshall terminou a frase pelo marido. – Um instrumento inaceitável para uma jovem. Ora, a senhorita poderia ter arruinado seus belos olhos! Posso afirmar que nenhuma de minhas filhas jamais expressou o desejo de ter algo tão impróprio. Elas se satisfazem em preservar os olhos para os bordados.

Por algum estranho motivo, Reilly se encantou com aquelas histórias. E não era para se surpreender que Brenna Donnegal não tivesse sido uma adolescente angelical. Bastava reparar na expressão madura em uma pessoa tão jovem.

Mas o que o deliciava era a natureza daquelas traquinagens. Era evidente que elas eram fruto de uma mente inquisitiva e altamente analítica, cada experimento foi pensado de antemão e todos os dados irrelevantes eliminados, levando o investigador para um único e inevitável resultado.

Reilly gostou muito daquilo. Muitíssimo, aliás.

– Os senhores deixaram passar sua maior travessura – o conde interveio.

O pastor e a esposa se entreolharam. Até mesmo Reilly estava ansioso para saber do que se tratava.

– E qual foi, milorde? – o reverendo perguntou.

– Não *foi* – o conde respondeu. – *É*, meu bom homem. *É*. Brenna está pregando uma peça em todos nós aqui sentados.

Brenna levantou o guardanapo do colo e deixou-o ao seu lado na mesa.

– Milorde – ela o advertiu.

Tarde demais. Lorde Glendenning tirou um envelope da pequena bolsa de couro peludo que usava na cintura.

Envelope que pareceu familiar a Reilly.

Então ele se lembrou. Santo Deus! Aquele envelope amassado foi o começo de tudo e a razão para o pobre Hamish MacGregor estar com uma perfuração no crânio. A carta! A carta para Brenna que Glendenning surrupiara da mala postal de Stuben!

– Olhe aqui, Glendenning – Reilly se levantou da cadeira.

Não deu tempo. Glendenning começou a ler em voz alta.

Minha querida Brenna. Aconteceu o que mais temíamos. A noite passada, meu pai encontrou seu tio na ópera! Papai perguntou a seu tio como ele ia passando. Quando seu tio confessou que nunca se sentiu melhor, papai ficou surpreso, sabendo que há três meses você usou a doença de seu tio para a partida repentina de nossa casa em Bath. Ao que seu tio respondeu: "Se o senhor é Reginald Bartlett, então minha sobrinha Brenna ainda está em sua casa de Bath. Ontem mesmo recebi uma carta dela em que mencionou o encontro com o príncipe de Gales no salão de recepções", ao que papai respondeu que não a via há semanas...

Nesse ponto, Brenna Donnegal se pôs de pé, majestosa e trêmula de raiva.

– Lorde Glendenning, se era sua intenção me humilhar e denegrir diante dessas pessoas, permita que lhe diga que foi bem sucedido!

Lorde Glendenning ergueu a vista do papel e, por algum estranho motivo, pareceu surpreso pelo ódio de Brenna.

– Espere um pouco – ele disse. – Eu apenas pretendia...

– Não posso imaginar o que milorde pretendia com isso – disse Brenna com muita dignidade. – Mas o que tenho para dizer será muito objetivo. Adeus e nunca mais ouse falar comigo. – Ela se virou para a senhora Marshall. – Madame, embora eu não queira alarmá-la, preciso dar-lhe um aviso. Há um rato sobre o aparador, bem atrás da senhora.

Dito isso – com o acompanhamento dos gritos agudos da senhora Marshall quando se virou e viu o bicho mencionado –, Brenna Donnegal saiu do salão.

Reilly, que estava mais próximo da mulher histérica, não pôde fazer o que mais desejava. Correr atrás de Brenna. Ele foi forçado a socorrer a esposa do pastor, que desmaiou antes do último eco de seus gritos sumir.

Reilly demorou algum tempo para ressuscitar a boa senhora. Ela não era dada a desmaios, por isso não trazia na bolsa amoníaco ou frasco de sais aromáticos. Teve de ser reanimada à custa de uma pena queimada tirada de seu chapéu. Assim que ela se recuperou, ficou decidido que deixariam o castelo imediatamente, apesar de o merengue ainda não ter sido servido. O anfitrião desaparecera em busca da convidada ofendida, que, por sua vez, sumira. Não havia razão para que o jantar prosseguisse.

Reilly acompanhou o reverendo e a esposa até sua carruagem e lhes desejou uma boa-noite, o que não pareceu agradar-lhes. O casal também não apreciou o prudente conselho médico de Reilly, que recomendou à senhora Marshall que ficasse de olhos abertos, quando ela se queixou de palpitações terríveis sempre que fechava os olhos e via a imagem do monstro de bigodes.

Reilly viu a carruagem sumir na estrada e sentiu uma onda de admiração pela senhorita Donnegal. A memória da carta que Lorde Glendenning lera seria suplantada na mente do reverendo e da esposa pela visão do rato que Brenna mencionou com tanta naturalidade.

Pensando na carta, Reilly voltou à sala de jantar e encontrou-a onde o conde a deixara ao sair atrás de Brenna. Sem saber do paradeiro do conde nem de Brenna, sentou-se na cadeira abandonada por Glendenning – mantendo os pés acima do chão para evitar familares do rato que poderiam vir à procura de farelos – e leu o restante da correspondência chocante. Não considerou a própria intenção desprezível, pois o principal da carta já fora lido. E a senhorita Mary escrevera com sua caligrafia de colegial:

...ao que papai respondeu, dizendo que realmente não a via há semanas... Seu tio ficou furioso e disse que a confiara aos cuidados de meu pai e continuou com rudeza, papai disse, acusando-o de negligência total quanto às responsabilidades de pai e dizendo que se alguma coisa houvesse acontecido com você, ele acusaria meu pai nos tribunais...
Felizmente...

O termo surpreendeu Reilly, que já estava com maus pressentimentos.

...minha irmã Sarah escutou tudo e imediatamente informou a seu tio que você e eu havíamos tido um desentendimento, que você não queria preocupá-lo por isso, mas que, na verdade, ainda estava em Bath, na casa de Elizabeth Sexton – apesar de seu tio não gostar dela por ser filha de um plebeu (um advogado). Acredito que ela conseguiu resolver o assunto, mas você tem de escrever a seu tio imediatamente e confirmar a história de Sarah. Falei com Elizabeth, e ela concordou em manter o que Sarah inventou...

A carta continuava, longa demais, falando sobre chapéus e jovens oficiais "lindos", e Reilly não teve mais paciência para ler. Dobrou a carta e guardou-a no bolso do colete, decidido a entregá-la a Brenna o mais depressa possível. Durante esse tempo, bebericou o vinho Madeira do conde e perguntou-se qual teria sido o objetivo de Glendenning naquela noite.

Não demorou muito, e o conde voltou, dando a Reilly a oportunidade de fazer-lhe a pergunta.

– Ah, não me lembre do assunto. – Glendenning largou-se na cadeira que Brenna ocupara. Os criados haviam limpado a mesa enquanto Reilly lia a carta. Só restava o Madeira e alguns ratos mais atrevidos. Reilly deduziu que o Lorde estava sitiado pelos roedores.

– Pensei... Não sei o que pensei – o conde admitiu com mau humor. – Meu primeiro plano de mandá-lo se apossar da cabana e expulsar Brenna de lá não funcionou. O segundo, o doutor emitir um laudo de insanidade mental... também não deu certo. Por isso imaginei que, se o pastor falasse com ela...

– Ela cairia em seus braços, sussurrando palavras de gratidão por levá-la finalmente ao caminho da integridade? – Reilly fitou o conde com expressão de tolerância divertida. – Milorde é um grande asno, me perdoe a palavra.

– Sei disso – Glendenning resmungou. – Mas em princípio foi um bom plano.

– Que nada. Foi insípido do começo ao fim e fiquei satisfeito de ter a oportunidade de vê-lo dar errado diante de sua cara de tonto.

– Espere aí – o conde ficou magoado. – Nada de ofensas pessoais.

– Peço desculpas. – Reilly se levantou. – Onde ela está?

– Não sei. – Glendenning se apoiou na mesa e escondeu o rosto nas mãos. – Mas Raonull disse que não a viu sair do castelo.

– Muito bem. – Reilly notou um focinho espiando com curiosidade por trás do aparador. Os gritos da senhora Marshall haviam assustado o bichinho, mas ele havia voltado para nova tentativa. – Milorde, eu o deixarei aqui com seu povo – Reilly afirmou, sério.

Glendenning não perguntou a que ele se referia, nem ao menos levantou a cabeça. Reilly saiu, pensando que o sujeito merecia o que estava lhe acontecendo, até mesmo que um rato subisse por sua perna. Caso isso acontecesse, causaria um estrago, já que o conde não era de usar calças.

Era improvável que Brenna houvesse se escondido nos parapeitos, pois estava muito frio, conforme ele comprovou ao se despedir dos Marshall. Ela estava apenas com o xale fino de renda e aquele fichu ridículo.

Além do mais, não era burra; aquele seria o primeiro lugar onde Glendenning a procuraria.

Reilly andou pelos corredores do castelo, abrindo e fechando portas, chamando por Brenna e ponderando sobre onde ela havia se escondido e como pretendia resolver a situação, pois os Marshall, que na certa conheciam o tal tio, poderiam lhe causar problemas.

Também não conseguia entender como Glendenning podia viver num mausoléu tão frio, úmido, cheirando a mofo e infestado de ratos. Admitiu que o salão de jantar, que não conhecia até então, tinha uma aparência mais civilizada. A sala de estar onde haviam conversado também não tinha um aspecto tão terrível. Ocorreu-lhe, ao entrar no que parecia ser um salão de baile decadente, que havia recintos no castelo que poderiam ser limpos e devolvidos à antiga glória.

O salão de baile, por exemplo, tinha um piso bastante aproveitável. Ele notou isso depois de pegar um candelabro de cima de uma pequena mesa e levantá-lo para inspecionar a descoberta. O parquete estava um pouco desgastado, mas formava belas figuras. Glendenning seria um grande tolo se deixasse um piso daquele se perder. Estava a ponto de deixar o salão, quando viu em um canto uma forma conhecida. Um piano.

Não chegava perto de um piano desde que saíra de Londres. Dedilhou algumas teclas e descobriu que não estavam tão desafinadas. Antes de pensar no que fazia, deixou o candelabro sobre o instrumento, sentou-se na banqueta roída pelas traças, esfregou os dedos e dedilhou uma melodia.

Nada mau. Um belo instrumento antigo, com um tom claro e forte. Apenas empoeirado, mas nada que um pano úmido não resolvesse. Reilly tentou uma melodia mais complicada. Ah, o dó central por vezes ficava preso, mas fora isso...

A acústica do recinto era extraordinária, e ele deslanchou em uma sonata, esquecido do mundo.

– Que bela música!

Espantado, Reilly parou de tocar, e viu Brenna com um cotovelo apoiado na caixa do piano e o queixo na mão.

– Oh, por favor, não pare de tocar por minha causa!

– Acho que me deixei levar pela melodia – Ele afirmou, envergonhado.

– É adorável. Era Beethoven?

– Era. Parece que havia anos não ouvia uma música decente – ele considerou.

– Não creio que com música decente esteja se referindo às gaitas de fole. – Ela o fitou mais com malícia do que com ironia. Ou talvez fosse com esperança.

– Gosto de gaitas de fole – disse Reilly, sentindo que corava. – Não tenho nada contra esses instrumentos.

– Mas sendo das Terras Baixas, naturalmente deve preferir a música de seu povo.

Por que sempre tinha de ser assim?, ele se perguntou. Terras Altas *versus* Terras Baixas, em uma luta pela superioridade cultural e moral? Ele, natural das Terras Baixas, nunca se adaptaria em Lyming? Apontou para as teclas, disposto a mudar de assunto.

– A senhorita toca piano?

Brenna franziu o nariz.

– Tenho mais inclinação científica do que musical.

– Ah, sem dúvida! Como foi ilustrado pela história do vômito.

– Isso mesmo – ela respondeu, sem corar.

– Não é difícil tocar piano. Sente-se, e eu lhe mostrarei como é.

Ela o fitou com as sobrancelhas arqueadas.

– Obrigada. Prefiro ficar onde estou.

– Não seja boba. Não estou tentando comprometê-la.

– Claro que não. Quase ia me esquecendo. O senhor é tão confiável quanto um homem casado.

– Sou mesmo? – Reilly pestanejou e lembrou-se de Christine, como se não pensasse nela havia tempos. – É, suponho que seja. Bem, de qualquer forma, como um homem comprometido.

Ele não encontrou motivos para mencionar a sutil mudança de sentimentos por Christine, que se iniciou na manhã seguinte à cirurgia de Hamish e, como ela – que na verdade não aprovara sua intenção de tornar-se médico – ultimamente vinha ocupando cada vez menos seus pensamentos.

– Então venha se sentar. – Ele se afastou para a ponta do banco.

Brenna obedeceu, com um sorriso indefinível, embora o espaço fosse pequeno e as saias mais as anáguas ocupassem mais do que a parte que lhe cabia.

– Vamos lá – Reilly começou. – Aqui é o dó central. – Ele pressionou a tecla. – Ela está prendendo um pouco, mas é a tecla pela qual me oriento. Veja, para cima do dó central... – ele percorreu as teclas – ...é uma oitava. Para baixo, é outra – ele moveu os dedos na direção oposta. – Entendeu?

– Acho que sim. Os Marshall já se foram?

– Sim, há algum tempo. Por falar nisso, que saída dramática! Como foi que atraiu o rato?

– Pura improvisação. O castelo fica repleto deles na primavera. Eles transbordam para fora das masmorras com a neve derretida que desce dos penhascos.

– Que agradável – ele ironizou. – Bem, foi um ótimo espetáculo. Acredito que isso os fez esquecer a impropriedade de você morar sozinha na cabana. De qualquer modo, por enquanto. – Ele dedilhou mais algumas notas. – Então entendeu onde fica o dó central?

– Sim – ela respondeu com seriedade.

– Aprendido isso, é possível tocar qualquer coisa – Reilly explicou. – Diga-me, qual melodia lhe agradaria aprender?

Brenna deu de ombros. Nesse gesto, o fichu de tule se deslocou, revelando boa parte do decote ousado, embora ela não tivesse percebido.

– Aquela que o senhor estava tocando antes – ela sugeriu.

– Ah, é uma peça alegre. E para começar é tão boa quanto qualquer outra. Deixe-me pegar em seus dedos.

Reilly se lembrou de quando ela mediu o comprimento dos dedos de ambos, palma contra palma. E, como da primeira vez, sentiu o mesmo jorro estranho de emoção que o aqueceu rapidamente da cabeça aos pés. Não imaginava o motivo por que Brenna causava nele essa estranha reação física, sempre que se tocavam. Ela não era a mulher mais bonita que já vira, nem a mais perfeita. Era certamente a mais obstinada, o que também devia ter alguma influência. E ainda havia as calças...

Sabia que ficava cada vez mais ligado àquela emoção, toda vez que se aproximava de Brenna.

– Mantenha a mão desta forma. – Ele pôs os dedos de Brenna de maneira apropriada sobre as teclas. Não é abaixada. É para cima. – Ele fez cócegas na palma dela. – Como um telhado. Ótimo. Agora a outra mão.

Depois de posicionar os dez dedos nas teclas corretas, Reilly esqueceu completamente como se tocava aquela sonata ou qualquer outra música.

Brenna, na expectativa, segurava as mãos na posição correta. Reilly inalou a fragrância completamente diversa da que sentira da última vez em que esteve perto de Brenna. Era um perfume leve e puro, não floral e enjoativo como algumas mulheres preferiam, nem muito forte. Ela se voltou para olhá-lo, e alguns fios de cabelo macios tocaram a face dele. A torção graciosa do pescoço chamou novamente a atenção de Reilly para o V formado pelo fichu, um V que parecia apontar diretamente para o vale estreito entre os seios altos e redondos.

– E então? – Brenna perguntou, com as sobrancelhas erguidas e o rosto a poucos centímetros do dele.

– Eu... – O que estava acontecendo com ele? Nunca havia perdido a fala diante de uma mulher, ainda mais de uma que lhe causara tanto desgosto no pouco tempo em que a conhecia...

Alguma coisa estava errada. Muito errada. A proximidade e o calor de Brenna o afetavam muito mais do que deviam. O formato dos lábios, suaves, úmidos e vermelhos o atraía e fazia que desejasse beijá-los, enquanto o olhar dela, firme e com a leve sugestão de desafio com que ela sempre o fitava, não se desviava...

Antes que pudesse raciocinar, Reilly a enlaçou pela cintura de maneira atrevida com o braço esquerdo, inclinou-se para a frente, hipnoticamente puxado por aqueles lábios convidativos...

De repente, ela virou a cabeça, jogou os ombros para trás e começou a correr os dedos pelo teclado com competência.

E com a bela voz de contralto e sem a menor timidez, entoou uma canção obscena de marinheiros.

Reilly se surpreendeu ao entender que Brenna tocava piano muito bem, talvez até melhor do que ele. Seus dedos corriam pelas teclas e não se atrapalhavam nos acordes complicados. Enquanto cantava, ela o olhava por sobre o ombro desnudo com fisionomia astuta, provando que nem precisava olhar as teclas para executar a música.

Reilly jamais pensara em escutar essa canção dos lábios de uma mulher que se dizia filha de um cavalheiro.

Brenna continuou, mostrando que sabia vários versos, cada um pior do que o antecedente (como era tradição nas canções do mar) e determinada a cantar até o fim.

Ele não suspeitava o que ela desejava demonstrar. Estava quase certo de que ela pressentira que seria beijada. O fato de ela saber e ter evitado o beijo de propósito o irritava mais que o fingimento de que não sabia tocar piano. Isso o incomodava bastante. Sabia que ela gostava dele. Ela até admitira isso naquela manhã em que estavam no píer.

Então o que ela pretendeu, ao virar a cabeça no momento em que ele estava a ponto de beijá-la, para dar início a uma canção que falava de prostitutas e alcoviteiros, como se isso fosse a coisa mais natural do mundo?

Ora, ele não a deixaria escapar impunemente.

Determinado, ele a enlaçou também com a mão direita, envolvendo-a com ambos os braços e inclinou-se para beijá-la. Com este beijo, pretendia arrancar seu fôlego e silenciar para sempre aquelas canções libertinas.

15

Seria uma incongruência sem tamanho dizer que Brenna se surpreendeu com o beijo de Reilly. Ela havia adivinhado sua intenção quando ele a olhou intensamente antes que ela começasse a tocar piano.

E era preciso admitir que o coração de Brenna disparou e subiu à sua garganta ao pensar na boca que se aproximava. Ela não usava espartilho, por não ter uma criada que a ajudasse a amarrá-lo, mas de repente sentiu falta de ar, como se estivesse metida em um corpete extremamente apertado.

Tentou repreender a si mesma. Como podia ficar tão zonza e sem ar diante de um homem que se preparava para beijá-la? Ora, ela devia ficar furiosa e ofendida por ele pensar em agir com tanto atrevimento!

Nisso, sentiu o braço de Reilly deslizar por sua cintura e...

Bem, foi como se o sol aparecesse depois de um mês chuvoso. Sua pele começou a formigar – ou, pelo menos, assim lhe pareceu – e ela tomou consciência de partes do corpo às quais não dava importância, como os lóbulos das orelhas, por exemplo. Não entendia por que a sensação do braço de Reilly a remetia ao lóbulo das orelhas. E, de repente, eles começaram a latejar e ao mesmo tempo ficar pesados...

E também sentia que outras partes de seu corpo – nas quais preferia não pensar – estavam assim.

Lorde Glendenning a enlaçara dezenas de vezes e até já a beijara. Mas ela nunca havia reagido aos avanços do conde como aconteceu dessa vez com Reilly Stanton. Seu coração batia com tanta violência que ela tinha se convencido de que Reilly, ao ouvi-lo, descobriria sua fraqueza em relação a ele.

Era verdade. Brenna admitiu ter uma poderosa atração por Reilly e não em razão de ele ter as mãos mais gentis que já vira. Mãos que haviam sido tão eficientes na operação de Hamish e muito ágeis guiando as dela sobre o teclado do piano.

Reilly, com seu sorriso franco, sua inteligência, as mãos suaves e os doces olhos negros, era o homem mais atraente que ela já vira. Ansiou por seus beijos, ansiou profundamente...

Esse desejo poderoso a assustava demais.

E por isso começou a cantar aquela música ridícula. Não podia deixar que Reilly a beijasse. Se isso acontecesse, ela corresponderia e tinha certeza de que não seria capaz de parar, nem de evitar que ele escutasse as batidas de seu coração.

Não deu certo, porque ele a beijou, e isso era tudo o que ela ansiava e mais temia.

Os lábios de Reilly eram infinitamente suaves como as mãos, mas também eram experientes, pois estava sentindo aquela sensação de peso até nos lóbulos das orelhas – assim como outras partes do corpo. Determinada a não se deixar afetar pelo beijo dele, mantinha a boca fechada.

Mas foi preciso apenas um leve roçar da língua dele sobre os lábios cerrados de Brenna, para que ela sentisse sua força de vontade se dissolver. De repente, sentiu que, não só os lábios derretiam, mas todo o seu corpo amolecera. Se Reilly não a segurasse com seus braços fortes, ela teria escorregado da banqueta e se esparramado no chão. Ela estava se abrindo para ele como uma manhã gloriosa para o sol. Não era justo que ele a comovesse daquela maneira!

Podia não ser justo, mas era delicioso. Tudo nesse beijo era delicioso, do gosto doce como o vinho da boca de Reilly à maneira como os braços fortes e as mãos suaves a seguravam. As palmas quentes das suas mãos pareciam queimá-la através do corpete de seda do vestido. Como não sucumbir a um deleite tão maravilhoso como os beijos de Reilly? Ela se convenceu que nenhuma mulher resistiria.

E por que ela haveria de não ceder? Ainda mais quando sentia que beijá-lo era a coisa mais certa do mundo a se fazer. Até a língua dele penetrando com atrevimento em sua boca tinha um sabor íntimo, há muito esperado... embora ela jamais tivesse sentido o toque da língua de um homem na sua. Era uma sensação maravilhosa, e isso bastava para ela.

Talvez tenha sido esse o motivo que levou Brenna a virar Reilly na banqueta, enlaçar seu pescoço e mergulhar os dedos em seus cabelos, que haviam se soltado da tira de couro. Talvez fosse por isso que ela – como se tivesse um senso moral mais frágil que o de Flora – não fez objeção quando Reilly deslizou vagarosamente uma das mãos logo abaixo do contorno do seu seio esquerdo.

E mesmo tal ousadia lhe pareceu lícita, porque os seios eram uma das partes do corpo que pareciam intumescidas e formigantes quando ele a tocava. Era como se ela *quisesse* sentir a mão dele ali.

Santo Deus, ela era mesmo uma devassa! O que era chocante, pois Brenna sempre se supôs altamente disciplinada e racional. Era surpreendente que se considerasse serva de seu intelecto e não de outra coisa.

E ela estava certa de que se tratava de seu coração.

– Brenna – murmurou Reilly, afastando os lábios dela. – Brenna...

Brenna se irritou com aquela perda de tempo. Não havia necessidade de falar. Já não haviam falado demais? Nesse momento, tinham que se beijar.

E para demonstrar o que pensava, segurou seu rosto e colou a boca na dele.

A reação de Reilly foi satisfatória. Ele gemeu e segurou-a com mais força pela cintura. Com a outra mão, fez algo inesperado... e gratificante. Segurou-lhe o seio com a palma quente.

Brenna nunca havia permitido que um homem a tocasse, mas também nenhum antes tentara isso. Com exceção de Lorde Glendenning, os outros homens que conheceu sempre a veneraram e não teriam esse atrevimento.

Àquela altura, Brenna entendeu por que Flora, apesar da maneira abominável como o conde a tratava, não se afastava dele. Com certeza Flora se derretia quando Lorde Glendenning a tocava. Era simplesmente divino...

Brenna disse a si mesma que nada poderia ser mais gratificante do que ser beijada daquela maneira por Reilly Stanton. Então, sua mão começou a tomar atitudes mais ousadas, se é que isso era possível. De repente, ela notou que os dedos macios entravam pelo decote do vestido e arrancavam o fichu. Um segundo depois, soube o que era sentir a pele de um homem na sua.

Ela deu um gemido rouco de satisfação que pareceu despertar em Reilly desejos reprimidos. Ele pressionou o corpo de Brenna de encontro à banqueta e passou a beijar-lhe o pescoço.

O problema era não haver mais espaço no banco do piano.

Reilly resolveu a situação. Levantou Brenna e colocou-a deitada na caixa do piano. O que ele não levou em conta foi que, nessa posição, Brenna acabou se sentando em cima das teclas, produzindo um som alto e dissonante no salão de baile vazio...

E assim Brenna saiu da nuvem de deslumbramento.

O que ela estava fazendo? Em nome de que razão, ela deixava Reilly Stanton seduzi-la no salão de baile deteriorado de Lorde Glendenning? Estaria perdendo o juízo?

Era evidente que sim e por pura luxúria.

Felizmente, ela entendeu a tempo seu descomedimento. Com um único movimento, ela pôs as duas mãos no peito de Reilly e o empurrou com força.

E não foi por culpa de Brenna que ele, tomado pela surpresa, caiu de costas sobre a banqueta e acabou no chão.

Ele a fitou, ultrajado e confuso.

– Por que fez isso? – Reilly perguntou com uma voz que não soava como a dele, instável e trêmula.

Da mesma maneira que estavam as mãos de Brenna, que tantavam pôr para dentro do corpete do vestido os seios que ele libertou com tanta perícia.

– Essa é uma pergunta desnecessária – Brenna respondeu, admirada de sua voz não estar firme. Tossiu, mas não adiantou. O problema eram seus lábios, que continuavam formigando.

– Se não me engano, tive a impressão de que você estava aproveitando – Reilly declarou, ainda sentado no chão, então mais irritado do que confuso.

Brenna se sentiu corar. Não adiantaria negar. Ela aproveitou demais e percebera. Seus mamilos ainda estavam duros como duas pequenas rolhas, e isso nada tinha a ver com a atmosfera fria. Cruzou os braços na altura do peito, para evitar que ele notasse o fato através do tecido do corpete.

– Claro que eu estava gostando – ela sussurrou. – Esse é o problema.

– Por que está sussurrando?

– Ficou maluco? Lorde Glendenning pode entrar a qualquer momento. O senhor... nós não podíamos estar fazendo isso. Não debaixo do teto dele! Meu Deus, se o conde soubesse, ele o mataria!

– Ele poderia tentar. – Reilly deu de ombros, levantou-se e bateu no traseiro para tirar o pó do calção.

– Tentar? Acha que ele carrega aquela espada como enfeite?

– Para ser franco – Reilly disse –, sim.

– Ora, ele maneja aquela arma muito bem.

A resposta de Reilly foi uma carranca.

– Na verdade, não devíamos estar fazendo isso – Brenna afirmou com gentileza. – E sua noiva?

A expressão perplexa de Reilly se explicaria melhor se ela lhe tivesse feito uma pergunta absurda como: "Como está sua fuinha de estimação?".

– Minha *o quê?*

– Sua noiva – Brenna repetiu, dessa vez com frieza. E ela achava que os beijos dele tinham o poder de enfraquecê-la. Reilly nem ao menos se lembrava da noiva! – Esqueceu-se dela, não é? E, segundo me contou, foi por causa dela que o senhor veio parar em Skye.

– Sim – ele confirmou. – Mas se está lembrada também mencionei que ela rompeu nosso compromisso.

– Mas o senhor queria provar a ela que não era um... o que mesmo? – Brenna insistiu. – Ah, sim, um imprestável. Queira me perdoar, mas não posso deixar de pensar que nossa atitude poderia ser enquadrada em categoria semelhante.

– Um "desperdício"? – disse ele, de olhos arregalados.

– Absolutamente. Não foi mesmo uma boa ideia.

Na verdade, quanto mais Reilly se afastava dela, mais Brenna se convencia desse fato. Se ele refletisse sobre o assunto com algum distanciamento, veria que ela estava certa. Não havia nenhuma razão para que eles fizessem... bem, "aquilo". Ainda mais ele pretendendo voltar para Londres assim que se provasse.

– Quero dizer – Brenna continuou, com alguma amargura – qual o proveito de termos feito aquilo?

– Proveito... – Reilly a fitou com raiva. – Tem toda a razão – ele se expressou com uma voz dura que Brenna não conhecia, eivada de amargura. – Além de minha noiva, sem mencionar Lorde Glendenning e sua espada, há o seu grande... experimento.

– Que experimento? – Brenna pestanejou.

– O que está conduzindo. – Reilly fez um gesto largo com o braço. – Não é o que esta ilha representa para você? Um experimento em massa para que possa provar sua teoria?

– Qual teoria? – Brena não estava entendendo.

– A respeito do cólera. Pelo amor de Deus, Brenna, não tente negar. Eu mesmo tive a prova.

– Prova de... – Ela sacudiu a cabeça. – Francamente, doutor Stanton, não sei...

– Santo Deus, eu estive com a mão no interior do seu vestido. Por favor, me chame de Reilly. – Ele passou os dedos pelos cabelos e as pontas soltas ficaram sobre o colarinho. – O fato é que vi tudo. Os mapas. Os diagramas. Os frascos com terra. Tudo. E agora você tenta bancar a inocente comigo. Sei o que está pretendendo.

Brenna tornou a pestanejar.

Mas de repente, entendeu o que ele fizera.

– Mas quando...

– Quando você foi trocar de roupa – Reilly explicou no mesmo tom hostil – e esqueceu de trancar a porta. Eu entrei... e vi.

Brenna teve a sensação de que alguém jogara um balde de água fria em suas costas. Ela o olhou, petrificada.

– Você foi...– os lábios não formigavam, mas estavam dormentes. – Você entrou... no "escritório"?

– Laboratório, você quer dizer? Sim, entrei. – Reilly reparou na expressão dela e fez uma careta. – Oh, não se preocupe. Não vi nem sinal de seus apontamentos. Mesmo se eu quisesse, não poderia roubar suas informações. E, acredite, elas não me interessam.

Brenna não podia acreditar. Estava tão pasma como se ele houvesse lhe dado um tapa. Ele invadiu o escritório particular de seu pai. Ninguém entrava ali, a não ser ela e o pai. E... Reilly Stanton... estivera ali e... e...

– Nada tenho a ver com esse problema, Brenna, mas se é por isso que você arriscou sua reputação, voltando para a ilha contra a vontade de sua família, perambulando ao redor de sepulturas à noite, para ninguém saber o que estava fazendo, passando horas fechada naquele cubículo, analisando amostras de terra, tudo num esforço para provar uma teoria mirabolante de seu pai...

Brenna sentiu que as lágrimas se acumulavam em seus olhos. Santo Deus, o que estava acontecendo com ela? Não se permitiria chorar por causa das palavras do senhor sabe-tudo, não é? Ridículo! Pior ainda. Um absurdo!

– E o que você sabe a respeito da teoria de meu pai? – ela quis saber, agressiva. – Você pode entender muita coisa sobre seus trépanos, mas o que sabe sobre doenças e o modo como se propagam?

– O último homem que tentou introduzir uma teoria semelhante à de seu pai, foi motivo de chacota. – Reilly conservava uma expressão inescrutável. – Foi expulso do colegiado, e até então era uma voz respeitada na comunidade médica. Seu trabalho com o tifo foi considerado um dos melhores...

Reilly se interrompeu. Enquanto ele falava, Brenna enxugava furtivamente os olhos e rezava para que sua fisionomia não demonstrasse nenhum sofrimento.

Mas Reilly não continuou. Brenna soube o motivo quando passou os olhos por seu rosto e viu nele um súbito clarão de compreensão.

– Meu Deus – Reilly murmurou. – Aquele homem... o que tentou demonstrar que a cólera e o tifo não eram causados por miasmas era... *seu pai*?

Apesar do nó na garganta, Brenna inspirou fundo.

– Sim – ela confirmou com toda a dignidade que pôde reunir. – É meu pai.

Reilly, a seu favor, parecia envergonhado de si mesmo.

– Por isso ele deixou o país.

– É óbvio que não – Brenna se indignou. – Ele não se importava com o que os outros médicos diziam. Sabe que está certo, mas não pode provar. Foi embora pelo que lhe contei. Decidiu ir para a Índia, onde acredita que o cólera tenha se originado, e depois fará pesquisas sobre sua teoria. – Brenna deu uma risada amarga. – Claro, foi o que ele disse para nós. Mas se quer a verdade, doutor Stanton, acho que ele partiu pela desilusão com a comunidade médica como um todo. Seu pessoal, com toda aquela empáfia...

– Eu nunca fui a nenhuma conferência de seu pai, nem soube exatamente qual era a teoria dele...

– Não se preocupe, acabará descobrindo. O equívoco foi ele ter antecipado os resultados, sem que tivesse as evidências necessárias. Ele desconfiou que havia descoberto um fato da maior relevância e acreditou que não apenas a comunidade médica mas o mundo inteiro precisava saber imediatamente a verdade. Mas ele não tinha provas. Ou, pelo menos, não o suficiente para satisfazer as mentes estreitas dos burocratas que controlam as grandes instituições médicas.

– Quando eu terminar o que estou fazendo em Skye – Brenna prosseguiu com firmeza – meu pai terá todas as provas necessárias para sustentar sua teoria, e todos aqueles homens que o desprezaram terão que admitir que, durante todo esse tempo em que poderiam ter evitado a propagação da doença, permitiram que ela se espalhasse, cada vez com mais gravidade, por causa de um orgulho estúpido...

– Brenna – Reilly a interrompeu – francamente, você não pode crer que alguém iria atacar uma teoria sabendo que ela poderia, como você argumenta, prevenir a disseminação de uma doença devastadora.

– Não posso? Mesmo que isso signifique que centenas de outros homens terão que admitir que estiveram enganados o tempo todo? Ah, sim, doutor Stanton, acho que profissionais de sua área ou de qualquer outra seriam capazes de qualquer coisa para não parecerem tolos. E a teoria de meu pai faz com que pareçam idiotas. Eles ficaram apavorados e negaram o novo. E estou aqui, doutor Stanton, para mostrar a eles o desatino que cometeram. Para provar a incorreção ao mundo. Para manter viva a teoria de meu pai.

Reilly sacudiu a cabeça. Ele parecia encontrar dificuldade para digerir as palavras de Brenna.

– Brenna. Estamos falando de *cólera*. Acho que, se soubesse, seu pai não haveria de querer a filha exposta a uma doença tão perigosa e inexplicável...

– Claro que não. – Brenna se impacientou. – Mas alguém tem que fazer isso. E por que não eu? Por ser mulher? Por favor, doutor Stanton. Da primeira vez que nos encontramos, creio ter ficado evidente que as mulheres são tão capazes quanto os homens para prover curas. Em consequência, também podemos nos dedicar à pesquisa e à erradicação de doenças contagiosas. O senhor não concorda?

Brenna não ficou sabendo qual seria a resposta de Reilly. Naquele instante, eles ouviram passos no corredor. Um segundo depois, a figura imensa de Lorde Glendenning ocupou a entrada do salão de baile.

– Brenna? – ele chamou. Nisso, seus olhos se ajustaram à luz do candelabro que estrava sobre a caixa do piano.—Ah, você está aí. E com Stanton, é claro.

Brenna olhou do conde para o médico. A tendência de Lorde Glendenning de afirmar o óbvio era exasperante.

– É verdade – foi tudo o que ela disse.

– Imagino – disse o conde com pesar – que você ainda está com raiva de mim.

Brenna revirou os olhos. Seria mesmo necessário testar sua paciência além dos limites em apenas uma noite?

– Milorde, não estou muito satisfeita com o senhor no momento.

– Foi o que pensei. – Lorde Glendenning parecia abatido. – Creio que prefere ir para casa com o doutor.

– Para ser franca, posso achar sozinha o caminho de casa. Portanto, cavalheiros, se quiserem me desculpar...

– Não!

Os dois homens, para espanto de Brenna, pularam diante dela, impedindo-a de passar.

– Eu a levarei na carruagem – Reilly se adiantou.

– A carruagem é *minha* – Glendenning se irritou. *Eu* a levarei.

Brenna olhou de um para outro. Naquele momento, ela não saberia dizer quem desprezava mais. Se era Glendenning, por tê-la feito de tola diante do ministro e esposa, ou se era Reilly que...

Na verdade, não tinha certeza se estava com raiva de Reilly. Ela só sabia que ele a fez sentir-se indecisa, pela primeira vez na vida, a respeito de si mesma e de suas metas. Sabia que seus objetivos eram admiráveis e valorosos. Talvez não fossem parecidos com os de outras jovens de sua idade, que, por sua vez, não tinham a curiosidade que a angustiava nem a sede de conhecimento e de provas científicas que a perturbavam.

Por outro lado, graças aos beijos de Reilly, ela começava a ver que os mistérios do coração podiam ser tão perturbadores quanto os da ciência.

E que a ciência podia não ser tão satisfatória em suas resoluções.

Porém um fato permanecia. Tinha uma tarefa muito importante a cumprir e não deixaria que seus sentimentos por Reilly Stanton, ou por qualquer outro, se interpusessem entre ela e seu objetivo.

– Ambos podem me levar – ela disse num tom de aspereza – para casa.

E, para grande aborrecimento de Brenna, os dois fizeram isso.

16

– Falta só um pouco – a criança assegurou.

Reilly Stanton anuiu. Ele não prestava a menor atenção no lugar aonde ia nem no que estava fazendo. Seus pensamentos se concentravam em Brenna Donnegal.

E isso era uma constante. Brenna permanecia em sua mente de uma maneira ou de outra. Quando mandava um paciente para ele –, como havia prometido que faria; aliás, ela havia mantido a palavra sobre tudo o que haviam combinado – ou quando via algo que o fazia lembrar-se dela, o que acontecia com frequência.

E, para perturbá-lo ainda mais, tudo lhe recordava Brenna, apesar de ela o ter rejeitado. Bolhas e carbúnculos, com certeza. Machucados que precisavam de unguento e feridas pustulentas. Essas lembranças seriam naturais e justificáveis.

Mas, nos últimos dias, vinha sofrendo de um transtorno diferente. Pensava em Brenna quando via uma calhandra voando ou uma prímula nascendo pela fissura entre duas pedras, da mesma forma quando enfrentava uma doença preocupante. O que estaria por trás desse sentimentalismo piegas? E ainda mais por uma jovem de quem não gostava – ele havia se convencido disso –, a despeito da forte e inexplicável atração física que sentia por ela.

No entanto, era isso que acontecia. Ele via o rosto de Brenna ao olhar a sopa que fervia e ao encontrar rebarbas nas meias. À noite, se fitava o fogo antes de adormecer. Ao acordar pela manhã e ver os raios de sol penetrando pelas janelas.

Para ser honesto, admitiu que pensava em Brenna o tempo inteiro.

O que ele considerava natural, devido às circunstâncias. Não havia finalmente entendido que Christine não era a mulher certa para ele? Havia um lugar vago em seu coração que precisava ser ocupado.

Ele poderia preencher esse vazio voltando para Londres. Aquela cidade, ao contrário dessa madita ilha de pedra, era plena de atrações e de jovens descomprometidas. E como passou a não se importar mais com a opinião que Christine tinha sobre ele, não haveria vergonha nenhuma em voltar.

Então por que não começava a fazer planos para partir?

Reilly conhecia a resposta... e ela não lhe agradava. Ele sabia por que ainda não sairia de Skye e que isso nada tinha a ver com Christine.

Nem era inteiramente por causa de Brenna. Lyming o envolvia cada vez mais e estava se tornando sua casa. O tagarelar das crianças que saíam da escola e passavam pelas janelas do dispensário; a imensidão do céu que se estendia sem limites sobre sua cabeça, sem ser interrompida por chaminés ou telhados; o ar límpido e com forte cheiro de maresia, em contraste com a fumaça sufocante de Londres. Depois de acostumar-se com aquele esplendor, apavorava-o a ideia de retornar para o lugar onde nasceu.

Entretanto ele ia ter que acabar voltando. Não poderia passar o resto da vida em Skye. Era o marquês de Stillworth. Seu compromisso de fidelidade com as pessoas de Londres era anterior ao compromisso com o povo de Skye.

Embora os fazendeiros arrendatários de Stillworth Park não precisassem dele como os aldeões de Lyming.

Os aldeões tinham Brenna, ele afirmava para si mesmo. Tudo estava bem com eles sob as asas de Brenna, antes de ele pisar em Skye. E assim continuaria sendo, depois que ele fosse embora.

Contudo, ele próprio não acreditava nisso.

Supunha que teria que ser grato a Brenna por ela não o haver estapeado, apesar de estar em seu direito de fazê-lo. Ele havia sido grosseiro naquela noite no castelo de Glendenning. Ainda não conseguia entender o que havia acontecido com ele. Nunca perdera o controle daquela maneira.

Estava consciente de que sentia forte atração por Brenna. Ninguém podia negar que ela fosse uma jovem muito atraente. O que não era desculpa para seu comportamento inexplicável no jantar de Lorde Glendenning. Ele agiu com absoluta falta de decoro, atitude digna de Pearson. Ou pior, de Shelley. Aqueles dois não teriam o menor escrúpulo em se comportar de modo indecente com uma jovem ao piano.

Reilly nunca havia feito algo parecido. Brenna, apesar de sua autossuficiência, era uma jovem inocente de quem ele se aproveitara. Ela não contava com ninguém para protegê-la de pessoas estúpidas como ele, que atacavam jovens indefesas.

E, mesmo sabendo disso, ele se lançou sobre ela com uma persistência brutal, semelhante à de Lorde Glendenning.

Era uma irracionalidade. Morar tão longe da civilização o transformou num selvagem do calibre de Iain MacLeod? O que aconteceria em seguida? Ele começaria a usar kilt e engravidaria garçonetes?

– É logo depois da curva – a criança o informou, olhando para trás. Pela estado imundo daquela criança, não dava para distinguir seu sexo.

Reilly nunca a vira, embora achasse que conhecia todas as crianças pela distribuição de balas que fazia no dispensário. A que estava com ele não devia ir à escola da aldeia com regularidade. O professor era rigoroso, mas sem maldade, e certamente a ou o teria mandado direto para Reilly, a fim de tirar os piolhos.

– Está certo. – Reilly respondeu para mostrar que ainda estava no jogo. O menino ou menina, não fora muito coerente ao explicar para que precisavam dele. A criança pronunciara várias vezes a palavra "mãe", e Reilly esperava que não se tratasse de um parto de emergência. Preferia que esses casos fossem destinados a Brenna.

No entanto, não havia escolha. Na verdade, era um milagre que ela continuasse lhe mandando pacientes depois do que ele fez. Entrar naquele escritório tão precioso para ela que aquilo ofendera mais do que ele ter deslizado a mão para dentro daquele decote.

Procurou se redimir lhe entregando a carta da amiga, sem o conde perceber, durante o trajeto dos três até a cabana. Pelo menos foi uma tentativa de lhe agradar.

O que não teve o menor efeito. Era evidente que ele não devia ter dito nada a respeito daquele maldito escritório. Mas ele ficara tão ferido, quando ela o fitou com aqueles imensos olhos azuis e perguntou que proveito havia naquilo, ou seja, os dois terem ficado juntos.

Mesmo agora ainda sentia raiva só de pensar naquilo. "Que proveito havia naquilo? O que ela estava pensando?"

Se bem que ele poderia se colocar na posição de Brenna. O que ele pretendia? Brenna Donnegal jamais se tornaria amante de um homem, mesmo que o médico de uma aldeia do tamanho de Lyming pudesse ficar impune por coabitar com uma amante, o que certamente não aconteceria. E casamento estava fora de questão. Ele acabara de escapar de ser algemado, e toda noite agradecia à sua estrela da sorte.

Mas depois daquele beijo que o marcou como ferro em brasa... as ideias de Reilly sobre o casamento começaram a ser reavaliadas. O matrimônio com uma jovem que beijava com o entusiasmo de Brenna Donnegal – e que não se queixou por ele haver desmanchado seus cabelos nem por ele não estar barbeado – poderia ser bem diferente de uma união com Christine King...

Todavia, Brenna não considerava as vantagens desse casamento. Presa naquela pesquisa a respeito do cólera, não lhe sobrava tempo para mais nada. Não tinha as preocupações normais das jovens de sua idade: vestidos, festas e namorados. Ah, ela decerto não se importava com nenhum desses três itens. Tinha certeza de que Brenna nunca fora beijada, pelo menos não com sua anuência.

Contudo, a reação de Brenna foi para o bem. Suas restrições com relação à aristocracia e o envolvimento de um de seus membros com a medicina não a deixariam satisfeita. Ela se revoltaria ao saber que ele era um marquês, além de médico. O que ele imaginou? Que o oitavo marquês de Stillworth se casaria com uma jovem meio selvagem que conheceu nas Hébridas? Ora, aquilo seria o fim do mundo. Nem queria imaginar o que sua mãe diria, se ele voltasse para Londres com Brenna como a nova Lady Stillworth, muito embora aqueles olhos azuis na certa obscurecessem as safiras Stillworth. Ela pareceria a rainha Boadiceia, com as pedras azuis em volta do longo pescoço alvo.

Suas irmãs teriam acessos de raiva ao ver a cabeleira ruiva e rebelde de Brenna – isso sem mencionar o hábito de tomar uísque no gargalo, quando provocada – e quanto a Pearson e Shelley, bem, não havia como prever o quanto aqueles dois falariam sobre a inadequação da esposa do marquês de Stillworth.

Mesmo assim, uma esposa como essa não o desagradaria. Quando ela não falava sobre suas ideias malucas de provar a maldita teoria do pai em relação ao cólera e sua propagação, Brenna era racional, inteligente, bem-humorada e adorável. Deus era testemunha do quanto ela era adorável. Beijá-la naquela tarde fora um dos acontecimentos mais extraordinários de sua vida. E beijar para ele já não era nenhuma novidade há algum tempo.

A experiência não importava, quando havia tanta efusão de sentimentos puros e não disfarçados. Reilly sentiu as ondas de emoção que emanavam de Brenna quando a beijou, mas supunha que seria arrogância chamar aquilo de amor...

Embora tivesse certeza que não houve desinteresse. Teria sido apenas desejo? Brenna era uma jovem muito ardente e maldito era o seu destino por ter caído no caminho dela.

Ora, pouco importava. O que havia se passado entre os dois já terminara. A confirmação estúpida do que fez se encarregara disso. Reilly vira o santuário de Brenna – o local onde ela fazia a grande pesquisa para provar a teoria ridícula do pai – o que, para ela, foi um pecado imperdoável. Como se ele quisesse roubar aquela droga. Se abrisse a boca sobre o assunto, Reilly Stanton seria motivo de escárnio por parte dos colegas do *Royal College of Physicians*.

E o que mais poderia ter feito? Pareceu a coisa mais natural do mundo entrar no cubículo que ela havia deixado destrancado, enquanto estava ocupava no outro lado da casa.

Teve um desapontamento profundo ao encontrar apenas alguns mapas de Lyming nas paredes, com marcas enigmáticas espalhadas e poucos diários. Nenhum monstro. Nem mesmo um esconderijo de ópio. Apenas os rabiscos indecifráveis de uma cientista possivelmente maluca.

Mesmo assim, ele não deveria ter tocado no assunto. Agora Brenna não falava mais com ele.

Embora tivesse que admitir, mais uma vez, que foi para melhor. O simples fato de beijá-la o levou a níveis tão altos de paixão que esqueceu de tudo e chegou a tentar... Acreditava que se Brenna não o tivesse impedido, ele a teria deflorado ali mesmo, junto do piano. Era muito mais seguro ficarem afastados um do outro.

– Por aqui – afirmou a criatura sem sexo que estava diante dele.

Reilly, montando a égua emprestada por Lorde Glendenning – um animal manso e bem acostumado às subidas pedregosas por onde Reilly tinha que passar a cada dia para atender aos chamados – teve que abaixar a cabeça para passar sob uma saliência rochosa que, aparentemente, dava acesso à casa da criança.

E era isso mesmo, se é que poderia ser chamada de casa. Uma choça mal-ajambrada, cujo telhado era feito – se Reilly não se enganava – com placas de pedra separadas por turfa, situada no centro de uma ravina, entre duas enormes formações rochosas. Os moradores certamente estavam protegidos de ataques, mas não apenas pela localização tão escondida. O cheiro, mesmo àquela distância, era tão forte que teria evitado a aproximação do bárbaro mais afoito. Refugo humano misturado com, salvo engano, uísque. Ora, e não era o máximo? O pai da criança ainda tinha uma destilaria em casa.

Era um verdadeiro milagre que o local ainda não tivesse explodido.

– Você mora aqui? – Reilly perguntou a seu guia, esperando que a criança dissesse que ali era o chiqueiro, pois alguns porcos fuçavam um pátio sem grama.

– Moro – a criança respondeu, olhando para Reilly como se ele fosse um idiota.

Com o coração apertado, Reilly anuiu com um gesto de cabeça, e a criança desceu correndo a ladeira rochosa.

– Mãe! Mãe! O doutor está aqui!

Não houve sinal de que alguém tinha ouvido os gritos da criança. De uma chaminé mal-feita no meio do teto de pedra saía fumaça. Havia gente na casa. Reilly notou que o bom tempo da manhã estava para mudar, com o céu escuro e um frio incomum para a primavera. Deu um suspiro e apeou da montaria. Quando pegou a maleta que amarrara na sela, sentiu as primeiras gotas de chuva na nuca.

– Ah – ele disse para o animal, que começara a comer as ervas daninhas da base das rochas. – Que ótimo.

A criança entrou na choupana. Reilly a seguiu, sombrio, imaginando se um telhado de pedra pregado com turfa suportaria a chuva de Skye, tão diferente da garoa londrina. A chuva na ilha de Skye era mais intensa e fria do que qualquer outra que ele já havia visto. Supôs que fosse pela atmosfera límpida e a pouca quantidade de carvão queimado na ilha que não chegava a poluir o ar com fumaça causticante e gases nocivos.

O fato de a chuva ser inócua não lhe serviu de consolo quando a sentiu na aba do chapéu.

– Olá? – ele chamou da entrada baixa na qual, em vez de porta, estava pendurada uma manta rústica. Como não havia madeira onde bater, Reilly tornou a chamar. – Olá, tem alguém aí? É o doutor Stanton...

Reilly ouviu um murmúrio que poderia ser a palavra "entre", afastou o pano velho e abaixou a cabeça para entrar.

Foram precisos alguns instantes para que a visão se acostumasse à penumbra do casebre. O que viu parecia ser uma mulher idosa rodeada por meia dúzia de crianças, que choravam, umas enroladas em trapos e outras sem nada. Havia um cheiro forte de mingau queimado. As crianças menores estavam até sem fraldas, o que explicava o fedor no ambiente.

Reilly pensou com certo remorso nas casas confortáveis de seus pacientes em Mayfair, nas poltronas de couro em que ele descansava e no xerez que lhe serviam.

– O que está havendo, senhora? Uma das crianças está doente?

Sua guia – Reilly achou que fosse menina, pelos cabelos bem mais compridos do que os de outras crianças, que eram meninos – se afastou das chamas quase apagadas, foi até a entrada e ergueu a manta. Um pouco da luz cinzenta iluminou o interior da choupana. Foi o suficiente para que ele notasse que a mulher em volta da qual as crianças estavam reunidas tinha um corte no lábio, que estava roxo e inchado, e um ferimento igual acima do olho esquerdo.

Reilly começou a murmurar que havia se metido em uma péssima situação, mas usando linguagem que não devia ser dita diante de uma mulher e de crianças, mas se deteve a tempo.

– Ah, estou vendo. Você – ele falou para a menina que estava na entrada – continue segurando o cobertor para trás. Existe aqui um lugar que tenha água limpa e uma vasilha para carregá-la?

A criança anuiu com seriedade.

– Muito bem – disse Reilly. – Será que você poderia pedir a algum de seus irmãos ou irmãs para fazer isso?

– Dorcas – chamou, e a menina obedeceu –, você o ouviu. Traga o balde.

Uma das crianças menos mal-vestidas, que ficou escondida atrás da mãe, saiu da choça, levando com ela um balde sujo e dois irmãos.

Reilly supôs que não adiantaria pedir panos para limpar o sangue da mulher. Se houvesse algum, já devia ter sido usado como fralda para os irmãos mais novos. Resignado, Reilly deixou a maleta sobre uma superfície que deveria ser a mesa de refeições – se é que algumas crostas comidas por larvas fosse alguma indicação – e tirou de dentro algumas esponjas.

– Muito bem. – Ele se ajoelhou ao lado da mulher. – Vamos ver o que temos aqui.

De perto e com a vista acostumada à obscuridade, notou que a mulher não era tão velha como parecia. Talvez fosse até mais nova do que ele. A coitada o olhava como quem pedisse desculpas.

– Eu disse para ela não o chamar – disse a mulher falou, sem muita coerência. Faltavam-lhe alguns dentes, mas não pareciam ter sido arrancados recentemente.

– Ainda bem que ela não lhe obedeceu – Reilly respondeu e limpou com cuidado o sangue do lábio da mulher, com esperança de determinar a profundidade do corte. – Pensei que conhecesse todos os residentes de Lyming, mas vejo que estava errado. Eu nunca a encontrei, não é?

Ela sacudiu a cabeça, o que dificultou para Reilly continuar a limpeza.

– Nós não podemos pagar – disse ela, angustiada. – Nós não podemos pagar o doutor.

– Está certo – Reilly disse. – Fique quieta... acho que vai precisar de alguns pontos acima do olho. É um corte feio. Posso lhe perguntar como aconteceu?

– O doutor não ouviu? Não podemos pagar.

– E eu disse que está certo. Quer me fazer um favor e seguir meu dedo com os olhos? Não mova a cabeça. Apenas os olhos. – Reilly segurou o indicador diante do rosto da mulher e observou-lhe o olhar. – Bom. Agora, senhora... não sei seu nome.

– Mackafee.

Reilly arqueou as sobrancelhas. Ouvira falar nos Mackafee. Mas onde? Ah... Na primeira noite em que passou no bar em Lyming, Reilly ouvira Adam MacAdams chamar alguém de Mackafee, só que não era o nome do camarada. MacAdams fizera uma espécie de brincadeira, porque o sujeito não tinha saído para pescar naquele dia, por estar adoentado. Reilly percebera que, em Lyming, uma pessoa preguiçosa ou sem iniciativa era chamada de Mackafee.

Por razões que começavam a ficar muito claras para Reilly. Ele fez os curativos, e as crianças voltaram com a água. Permaneceram ali em volta dele e o fitavam como se ele fosse um tigre enjaulado num zoológico.

E com o passar dos minutos, Reilly se sentiu mesmo como um tigre. Aquela mulher e seus filhos viviam em condições atrozes. Eles não tinham roupas adequadas, nem comida suficiente. Havia goteiras no teto e não se via sinal de banheiro. E mais, no exame que fez na mulher, ele constatou que ela estava grávida novamente.

Aquilo não era o pior de tudo. A senhora Mackafee contou que seus ferimentos tinham sido causados por uma queda, mas Reilly não duvidava de que ela recebeu socos no lábio inchado e no olho roxo. E que foi o marido que a agrediu.

Ele não mencionou a suspeita em voz alta, até na hora de ir embora. Instruiu a pequena Dorcas e sua irmã sobre como cuidar dos ferimentos da mãe.

– Este unguento tem que ser aplicado duas vezes ao dia, e os ferimentos devem ser mantidos limpos, entenderam? Se ela se sentir mal ou ficar tonta, venham me avisar imediatamente. – Depois abaixou o tom de voz e perguntou para a menina que fora buscá-lo e que se chamava Shannon: – Preciso saber o que aconteceu com o rosto dela. Foi seu pai?

– Sim – a garota respondeu, de cabeça baixa.

– Está bem. – Reilly pôs a mão no pequeno ombro ossudo. – Você fez bem em ir me chamar. Escute, você sabe o que é isso?

A menina olhou o soberano de ouro que Reilly colocou na palma suja de sua mão miúda.

– Sei – ela sussurrou.

– Ótimo. Quero que chame alguns de seus irmãos, menos Dorcas. Deixe-a aqui para cuidar de sua mãe e vá até a cidade procurar a senhora Murphy. Ela é a dona da taverna perto do atracadouro...

A menina anuiu com energia.

– Conheço a senhora Murphy. Ela nos dá pão amanhecido.

– Muito bom. Entregue essa moeda para a senhora Murphy e diga que foi o doutor Stanton quem a mandou lá. Ela lhe dará um cesto com pão, ovos e carne. Assim vocês terão um belo jantar esta noite. Você gostaria disso, não é?

A moeda desapareceu no punho fechado da garota.

– Muito.

– Está bem. – Reilly se endireitou e olhou para fora, onde a chuva caía com força. – Shannon, onde está seu pai?

A menina lhe informou que o pai poderia ser encontrado no lugar em que passava a maior parte do tempo. Na destilaria localizada na ravina abaixo da "cabana", como ela se referiu com otimismo ao casebre onde morava.

Ele agradeceu, desejou melhoras à mãe, pôs o chapéu na cabeça e saiu para a chuva...

Em vez de se aproximar-se de sua égua, tomou o caminho daquilo que Shannon chamou de ravina, mas que na verdade não era mais que uma trilha de água suja que passava pela choça e descia em direção a outra vala entre as formações rochosas, na qual, Reilly viu, depois de uma pequena subida, um telhado de meia-água feito de galhos, pedra e pedaços de turfa.

Debaixo dessa cobertura, junto a uma estrutura singularmente amadora de uma destilaria não muito higiênica, trabalhava um homem grandalhão.

Embora trabalhar não fosse o termo exato para os afazeres do senhor Mackafee. Tecnicamente falando, ele testava seu produto.

Um produto que ele não parecia disposto a partilhar, pois ao ver Reilly no meio da chuva, mandou-o embora com voz de bêbado.

– Senhor Mackafee? – Reilly perguntou, já com a capa e as calças encharcadas, e água caindo da aba do chapéu.

– O próprio – foi a resposta lacônica.

Reilly caminhou pela lama e se aproximou do telheiro.

– Sou Stanton, o novo médico. Acabo de ver sua mulher, em quem o senhor parece ter achado conveniente dar uma surra.

– E daí? – Mackafee perguntou. – Ela é minha, para eu bater quanto quiser.

Reilly se sentiu contente, apesar da chuva.

– Era o que eu esperava ouvir. – Reilly acertou na boca de Mackafee um soco que lhe feriu os nós dos dedos.

– Viu como é? – Reilly indagou, quando Mackafee, que caiu sentado numa poça de lama, pôs a mão na boca, que sangrava, e despejou uma ofensa. – E haverá mais, meu camarada, se eu ouvir falar que o senhor levantou de novo a mão para sua mulher. Entendeu?

– Entendi – Mackafee balbuciou em sua embriaguês. – Entendi que o farei pagar por isso! Espere só para ver.

Reilly não se preocupou. Mais tarde lhe ocorreu que teria sido melhor se ele esmurrase o nariz de Mackafee. Ele o machucaria mais e não ficaria com os nós dos dedos esfolados. Mas naquele momento ficou satisfeito com o que ocorreu, até se voltar e encontrar Brenna parada ali, de boca aberta.

Era a primeira vez que a via desde a noite do jantar no castelo de Glendenning, em que se comportara como um animal. Bem, sem falar no dia em que a viu na aldeia, quando ela foi visitar Hamish, que se recuperava muito bem e havia tido alta na semana anterior. Fora isso, Brenna, sempre que possível, evitava Reilly.

Àquela altura, não havia escolha. Não poderia evitá-lo, mesmo se quisesse. Reilly prometeu a si mesmo que, da próxima vez em que falasse com Brenna, ele se comportaria com o decoro de um cavalheiro digno de sua posição social.

Reilly não poderia prever que nessa próxima vez ele estaria com os dedos sangrando e sujos de terra, depois de ter dado um soco no marido embriagado de uma de suas pacientes.

– O senhor... – Pela expressão de Brenna, ele supôs que ela havia testemunhado tudo e não aprovava suas habilidades de boxeador. – O que foi que o senhor... – Reilly refletiu que essa era uma das poucas vezes em que a via sem saber o que dizer. – Não pense que pode...

– Posso e fiz. – Reilly, forçado pela situação, se aproximou, segurou--a pelo braço e começou a caminhar rumo à choça. – Vamos, seja uma boa menina.

– Mas ... – Brenna continuou a olhar por sobre o ombro para Mackafee, que estava ajoelhado na lama, com a mão na boca, praguejando de maneira incompreensível pela falta de mais dentes. – O senhor não devia...

– Brenna, existem coisas que você, como mulher, não pode...

Antes de terminar a frase, Reilly entendeu que a conversa tomara um rumo equivocado. Tanto assim que Brenna se desvencilhou dele imediatamente.

– Não ouse... – ela sibilou.

Aquilo era demais! Ele praticou, à exaustão, o que diria assim que a encontrasse – ele estava com um discurso decorado –, a respeito de duas pessoas que, em determinadas circunstâncias, faziam ou diziam coisas das quais se arrependeriam posteriormente, o que não significava que não pudessem permanecer amigos...

E diante de Brenna, maravilhosa, de rosto corado e o olhar azul fulminante, o discurso cuidadosamente elaborado se evaporou da mente de Reilly. Amigos! Ah! Ele não queria ser amigo de Brenna Donnegal.

Pelo menos, não daquele tipo de amigos que não se beijam com regularidade.

Então ele refletiu que teria que tirá-la daquela pocilga o mais depressa possível e ir para um local quente e seco, onde poderiam discutir esse e outros assuntos. Ele a ergueu e a pôs sobre seu ombro, segurando as pernas que se agitavam em protesto. Caminhou pela ravina em direção a seu cavalo e viu, através da chuva, que o animal estava ao lado de onde Brenna amarrou o dela. Apesar da altura, ela não pesava muito, mas em compensação, não fechava a boca.

– O que está pensando? – perguntou ela, furiosa. – Ponha-me no chão! Ficou maluco? Nunca, em toda minha vida...

– Fique quieta. – Reilly certificou-se, pelos socos que levava nas costas, que Brenna tinha uma energia digna de um homem. – Você estragou a esperança que eu tinha de fazer uma saída honrosa diante daquele homem.

– Não diga! – Brenna, apesar de estar de cabeça para baixo, procurou um tom majestoso para mostrar seu desprezo. – Meu Deus, como pode ser honroso ter dado um soco na cara dele?

– Eu lhe disse... – Reilly andava com cuidado pelo terreno escorregadio. – É uma coisa que você não entenderia. É um assunto particular entre o senhor Mackafee e eu.

Brenna disse uma palavra que fez Reilly arquear as sobrancelhas sob o chapéu ensopado. Ela não escondia seus sentimentos, o que tornaria a vida em Stillworth Park muito interessante, se ele fosse capaz de convencê-la a ir para lá.

– Aborreceu-se ao ver como ele trata a esposa e por isso bateu nele – ela o acusou. – Mas nada resolverá fazendo com ele o mesmo que ele faz com a esposa. Ele ficará ainda mais irritado e, quando ficar sóbrio, descontará nela.

– Ele não fará isso – Reilly disse, confiante.

– Fará, Reilly.

Ele notou – com o coração dando um salto – que Brenna, pela primeira vez, o chamou pelo nome de batismo.

– Não fará – Reilly repetiu, com um sorriso. – E acertar aquela praga fez com que eu me sentisse melhor. Acha que está errado?

– Você é incorrigível – Brenna declarou. – Por favor, ponha-me no chão.

Como haviam chegado perto dos cavalos, Reilly calculou que Brenna não voltaria correndo para ajudar Mackafee. Por isso acatou o pedido dela com maior suavidade do que ela merecia por haver arruinado sua saída honrosa.

Brenna não se impressionou com sua cortesia e bateu nele várias vezes de punho fechado, cada golpe acompanhado de uma palavra.

– Nunca... mais... pense... em... fazer... tal... coisa!

Ela o encostou no corpo quente da égua que estava mastigando as gramíneas. O animal levantou a cabeça e olhou para eles com curiosidade.

– Ora, eu não teria que fazer nada, se você não tivesse vindo me espionar.

– Eu não vim... – Brenna calou a boca.

Reilly notou que os cabelos dela, molhados, não se mostravam tão rebeldes. Brenna estava vestida com calças e por cima usava uma capa impermeável, larga e velha, que a deixava tão atraente como uma tenda.

Nada disso importava. Brenna continuaria bela mesmo vestindo um saco de farinha!

– Eu não estava espionando ninguém! – ela recomeçou, irritada. – A senhora Murphy me disse que viu Shannon no dispensário e pensei... bem, eu sabia que você ainda não conhecia os Mackafee e achei que seria melhor...

– Verificar o que eu estava fazendo – Reilly completou com secura.

Brenna franziu a testa.

– Está certo, foi isso mesmo. E ainda bem que cheguei a tempo. Reilly, você não entende que homens como Harold Mackafee...

– Não entendo os brutos que batem nas esposas e não veem que seus filhos não têm roupa pra vestir, nem comida. – Reilly parou ao lado de Willow, a égua de Brenna e estendeu a mão. – Tem razão, não entendo mesmo.

– Há gerações, os Mackafee têm sido a desgraça de Lyming. Harold Mackafee, a exemplo de seu pai e o avô, tem uma destilaria, mas não chega a vender o uísque, porque toma tudo sozinho. Ele invadiu as terras de Lorde Glendenning, mas o conde não o expulsa para não matar de fome as crianças. A igreja e os aldeões tentam ajudá-los da maneira que podem com doações, alimentos e vestuário. E é só isso que podem fazer, Reilly. Harold Mackafee não mudará nunca, independentemente de quantas vezes apanhe. O soco que deu nele pode ter ajudado "você" a se sentir melhor, mas não mudará nada. E por que está segurando a mão desse jeito?

– Para ajudá-la a montar – Reilly explicou com dignidade.

Brenna revirou os olhos, dispensou a ajuda e pulou na sela. Uma vez sentada, abaixou-se, levantou a mão dele e examinou o ferimento, fazendo-o estremecer.

Ela sacudiu a cabeça e soltou os dedos de Reilly.

– Meu pai sempre atingia Harold Mackafee no estômago. Menos prejudicial ao punho, ele dizia.

Surpreso, Reilly pensou em dizer algo, mas Brenna falou antes.

– Se quiser, posso enfaixar seus dedos – ela se ofereceu.

Brenna virou a égua e a fez andar em um trote esperto, sem olhar por sobre o ombro, para ver se ele a seguia ou não.

Reilly a seguiu. E por que não?

17

"O que ela estava fazendo?"

Teria enlouquecido? Certamente, ela pensou. Ou não teria se oferecido para fazer os curativos nos dedos machucados de Reilly Stanton.

Decidiu, depois do incidente no salão de baile de Lorde Glendenning, manter-se afastada de Reilly Stanton. Os afazeres de ambos eram diversos e não havia nenhum motivo para se encontrarem, pelo menos não a sós. Nunca mais.

Seria muito mais sensato. Assim não aconteceria o que parecia inevitável quando ela se via na presença de Reilly. Ela não controlava os rubores, nem era capaz de impedir que seu coração batesse em descompasso.

Era preciso evitar, naquele momento da pesquisa, qualquer distração. Qualquer uma. Ainda mais quando se tratava de um jovem médico londrino muito bonito que fazia certas coisas – ah, aquelas coisas – com as mãos e era capaz de fazer seu coração cantar só com sua presença...

E que voltaria em breve para Londres, depois de provar para si mesmo – e para a noiva – que era um profissional brilhane e dedicado, como na verdade era.

O mais prudente seria ficar bem longe de Reilly Stanton.

E até agora havia conseguido um bom resultado em relação ao seu objetivo. Ela passava a maior parte do tempo na cabana, e ele, no dispensário. Não havia a menor possibilidade de se encontrarem, pois ela nem ia aos cultos para evitar novo sermão do reverendo Marshall e da esposa. Graças a Lorde Glendenning, eles ficaram sabendo que ela morava sozinha na Cabana do Riacho, sem o consentimento dos pais e que mentia para a família havia meses. O reverendo Marshall era o tipo de pessoa capaz de escrever uma carta aos pais dela contando tudo o que estava acontecendo.

Por isso teve de fazer um investimento que se mostrou valioso. Pagou dez xelins a Stuben que, antes de levar o malote para Lochalsh, entregou-lhe a correpondência mandada pelo pastor. Ela tirou a carta que seria enviada para sua família e queimou-a na lareira. O pastor poderia estranhar não receber uma resposta, mas certamente se sentiria insultado pela afronta e nada mais escreveria.

Ah, se o problema com Reilly Stanton pudesse ser resolvido tão facilmente. Por mais que ela se controlasse para se esquecer dele, ficava apavorada devido à frequência com que pensava no beijo que haviam trocado. Na verdade, era difícil tirar o jovem médico de sua mente. Às vezes, mergulhada no trabalho, começava a pensar nos olhos e nas mãos de Reilly Stanton...

As mesmas mãos sobre as quais estava curvada naquele momento, fazendo um curativo. O ferimento nos dedos era profundo e doloroso, o que o impediria durante algum tempo de fazer cirurgias complicadas.

O que era uma pena. Brenna estava convencida de que Reilly Stanton era o cirurgião mais qualificado que já vira.

E como ele também era o homem mais caridoso que ela conhecia, com possível exceção de seu pai, desconfiara que o encontraria no casebre dos Mackafee, quando a senhora Murphy lhe contou a respeito da visita de Shannon ao dispensário.

E foi exatamente com o que se deparou: Shannon Mackafee segurando um guinéu de ouro, provavelmente mais dinheiro que a família dela havia visto junto em uma década; Harold Mackafee, esborrachado no chão; e Reilly Stanton com os nós dos dedos sangrando.

– Esse dedo precisa de uma sutura. – Brenna se curvou sobre o ferimento.

– De jeito nenhum – Reilly disse, rindo. – E ficar com uma cicatriz horrível em minha pele imaculada?

– A marca será muito maior se você deixar do jeito que está.

– Não, obrigado. Tenho o maior respeito por sua experiência médica, mas no que se refere aos seus talentos ditos domésticos... – Reilly arqueou sugestivamente as sobrancelhas. – Bem, digamos que prefiro correr o risco de uma infecção por deixar a ferida aberta.

– O que está pretendendo dizer com isso? – Brenna indagou, carrancuda. – Você viu como suturei Lucais e até me cumprimentou por isso.

– Mas se não estou enganado, Lucais é um cão.

Brenna continuou de testa franzida. O que havia de errado com ela? Nem mesmo queria suturar nenhum dedo daquela mão estúpida. Quanto antes se afastasse dele, mas feliz ela seria. Então por que não deixava o assunto morrer?

– E o que há de errado com meus talentos domésticos? Creio que cuido muito bem de minha casa.

Reilly, de onde estava sentado, observou o recinto. A mesa, apesar de rústica, não tinha nenhuma mancha. Havia fogo na lareira, onde sempre havia uma chaleira com água para o chá. A chuva que batia nas janelas de vidros facetados produzia um som agradável que realçava o calor aconchegante da cabana.

– Suponho que sim – Reilly disse ao acaso. – Mas toda vez que venho aqui fico intrigado com um barulho estranho. – disse ele e olhou para as vigas lá no alto.

Brenna seguiu o olhar dele.

– Ah, é só o Joe... – ela se interrompeu ao perceber como devia estar parecendo ridícula.

E Reilly retrucou de imediato.

– Exatamente. *Só o Joe.* Eu lhe digo que há um pássaro voando solto em suas vigas, e você me responde que "é só o Joe".

Brenna fez uma careta, pegou a tigela com água e sabão que usara para limpar a ferida, saiu da mesa e foi para a pia.

– É um dos bichinhos de meu irmão – Brenna explicou, sem saber por que o fazia. – Quando fomos para Londres, ele deu o corvo para Hamish, mas ele não quis ficar na casa do garoto. E quando voltei, bem, ele é uma criatura que não perde os hábitos.

– Altamente anti-higiênicos – Reilly declarou.

Brenna não sabia se ele falava a sério ou se estava fazendo graça. Essa era uma das coisas que o tornavam irresistível, infelizmente.

Mas ela resistiria.

Ela enfiou a tigela na água gelada do fundo da pia.

– Ele é educado – Brenna afirmou. – O que não se pode dizer de muitas pessoas aqui de Lyming. Por isso não há nada anti-higiênico nisso.

– Quantos irmãos você tem? – Reilly fez uma pergunta inesperada.

– Quatro – ela respondeu, desconfiada. Afinal, depois que saíram da casa dos Mackafee, Reilly não havia encostado nela, nem tocado naquele assunto que ela não esquecia: o que aconteceu da última vez em que haviam ficado a sós.

Ela, que só fora beijada antes por Lorde Glendenning e a contragosto, imaginava que o beijo nada havia representado para Reilly. Ele já fora comprometido e certamente já tinha beijado dezenas de jovens, ou pelo menos uma delas, dezenas de vezes. Aquele beijo no salão de baile de Lorde Glendenning não teve nada de extraordinário para ele.

Apesar desse raciocínio, não acreditava nisso. Viu o rosto dele quando o empurrou. Havia desejo ardente no olhar de Reilly.

– Quatro irmãos – Reilly repetiu, às suas costas. – Todos mais jovens?

Brenna anuiu, prestando atenção na água com sabão.

– O mais velho tem dezessete anos, e o mais novo, sete.

– O de dezessete deveria ter ido para a universidade e não para a Índia.

– Ele quis acompanhar meus pais. – Brenna deu de ombros.

– Hum.

– Foi uma oportunidade única e imperdível – Brenna alfinetou.

– Não precisa se irritar. Não estou criticando seus pais. Meu Deus, como você os defende! Bem, e agora? O que vamos fazer?

Brenna deixou a tigela bem lavada no secador.

– Sobre meus irmãos? – Espantada, ela o fitou por cima do ombro.– Não há muito a fazer. Eles voltarão em um ou dois anos. Robbie poderá ir para a universidade depois.

Reilly revirou os expressivos olhos negros.

– Não estou falando a respeito de seus irmãos, mas de você e de mim.

– Ah. – O coração de Brenna disparou com tanta força que ela teve de se apoiar na pia, esperando que ele não notasse suas mãos trêmulas.

– Não vejo nada que se possa fazer – ela disfarçou, com a voz falhando – exceto... ficarmos afastados um do outro.

O comentário fez que Reilly respirasse fundo, e ela ouviu algo que pareceu ser um movimento brusco da cadeira. De costas para ele, Brenna não imaginava o que ele estava fazendo.

– E por que deveríamos ficar afastados um do outro? Não vejo motivo.

Brenna olhou para suas mãos. Não eram finas como as de uma dama. Eram bem feitas, mas havia unhas quebradas, e a pele tinha rachaduras por mexer na água fria.

– Não seja ridículo. – Brenna ficou satisfeita por estar conseguindo controlar a voz. – Como você mesmo disse, é um homem comprometido.

– Eu "era". Não tenho mais nenhum compromisso.

Brenna sacudiu a cabeça.

– Você estava com o coração partido, quando veio para cá. Não precisa disfarçar. Eu não quero ser a...

– Pelo amor de Deus, Brenna – Reilly a interrompeu. – Peço que me escute por um minuto. O fato é que gosto bastante de você, mesmo quando é teimosa, como está sendo agora e sei que você gosta de mim. Pelo menos, mais do que gosta de Glendenning. Francamente, não sei por que não posso anunciar minha pretensão. Nós temos muita coisa em comum. Sou um médico, e você é filha de outro médico. Nós dois gostaríamos de ver o fim das epidemias, do uso indevido de armadilhas para lobos... e coisas do gênero. Não me parece que seria uma completa tragédia, você e eu...

– Seria. – Brenna se virou para Reilly, rezando para que ele não percebesse as batidas descompassadas de seu coração. Quando ele começou a falar, ela não estava acreditando no que ouvia. Ele gostava bastante dela. Pouco importava essa história de teimosia. Ele disse que gostava dela!

Mas o que isso significava? Não mudava nada. Ele era londrino, tinha aparência citadina e voltaria para Londres assim que se achasse capaz. Se ela lhe dissesse isso, ele negaria. Mas os londrinos sempre voltavam à sua vida fácil do sul. E mesmo que Reilly exigisse, ela não poderia acompanhá-lo. Tinha pela frente um trabalho importante que exigia concentração total.

Brenna também devia evitar que fosse cortejada pelo novo médico de Skye, para evitar falatórios. Reilly estava na ilha havia quatro meses e, pelos padrões de Skye, era considerado um recém-chegado.

Ela tentou explicar isso, mas era difícil por causa do rugido em seus ouvidos. "Ele gostava dela! "Ele gostava dela!"

– Confesso que é difícil morar sozinha e só continuo aqui porque as pessoas me conhecem desde que nasci e, de certa forma, dependem de mim. Para o povo da aldeia não sou uma mulher, sou a senhorita Brenna, a filha do doutor Donnegal. Acredite, se eu começar a receber pretendentes, não faltarão comentários.

Reilly estava sentado com um pé na cadeira ao seu lado e o outro no chão. Pôs os dois pés no chão e apoiou os cotovelos na mesa.

– Brenna – ele começou pausadamente. – Se está lembrada, sugeri a você há algum tempo, que era preciso que uma viúva ou outra mulher ficasse aqui e...

– Não posso trazer ninguém para cá. Tenho minha pesquisa...

Ele levantou as mãos e recostou-se na cadeira, desgostoso.

– Ah, de novo esse assunto.

– Reilly – Brenna se desesperava. – Escute, você pensa que conhece essa gente, mas não conhece. Nós só podemos conhecê-los, se passarmos pelo que eles passaram. A epidemia de cólera do ano passado varreu esta ilha como um vendaval e matou um terço da população. Você não pode imaginar como o povo ficou apavorado e supersticioso depois disso. Cólera não é como a escarlatina. Eles nunca haviam visto nada igual. Por que acha que eu percorro as sepulturas no meio da noite para anotar os nomes dos mortos em meus gráficos? Por que pego amostras de solo à noite, quando todos estão dormindo? Ninguém quer ter lembrança do que houve. E isso não acabou. Assim que vier o calor, a doença retornará, e quero estar pronta para enfrentá-la...

Reilly se levantou, e os pés da cadeira rasparam no chão...

– Entendi.

Brenna, imóvel, viu na expressão dele algo além de desapontamento. Seria raiva? Suspirou, ao ver que ele ainda não havia entendido.

– Você me disse hoje que uma mulher não entenderia por que você agiu daquela maneira com Harold Mackafee. Bem, também há uma coisa que um homem não entenderia. Existem mulheres que querem fazer algo mais para contribuir com a humanidade, do que apenas ter algumas bocas para alimentar. Já lhe ocorreu isso?

Reilly arqueou as sobrancelhas, parecendo surpreso.

– Se eu fosse homem – Brenna continuou, emocionada, sem saber o motivo – e dissesse para você que minha pesquisa era mais importante do que namorar ou formar uma família, você me admiraria. As pessoas diriam "Ah, como ele é dedicado. Ele faz esforços incansáveis para a erradicação dessa doença". Se eu fosse homem...

– Muito esperta – Reilly retrucou. – Se você fosse homem, eu não estaria apaixonado por você, portanto, esta conversa é inútil.

Então, para surpresa de Brenna, Reilly atravessou o recinto com três passadas rápidas, segurou-a pelos ombros e apertou-a de encontro ao peito. Antes que ela percebesse o que estava para acontecer, ele a beijou como se o tempo não houvesse passado e eles estivessem de novo no salão de Lorde Glendenning.

Ela ficou ainda mais perplexa do que naquela noite, pois Reilly, além de beijá-la, disse que estava "apaixonado" por ela.

A maneira natural como ele se declarou causou um impacto muito maior do que os arroubos dramáticos de paixão de Lorde Gelndenning. Reilly a amava. Estava apaixonado por ela e a beijava sem mostrar nenhuma intenção de parar... e ela, usando calças, de cabelos desgrenhados por causa da chuva e as mãos rachadas pelo contato contínuo com a água gelada.

– Droga. – Reilly ergueu a cabeça de repente. – Mas o que é essa barulheira?

Brenna piscava, sonhadora, ouvia e tudo o que ouvia era a repetição das palavras dele: "Estou apaixonado por você. Estou apaixonado por você. Estou...".

– Ah – ela disse de repente. – Também escutei.

Além do barulho da chuva nas venezianas e da correnteza, havia outro som, uma voz que a chamava.

– Hamish. – Brenna se desvencilhou das mãos de Reilly, correu e pegou a capa que ainda estava pingando, pendurada em um gancho na porta da entrada. – É Hamish.

– Hamish? – Reilly parecia tão surpreso quanto ela e sacudia a cabeça várias vezes. – Mas o que ele está fazendo lá fora com um tempo assim? Eu disse para ele...

Brenna não ouviu o resto. Abriu a porta e saiu. A chuva, que continuava forte já havia mais de duas horas e a neve derretida que descia das montanhas rochosas tinham transformado o riacho num rio caudaloso, com uma correnteza forte o suficiente para levar qualquer cordeiro que se aventurasse a ir, com as pernas bambas, para as margens.

E era exatamente o que acontecia. Através da chuva pesada, ela reconheceu Hamish, que corria pela margem do rio e tentava em vão segurar com seu cajado de pastor uma pequena criatura que se debatia nas águas turbulentas. Em seu desespero, o menino gritava por Brenna sem parar.

– Deus nos ajude – Brenna murmurou.

Hamish prometeu que, devido à cirurgia, faria repouso em casa nas próximas semanas. Uma promessa que havia sido quebrada por seu amor pelos animais.

– Espere! – Brenna gritou para o menino, enquanto corria na chuva. – Estou indo!

Apesar da grande preocupação em ajudar Hamish a resgatar o animal indefeso, não podia esquecer o que tinha se passado com ela. "Ele me ama." Ela correu em direção à pinguela. "Deus do céu, ele me ama."

Àquela altura, admitiu que desde a noite em que viu Reilly operando Hamish, ficou apaixonada por ele. Então, depois que ele a beijou, a paixão acabou se transformando em verdadeira idolatria. Ainda bem que não dissera a Reilly como se sentia.

Duas coisas a haviam impedido de confessar. A primeira era não acreditar que um homem do mundo como Reilly Stanton pudesse amá-la da mesma forma como ela o amava. Afinal, para Reilly, ela não era mais do que a filha do antigo médico da aldeia, uma curiosidade de calças e botas que possuía um ligeiro conhecimento de medicina e tivera a infelicidade de atrair a atenção do conde local.

Nunca ousou, nem em seus sonhos mais malucos, imaginar que Reilly a amasse.

No entanto, apesar dessa confiança, sua alegria era abafada por um segundo fator. Reilly jamais ficaria em Skye. Mesmo que o inacreditável acontecesse – e acontecera, ele a amava – ele voltaria para Londres.

E ela jamais poderia abandonar a ilha.

– Brenna...

Arfando, Reilly a alcançou na ponte precária, segurando o manto que esvoaçava. O chapéu e a maleta de trabalho haviam ficado na cabana.

– Ainda não descobri – disse ele próximo de Brenna o suficiente para não ter que gritar por causa do barulho – uma maneira de ficar a sós com você. Não a deixam em paz!

Dito isso, distanciou-se e dedicou a atenção a Hamish, que chegava correndo.

– Meu rapaz, eu lhe disse para ficar em casa durante algumas semanas – Reilly advertiu o menino com seriedade.

– Eu sei – disse Hamish, sem ar. – Mas alguém tinha que cuidar de meus cordeirinhos. E veja em que confusão nós nos metemos. Lucais foi atrás daquele e também está sendo arrastado pela correnteza. Olhe! – ele apontou.

O menino parecia ainda menor e mais frágil com a cabeça raspada coberta por um chapéu enorme.

Brenna se curvou sobre a cerca da ponte e observou a água que descia aos trambolhões. Nisso ela viu que um pequeno corpo cinzento que lutava para manter a cabeça para fora da água e que se aproximava deles, batendo nas rochas. E atrás dele, um clarão branco e preto, também sendo jogado contra as pedras.

Lucais.

– Oh, Deus – Brenna inspirou fundo.

– Ele pulou atrás do cordeiro – disse Hamish num lamento.

– E foi arrastado pela correnteza. – Reilly deu alguns passos e tirou a capa. – Não se preocupe. Eu o pegarei.

– O senhor pega Lucais. – Hamish seguiu o jovem médico. – Eu vou atrás do cordeiro.

O menino começou a tirar o casaco...

– Não! – Brenna gritou, correndo atrás dele. – Não saia daí, Hamish.

Hamish a olhou como se ela houvesse perdido o juízo.

– Mas o doutor Stanton não pode pegar o cachorro e o cordeirinho ao mesmo tempo – o menino explicou pausadamente, como se falasse com um débil mental. – Ele não tem braços suficientes para isso.

Brenna, já na beira da água, começou a descer a ribanceira.

– Pegarei o cordeiro – ela gritou para Reilly, mais alto do que o rugido da correnteza. – Vá atrás de Lucais.

Reilly, já com a água na altura das coxas, berrou para ela não fazer aquilo. Na verdade, ele a chamou de paspalha e teimosa, em tom desagradável. Tarde demais. Ela já havia entrado na água gelada do riacho e tentava interceptar o filhote que nadava com dificuldade em direção a ela.

O bichinho, consciente do perigo e exausto pelo esforço de manter a cabeça para fora da água, ainda teve energia de lutar contra a tentativa de Brenna de salvá-lo, mas acabou afundando. Brenna, apavorada diante da possibilidade de o pequeno animal passar por entre suas pernas e ser levado para longe, abaixou-se na água para agarrar o corpo lanoso.

Conseguiu pegá-lo, mas foi por pouco. Um instante depois, ela se endireitou, segurando o cordeiro, que ainda se debatia, sem forças.

– Eu o peguei – ela gritou para Reilly e logo viu que o médico também enfrentava problemas.

Lucais estava tão assustado quanto o cordeiro e era bem maior e mais pesado que o ovino. O cão, exausto e com frio, sem conhecer bem seu salvador, se debatia, tentando se soltar. Finalmente ele conseguiu, mas afundou três vezes seguidas. Afinal desistiu e ficou flutuando na água, com o olhar vidrado...

Reilly então se virou e agarrou o cão pelo rabo, um instante antes que o animal colidisse com um dos suportes que mantinha a ponte no alto.

Lucais ergueu a cabeça e olhou para Reilly, sem muito entendimento. Mas logo o cachorro se recuperou e não lutou mais contra seu salvador. Chegou até a bater as patas na água, enquanto Reilly voltava para a margem, esgotado. Então se largou no chão junto com o cão, e Hamish, feliz, dançou em volta dele.

– Espero que você – Reilly disse para Brenna, assim que conseguiu respirar – tenha um pouco de uísque em sua casa.

18

Na verdade, Brenna tinha bastante uísque em casa.

Ela bateu a garrafa na mesa diante de Reilly.

E saiu da sala, murmurando alguma coisa a respeito de vestir uma roupa seca.

Ah, que importam as boas maneiras, ele refletiu ao levar o gargalo da garrafa à boca com a mão trêmula de frio. Afinal, boas maneiras eram raras em Skye. Até mesmo Hamish – por quem haviam arriscado a vida para salvar aquele maldito cachorro e o idiota do cordeiro – não lhes agradeceu. O menino apenas arrancou o bicho das mãos de Brenna e o enfiou, molhado e pingando, debaixo da própria camisa para aquecê-lo. Em seguida, assobiou para Lucais que, após um momento de descanso, se sacudiu, ficou em pé e seguiu o dono. As advertências de Brenna para que ele entrasse na cabana, se enxugasse e tomasse uma xícara de chá quente não tiveram resposta. O menino, o cachorro e o cordeiro saíram correndo.

Reilly sabia que a retirada rápida de Hamish foi uma estratégia para escapar de uma descompostura por ter saído na chuva com o ferimento ainda por cicatrizar. E Reilly o preveniu com severidade sobre o perigo de enfrentar um tempo inclemente como aquele.

Nem por isso o garoto devia ter se afastado sem um agradecimento.

Aquele parecia ser o costume em Lyming. Era possível que na mente de Hamish o agradecimento estivesse implícito. E o que Brenna pensava ao deixar Reilly encharcado perto do fogo, sem ao menos lhe oferecer uma toalha, enquanto ela ia para o quarto se trocar? Ora, não havia nada de implícito nisso.

Ah, pouco importava. Haveria muito tempo para ensiná-la a ser uma anfitriã cortês... depois que se casassem.

Por que, ele decidiu, eles iam se casar. Não tinha certeza de quando tomou essa resolução. Devia ter sido quando viu Brenna entrar no rio gelado e turbulento – sem se queixar – com esperança de salvar um animal praticamente afogado. Nunca havia visto uma mulher arriscar o conforto e a segurança dessa maneira. Era algo que estava além de sua compreensão. Sua mãe, as irmãs – e até Christine, que professava amor por todas as criaturas de Deus – jamais se exporiam a tal perigo. Brenna era uma mulher sem igual, e ele faria de tudo para não perdê-la.

No entanto, a maneira de abordar o assunto matrimonial com Brenna lhe parecia nebulosa. Brenna havia sido categórica. Afastaria qualquer empecilho que ameaçasse sua pesquisa científica. Pelo que haviam conversado antes que ele a beijasse, Reilly teve a impressão de que o casamento se enquandrava na categoria de "impedimento" à ciência.

Seria preciso encontrar uma maneira de dissuadi-la dessa noção absurda.

Instantes depois, Brenna saiu do quarto pisando forte e atirou algumas peças de roupa na direção de Reilly. Ela mesma ainda não tinha se trocado.

– São roupas de meu pai e devem servir em você. Acho que os dois são do mesmo tamanho.

Reilly examinou o traje com as sobrancelhas arqueadas. Ele se enganou. Brenna não era uma jovem indelicada. Primeiro ela se preocupou com o uísque e depois com a roupa.

– Obrigado e... – Really se interrompeu. Brenna voltou para o quarto e, tomara Deus!, vestiria algo bem feminino. Na verdade, ele admirava as calças que ela usava, mas gostaria de descrever uma vestimenta mais adequada para os filhos quando lhes contasse o que a mãe estava usando quando o pai a pediu em casamento.

Reilly examinou o que Brenna lhe trouxe. O pai dela, como médico, se vestia na moda. O calção era de lãzinha verde-musgo. A camisa era de linho fino e o colete, confeccionado por um alfaiate. Peças muito bonitas para um médico interiorano.

Fez um esforço para ficar em pé e começou a tirar, primeiro, as botas ensopadas e depois o calção encharcado, refletindo que, desde que foi para aquele lugar diferente, algumas vezes tedioso e outras, divertido, teve que mergulhar várias vezes. Desde o quase afogamento de Stuben até aquele dia. Esperava sinceramente que as vítimas que salvou dessa vez continuassem a levar uma vida mais proveitosa do que Stuben, que ainda flutuava em meio a bebedeiras. No caso de Lucais, seria isso mesmo. Nunca se viu um cachorro mais alegre e trabalhador do que aquele.

Reilly estava preocupado com o cordeiro. Ele teria que comprar o animal dos MacGregor depois de ver sua amada – não importava o que ela diria, mas ele a chamaria de "amada" – chegar a extremos para salvá-lo. Não haveria de permitir que o coitadinho virasse jantar de Páscoa.

Trocou-se e olhou pela janela. O céu estava mais escuro do lado de fora dos vidros facetados. Anoitecia e não parava de chover. Teria fechado as portas do dispensário, se não estivesse em uma visita e imaginou o que a senhora Murphy estaria preparando para o jantar. Duvidava que Brenna tivesse uma comida apetitosa. Seria esperar demais que uma mulher com espírito científico também possuísse talentos culinários.

Nisso Brenna saiu do quarto, vestindo um traje que ele não conhecia. Era de veludo azul-marinho, de corpete justo e, para mal dos pecados, abotoado até o pescoço. Ela prendeu os cabelos molhados em um coque alto e os fixou com uma presilha que brilhava à luz das chamas. O efeito deu a Reilly uma pequena ideia da aparência de Brenna com a tiara Stillworth, de diamantes e safiras. O ornamento ficaria perfeito.

Brenna se aprontou mais depressa do que Reilly, que acabava de tirar a camisa molhada pela cabeça...

Foi então que ela viu as "lembranças" que Lucais deixara nele.

– Oh, Deus! – Brenna levou as mãos à boca. – O que foi que houve?

Reilly largou a camisa, olhou para baixo e viu as marcas deixadas no peito pelas unhas de Lucais.

– O cachorro se debateu muito enquanto eu o segurava.

Brenna se aproximou depressa, não para observar o peito exposto, Reilly calculou, aborrecido. Mas para limpar os ferimentos.

Uma lástima. Sua vida era assim mesmo. Uma lástima.

– Espere – ela pegou um chumaço de algodão e molhou-o na água limpa – Deixe-me ver as outras.

– Santo Deus! – Reilly se sentiu desmoralizado. – Não foi nada.

Brenna fez uma careta para demonstrar o que ela pensava do embaraço dele.

– Eu já o vi sem camisa antes. – Ela o lembrou. – Na primeira vez em que nós nos encontramos. Por isso, deixe de ser bobo. Esses ferimentos estão longe de ser nada. Sente-se.

– Brenna...

– *Sente-se!*

Brenna se postou diante dele e o empurrou para baixo pelos ombros. Reilly teve que se sentar em cima da mesa, não porque ela o obrigava – ela era bem grandinha, mas não *tão* grande assim –, porque o toque dos dedos dela em seus ombros desnudos deixavam suas pernas bambas.

– Assim está melhor. – Ela começou a passar o algodão nas arranhaduras do peito. Para fazer a limpeza, ela teve que ficar entre as pernas de Reilly.

Reilly se sentiu mais animado e elevou uma prece silenciosa em agradecimento aos céus porque, de todos os cachorros do mundo que podiam ter caído no riacho naquele dia, aconteceu de ser justamente aquele que se revoltou por não saber que estava sendo resgatado. Os cortes que horrorizaram Brenna não passavam de arranhões superficiais; sangravam um pouco, mas não doíam. Se eles davam a impressão de serem mais graves do que eram, não deixava de ser uma ótima oportunidade de se encantar com essa mulher deliciosa e inteligente que estava ao seu alcance.

– Dói muito? – Brenna perguntou com ansiedade, enquanto dava pancadinhas leves com o algodão molhado.

– Muito – disse Reilly exagerando, notando que os cílios negros de Brenna eram longos e curvos nas pontas. Uma lástima que o vestido fosse fechado até o pescoço. Caso contrário, ele teria uma vista belíssima ao abaixar a cabeça.

– Desculpe – disse Brenna. Descartou o chumaço de algodão ensanguentado e pegou outro. Como a pilha estava em cima da mesa, ela teve que se abaixar por cima de Reilly, pressionando suavemente seu braço com um dos seios admiráveis ocultos pelo veludo. – Eu devia ter imaginado que Lucais ficaria com medo por não o conhecer direito. É um cão amigável, mas quando está assustado...

– Oh! – exclamou Reilly, que olhava para a nuca de Brenna enquanto ela fazia o curativo. – Não é nada.

O pescoço de Brenna era alvo, delgado e comprido. Alguns fios do cabelo avermelhado estavam soltos e cacheados na nuca. Talvez pela excitação que o tomou – afinal, estava sem camisa e com uma mulher entre as pernas –, os finos e sedosos fios de cabelo de encontro à pele clara pareciam altamente provocantes. Teve vontade beijá-la ali.

E por que não o faria? Não estavam sozinhos? A noite chegava, chovia, e eles estavam secos e protegidos dentro da cabana. Tecnicamente a casa era dele.

E quando a beijou antes, ela não ofereceu muita resistência. Tentou resistir, mas sem convicção. Exceto por aquela história de provar a teoria ridícula do pai. Nisso ela tinha absoluta convicção.

E os beijos? Não havia tido a impressão de que ela os achara repulsivos. Pelo contrário. Brenna correspondeu.

Por isso ele se inclinou para a frente, fingindo concentração, e pôs os lábios na nuca de Brenna, na linha onde os cabelos contrastavam com a pele translúcida.

A reação violenta de Brenna faria qualquer um supor que ele a havia beslicado. Num ímpeto, ela levantou a cabeça e por pouco não se chocou com o queixo de Reilly. Lançou a mão na nuca como se estivesse matando um mosquito e encarou o médico com olhos arregalados e acusadores.

– Não – disse ela, indignada. – Na verdade, não devemos. Pensei que eu já...

Brenna estava tão próxima dele que era possível sentir seu calor e a mesma fragrância suave da noite do jantar de lorde Glendenning. Perto deles, o fogo crepitava alegremente e a chuva batia nas venezianas com ruído agradável. Resistir seria pedir demais a Reilly. O que ele podia fazer a não ser enlaçá-la pela cintura?

E como não puxá-la de encontro a si até as pernas de Brenna pressionarem aquela sua parte que endurecia prazerosamente?

E ao perceber as mãos dela espalmadas em seu peito nu – como numa tentativa de empurrá-lo –, por que não lhe beijar os lábios?

E quando as línguas se encontraram e aqueles dedos deixaram de empurrar para ao contrário puxar, como se Brenna não se contentasse com o pouco que tinha nas mãos, por que não sentir um jorro de triunfo e não pensar "agora ela é minha"?

Porque, afinal, ela era.

Brenna sabia disso. Entendeu a situação desde que o viu sem camisa sob o brilho das labaredas, da mesma forma como aconteceu na primeira noite na taverna. Ela havia acompanhado o pai em inúmeros chamados e viu muitos peitos masculinos desnudos, mas nada que se assemelhasse ao físico de Reilly. Músculos rijos, cobertos por uma camada fina de pelos que começava abaixo da linha da cintura e se alargava gradualmente até rodear os mamilos chatos e castanhos. Brenna ficou imóvel, exatamente como aconteceu da primeira vez, embora na época, ela tomasse cuidado para não demonstrar sua admiração. Ela nem mesmo notou os arranhões, até ele se virar um pouco e as chamas os deixarem à vista em alto relevo.

Mesmo assim, resoluta, tratou de afastar a atração, concentrando-se na limpeza dos ferimentos. E como foi difícil ficar parada entre as pernas de Reilly, procurando não sentir o grande calor que emanava dele, enquanto passava o algodão molhado nos arranhões longos, mas pouco profundos.

Ah, e seu cheiro! Era a fragrância pura e fresca do sabão da senhora Murphy, apesar de Reilly ter ficado exposto à chuva e ao vento o dia todo. E também foi árduo ignorar o perfume enquanto cuidava dos cortes feitos pelas unhas de Lucais. Quando se curvou mais para perto dele, não pôde deixar de notar o ritmo uniforme da respiração que fazia expandir e encolher seu peito. Nem o tamanho dos músculos que formavam os bíceps naquele momento em repouso, mas que se tornavam bastante imponentes... quando flexionados.

E como poderia deixar de perceber a respiração suave na nuca? Ficou toda arrepiada, mesmo antes que ele a tocasse.

Era evidente que teria de ficar arrepiada. Aquele era o homem que havia meia hora lhe dissera que a amava. Ele estava apaixonado por ela! Ela, Brenna Donnegal, certamente a jovem mais excêntrica de toda a Inglaterra. Reilly Stanton, incrivelmente belo, um espécime perfeito de homem, a amava!

E o que ela estava fazendo a respeito desse fato?

Nada. O que ela podia fazer? Sua missão era muito importante, e seria impossível postergar sua meta.

A menos...

Aqueles ombros eram tão largos, tão fortes! Perfeitos para que uma jovem descansasse neles a cabeça.

Nisso Reilly a beijou. Um beijo leve e num ponto pouco erótico. A nuca. E foi como se um relâmpago lhe percorresse a espinha. Ela se endireitou como uma boneca no final da corda, com todos os nervos do corpo vibrando pelo choque.

E quis protestar, quando ele a puxou para si.

Mas com um simples beijo ele transformou não apenas sua coluna vertebral, mas também sua força de vontade em geleia. Ele a fazia girar, como MacAdams enrolava diariamente a carretilha. Tentou empurrá-lo, mas em contato com a pele nua – a pele nua de seu peito que ela desejou tanto sentir desde o momento em que o conheceu – a vontade de lutar a abandonou e só lhe ocorreu quando os lábios dele tocaram os seus, que a noiva dele devia ser louca para desprezar um homem como aquele...

Reilly, embora nunca houvesse experimentado néctar – que lhe lembrava melado, de que não gostava –, poderia jurar que esse era o sabor de Brenna. Já ouvira muitas poesias românticas e imaginava que o néctar fosse uma coisa tão boa quanto a que experimentava naquele momento.

Brenna Donnegal era tão deliciosa que Reilly gostaria de prová-la em porções maiores. Tão grandes, que não seria capaz de apenas continuar beijando-a. Ele queria bem mais do que isso.

Dessa vez, não houve interrupções. Continuava a chover, e já era noite. A época de nascimento dos cordeiros havia terminado, e pelo que lembrava nenhuma mulher estava prestes a dar à luz. Se outro cordeiro caísse no rio, ninguém conseguiria salvá-lo, pois estava muito escuro. Eram apenas Reilly e Brenna, e ele pretendia aproveitar essa ocasião rara.

Por isso, obedeceu ao impulso que lhe ocorreu no momento em que a viu sair do quarto.

Teria que despi-la.

Foi um ímpeto ao qual ele nem pestanejou se entregar, e começou desabotoando o corpete com dedos ágeis e precisos. De início, Brenna não pareceu perceber o que estava acontecendo, conforme era a intenção de Reilly. Ele a manteria ocupada com o beijo – tarefa que ela executava com perfeição –, enquanto completava seu objetivo com rapidez.

Beijar Brenna era simples. Tirar-lhe o vestido, nem tanto, como ele logo descobriu. Ora, de todas as roupas que ela devia ter, por que foi escolher justo *aquela*?

– Reilly – ela murmurou, sem afastar dele os lábios, enquanto ele – um cirurgião que empunhava um bisturi com segurança – se atrapalhava com o sexto ou sétimo botão, sendo que havia muitos mais.

– Psi... – ele procurava acalmá-la e intensificou o beijo.

Pronto. Conseguiu. Esse último botão estava na altura do V entre os seios. Se Brenna se opusesse a ele continuar, deslizaria então a mão por dentro do corpete e a acalmaria de novo. Pelo que se passou entre eles no salão de baile de Glendenning, Reilly havia percebido que ela era facilmente excitável.

Brenna também sabia disso, ainda mais que ele a beijava e usava os dedos – com o máximo de eficiência – para fazer o que não devia. Como, por exemplo, tirar-lhe a roupa. Brenna não queria ser despida, se fosse para sentir o calor imenso que o peito de Reilly irradiava. Ela estava convencida que desapareceria numa onda de fumaça. Bastava um sopro, e ela se desintegraria como um graveto na fogueira.

Por que deixar que Reilly a beijasse daquela maneira? Era um erro. Os beijos de Reilly Stanton afastavam de sua mente qualquer outro pensamento que não fosse... Reilly Stanton. E isso não podia ser uma boa coisa. Podia?

Assim como os dedos que ela sentiu roçar nas laterais de seus seios. Ali não era o lugar deles, era? Quando estava a ponto de protestar, aqueles dedos fizeram algo que não lhe pareceu justo. Mergulharam dentro do corpete e acariciaram a pele alva de seu peito. Aquilo não podia estar certo, podia?

Nisso ela achou que havia acontecido um milagre. Reilly soltou mais um botão do corpete, e os seios de Brenna se revelaram diante do brilho das chamas e daquelas mãos ansiosas. A partir daí, tudo lhe pareceu perfeito. Era como se as palmas das mãos de Reilly houvessem sido feitas para envolver seus seios, levantá-los e acariciar um e outro, inclusive os mamilos. As restrições de Brenna quanto aos carinhos íntimos ainda não estavam esquecidas, mas era tão bom, então por que pedir para que Reilly parasse? Ainda mais depois de ouvi-lo emitir um gemido e entender que ele desejava tocá-la tanto quanto ela queria que ele o fizesse.

Santo Deus, a sensação dos dedos de Reilly em sua pele nua fez que Brenna encolhesse os dedos dentro dos sapatos. Era como se seus cabelos formigassem e ganhassem vida, embora continuassem sendo os mesmos cabelos de sempre. A maneira como o restante de seu corpo reagia teria apavorado as meninas do Seminário Londrino para Jovens da senhorita Laver. Os lóbulos de suas orelhas intumesceram novamente e seus seios, ah, como haviam desejado ser tocados por Reilly!

E não era só isso. Aquela tensão inconfundível na região entre as pernas fez que Brenna notasse, com interesse mas também com a imparcialidade de uma verdadeira cientista, que havia uma correlação direta entre essa tensão, os beijos de Reilly e o local onde ele punha as mãos. Essa constrição parecia aumentar com as carícias exploratórias de Reilly e liberava, sob os vários graus de intensidade, uma umidade sedosa que parecia se acumular na nesga de reforço de sua calcinha. Essa parte de seu corpo era a que parecia desejar mais o toque de Reilly. E ela, embora fosse virgem, não ignorava que parte do corpo dele corresponderia a essa área particular que se inflamava de tentação. Brenna sentiu no abdome a forte pressão do membro de Reilly, através do tecido de seu vestido e da lã do calção dele.

Brenna supôs que devesse ficar assustada. Era uma situação em que não tinha a menor experiência pessoal para fazer uma avaliação objetiva. Mas sua sede de conhecimento suplantava qualquer trepidação que pudesse estar sentindo, e o desejo preponderante de experimentar o corpo desnudo de Reilly contra o seu ultrapassava qualquer outro receio.

Por isso ela fez aquilo que lhe pareceu natural e que os dois queriam. Através do tecido do calção, encostou a mão na parte rígida dele que desabrochava.

Essa pareceu a Brenna uma maneira correta de proceder, pois Reilly deu um gemido gratificante, afastou os lábios dos dela e passou-os, quentes e úmidos, pelo pescoço e desceu até atingir um dos mamilos pálidos.

Brenna, num esforço para demonstrar o quanto apreciava aquela generosidade, desabotoou a frente do calção de Reilly, enfiou dentro dele a mão e segurou aquela parte que tanto se esforçava para alcançá-la.

Ela se surpreendeu com o comprimento e a grossura de seu membro, sem mencionar o calor que ele emitia. Reilly, surpreso – mas não ressentido – com a atitude de Brenna, abraçou-a pelos quadris e jogou-a, como fez naquela tarde, sobre um ombro e caminhou, sem a menor cerimônia, em direção à porta do quarto. Brenna começou a ficar nervosa, de modo nada científico, com a perspectiva bastante intimidadora que na certa a esperava.

Era possível que a inquietação se devesse ao fato de os lábios de Reilly não estarem mais em cima dos seus. Ou talvez fosse o calor excessivo das costas dele sobre as quais os seios de Brenna estavam pressionados. Ou quem sabe não seria a memória do que ela estivera segurando por um instante que parecia ameaçadora. Independentemente do motivo, Brenna escolheu aquele momento para dizer, em pânico, como se estivesse sufocada por estar de cabeça para baixo.

– Reilly, acho que não devemos prosseguir. Consideremos o assunto mais um pouco. Isso pode levar a complicações das quais nenhum de nós está precisando agora...

A resposta de Reilly foi deitá-la na cama e, quando ela tentou se erguer, ele a prendeu com o próprio corpo.

19

– Reilly, estou falando sério – Brenna afirmou, com uma ansiedade cada vez maior.

Aliás, uma ansiedade que provou ser transitória, já que sumir no momento em que Reilly pressionou mais uma vez com seus lábios a boca de Brenna. Um fator coadjuvante, sem dúvida, foi Reilly retomar a manipulação de seus seios, como se ainda não estivesse satisfeito.

Como, de fato, não estava.

– Reilly – Brenna resmungou ao sentir que ele passara a beijar seus mamilos. – Pense um pouco. Nós dois temos... tanto trabalho... para fazer...

Brenna acabou descobrindo que era muito difícil falar quando os lábios de um homem se ocupavam com os seios de uma mulher. E ela imaginou, aturdida, o que Reilly estava fazendo. Ele puxou para cima a barra de seu vestido, passou-a pelos tornozelos, joelhos, pelas beiras franzidas da calcinha, pelas coxas e então...

– Você tem razão. – Reilly levantou a cabeça do vale entre os seios de Brenna e olhou para ela.

Como não havia fogo aceso no quarto, apenas a chama de uma vela que ela esqueceu de apagar ao sair, quando foi se trocar, Brenna não conseguiu distinguir a expressão de Reilly.

No entanto, sentia-o perfeitamente. Com dedos pecaminosamente ágeis, Reilly puxou o vestido de Brena até a cintura e deixou uma das mãos muito perto da junção de suas pernas. Aquilo não podia continuar. Não devia.

– Nós dois temos um grande trabalho pela frente.—disse Reilly beijando seu pescoço.

– Reilly, você sabe ao que estou me referindo. – Brenna cerrou os dentes para não fazer o que mais desejava. Impelir sua pelve de encontro à mão que estava entre suas coxas. – Não é isso. É meu...

Brenna não terminou a frase. Reilly moveu a mão e acariciou levemente a costura central da calcinha. Ela sufocou um grito e mordeu o lábio inferior. Oh, Deus! Aquelas sensações existiam! E ela, com os mapas, o microscópio, sem saber durante todo aquele tempo, o que significava estar viva...

– Reilly – dessa vez a voz de Brenna tinha um tom suplicante.

– Está tudo bem – ele assegurou na obscuridade, mas Brenna teve a impressão de que ele sorria. E por que não? Reilly estava sempre sorridente. – Está mesmo, Brenna.

Reilly tornou a beijá-la, embora de outra maneira. Não era mais um beijo faminto e rápido. Foi lânguido, profundo e com propósito diferente. E ela descobriu qual era o objetivo um minuto mais tarde, quando o laço que amarrava a calçola foi desfeito e, antes que ela se desse conta do que estava ocorrendo, Reilly, com uma das mãos em suas coxas, acariciou-lhe a penugem úmida de sua pelve.

Brenna fechou os olhos, sem ouvir a chuva bater no telhado, pois seu coração palpitava com força. Como ela pretendia agir? Não podia, nem queria impedi-lo.

De repente, estava nua, sem o vestido, sem a calcinha. E quando viu Reilly de viés, ele também havia tirado a roupa. E, mais de perto – puramente por curiosidade científica – espantou-se ao comprovar que a pele de Reilly era um pouco mais escura que a sua, mesmo em lugares que seguramente nunca haviam sido expostos ao sol.

Reilly não lhe deu muita oportunidade para observação. Assim que se livrou do vestido de Brenna, pressionou-a contra os travesseiros da cama. Cama que não conheceu outro ocupante a não ser Brenna Donnegal e que seria cenário de seu defloramento, ela pensou, sentindo-se culpada.

Reilly recomeçou a beijá-la com vigor renovado, sem se descuidar do monte de Vênus ruivo. Dessa vez, contudo, não houve exploração. Com leves toques, Reilly conseguiu que ela separasse os joelhos. Sem perda de tempo, ele se posicionou entre eles. Seu corpo era rijo e quente em todos os pontos que estavam em contato com a pele de Brenna. Nas coxas, no ventre, nos seios e nos braços. O que, instintivamente, fez que ela o enlaçasse pela nuca. Ele a beijou com paixão e, entre os beijos, murmurava o nome dela entre outras palavras íntimas, desmanchando seus cabelos com uma das mãos e deixando-os soltos no travesseiro, enquanto com a outra procurava...

Uma fração de segundo depois, Brenna sentiu-o, sólido e pleno, fazendo pressão para penetrá-la. Em vez de ficar receosa, como sabia que todas ficavam, experimentou de novo um ímpeto poderoso de ser tocada ali. Levantou um pouco os quadris e esse pequeno movimento foi suficiente para que Reilly a penetrasse com um sibilo de surpresa.

Brenna achou que não tinha sido tão ruim. Por que as garotas do seminário que tinham irmãs mais velhas e casadas diziam que a primeira vez era terrível?

Ela teve a resposta quando Reilly se movimentou.

Ele não chegou à metade do trajeto e já doía muito. Tanto que ela se perguntou o que Flora ganhou, a não ser uma grande dor, que se tornava ainda maior nove meses depois.

Brenna gritou, e Reilly parou de imediato, pois não tinha intenção de machucá-la. O que foi pior. Com lágrimas nos olhos, ela o insultou e fez menção de empurrá-lo. Reilly segurou-lhe as mãos, pressionou-as no colchão e tornou a se mexer. Brenna sentiu que ele entrava até o fim e ressentiu-se por ter nascido mulher...

Por um segundo. Foi o tempo necessário para que ela percebesse que a dor cedera lugar a uma sensação muito boa.

– Agora você está bem?

Brenna percebeu que Reilly estava imóvel sobre ela e que mal respirava, com receio de machucá-la. Mas era evidente que mantinha a imobilidade às custas de um grande esforço. Apesar do frio no interior do quarto, ela percebeu um brilho de suor na testa de Reilly, além de uma pulsação vigorosa na veia central. Ele segurava os pulsos de Brenna com tanta força que sua impressão era de estar com a circulação suspensa.

Ela pensou na pergunta dele com interesse clínico. Ela estaria bem? Ora, pelo que sabia, era impossível para um homem causar algum rompimento indesejável daquela maneira.

Para responder àquela questão, Brenna supôs que fosse preciso realizar uma experiência e fez um pequeno movimento com os quadris para ver se a dor retornava.

Não voltou. Na verdade, uma sensação gloriosa a percorreu enquanto ela se movia para cima e para baixo, ao redor do membro rígido que continuava parado dentro dela.

Quando Brenna se mexeu, Reilly prendeu a respiração, e a veia de sua testa pulsou com maior violência.

– *Você está bem, Brenna?* – ele tornou a perguntar, dessa vez rilhando os dentes.

– Ao que parece, acredito que sim. – Brenna estava preparada para discutir o assunto mais tarde, se ele achasse necessário.

À única necessidade que Reilly parecia sentir era a de movimentar o pênis que estava implantado com firmeza dentro de Brenna, o que a fez esquecer de raciocinar. De repente, ela se arqueou de encontro ao corpo de Reilly, agarrando sua nuca e deixando a cabeça cair para trás no travesseiro num êxtase letárgico...

Reilly soltou seus braços, tomou seu rosto nas mãos e beijou-lhe a boca enquanto tornava a se mover, chamando-a pelo nome e provocando em Brenna a certeza de que se tratava da sensação mais adorável do mundo... até ele investir novamente e Brenna levantar os quadris para ir ao seu encontro e concluir que melhorava ainda mais.

Reilly se impeliu com maior força e profundidade para dentro do canal estreito, sedoso e úmido, fazendo que a cama se chocasse contra a parede, mas Brenna não deu importância ao detalhe. Recebeu com satisfação o sem-número de investidas eróticas em que ele chamava seu nome com voz rouca e as batidas fortes do coração de um e outro se encontravam através de seu peito.

Foi assim, até o instante em que todos os músculos do corpo de Brenna se retesaram, como uma vara de pescar cujo anzol houvesse ficado preso no numa criatura monstruosa que estivesse a uma grande profundidade da superfície de sua alma.

Mas a criatura não era uma serpente de vinte metros e sim uma onda colossal de prazer apaixonado que tomou conta dela, convulsionando seus sentidos, arrebentando o anzol e envolvendo-a em ondas sucessivas de prazer carnal. Brenna estremecia sem parar e era como se as sòlas dos pés, as pontas dos cabelos, até mesmo as extremidades de seus dedos brilhassem com o fulgor erótico...

Suada, Brenna largou-se plenamente saciada com a última ondulação tremeluzente que a deixava e mal notou que, por cima dela, jazia outra vítima daquela doença maravilhosa.

Reilly levantou o rosto que estava aninhado no pescoço de Brenna, e a vela que ainda não se apagara permitiu que ela visse uma expressão preocupada que era incapaz de ocultar a bem-aventurança.

– Você não vai me recriminar nem acusar, não é? – ele quis saber.

– Pelo que acabamos de fazer? – disse Brenna, pestanejando, sonolenta. Não devia ser nem sete e meia e parecia-lhe que estavam no meio da noite.

– Sim. Porque se estiver pensando em acusações – disse Reilly, levantando um cacho de seu cabelo e examinando-o sob a pouca luz – tenho que lhe comunicar que pretendo me casar com você. Na verdade, acho que tenho pensado nisso desde o momento em que a vi fazendo Stuben voltar à vida. Ah, não importa desde quando. Acho que concordará comigo, assim que recobrar o juízo, que o casamento é o único meio racional de procedermos.

Brenna ficou tensa, mas não chegou a protestar, pois Reilly se adiantou.

– Pelo amor de Deus, Brenna. Não tente fingir que não me ama. Nada disso teria acontecido, se você não me amasse.

Reilly estava certo. Brenna o amava, que Deus a ajudasse. Aquilo não podia ter acontecido. Mas não era por isso que ficara tensa. Naquele momento, ela se deu conta da situação em que havia mergulhado.

Ela, Brenna Donnegal, havia feito amor. Com Reilly Stanton. Havia perdido a virgindade com um homem a quem desprezara havia pouco mais de um mês.

O que seus pais achariam disso?

Seus pais? E o que *Lorde Glendenning* pensaria a esse respeito? Santo Deus, o emprego de Reilly estava em risco e ele falava em casamento! Eles não iam poder permanecer em Skye como marido e mulher. O conde jamais permitiria que tal coisa acontecesse.

No entanto, ela *tinha* que ficar em Skye. Tudo dependia disso. *Tudo*.

Oh, mas como raciocinar com Reilly tão próximo? Céus, ele ainda estava *dentro* dela! O que aconteceria a partir daquele momento? O que ela *havia feito*?

Reilly analisava o rosto de Brenna, à procura de algum sinal de recriminação. E quando a viu fazer uma careta, preparou-se para o que, era óbvio, se seguiria. Ele nunca tinha deflorado uma donzela, mas Shelley, que tinha certa predileção por balconistas mais jovens, deu alguns conselhos a ele e a Pearson. Explicou que as garotas em geral não gostavam de perder a virgindade.

Segundo o amigo, mesmo adorando a experiência, mais tarde elas passavam a chorar e se culpar. E, em geral, elevavam preces à Madona, principalmente se eram católicas. Shelley assegurou aos amigos que uma boa medida era ter sempre consigo um lenço grande, limpo e alguma quinquilharia de diamantes, que poderiam ser empregados como paliativos no momento em que o nome da Virgem Maria fosse invocado.

Reilly tinha um lenço, que devia estar molhado, mas não tinha nenhuma joia. Seria mesmo necessário amansar a virgem com quem pretendia se casar? Shelley, que não se casou com nenhuma das donzelas que havia deflorado, não lhe deu informações sobre como agir nessas circunstâncias.

De qualquer forma, Reilly não esperava ouvir dos lábios de Brenna Donnegal nenhum rosário. Se acreditava no Criador, mantinha a crença consigo mesma. Além do mais, ela não era do tipo que se comovia com quinquilharias. Dependendo das circunstâncias, um microscópio poderoso seria um presente bem mais apropriado. Ou talvez uma viagem até a nova biblioteca de medicina de Paris.

Se bem a conhecia, a hesitação de Brenna nada tinha a ver com raiva de si mesma pelo que haviam feito. Reilly desconfiava que por trás das pálpebras fechadas – ela fingia dormir – acontecia alguma espécie de cálculo mental rápido. Ela devia estar pensando em como evitar a união com ele, para ficar naquela maldita ilha com todos aqueles infelizes Mackafee, Floras, e curá-los na próxima epidemia de cólera. A ideia de Brenna estava estampada em seu rosto!

Haveria uma mulher como ela, desde que o mundo era mundo? Reilly supôs que a rainha Boadiceia era a que mais se aproximava do gênero. Talvez também a rainha Esther. Deus que o amparasse e protegesse dessas rainhas fascinantes, porém assustadoramente ingênuas e sinceras. Como teria sido se apaixonar por uma delas? O que aconteceu com seu afeto por Christine? Se não lhe falhava a memória, gostava bastante da ex-noiva.

Qual a semelhança entre Christine King e Brenna Donnegal? A mesma existente entre a chama de um fósforo e as lavas de um vulcão ativo. Ou seja, nenhuma. Reilly sentiu, mais do que ouviu, o estômago de Brenna roncar debaixo dele.

– Está com fome? – Ele esperava não demonstrar nenhuma frustração em sua voz nem no semblante.

– Acho que sim... – ela murmurou.

Brenna falou vagamente porque seu pensamento estava longe... dele. Não havia o menor indício de lágrimas em seus olhos. Ela não se sentia arrependia do que haviam feito, pelo menos, não abertamente. Ainda não.

Reilly não saberia dizer se isso significava batalha ganha ou perdida.

– Então está bem. – Ele saiu com cuidado de cima dela.

O olhar de Brenna deixou de ser evasivo, quando o ar frio ocupou todos os lugares que Reilly cobrira até poucos segundos atrás. Aquele quarto pequeno era muito frio, com as cortinas franzidas nas janelas e a absoluta falta de qualquer coisa que fosse remotamente feminina... exceto sua ocupante.

Porque, Reilly considerou, não conhecia criatura mais feminina do que Brenna Donnegal, mesmo sem nenhum adorno, usando calças ou com qualquer outro traje. Ela ia muito além de qualquer criação de Ticiano ou Da Vinci. Uma beleza clássica, de pernas longas e cintura estreita, quadris e busto fornidos. E que pele! Reilly não viu outra igual. De tom marfim, lisa como manteiga. Era uma pele para mergulhar e se deixar levar, como ele fizera e ansiava fazer por muitas vezes.

Ah, como seria bom se pudesse convencer a dona daquela pele dos méritos de seus planos.

– Aonde você vai? – perguntou Brenna, com expressão preocupada.., Inclinando-se, pegou a colcha azul e branca que estava dobrada nos pés da cama e cobriu-se com ela, escondendo a pele gloriosa.

– Procurar alguma coisa para comer. – Reilly vestiu o calção, que jogou no chão. – Você tem comida em casa?

Brenna se sentou. Os cachos vermelhos espalharam-se sobre seus ombros e rosto, e ela os afastou para trás.

– Claro que tenho comida – disse, meio zangada. – Espere, deixe que eu... – esticou o braço para pegar o vestido.

– Não se preocupe, eu arrumo tudo – Reilly gentilmente se ofereceu.

– Não, você não sabe onde estão as coisas. Eu mesma cuidarei disso.

Oh, Deus. Então seria assim? Eles brigariam por qualquer coisa, como por exemplo preparar uma salada?

Bem, aquela seria uma convivência animada, ainda que cansativa.

– Está bem. Fique à vontade.

Reilly desabotoou o calção, que caiu a seus pés, e saiu de dentro dele com cuidado. Voltou depressa para a cama, deitou-se com as mãos atrás da cabeça e os pés cruzados na altura dos tornozelos.

Como ele estava sem roupa, não era de admirar que Brenna hesitasse antes de ir cuidar dos deveres culinários, com os olhos arregalados e fixos, para satisfação de Reilly, naquela parte que dera tanto prazer a ambos.

– Mudou de ideia? – disse ele, gracejando.

Brenna afastou o olhar, enrubescida. O que foi, para Reilly, encantador.

– Não... – ela disse depressa. – Não... eu apenas ia...

– A menos que haja outra coisa que você prefira fazer – ele sugeriu, equanimidade.

– Eu... – Brenna pigarreou, ainda corada. – Bem, eu...

Por mais que parecesse interessante torturá-la, Reilly não teve coragem de prosseguir. Estendeu um braço e puxou Brenna para si. Ela caiu para a frente, a colcha em que se envolvia caiu, espalhando todo tipo de coisas deliciosas no peito dele.

– Talvez você prefira ficar na cama mais um pouco – ele sugeriu.

– Seria bom – disse Brenna, com voz abafada, pois seu rosto estava pressionado contra o pescoço dele.

E de fato foi..

20

Os MacAdams. Os Campbell. Os Mackafee. Os Abercromb. Os Murphy. Os Marshall.

Brenna fitava aqueles nomes, até que eles se transformavam em borrões diante de seus olhos. Tinha certeza de que havia um padrão ali. Então por que não conseguia vê-lo? Havia meses que vinha adicionando nomes ao mapa de Lyming, sem encontrar respostas.

Tudo lhe pareceu tão claro em Londres, quando começou a pensar no assunto após a noite em que seu pai foi expulso da reunião do *Royal College of Physicians*. Um padrão. Era o que faltou para seu pai encontrar. Um modelo que provasse a inexistência da teoria dos miasmas e que doenças contagiosas como cólera e a febre tifoide seriam causadas por outro motivo.

Mas qual? Se não fosse por vapores venenosos que se propagavam pelo ar, como as doenças se espalhariam? Se pudesse encontrar um fator comum entre as famílias cujos membros haviam sido vitimados pela doença, poderia descobrir seu padrão.

Mas tudo o que tinha eram nomes escritos no mapa das áreas ao redor dos locais onde as famílias viviam. Dezenas delas. Centenas de nomes.

Nenhum padrão.

Nenhuma resposta.

Suspirou e agasalhou-se melhor com a manta. Fazia frio em seu escritório, que não tinha lareira. Também de pouco adiantaria, pois ela estava nua sob a manta. Ela deixou Reilly dormindo na cama, já com a luz da manhã penetrando no quarto através das cortinas. A fisionomia tranquila de Reilly durante o sono ficava ainda mais bonita, com um certo ar de inocência que ela nunca viu nele quando estava acordado.

Ela foi para a sala e encheu a cuba portátil de cobre com chaleiras de água quente para tomar banho. O pai nunca instalou a banheira de porcelana que havia prometido. Enquanto tomava banho, pensava que não tirava do corpo os pecados, apenas as evidências deles.

Depois de secar o corpo, ela se embrulhou na manta e foi até o escritório para analisar os mapas.

Daquela vez não ia apenas à procura de respostas, mas também porque precisava lembrar a si mesma o que foi fazer em Skye... e por que sua permanência ali era vital.

Não podia afirmar o que exatamente sucedeu naquela noite ao lado de Reilly. Tinha uma certeza. Seu comportamento foi completamente inadequado e teria que pagar por isso.

O preço era um só, e assustador. Uma escolha. Entre o que se tornou nos últimos meses – talvez anos – uma obsessão, embora nunca admitisse que realmente se tratava disso, e a coisa mais maravilhosa que poderia ter lhe acontecido.

Reilly Stanton era um homem fantástico, como nunca havia visto. Ele a respeitava e admirava, apesar de seus defeitos, que ele tolerava e com os quais até se divertia. E na cama... Oh, Deus, ela corou ao se lembrar das imagens e do que haviam feito em sua cama de donzela.

Não era justo. Não devia haver necessidade de escolha. Por que Reilly entrou em sua vida justamente *agora*? Em poucas semanas, o tempo se tornaria quente como no ano anterior, quando as infecções haviam começado. Ela não poderia partir àquela altura dos acontecimentos. As pessoas dependiam dela – não apenas para ajudá-las numa nova e previsível epidemia – mas talvez, para evitar que a doença ressurgisse.

Contudo, receava não ter essa oportunidade, se Reilly, que já rompera inúmeras de suas defesas, tivesse sucesso em acabar com a última. Tinha certeza de que ele estava determinado a se casar com ela.

No entanto, Brenna estava ciente de que o matrimônio não poderia ser realizado em Skye. Não importava o quanto Reilly houvesse se adaptado à vida em Lyming, ele ainda era um habitante das Terras Baixas e continuaria sendo. Simples assim.

Todos sabiam que os oriundos das Terras Baixas não aguentavam por muito tempo a vida rude das Terras Altas. Reilly poderia suportar alguns meses ou um ano, por causa dela. Mas a vontade de voltar para a vida fácil de Londres acabaria se tornando forte demais.

Todavia, aquele não era o único problema. Lorde Glendenning também deveria ser considerado. Iain MacLeod jamais permitiria que eles se casassem. Embora não imaginasse o que o conde poderia fazer, quase certamente envolveria violência...

E provavelmente dirigida a Reilly Stanton.

Brenna suspirou de novo e olhou os diagramas, sem ver nada. Em vez disso, lembrou-se do que ocorreu na noite anterior. O sorriso fácil de Reilly e seu bom humor sincero. Os lábios dele em sua boca, pescoço e seios. O jantar no meio da noite, quando a fome – não a fome de um pelo outro – finalmente fez que saíssem da cama. Haviam sido momentos de risos e suspiros de contentamento, pelo menos por parte de Brenna.

E ela fantasiou, a julgar pelo semblante adormecido e tranquilo de Reilly, que ele também ficou satisfeito.

Por que não poderiam continuar do jeito que estavam? Por que ele tinha que insistir no casamento? Talvez para que ela se sentisse melhor... na verdade, ao considerar seu próprio comportamento selvagem, ela devia, pelo menos, estar um pouco constrangida.

De maneira nenhuma. Adorou o que ela e Reilly haviam feito. Tudo parecia natural e correto. Era a questão do matrimônio que a aborrecia.

A ideia de se casar com Reilly Stanton era emocionante. Pensar que esse homem musculoso e rijo seria seu para sempre!... Era uma proposta mais do que inebriante.

Contudo, as coisas que viriam atreladas a tal casamento é que a desanimavam.

– O que... – a voz masculina e profunda a assustou. Brenna sufocou um grito e virou-se no banco alto em que estava sentada – ...você está fazendo?

Reilly estava parado na entrada, nu, exatamente como ela se encontrava sob a colcha.

– Nada... – ela respondeu, já com o coração acelerado pelo susto que levou ou pela simples presença estimulante de Reilly ou por vê-lo despido. Não sabia distinguir.

– Você não está fazendo nada. – Ele entrou, descalço e parou perto de Brenna. – Ah – ele disse ao ver no que ela estava entretida. – Não acha que é um pouco cedo para isso?

Brenna deu de ombros e a manta deslizou um pouco.

– Pensei que hoje eu pudesse ver algo diferente em meu mapa.

Reilly arqueou as sobrancelhas.

– Uma teoria interessante. Por que agora você é uma flor... como dizem?... que foi colhida?

Brenna sentiu que corava.

– Eu não diria isso – ela respondeu com frieza.

– Ora, vamos. – Reilly levantou uma parte da manta, que escorregou até o chão. – Se você não se importar, eu gostaria de dar uma espiada nos diagramas.

Brenna se afastou para lhe ceder lugar para ele no banco. Ele se sentou, enlaçou-a pela cintura, e os dois puxaram a manta para cobrir as costas nuas. Naquela posição aconchegante, ficaram observando o mapa que estava na mesa.

– O que é isso? – Reilly apontou.

– É a igreja. – Brenna se admirou com o calor emanado pelo corpo de Reilly, que aquecia o seu, gelado por ter ficado ali no escritório. Era estranho estar sentada ali com ele, no local que ela não mostrava para ninguém. De alguma forma, aquilo era muito mais pessoal do que o que se passara com eles na cama. Na cama, Brenna abrira para Reilly o corpo. Ali, ela abria a alma.

– Aqui é a taverna – ela explicou, apontando no mapa para os diferentes locais que representavam a aldeia. – Ali é a casa dos Mackafee.

Reilly anuiu, com olhar arguto.

– Essa linha sinuosa é o riacho? – Ela concordou. – Você não tirava boas notas em desenho, não é? Nem em caligrafia, por falar nisso. O que é esta palavra?

– Norte – ela retrucou, ofendida.

– Ah, entendi. É uma bússola. Sua letra é incompreensível. Não entendo nada. – Reilly olhou para Brenna. – Então minha arte de sedução não serviu para abrir novos horizontes a respeito de sua teoria?

Ela fez que não, com um gesto de cabeça. Supôs que acabaria tendo que explicar a ele a realidade. O casamento entre eles seria impossível...

Nisso, ele afastou a manta e avaliou o que se escondia sob ela.

– Então é isso que você faz, dia após dia? – Reilly quis saber. – Sentada neste quartinho gelado, empoleirada neste banco de escrevente, olhando para os mapas mal-desenhados, à procura de inspiração?

– A maior parte do tempo. – Brenna procurou ignorar o olhar de Reilly fixo em seus seios. – Algumas vezes examino as amostras de solo que colhi. De uma coisa tenho certeza. Não há resíduo pútrido nesta ilha. Pelo menos não da espécie necessária para a formação do miasma gasoso...

– Verdade? – Reilly não parecia surpreso. – E por isso você está correndo o risco de enfrentar a ira de seus pais e de seu tio? Ficando sentada aqui, olhando seus mapas e cheirando amostras de solo sem ser perturbada?

Reilly seguiu o olhar com a ponta do dedo e traçou a curva de um dos seios com infinita delicadeza, como se temesse que, com um tratamento mais brusco, pudesse magoá-los, o que os dois tinham certeza de que não aconteceria.

– Não é bem assim...

Era muito difícil falar, pois Reilly percorreu com o dedo o caminho descendente até alcançar as coxas, que ela mantinha apertadas uma na outra, para evitar que ele descesse ainda mais. O que acabaria com qualquer esperança sua de falar com ele de maneira racional sobre o casamento...

– Reilly – ela tentou ignorar a mão que estava próxima dos pelos macios e encaracolados. – Precisamos...

Nisso, Reilly saiu da ponta do banco e com sua parte da manta ainda nos ombros, abaixou-se como se algo tivesse caído no chão.

– Reilly... – Brenna não escondeu a irritação. Como poderiam discutir um assunto tão importante, se ele não prestava atenção? – Você está me escutando? Precisamos conversar a respeito do que vai acontecer depois...

– Sei muito bem o que vai acontecer depois – Reilly murmurou.

E para grande surpresa de Brenna, Reilly afastou seus joelhos.

– É isso o que vai acontecer – ele anunciou.

E antes que Brenna protestasse, ele escondeu o rosto entre as coxas dela.

Ela jamais poderia esperar uma atitude daquelas. Durante as longas horas em que permaneceram deitados, não houve nenhuma tentativa que a fizesse supeitar do que ele pretendia fazer.

Isso explicava por que ela endireitou as costas no momento em que sentiu a boca de Reilly em sua parte mais íntima, e teve que se apoiar na mesa com uma das mãos, enquanto com a outra, se agarrava nos cabelos dele.

– R... Reilly. – Brenna não pôde evitar um gritinho. Os pelos da barba de um dia faziam cócegas na parte interna das coxas, de uma maneira que era impossível ignorar. – O que você está *fazendo*?

– Acho que devia ser óbvio – ele disse com a voz abafada, considerando o lugar onde seus lábios estavam e a colcha, que os cobria parcialmente.

E de fato foi, um segundo depois. As costas eretas de Brenna perderam a rigidez e ela começou a escorregar do banco porque seus ossos amoleceram no momento em que sentiu a língua de Reilly deslizar. Brenna sabia que teria se derretido no chão, se ele não estivesse abraçando suas pernas para segurá-la no banco.

A colcha escorregou de suas costas e caiu no chão, sem que Brenna fizesse o menor movimento para recuperá-la. Suas mãos estavam ocupadas apertando as bordas do banco com toda a força que possuíam. Não tinham tempo de se preocupar com uma colcha.

Além disso, a presença de Reilly não permitia que sentisse frio. Tinha certeza de que o calor dele poderia esquentar até os corredores frígidos do castelo de Glendenning. E ao sentir a boca de Reilly ali onde estava, ela mesma poderia virar uma bola de fogo e entrar em combustão.

Reilly não a soltou. No momento em que Brenna pensou que fosse explodir de prazer sob os efeitos daqueles lábios – tão habilidosos como os dedos do cirurgião – ele levantou a cabeça, deixando que o ar frio ocupasse o lugar de sua boca e língua.

Brenna abriu as pálpebras, que segundos antes estavam cerradas, e o olhou, espantada, com as partes íntimas pulsando, entumecidas.

Foi então que percebeu que o mesmo acontecia com ele. Por esse motivo ele se detivera. Reilly parou diante dela, sentindo enorme desejo, algo que não conseguia ocultar. Desesperado para satisfazer sua ânsia – não daria tempo de irem para a cama –, ele sentou-se no banco alto, abraçou Brenna, segurou as nádegas dela com as duas mãos, levantou-a e encaixou-a sobre o membro túrgido, enquanto lhe lambia o lóbulo da orelha e sussurava palavras erotizantes...

Brenna nem conseguia ouvir, pois estava muito ocupada com aquilo que sentia, abraçando a cintura dele com as pernas e agarrando-se na beira do banco. Com a cabeça para trás, sentia as pontas dos cabelos tocarem nos nós dos dedos toda vez que impelia a pelve para a frente, de encontro às investidas de Reilly.

Foi ainda melhor do que na noite anterior. Como era possível que toda vez que pensava ter alcançado o clímax, ele a levava ainda mais alto? Na certa acabaria louca de tanto prazer. Naquele momento, ela oscilava na beira do paraíso. Mais um empurrão, mais uma investida e ela acabaria...

E ela realmente chegou lá. Sua sanidade se rompeu em mil pedaços, cada um brilhando como uma gota de chuva sob a luz do sol. Os fragmentos cristalinos de sua razão despencavam à sua volta e beijavam sua pele antes de cair tilintando no chão.

Enquanto Brenna permanecia ligada a ele, na letargia do orgasmo, Reilly continuou a se movimentar em busca de seu próprio clímax, a que chegou depois de deitá-la na mesa, sobre os mapas ilegíveis, onde ele também apoiou a testa depois de cair, exaurido e satisfeito, em cima de Brenna.

– Agora – disse ele, arfando penosamente e levantando a cabeça – pode continuar o que estava dizendo. O que era mesmo?

Brenna não se lembrava. O que também não importava. Havia assuntos bem mais interessantes para discutir. Como, por exemplo, dali a quanto tempo fariam tudo de novo.

21

Não demorou muito.

Ainda estavam se recuperando de mais um êxtase, quando soou uma batida na porta da cabana.

Depois da chuva da véspera, o dia começava radioso. O sol já estava alto, a atmosfera se tornra mais quente, aquecendo a cabana, e eles puderam ficar deitados sem manta ou outra coisa que os cobrisse. Ao escutar as batidas na porta, Brenna pulou da cama, nua.

– É Lorde Glendenning!– ela afirmou. – Oh, meu Deus, trate de se esconder!

Reilly detestou aquela possibilidade. E por que o faria? Ele havia, por assim dizer, afirmado seus direitos e não via motivos para que o conde ignorasse o que aconteceu. Mais ainda. Estava tão cansado e feliz, que não tinha vontade de sair da cama. Admitiu que também se sentia dolorido, resultado natural por terem feito amor tantas vezes seguidas nas últimas dezesseis horas. Imaginou que o desconforto de Brenna devia ser ainda maior que o seu. Mas mesmo assim estava farto de exercícios por aquele dia.

– Estou falando sério – Brenna sibilou enquanto lutava para enfiar o vestido azul pela cabeça. – Esconda-se – insistiu.

– Não vou me esconder de ninguém. – Reilly observava o esforço de Brenna. Nunca se cansaria de ver Brenna nua. E, mesmo vestida, ela continuava sendo uma fonte de interesse contínuo. – Como você sabe que é ele?

– Joe somente grita desse jeito quando se trata de Glendenning. Não está ouvindo?

De fato, Reilly ouviu o corvo grasnando do lado de fora, como se estivesse zangado.

Brenna foi até a penteadeira e ajeitou os cabelos com os dedos.

– Eu sabia que isso aconteceria – ela murmurou. – Eu *sabia*. Agora ele vai matá-lo, e por minha culpa.

Reilly arqueou as sobrancelhas, irônico.

– Ah, veja como estou preocupado. Sou perfeitamente capaz de assumir a responsabilidade por meus atos, mesmo que isso signifique, como você acha, minha morte.

– Se não pretende ficar escondido, pelo menos prometa que não sairá deste quarto. Você escutou, Reilly? – Brenna fitou-o por sobre o ombro com olhar suplicante, a que era difícil resistir. – Se descobrir o que houve entre nós, ele o matará num piscar de olhos.

– Que elegância! – Reilly refletiu que Brenna ficava ainda mais bonita quando estava agitada.

– Estou falando sério. – Mais uma batida na porta. – Estou indo! – Ela se virou de novo para Reilly. – Não saia daqui, seja o que for que aconteça. Para seu próprio bem.

– Suponho que você nunca deve ter imaginado – Reilly movimentou os dedos feridos – que sou tão bom com a espada como sou com os punhos.

– Por favor, não saia daqui. Não apenas por você, mas por mim também. Não quero que se espalhe pela aldeia a notícia que o doutor Stanton dormiu aqui. Você é testemunha de que já tive problemas suficientes com o reverendo Marshall.

Desapontado, Reilly refletiu que esse era o único motivo racional que Brenna lhe deu para permanecer no quarto. Mas assim que ela saiu e fechou a porta, ele pulou da cama e começou a vestir as roupas que já haviam secado depois do mergulho no riacho.

– Já vai, estou indo – Brenna caminhou apressada na direção da porta. O que lorde Glendenning poderia querer? Ele não tinha por hábito visitá-la, por saber que essa atitude não agradaria ao reverendo. Na certa, uma calamidade o levara até a cabana.

Ao abrir a porta, Brenna descobriu do que se tratava.

– Ele está aqui?

Lorde Glendenning passou por ela e entrou na sala, onde havia várias evidências incriminadoras. A louça suja do jantar na pia, a porta do escritório aberta – ela novamente esqueceu de trancá-la –, o fogo apagado na lareira, nenhum vestígio de desjejum sobre a mesa àquela hora da manhã.

– Ele quem? – Brenna perguntou com a aspereza habitual que empregava ao falar com o conde. – O que foi que houve?

– Não o encontrei em nenhum lugar. – Lorde Glendenning passou as mãos nos longos cabelos negros, parecendo preocupado. – Moira me disse que ele não voltou da casa dos Mackafee. Mas ele também não está lá. Ninguém o viu desde ontem. E ele ainda abriu uma fenda no lábio de Mackafee.

Brenna enrolou as mangas e decidiu lavar a louça. Seria uma tarefa normal e evitaria ter que olhar para o conde enquanto estivesse mentindo. Apesar da trapaça que ela e as amigas haviam orquestrado para o tio e seus pais, ela não sabia mentir com classe.

– Suponho que milorde esteja falando de Reilly Stanton. – Brenna enfiou as mãos na água fria. – Como pode ver, ele também não se encontra aqui.

Mas Lorde Glendenning – em vez de ir embora como ela desejava, mesmo sem acreditar que ele o fizesse – puxou uma das cadeiras para fora da mesa e sentou-se, estalando as juntas doloridas, isso sem mencionar o ranger da cadeira, que não fora feita para suportar um peso tão grande.

– Não posso imaginar onde ele poderia estar – o conde disse, apreensivo. – Acha que Mackafee e sua tropa o deixaram tão desgostoso que ele foi embora da ilha?

– Não diga bobagens. – Brenna ergueu uma xícara.

– Não é bobagem. Você sabe que isso poderia acontecer. Às vezes penso que Stanton é tão sensível como uma mulher. Basta pensar na maneira como ele tratava do garoto MacGregor.

– A quem o senhor quase matou – Brenna o lembrou com impaciência.

O conde fez um gesto de pouco-caso.

– No fim tudo deu certo. Ah, vi o garoto agora mesmo. Ele deixou um buquê de margaridas na sua porta.

Brenna ficou surpresa e sorriu. Afinal, Hamish não fora tão mal-agradecido pela ajuda deles no dia anterior! Reilly ficaria satisfeito ao saber disso.

– Tive de chutá-las para poder entrar – Lorde Glendenning, continuando:– Stanton foi embora porque Mackafee é um camarada nojento. Várias vezes eu mesmo tive vontade de dar um soco na cara dele.

– Sério? – Brenna ironizou. – Então milorde deve ter exercido um notável autocontrole durante todos estes anos.

Lorde Glendenning se mostrou ofendido.

– Um par do reino como eu não pode andar por aí batendo nos súditos. Não daria certo. Além disso, um golpe meu pode matar um sujeito.

– Ah, claro. – Brenna fez pouco-caso. – Suponho que eu deveria cumprimentá-lo por ter poupado o pobre infeliz.

– Deveria mesmo. – Lorde Glendenning olhou a lareira apagada. – O quê? – disse de modo jocoso. – Não temos chá hoje?

Brenna manteve os olhos na água com sabão.

– Ainda vou fazer.

– Perdeu a hora, hein? – O conde a ironizou. Ele parecia achar engraçada a preguiça incomum dela. – Eu também gostaria de dormir mais. Mas aqueles sujeitos das Terras Baixas não deixaram.

Brenna pôs apenas uma xícara no escorredor de madeira. Duas xícaras fariam o conde supor que ela havia recebido uma visita. Deixou a outra de molho e pegou a colher.

– Que sujeitos?

– Ora, os que apareceram hoje de manhã procurando Stanton. – O conde levantou a cabeça para as vigas, irritado. – Você não pode calar o bico desse corvo? Se quiser, faço isso por você.

– Milorde não fará nada. – Brenna foi até a porta, levantou a ponta da saia e balançou-a. – Joe – ela fitou a ave nervosa. – Para fora. Já.

O pássaro, depois de vários grasnidos insatisfeitos, desceu das vigas, se empertigou e, indignado, saiu da cabana. Brenna fechou a porta atrás dele.

– Quem veio procurar o doutor Stanton? – Brenna perguntou, procurando não demonstrar o interesse que as palavras do conde haviam despertado nela.

– Dois camaradas, ou cavalheiros, melhor dizendo. Muito bem vestidos, na última moda de Londres. Um deles tem uma bengala com cabo de prata e o outro não parava de fumar o charuto mais fedido que já cheirei.

– Que horror – disse Brenna com suavidade, supondo que Reilly estava escutando a conversa do quarto, isto é, que não havia dormido. – O que eles queriam?

O conde deu de ombros.

– Creio que trazem notícias para Stanton.

– Espero que não seja nada ruim.

– Não creio que fizessem uma viagem dessas, se fossem boas. – Glendenning empurrou a cadeira para trás, deixou-a levantada na frente e ignorou o rangido perigoso dos pés de madeira posteriores. – Quer saber, Brenna? – continuou ele, divertido –, nunca a vi lavando louça.

Brenna bateu um prato no escorredor.

– Não é tão desafiador como lancetar um hematoma – ela observou –, mas eu me ajeito.

– Gosto disso. – O conde não notou a ironia.

Brenna percebeu a indireta e fitou-o de relance por sobre o ombro.

– Imagino – disse Brenna, nervosa, ao notar o brilho astuto no olhar azul do conde – que isso deve fazê-lo se lembrar de Flora.

– Não estou falando de Flora – ele enfatizou, com voz mais profunda que a habitual e deixou que as pernas dianteiras da cadeira voltassem para o chão.

O coração de Brenna disparou, e ela pegou o pano de prato para secar as mãos, caso precisasse usá-las para outra coisa que não fosse lavar louça. Ah, por que não calçou os sapatos? Não conseguiria escapar do conde de pés descalços, pois ele poderia pisar neles com aqueles seus pés enormes.

– Flora – ela disse depressa – lava louças muito melhor do que eu.

– Mas ela não é tão bonita quanto você, Brenna.

O conde se levantou bruscamente. A cadeira em que ele estava sentado caiu para trás com um estrondo, mas ele pareceu não notar.

– Brenna – disse Glendenning com voz um tanto rouca, dando um passo à frente. A expressão de desejo no rosto másculo teria tocado o coração de qualquer garota. Imune à atração do conde, Brenna observava o aparador com atenção. Ela precisava de uma faca.

Não houve necessidade de nenhuma. Assim que Lorde Glendenning se aproximou mais, a porta do quarto se abriu, e Reilly Stanton, todo vestido, entrou na sala como se fosse o dono da casa.

– Olá – ele disse para o conde. – Milorde estava à minha procura?

Se o momento não fosse tão sério, Brenna teria caído na risada. Ela estava a centímetros da faca de pão com que pretendia atingir o conde, se ele tentasse agarrá-la. Ele estava parado, com as mãos estendidas, pois pretendia pegá-la pelos ombros e beijá-la, como sempre ameaçava fazer. Mas sua expressão embasbacada era algo que ela jamais ia esquecer. Lorde Glendenning estava tão atônito, como se alguém o houvesse atingido com uma paulada.

– Suponho que meus amigos estão esperando por mim no castelo, não é? – Reilly ajustou casualmente a gravata. – Milorde, perdoe-me. No começo, quando escrevi para eles, contei onde eu estava hospedado. No castelo, quero dizer. Na última carta, esqueci de dizer que eu havia me mudado para o dispensário. Agora que está tudo explicado, podemos ir?

Lorde Glendenning ainda não havia abaixado as mãos. Brenna, sem saber o que fazer, mas ciente de que não queria ficar perto daqueles punhos enormes caso houvesse uma briga, passou por baixo dos braços estendidos e correu até a outra ponta do aparador, onde se encostou na parede, aflita para descobrir como evitaria um derramamento de sangue.

– O que – Lorde Glendenning perguntou com voz mais normal – o doutor está fazendo aqui?

– Eu? – Reilly arregalou os olhos negros. – Eu poderia lhe perguntar a mesma coisa, milorde.

– Eu? – A resposta do conde foi um eco inconsciente e cômico do que Reilly dissera. – Vim à sua procura.

– Muito bem, agora que milorde me achou, creio que podemos deixar a senhorita Donnegal sossegada. Nós já a aborrecemos bastante, não é? Vamos embora.

– Mas o doutor... – o conde olhou para a porta pela qual Reilly acabara de passar. – Aquele é o quarto de Brenna!

– É – disse Brenna, adiantando-se para evitar que Reilly pronunciasse mais uma palavra e afundasse ainda mais a própria cova. – Isso mesmo. O doutor Stanton veio aqui para me ajudar a resolver um assunto de pouca importância.

Lorde Glendenning fitou Brenna, depois Reilly e voltou-se para ela.

– Mas em seu quarto? – ele gritou.

– Na verdade – Brenna se afastou da parede e endireitou os ombros para mostrar que nada tinha a esconder – , trata-se de um assunto pessoal. Assunto médico.

Lorde Glendenning juntou as sobrancelhas negras numa carranca.

– Você não parece doente!

O que devia ser verdade. Brenna supôs que seu aspecto nunca estivera mais saudável, considerando-se como passou a noite e a manhã. No entanto, ela persistiu na história.

– Bem, trata-se de um assunto médico que não posso... esclarecer.

O conde não era alguém fácil de enganar.

– Está querendo me dizer – ele a acusou com veemência – que apesar de seus conhecimentos de medicina, pediu a esse sujeito para dar uma espiada... no que tratava?

Ela anuiu com um gesto de cabeça.

– É verdade. Sabe como é, milorde, eu não podia... alcançar...

A frase foi infeliz, pois o conde explodiu.

– Mas que droga é essa, afinal?

Reilly não se abalou.

– Calma, milorde. Trata-se de uma mancha de nascença. Nada fora do comum. A senhorita Donnegal fez bem em pedir a opinião de um profissional. Essas coisas podem se tornar nocivas se não forem tratadas. Embora, no caso dela, não haja o menor perigo de se tornar grave. Graças a Deus.

Lorde Glendenning ainda não se convencera.

– Onde fica essa marca de nascença?

– Francamente, milorde. – A vermelhidão de Brenna não era fingida. Não acreditava que estavam tendo essa conversa. Preferia que o chão a engolisse, a continuar com a cena teatral.

O conde não foi nem um pouco sensível diante da sutileza feminina.

– Brenna, o que devo pensar? Você afirmou que ele não estava aqui e de repente ele sai de seu quarto? Gostaria de saber o que diria o reverendo Marshall sobre *isso*.

– E eu gostaria de saber o que o reverendo Marshall diria ao saber que milorde entrou em minha casa para me acusar... ah, nem sei do quê! – A indignação de Brenna era tão legítima quanto seu enrubescimento. – Agora que já me insultou bastante, milorde, tenha a bondade de se retirar!

– Eu irei – disse Glendenning, franzindo o cenho, com desagrado –, se *ele* – e apontou para Reilly – também for.

Reilly tirou o chapéu do bolso do casaco – onde o havia enfiado – e procurou dar-lhe a forma original. Brenna calculou que ele jamais conseguiria.

– Muito bem – disse Reilly com naturalidade. – Senhorita Donnegal, foi um prazer, como sempre. Espero vê-la em breve.

– Claro – Brenna sussurrou. – Em breve.

– Milorde – disse Reilly se dirigindo ao conde, que os olhava com suspeita –, se estiver pronto...

– Estou pronto. – O conde fez uma mesura diante de Brenna. – Um bom dia para você, Brenna.

– Um bom dia para milorde também.

Educada, ela indicou a porta. Reilly teria que pegar o cavalo na estrebaria, onde o deixou junto com a égua dela. Esperava que Lorde Glendenning não achasse estranho Reilly ter tirado os arreios do animal, se veio para um simples atendimento.

Ela fechou a porta e voltou para o quarto. E apesar de horrorizada com os vestígios dos pecados noturnos, notou que Reilly esqueceu a maleta.

Levantou-a e estava se preparando para correr até a porta e chamá-lo para dizer que ele a esqueceu, quando um pequeno livro caiu do bolso lateral da maleta e, ao bater no chão, abriu-se numa folha na qual ela viu escrito seu próprio nome.

Curiosa, Brenna levantou o volume e descobriu que se tratava do diário de Reilly Stanton. Na página que atraiu sua atenção estava escrito: "*Não consegui salvar a vida de um homem ontem à noite. Ele ressuscitou diante de toda a aldeia por obra de uma amazona de calças. Ela se chama Brenna, mas é diferente de todas as Brennas que conheci".*

Depois disso, é claro, ela não se lembrou de que teria que entregar a Reilly a maleta esquecida e se sentou no chão.

E leu.

22

– Santo Deus, Stillworth – Charles Abernathy Pearson III tirou o charuto da boca e ficou de queixo caído. – O que é isso em sua cabeça?

Assustado, Reilly levou a mão à testa. Depois se lembrou do chapéu amassado – que enfiou no bolso na pressa de salvar Brenna do odioso assédio de Lorde Glendenning – e o tirou depressa.

– Por favor, cavalheiros, lembrem-se de que não estão em Londres. Aqui ninguém se importa com a aparência.

St. John Christopher Flemin Shelley se afastou do conjunto de armadura na qual tentava, sem sucesso, ter uma ideia do próprio reflexo e deu um grito angustiado ao ver o estado lastimável em que se encontrava o velho amigo.

– Mas que droga, Stillworth! – Shelley o recriminou em altos brados. – Será que você esqueceu tudo o que tive tanto trabalho para lhe ensinar? Não importa se os outros não ligam para seu visual. O importante é apresentar-se da melhor forma possível. E o senhor, milorde – Shelley se sentiu obrigado a acrescentar: –, está com a aparência terrível.

O conde, que foi atrás de Reilly quando os dois entraram no grande hall, parou e olhou para si mesmo.

– Estou? – perguntou Glendenning, indignado.

– Por favor – Reilly fitou os dois amigos com olhar cheio de significado –, evitem fazer pouco-caso dos trajes de milorde. Eu lhes asseguro que ele está vestido de acordo com a melhor moda das Terras Altas.

Pearson e Shelley se entreolharam, sem entender.

– Apenas quatros meses nos ermos das Hébridas fizeram-no perder o senso de identidade – Shelley resmungou. – Santo Deus, eu estava falando de você, Still...

– Ah, está certo. – Reilly deu uma tapa forte mas necessário nas costas do amigo. – Milorde, por favor, desculpe meus companheiros – disse para Glendenning. – Eles têm o hábito esquisito de caçoar comigo, chamando-me de milorde. Nem me lembro de como isso começou.

Pearson tirou o charuto da boca para responder.

– Possivelmente quando você passou a insistir em se chamar marquês de Stillworth.

– É verdade – disse Reilly, dando outro tapa violento, dessa vez nas costas de Pearson. – Quantas risadas nós demos na ocasião, não é? Que ideia! *Eu*, um marquês!

– Acho um tanto esquisito – disse Pearson em meio a um acesso de tosse, pois com o tapa se engasgou com a fumaça – pensar no assunto. Quero dizer, nenhum marquês de verdade ia se preocupar em estudar tantos anos para obter uma licença médica, não é?

– E se ele o fizesse – Shelley acrescentou –, certamente não ia *exercer a profissão*. A menos, é claro, que fosse um imbecil.

Glendenning deu uma risada sem graça. Ele ainda não havia se recuperado do choque ao se deparar com Reilly Stanton saindo do quarto de Brenna e continuava a fitar o médico com desconfiança. Reilly não ia se importar de aumentar o choque com a divulgação de que, além de amante secreto de Brenna, era um marquês.

– Viram, cavalheiros? – o conde atirou para trás a barra de sua capa. – Consegui encontrar seu amigo, como disse que faria.

– Muito bom. – Shelley ergueu um copo de uísque que devia ter sido oferecido a ele pelo criado, na ausência de Lorde Glendenning. O fato de ser dez horas da manhã não impedia Shelley nem Pearson, que também erguia seu copo, de beber.

– Afinal, onde ele estava? – Pearson indagou.

– Na casa da moça mais bonita do distrito, suponho – Shelley respondeu, brincalhão. – Era onde geralmente ele podia ser encontrado em Londres, não é, Chas?

– Certo – Pearson concordou com uma risada. – E examinando sinais de nascença.

Lorde Glendenning fitou Reilly com tanta fúria que ele foi obrigado a dar uma gargalhada extravagânte antes de dizer:

– Ora, amigos, essa é boa! Então, o que os trouxe a Skye? Qual o motivo dessa visita *inesperada?*

Pearson e Shelley tornaram a se entreolhar. Começaram a entender, pela expressão esquisita de Reilly – sem mencionar os comentários sem sentido – que alguma coisa estava errada.

– Bem... – Pearson começou devagar – Na verdade, temos algumas notícias...

– ...que achamos melhor não revelar por carta – Shelley completou. Ele era o mais alto e vaidoso dos dois. Afastando alguns fios do cabelo loiro do rosto, se apoiou na bengala de ponteira de prata e disse: – Creio que seria melhor contarmos as novidades em particular.

– É mesmo. – Pearson limpou a ponta do charuto num cinzeiro de prata manchado que Raonull devia ter posto ali e alisou o bigode castanho e grosso. – Perdão, milorde – ele se dirigiu ao conde – não pretendemos ofendê-lo.

O conde se fez de desentendido e sentou-se em sua poltrona favorita, a que ficava mais próxima à lareira – que não estava muito viva por ser um dia quente – e fitou os três, em expectativa.

– Trata-se – Shelley fitou Reilly com expressão confusa – de um assunto de natureza bastante *pessoal*, Still... quero dizer, Stanton.

– Tudo bem. O que tiverem para me dizer pode ser dito na presença de Lorde Glendenning. – Reilly se sentou numa poltrona de onde podia observar o conde sem que isso ficasse muito evidente. Depois do que presenciou na cabana de Brenna, não seria louco em perder Glendenning de vista. Não até poder proteger Brenna casando-se com ela.

E talvez nem assim se sentiria seguro.

– O conde e eu – Reilly com naturalidade – somos velhos amigos. Não somos, Glendenning?

– Claro – o conde afirmou. Embora o tom fosse amigável, provavelmente não se tratava de uma coincidência que o conde tivesse escolhido aquele momento para puxar da bainha a espada ancestral e começar a polir a lâmina.

Mais uma vez, Pearson e Shelley se entreolharam, dessa vez alarmados. Reilly se recostou na poltrona para falar.

– Então, cavalheiros. Prossigam. Espero que minha mãe esteja com saúde.

Sem saber como proceder, Shelley e Pearson se sentaram – sem demonstrar que haviam reparado no tecido puído das poltronas ou nas almofadas cheirando a cachorro –, segurando firme o copo de uísque, como marinheiros se agarram às cordas salva-vidas.

– Eu... sua mãe está muito bem, Still... isto é, Stanton. – Pearson alisou o bigode, como era seu costume. – Eu a vi outro dia no balé.

– Suas irmãs estão ótimas. – Shelley se mexia no assento, sem achar uma posição confortável na poltrona. – Na verdade, tudo vai às mil maravilhas. O casamento fez muito bem a elas.

Reilly notou que Pearson deu um chute forte no tornozelo de Shelley, embora estivesse certo de que o amigo pretendia não chamar a atenção de ninguém.

Shelley deu um gemido e tomou um gole de uísque.

– Ah, gosto muito de meus cunhados – Reilly comentou sem se alterar. – E como vão meus sobrinhos e sobrinhas? Espero que não haja más notícias a respeito deles.

– Não, não, estão todos bem – Pearson se apressou em apaziguar o amigo. – Mas não estamos aqui por causa de sua família, Still... Stanton. Você sabe...

– Eu não sabia que o doutor tinha irmãs – o conde se manifestou.

Reilly olhou para Glenndening, que passava cuidadosamente um pano untado para cima e para baixo na lâmina, e deu um sorriso luminoso.

– Na verdade, milorde, tenho quatro.

– Mais novas?

Reilly fez um aceno afirmativo com a cabeça.

– Julia, a caçula, casou-se no último outono.

– Ah. – Glendenning segurava o punho da espada perto do rosto e apontava a ponta na direção de Reilly, atento à arma para detectar qualquer falha. – Sua mãe deve estar ansiosa para vê-lo fazer o mesmo, não é?

– Mais ou menos – disse Reilly, cauteloso.

– Na verdade – interferiu Pearson –, é por isso também que estamos aqui. Não é, Shelley?

Shelley engasgou com o último trago de uísque, quando o conde apontou a espada para Reilly.

– É, Pearson. – Ele se levantou para se servir de outra dose. – Reilly, quer um pouco desta bebida excelente?

– Não, obrigado – Reilly negou com um sorriso complacente.

– Acho que você vai precisar de um gole – Pearson afirmou – quando souber das novidades.

– Ora, se não é nada com minha mãe nem com minhas irmãs, não posso imaginar o que de tão grave os trouxe até aqui.

Shelley se serviu e, apesar da recusa de Reilly, despejou bebida em outro copo.

– Você não pode... – Shelley entregou o copo para Reilly, voltou para sua poltrona e, consternado, fitou Pearson. – Oh, não posso fazer isso, Chas. Fale você.

– S. J., você é mesmo um asno – Pearson o fitou com olhar fulminante e se virou para Reilly. – Olhe aqui, meu velho, não se aborreça, é sempre assim. A sua senhorita King se casou com aquele macaco, o Ethelridge. – Recostou-se e bebeu todo o conteúdo do copo como se a notícia, de certa forma, o afetasse.

– Então é isso? – Reilly continuou como estava... embora tivesse arqueado um pouco as sobrancelhas e olhado de um amigo para o outro. – Por isso é que vocês fizeram essa viagem? Para dizer que Christine se casou?

Shelley se levantou num ímpeto, como se não pudesse manter o suspense por mais tempo e começou a andar de um lado para outro.

– Não apenas se casou, meu velho! – ele gritou. – Mas foi com aquele infeliz do Ethelridge, cinco vezes mais imprestável do que qualquer um de nós! Ouvi dizer que ele tem meia dúzia de filhos ilegítimos vivendo no campo em um convento. E aquela mulher que o acusou de todas aquelas coisas abomináveis, nenhuma delas verdadeira, segundo me consta... foi se casar justo com quem? Ela é completamente hipócrita. Aliás, sempre foi. Isso não o aborrece, Stanton?

De maneira nenhuma, ele pensou. Qualquer ferida que Christine pudesse ter lhe causado, havia muito se regenerara e só deixara uma cicatriz. O tempo que ficara em Lyming se encarregara disso.

– Pelo contrário – Reilly respondeu. – Desejo o melhor para eles.

Os amigos trocaram olhares de preocupação.

– Você está aceitando esse matrimônio de bom grado – disse Pearson. – Pensamos que você ficaria... arrasado com a notíca.

– E pensar – Shelley acrescentou – que o motivo de você ter vindo para cá foi querer impressionar a hipócrita da senhorita King.

– Se lhe servir de consolo – Pearson afirmou –, todo mundo está comentando. No mês passado, Ethelridge recebeu cinquenta mil libras, e a senhorita King não perdeu tempo. Seus vinte mil por ano não são nada diante disso. Eles compraram uma casa urbana em Park Lane e logo vão torrar a fortuna, você vai ver.

– Também ouvi dizer – Shelley abaixou a voz em tom conspiratório – que ela nem usou branco.

– Cavalheiros – Reilly deixou o uísque no chão, por falta de mesa nas imediações. – Vamos ficar felizes pela noiva e o felizardo do marido. Não é preciso atirar pedras no caráter de nenhum dos dois.

– Reilly! – Shelley se alarmou. – Ficou evidente que Christine King era uma grande interesseira. Ela enganou a todos nós com aquele ar de santa. E você chegou a dizer que Ethelridge tinha cara de macaco...

– Tem alguma coisa errada – Pearson interrompeu o amigo e olhou fixo para Reilly. – Esperávamos que você tivesse um ataque apoplético com a novidade. No entanto, você está se comportando como se Christine King fosse apenas uma conhecida e não sua ex-noiva.

– Isso mesmo. – Shelley não tentou esconder o desapontamento na voz. – Você era completamente apaixonado por ela. Você poderia ao menos quebrar alguma coisa...

– Quebrar coisas não servirá para nada – Pearson fitou Shelley com irritação – a não ser para divertir você.

– E isso é tão errado? – Shelley indagou.

– O fato é, Reilly – Pearson continuou como se Shelley nada houvesse dito –, que além de lhe comunicar as más novas, viemos aqui por outro motivo. Levá-lo para casa.

– Como é? – Reilly pestanejou.

– Isso mesmo! – Shelley bateu na testa como se, de repente, houvesse se lembrado de algo. – Não há mais motivo para você continuar nesta ilha inculta. A senhorita King se casou e você não precisa provar mais nada para ela. Você até poderia fazê-lo, mas de nada adiantaria, porque ela não está mais disponível. Portanto, meu velho, pode começar a empacotar suas coisas.

– Para casa? – Reilly olhou para um e depois para o outro.

– Sim, *para casa* – Shelley se entusiasmou. – Ainda está lembrado de *Londres*, não é? Onde você pode pedir um merengue à hora que quiser, onde as mulheres não usam calças... – Estremeceu de repulsa. – Não posso entender como você pôde elogiar tanto "esse" detalhe na sua última carta...

– Sinto muito – Reilly o interrompeu –, mas não pretendo voltar para casa. Pelo menos não agora.

– Mas... – Pearson fitou Shelley, consternado, e depois virou-se para Reilly – Meu velho, você não ouviu o que nós dissemos? Christine se casou com Ethelridge. Não há mais *motivo* para você ficar aqui,

– Pelo contrário – Reilly contrapôs. – Agora há muito mais motivos para eu ficar.

O maior deles era Brenna. Outro, para ser sincero, não era tão grande mas também contava.

– Não posso – Reilly acrescentou, encantado com a verdade das palavras que ia pronunciar – simplesmente abandonar meus pacientes.

– Seus *pacientes?* – Shelley franziu a testa, sem acreditar. – Quem se importa com seus *pacientes*? Você pode voltar para casa agora. Água encanada, meu amigo. Banheiros dentro de casa. Ou você nem se lembra mais o que é isso?

– Obrigado por me recordar – Reilly disse. – Mas eu decidi, há tempos, não voltar mais para minha clínica em Londres. – Embora ele não houvesse entendido a verdade disso até esse momento. Ao descobrir, teve uma espécie de alegria intensa que não havia conhecido até então.

– Procure entender – ele continuou –, serei muito útil aqui. Agora, se quiser me fazer um favor...

– Não acredito – Shelley gritou. – Você acredita, Chas?

Pearson sacudiu a cabeça, estarrecido.

– Eu o vejo diante de mim – ele respondeu a Shelley – e com os lábios se mexendo. Mas não posso acreditar nas palavras que essa boca deixa passar.

– Nem eu – Shelley concordou. – Agora pergunto – berrou para Reilly. – Quem é você e o que fez com nosso bom amigo Stanton?

Reilly sempre considerou Pearson e Shelley seus melhores amigos, mas no momento rangia os dentes. Teriam sido sempre tão estúpidos ou alguma coisa aconteceu desde que ele deixou Londres? Seria possível que os dois não vissem que ele *queria* ficar?

Pelo jeito, não. Será que precisava soletrar uma afirmação como se fazia com crianças? Que ele passou a considerar, com o passar dos meses, Lyming sua casa e o povo de lá sua família? Teria que explicar a eles que o aumento da temperatura que se avizinhava possibilitaria o surgimento de nova epidemia de cólera e que ele não podia abandonar a aldeia, quando os habitantes mais precisariam dele?

Além de Brenna, era evidente. Mas isso ele não poderia explicar com Glendenning sentado ali, limpando a espada... Talvez não devesse dizer nada. Eles que tirassem suas próprias conclusões.

Shelley sufocou um grito e agarrou o braço de Pearson.

– Santo Deus! – ele gritou. – Uma coisa horrível me ocorreu!

– O quê? – perguntou Pearson, estreitando os olhos.

– O motivo por que ele não quer voltar conosco. – Shelley fitou Reilly com desconfiança. – Ele se tornou religioso.

– Não seja idiota. – Pearson desvencilhou o braço dos dedos de Shelley, que o apertavam.

– Por que mais acha que ele se recusaria a voltar? – Shelley espiou Reilly com temor. – Você não vai começar a citar a *Bíblia* para nós, não é, meu camarada?

– Não – Reilly respondeu, rangendo os dentes. – Se não pararem de agir como dois estúpidos, terei que atirá-los lá fora.

Shelley arregalou os olhos.

– *Estúpidos*? Isso é...

– Parem com isso. – Pearson ergueu as mãos para pedir silêncio. – Os dois. Fiquem calados. Preciso pensar.

E foi o que ele fez, franzindo a testa pelo esforço. Reilly bem que gostaria de levar os dois para fora pelas orelhas. Mas se fizesse isso ia despertar as suspeitas do conde. Glendenning seria levado a desconfiar da pressa de Reilly em se ver livre das visitas para retornar aos braços de Brenna.

Não. O melhor seria afastá-los de maneira menos violenta e óbvia.

Pearson parou de alisar o bigode, o que fazia enquanto pensava, e anunciou:

– Isso não tem sentido. Ele fez uma viagem dessas e se enterrou aqui para se valorizar diante daquela harpia, a senhorita King, e agora, quando fica sabendo que ela está casada com outro, não mostra nenhum sinal de desgosto...

– Nem quebra nada – Shelley lembrou, pesaroso.

– ...e deseja apenas que o casal seja feliz. Quando recebe a sugestão de voltar para casa e reunir-se com os seres amados e receber todos os benefícios de sua vida privilegiada em Londres, ele recusa. Não há explicação racional para isso. A menos... – Pearson se interrompeu e lançou um olhar espantado para Reilly. – Santo Deus!

– O que foi? O que *houve?* – Shelley perguntou, temeroso de haver perdido alguma palavra, olhando de um para outro.

– Cavalheiros. – Reilly estendeu a mão direita para eles. – Agradeço muito por terem se incomodado tanto para me trazer notícias sobre a boa sorte da senhorita King, ou melhor, de *Lady* Ethelridge. Mas agora tenho que atender alguns pacientes. Como devem saber, o exercício da medicina não é fácil.

Pearson se levantou da poltrona, se adiantou e segurou a mão de Reilly. Empurrou-o para a frente, dando a entender a Lorde Glendenning que abraçava o amigo com afeto.

– Quem é ela, garanhão? – ele sussurrou no ouvido de Reilly, sem medo de que o ouvissem.

– Não importa – Reilly respondeu no mesmo tom. Apenas saiam daqui, pelo amor de Deus, e não voltem.

– Então é isso que está acontecendo neste fim de mundo? – O abraço de Pearson estava demorando demais na opinião de Reilly. – Aquele idiota também arrasta a asa para ela, não é? Estou achando que ele é muito mais temperamental do que me pareceu hoje pela manhã, quando o conheci. O que houve? Ele o flagrou com a amada dele?

– Até logo. – Reilly se soltou do abraço e se voltou para Shelley. – Foi bom rever você. Mande um beijo para minha mãe, se a encontrar.

Shelley, por sua vez, também o abraçou.

– Não é a amazona, é, Reilly? – ele perguntou num fio de voz. – Por favor, diga que não é aquela sobre quem escreveu, a que usa calças. Juro que sua mãe seria capaz de morrer com o choque.

Reilly se desvencilhou do amigo.

– Seria melhor vocês se apressarem ou perderão a balsa para Lochalsh.

Glenndening riu com desdém, e os três homens se voltaram para ele, que continuava sentado na poltrona.

– Milorde – disse Reilly – , qual a graça?

– A balsa. – Glendenning deu uma risadinha. – Hoje é quarta-feira. Não há mais nenhuma balsa.

Reilly se sentiu estranhamente pequeno. Será que nunca mais poderia voltar para Brenna?

– Milorde tem razão – Reilly disse aos amigos. – Às quartas-feiras há apenas uma balsa.

Pearson e Shelley pareceram surpresos.

– Por quê? – Pearson perguntou.

Reilly deu de ombros.

– Não sei. Em Skye é assim. Acho que terão que passar a noite por aqui.

Pearson se surpreendeu com a informação, mas Shelley deu um grito, como se alguém lhe houvesse sugerido que devorasse seu primeiro recém-nascido.

– *Aqui*? Está me dizendo que teremos de passar a noite aqui? Em *Skye*?

Certo de que não poderia livrar-se dos dois com facilidade, Reilly decidiu aceitar o destino e melhorá-lo, se possível. Pôs amigavelmente a mão no ombro de Shelley.

– Ora, velho amigo – disse com alegria. – Não é tão ruim assim.

– Não? – Shelley olhou ao redor do grande hall com desalento. – E onde você sugere que fiquemos? Existe uma estalagem por aqui, não é? Por favor, diga-me onde fica.

– Aqui não há nenhuma estalagem. – disse Reilly, fazendo uma careta.

– Eu sabia. – Shelley levantou os olhos para o teto em abóboda. – Teremos que passar a noite num celeiro.

– Bobagem.

Uma ideia diabólica ocorreu a Reilly. Não era dado a rasgos geniais, mas esse era brilhante. Tirou a mão do ombro de Shelley e voltou-se para o conde.

– Milorde, o senhor não se importaria de hospedar meus amigos por esta noite, não é?

Glendenning levantou os olhos da espada.

– Aqui?

– Isso mesmo. Aqui no castelo. Claro que eu poderia levá-los ao dispensário, mas se eu tiver pacientes para internar... bem, milorde sabe que temos apenas três macas. O senhor não se incomodará que eles durmam aqui, não é, meu velho amigo?

Era sensacional. Extraordinário em sua simplicidade. Reilly não entendeu por que a estratégia não lhe ocorreu antes. Qual a melhor maneira de conseguir seus dois objetivos? Passar o maior tempo possível na companhia de Brenna enquanto mantinha olho vivo nas atividades de Lorde Glendenning. Adorável. Perfeito. Mar...

– Eles não vão querer ficar aqui – o conde retorquiu, receoso. – E quanto aos ra...

– Pearson e Shelley não se importam com um pouco de falta de conforto – Reilly o interrompeu. – E nem se importarão com alguns camundongos.

– Camundongos? – Shelley repetiu, horrorizado.

– Não estou falando de camundongos, mas sim de ra...

– Milorde sabe que horas são? – Reilly tirou o relógio do bolso do colete. – Ora, já estou atrasado para a primeira visita. Por favor, cavalheiros, fiquem aqui e *façam companhia a milorde...* – Não era possível enfatizar mais as palavras ou Glendenning desconfiaria; ainda assim ele tentou lançar a

Pearson um olhar significativo para que ele entendesse a mensagem – ...e tentarei voltar à noite, para o jantar.

– Stanton – Glendenning ficou em pé, e a espada balançou em sua mão direita – , eu...

Reilly já se dirigia para a porta.

– Sinto não poder ficar – ele se desculpou. – Shelley, por que não mostra para milorde aquele truque que você faz? O do polegar...

Enquanto Shelley tentava deslumbrar Lorde Glendenning com seu polegar notável, Reilly saiu do castelo, montou em seu cavalo e galopou em direção à cabana do Riacho. Hamish – que recebera ordens médicas para não sair de casa, mas voltara a cuidar do rebanho assim que ele, Lucais e o cordeiro haviam se secado após a aventura no riacho – recordaria mais tarde que foi um milagre o doutor ou o cavalo não terem quebrado o pescoço.

23

"*Não posso*" – Brenna leu – "*pensar nela sem me lembrar das rosas pálidas que crescem no canteiro externo da janela do quarto de minha irmã Cecilia. Ela me impressiona da mesma forma que o fazem aquelas flores delicadas e diáfanas que perdem as pétalas brilhantes com o mais leve vento*".

De sobrancelhas erguidas, Brenna mordeu, fazendo barulho, a maçã que comia como almoço. Mastigando, virou a página. "*Hoje não a vi. É como se o sol houvesse desaparecido do céu. Não sinto o calor das chamas da lareira que está à minha frente. Somente ela é capaz de me aquecer. Vivo por seu sorriso e morro quando a vejo séria...*"

Brenna ouviu o barulho de um tropel e levantou a cabeça. Cavalo e cavaleiro se aproximavam a toda a pressa. No galho da árvore em que estava deitada, pôde distinguir que o cavalo era cinzento, parecido com o de Reilly. Voltou a ler. "*O que ela dirá esta noite? Estremecerá? Ou fingirá não se importar? Estou agoniado com o suspense. Por que ela me tortura dessa maneira? Não, não devo dizer isso. Ela é incapaz de qualquer malícia.*"

Reilly Stanton parou o cavalo diante da porta da cabana. Apeou da montaria, chamou por Brenna e entrou sem bater.

– Brenna? – ela o ouviu gritar. – Brenna, onde está você?

Calmamente, ela virou outra página. "*Ela não é como o sol, pois isso implicaria um temperamento ígneo. E ela não é assim. É fria e misteriosa, como a lua.*"

Reilly, depois de completar a inspeção no interior da cabana, saiu e parou, estreitou os olhos por causa do sol e perscrutou o riacho.

– Brenna? – chamou de novo.

Brenna deixou cair no chão o miolo da maçã e começou a ler em voz alta o livro que segurava: "*Assim como a lua controla as marés, ela controla meu humor. Fico feliz quando ela está feliz e entristeço com tudo o que a deixa triste...*".

– Ah, Reilly – ela se interrompeu e olhou para baixo. – Isso é terrível!

Reilly se aproximou da árvore e virou o pescoço para descobri-la em meio à folhagem dos ramos.

– Brenna? – ele se espantou. – O que está fazendo aí em cima? Perdeu o juízo? Você vai quebrar o pescoço. Desça imediatamente.

– Não vou descer – disse ela com frieza. – Estou gostando muito do que estou lendo.

Reilly estreitou os olhos e viu o que estava nas mãos de Brenna.

– Isso é particular, como deve saber.

– Sei. – Ela virou mais uma página. – Meu escritório também é. No entanto, você não teve o menor escrúpulo em invadi-lo. Contra minha vontade, devo acrescentar.

– Aquilo foi diferente – Reilly tentou se desculpar.

– Por que diferente?

– Porque foi antes. – Reilly procurou entender como ela subira tão alto. – Desça daí, Brenna. Preciso falar com você. E pare de ler esse diário. Está cheio de idiotices.

– Concordo. Quer ouvir uma de minhas passagens favoritas? – Ela levantou o volume e leu em voz alta: "*A cabana do Riacho é tão charmosa e pitoresca como um Gainsborough. Christine adoraria o telhado rústico de colmo. Há um único problema: no momento, ela está ocupada pela Amazona*".

Brenna abaixou o diário e fitou Reilly com olhar faiscante.

– Essa, presumo, sou eu.

Reilly, com as mãos na cintura, olhava para cima.

– Você está pensando mesmo em usar contra mim o que escrevi nessa porcaria de diário, depois de tudo o que aconteceu entre nós?

– Claro que sim – Brenna respondeu. – Afinal sou uma amazona e incapaz de qualquer sentimento superior...

– Brenna...

– ...ao contrário dessa Christine, a quem você compara, nas páginas que li, a uma rosa, à lua e, numa passagem das mais revoltantes, a uma corça recém-nascida. – Desgostosa, ela jogou na cabeça de Reilly a brochura repleta de elogios a Christine. Errou por pouco, pois ele abaixou a cabeça a tempo.

– Se ela significa tanto para você, será melhor voltar para ela, não acha? Tenho certeza de que fará um grande favor a todos nós, se isso nos poupar de seus patéticos choramingos sobre o tema.

A última frase terminou num grito agudo, porque Reilly, cansado de ouvi-la, ergueu o braço e deu um puxão na barra da saia de Brenna, que ficou parada alguns centímetros acima de sua cabeça. Desequilibrando-se, ela caiu do galho onde estava deitada direto para os braços de Reilly.

Com o nariz a poucos centímetros do dele, ela o fitou surpresa.

– Se você já terminou – ele disse com secura – o que acha de uma oportunidade para eu falar agora?

Em resposta, ela virou a cabeça.

– Muito bem. Para começar, o que está aí foi escrito há muito tempo.

– Eu sei. – Brenna tornou a fitá-lo com olhar fulminante. – Você perdeu a vontade de escrever desde sua vinda para Skye. Nem uma palavra depois do último comentário sobre a amazona...

– Correto. E você sabe o motivo?

– Suponho – Brenna disse, mordaz – que depois de páginas e páginas de tanto escrever a respeito de Christine, sua mão ficou com câimbra.

– Nada disso – ele respondeu, paciente. – Não escrevi mais porque estou feliz.

Brenna arregalou os olhos e tornou a estreitá-los com raiva.

– Ah, sei. O fato de você se dar com uma porção de imbecis e amazonas faria qualquer homem...

– Escute. – Reilly a segurou com força, para evitar que ela escapasse. – Todas as sandices que escrevi a respeito de Christine não passaram disso mesmo. Sandices escritas por um jovem que pensava estar apaixonado. Brenna, eu não sabia o que era o amor até conhecer você. E quando isso aconteceu, vi que não era algo que se pudesse escrever em um diário.

Palavras não descrevem um amor verdadeiro. Nada, nenhum dos sonetos de Shakespeare, nem canções de amor chegam perto de descrever o que sinto por você, o que aconteceu desde o momento em que a vi pela primeira vez. Por isso parei de escrever. Não anotei mais nada porque não pude. Não há idioma no mundo que tenha as palavras que eu precisaria para começar a descrever meu amor por você.

Brenna já parecia menos mal-humorada, mas não voltou ao normal.

– Para Christine você achou palavras suficientes – "delicada, diáfana, misteriosa". Enquanto tudo o que ganhei foi "amazona de calças". Sabe como me senti? Muito mal.

– Você quer palavras? – Reilly tirou um dos braços de baixo dos joelhos dela, mas conservou o que a segurava pela cintura. Assim, ela ficou em pé, mas ancorada nele. Com a mão livre ele ergueu seu queixo, e ela não teve alternativa senão encará-lo. – Pois bem, você as terá. Brenna Donnegal, você tem uma voz que não me lembra sinos, como a de outras mulheres, mas um vapor delicado. Vapor que emana de um fogo capaz de fazer do inverno a mais tórrida estação. Vapor que encontra seu caminho e se enovela através da pele e dos pulmões até se acomodar no coração de um homem como um cobertor quente.

Brenna, olhando para ele, piscou. Só uma vez, e Reilly, encorajado por seu silêncio, continuou:

– Quando olho seus olhos, não vejo sua alma. Vejo o céu. Às vezes, claro como está hoje, uma extensão azul enorme através da qual seus pensamentos, como gaivotas, mergulham e voam, alegres e enérgicas. Em outras ocasiões, o céu está coberto, nuvens escuras rodeiam suas íris, escondendo o sol, mas nunca por muito tempo. O sol está sempre lá, brilhando atrás das nuvens, esperando que seu sorriso apareça e disperse a chuva. E o riso nunca demora a chegar a seu olhar, Brenna.

Brenna continuava imóvel.

– Sua pele? – Reilly levantou uma das mãos de Brenna e abaixou a vista para ela, e Brenna acompanhou seu olhar. – Mesmo se todos os bichos-da-seda da China fossem alimentados somente com nata, eles nem assim teriam esperança de produzir nada tão macio como sua pele. – Ele passou o polegar pelas costas da mão delicada e depois a beijou. – As pessoas que nunca viram a neve, imaginam que ela tenha uma suavidade igual à de sua pele. É sensação do chocolate mais puro derretido. É uma fatia fresca de manteiga, deixada na despensa para esfriar...

– E sua alma? – Reilly traçou uma linha quente de beijos em sua mão, passou pelo pulso e pela suavidade da parte interna do braço, até chegar ao local tenro onde o ombro encontrava a base do pescoço. – É como o mar. Dadivosa. Generosa. Abundante. Nunca para... vive em incessante movimento, mas sempre tem um propósito. Determinada, mas com decoro. Indomável e também perigosamente volátil. Apimentada... – Reilly, com os lábios a uma fração de centímetro dos de Brenna, sussurrou: – Mas doce.

Brenna, de lábios entreabertos como se estivesse hipnotizada, continuava com o olhar fixo na boca de Reilly.

– Essas palavras foram suficientes para você ou ainda precisa de mais? – Reilly perguntou em voz baixa.

Brenna segurou-lhe o rosto e atraiu seus lábios para os dela.

– Não, obrigada – ela murmurou de encontro à boca de Reilly. – Foi razoável. Que tal fazer amor comigo agora?

– Finalmente! Achei que você não iria perguntar.

Eles se deitaram na grama fria e fresca.

Era atordoante o poder que Reilly tinha sobre Brenna. Apenas com palavras, ele conseguia fazê-la amolecer, da mesma maneira como ocorrera naquela manhã em seu escritório. Agora a mesma língua, embora sem a tocar, a envolvera em um tipo semelhante de magia, deixando-a desesperada para senti-lo de novo dentro de seu corpo.

Era um pensamento que não era só dela, pois ele também estava ansioso para penetrá-la. E quando Reilly a fez rolar por cima dele Brenna sentiu seu membro duro cutucando seu corpo. Pareceu-lhe natural abrir as pernas ainda cobertas pela saia de veludo, ajeitar-se sobre ele e cavalgá-lo, embora ele se mostrasse surpreso com aquela intrepidez.

Surpreso, mas satisfeito.

– Então será assim – ele concordou, com uma voz algumas oitavas mais baixa, como sempre acontecia quando Brenna estava muito perto. – Deixarei tudo em suas mãos competentes, senhora.

Reilly permaneceu deitado, com a mesma expressão de doce inocência de quando dormia... com uma diferença. Não desviava o olhar dos seios que ele conseguiu desnudar mais uma vez, abrindo os botões da frente do corpete.

Brenna, que também usava calças, sabia como abri-las. Com alguns movimentos rápidos, abriu o calção de Reilly e liberou a masculinidade manifesta que se pressionou contra ela com tanta urgência. Tomou seu membro entre os dedos, enquanto Reilly a observava com interesse. Ela se livrou de sua calcinha e o encostou no lugar em que ele se encaixava à perfeição.

Só com as palavras dele já havia ficado pronta. Não foram necessárias carícias. Brenna estava molhada de desejo. Sentou-se sobre ele, e a saia longa o impediu de ver a união. Não podia ver mas apenas senti-la, quente e úmida. O olhar dele se direcionou então para seus seios expostos. Estavam na sombra, mas alguns raios de sol penetravam através das folhas e beijavam os bicos sedosos dos seios de Brenna.

Ela se moveu – uma fração de centímetro –, e Reilly revirou os olhos. Ele a segurou pelos quadris para controlar as ondulações de ambos. Ele não imaginava como podia estar tão intumescido depois de terem feito amor tantas vezes, mas era isso o que acontecia. Ele pulsava intensamente dentro de Brenna, e o menor movimento dela o levava mais perto de explodir.

Mas Reilly ainda não se permitiu a satisfação plena. Queria sentir esse prazer junto com Brenna e logo conseguiria. Ela, cada vez mais corada, atirava a cabeça para trás, revelando o pescoço alvo, onde pulsava uma veia. Fechou as pálpebras e mordia o lábio inferior. Suas mãos estavam sobre as dele, que pressionavam os pequenos mamilos róseos...

Nisso ela se moveu mais um pouco e ele se deu por vencido.

Mas então ele percebeu, enquanto subia na espiral de outro clímax poderoso, que Brenna o acompanhava. Ela gritou, arqueando as costas, com os quadris subitamente imóveis. E assim permaneceu, enquanto ele se impelia cada vez mais fundo, preenchendo-a, inundando-a com cada espasmo angustiante...

Quando Reilly terminou, Brenna apenas sorriu e abandonou-se sobre ele, com a testa encostada em seu ombro másculo. Ambos estavam esgotados.

Ficaram deitados mais um tempo, escutando os pássaros e, a distância, o balido de um rebanho de carneiros das Terras Altas.

– Você promete que nunca mais vai ler um diário meu, se eu começar a fazer outro?

– Prometo – disse ela, com a boca encostada no pescoço de Reilly –, se você prometer que nunca mais entrará em meu escritório, pois há coisas que não quero que você veja.

– Não importa. De qualquer modo, não consigo ler sua caligrafia horrorosa. – Reilly alisou alguns cachos caídos no rosto de Brenna. – Mas sei que ficarei em desvantagem.

Ela não respondeu, levantou a cabeça e fitou-o com seriedade.

– O que foi que Lorde Glendenning lhe disse quando vocês saíram daqui esta manhã?

– Pouca coisa. – Reilly se apoiou nos cotovelos. O solo não era tão confortável como parecia. – Brenna, ele sempre a ameaça daquele jeito? Ficarei muito feliz em curá-lo desse hábito.

Ela escorregou de cima dele e se sentou. Reilly não podia ver o rosto oculto pelos cabelos.

– Você não contou nada sobre nós, contou?

Reilly afastou o cabelo para ver seus olhos.

– Você se incomodaria se eu o fizesse?

– Sim. – Brenna o fitou com olhar quente. Reilly não mentira ao dizer que os olhos dela lhe lembravam o céu. Agora eles resplandeciam como o céu do meio-dia no verão. – Porque ele provavelmente tentaria matá-lo.

– Verdade? E você me disse, no castelo de Glendenning, há meses, que o conde não era tão mau...

– Ele não é – Brenna concordou. – Exceto quando seu orgulho está em jogo. Antes de tudo ele é um MacLeod e os MacLeods são guerreiros.

Reilly levantou uma sobrancelha.

– Você tem tão pouca fé em minha habilidade para me defender?

– Claro que não! Mas... ele tem uma espada considerável.

Reilly curvou as duas sobrancelhas.

– Se eu fosse você, não me preocuparia com Lorde Glendenning. No momento ele está ocupado com Pearson e Shelley. São os meus amigos de Londres que chegaram esta manhã.

– Sei. – Ela tirou mais algumas mechas de cabelo do rosto. – O que eles queriam?

– Ah... – Reilly ajustou e fechou o calção. – Saber como eu estava vivendo neste fim de mundo...

Apesar das palavras leves, Reilly sabia que o tempo passava rápido. Pearson e Shelley haviam usado o título dele, e chegaria um momento em que ele teria que contar a verdade a Brenna. Talvez fosse melhor fazer logo a revelação, antes que ela descobrisse acidentalmente.

– Escute, Brenna, preciso lhe contar uma coisa...

– Ah, é? – Ela o fitou com os intensos olhos azuis.

– É... – Até onde chegaria a antipatia de Brenna pelos lordes? Ele se levantou, momentaneamente perdido. – Feche seu vestido. O balido dos carneiros está ficando mais próximo, mas não acho que nenhum deles cairá no riacho. Podemos entrar e conversar.

Brenna fez o que lhe foi sugerido. Abotoou o vestido de veludo, deu a mão a Reilly e permitiu que ele a levantasse.

– Temos muito o que conversar – Reilly recomeçou, nervoso.

– Suponho que sim – Brenna concordou. – Por exemplo, como faremos para Lorde Glendenning não descobrir o que está acontecendo?

– Ora, você não vai começar com isso de novo, vai? – Reilly passou a mão pelo cabelo. – Você ficará surpresa ao descobrir que sei tomar conta de mim. Fiz isso durante trinta anos.

– Eu sei, mas...

– Escute, tenho que lhe dizer uma coisa, antes de entrarmos em...

– Está bem. – Brenna se curvou para pegar o diário que estava a seus pés. – Vá primeiro, Reilly, mas você sabe que não poderemos...

Reilly não ouviu o que eles não poderiam fazer. No momento em que Brenna se abaixou, ele escutou uma detonação que espantou os pássaros das árvores e fez que os carneiros que rodeavam o riacho fugissem a toda a velocidade.

Algo muito duro o atingiu no ombro, e Reilly caiu.

Ouviu Brenna chamá-lo pelo nome, viu-a largar o diário e as folhas do caderno se soltarem.

A última coisa que Reilly viu, antes que a escuridão descesse sobre ele, foram as páginas do diário se espalharem ao vento da primavera.

24

– Onde ele está?

Charles Pearson acordou do cochilo e teve uma visão, ainda com os olhos turvos.

Pelo menos foi o que lhe pareceu. Na verdade nunca teve visões, exceto uma vez em que espiou a copeira desfilando nua pelo jardim de rosas da família à meia-noite, uma antiga tradição celta destinada a inspirar amor no coração do namorado de qualquer jovem que cumprisse o ritual. Infelizmente, no caso de Colleen, isso acabou lhe rendendo a demissão, quando a senhora Pearson descobriu que Charles, seu filho mais velho, era o namorado que Colleen tinha em mente.

Sentado numa poltrona do grande hall de Lorde Glendenning, piscando sem entender o que se passava, refletiu que Colleen fora mais do que uma visão se comparada com essa, pois ela estava nua. A atual usava um vestido longo de veludo azul com botões de pérola que iam até o pescoço, mas pelo menos não era dentuça nem tinha as pintas de Colleen.

Alguns botões da fileira interminável não estavam fechados, e a visão arfava, o que o fez pensar que ela não se materializou simplesmente sobre a lareira e que devia ter aparecido por um método menos espiritual, talvez uma corrida. Os botões abertos permitiram que ele tivesse um panorama dos seios magníficos.

– O senhor não me ouviu? – A visão tinha voz rouca e estava impaciente. Talvez em virtude de estar escondida atrás da cabeleira vermelha que caía em cachos, lembrando a cabeça mágica e cheia de serpentes da Medusa. – Eu lhe perguntei onde ele está.

Pearson, totalmente acordado, entendeu que não se tratava de uma visão. Era uma mulher. Viva e respirava. Extremamente bela, mas com um temperamento terrível, haja visto o atiçador de ferro que ela apontava para a garganta dele.

Pearson se agarrou nos braços da poltrona e olhou ao redor à procura de ajuda. A única pessoa que ele viu foi Shelley, largado em outra poltrona e roncando. Eles haviam levantado muito cedo para pegar a balsa de Lochalsh e tinham ficado sonolentos após o almoço, na certa por causa do *haggis*.

– Vou lhe perguntar... pela... última... vez...

Ela empunhou o instrumento mais para perto do rosto de Pearson. Na verdade, estava tocando seu nariz. Um segundo depois a ponta penetrou em uma de suas narinas, causando-lhe dor. Ele não ousou se mover, com receio de que a pele de sua face fosse arrancada.

– Suponho que a senhora esteja se referindo ao conde – ele disse em voz baixa.

– Exatamente– a visão confirmou com voz gélida. – Onde ele está?

– Perdão, senhora, mas eu não sei. Ele estava aqui agora pouco. Acho que adormeci e...

Nisso a porta se abriu com uma batida, e o conde – graças a Deus, o conde – gritou com seu sotaque inconfundível:

– Brenna, o que você está fazendo aqui? E por que está enfiando esse ferro no nariz do senhor Pearson?

No mesmo instante, Pearson sentiu alívio quando a visão afastou o metal frio de seu rosto.

E pôde assistir ao drama que se desenrolava diante dele.

A visão, que pelo jeito se chamava Brenna – um nome engraçado que ele, Stillworth e Shelley sempre haviam atribuído a mulheres feias – brandiu o atiçador pesado em um arco magnífico e atingiu o braço que o conde erguera, na tentativa de proteger a cabeça, que era o alvo da jovem.

– Ficou maluca? – o conde deu um berro e agarrou a barra. – O que deu em você para atirar essa coisa em mim?

– Estou pensando que milorde atirou em Reilly! – a jovem gritou à altura do modo como fora interpelada, insultando o conde com palavrões que

Pearson jamais ouviu pronunciados por uma dama... e que ele empregava no sentido mais livre do vernáculo.

– Atiraram... – Pearson esfregou o rosto. A narina lhe doía – ...em Reilly?

– Isso mesmo – a visão rosnou, enquanto tentava arrancar o atiçador da mão do conde. – E foi esse... – se seguiram mais palavras obscenas.

Pearson, alarmado, se levantou e cutucou Shelley na panturrilha.

– Acorde, meu velho. Acorde!

Shelley abriu um olho, percebeu a visão e depois abriu o outro, para observar o jogo de cabo-de-guerra com o instrumento de remexer brasas.

– Quem é essa jovem atraente?

Àquela altura, Glendenning conseguira arrancar o instrumento de ferro das mãos da visão e jogou-o do outro lado do hall. A visão, sem se dar por vencida, avançou no rosto do conde com as unhas em riste.

– Não estou gostando – Shelley sentenciou. – ela vai acabar se machucando.

– Ela disse que Glendenning atirou em Stillworth – Pearson informou ao amigo, enquanto os dois tentavam afastar Brenna do conde, que havia caído no chão.

– O quê? – Shelley conseguiu segurar Brenna pela cintura, mas ela lutava para se livrar dele. – Atiraram em Stillworth?

– Não sei quem é Stillworth – Brena continuou esperneando. – Mas alguém atirou em Reilly e aposto tudo o que tenho que foi esse grande...

– Santo Deus – Shelley gritou, embora não se pudesse garantir se fora em resposta à informação de que Stanton foi baleado ou pelo que se seguira na forma de uma opinião altamente descritiva a respeito da mãe de Lorde Glendenning.

– Ele está morto? – Pearson sentiu que *alguém* devia se encarregar da situação. Já ouvira histórias sobre os habitantes das Terras Altas – que eram selvagens, sem princípios – e decidiu que esse "alguém" devia ser ele. Por esse motivo, segurou a jovem pelos pulsos – para evitar que ela arranhasse Shelley – e fez a pergunta decisiva.

– Ele está morto?

Imediatamente ela parou de lutar. Largou-se nos braços de Shelley, perdeu a aparência de uma Valquíria vingadora para se transformar numa jovem exausta.

– Ainda não – ela disse em tom emocionado e patético. – A bala não atingiu artérias vitais, por isso consegui deter a hemorragia. Mas não consegui retirar a bala. – Ela levantou os extraordinários olhos azuis marejados de lágrimas. – Ela está encravada muito fundo. Reilly morrerá por envenenamento do sangue, e será por minha culpa.

– Não permitirei que isso aconteça. – Pearson estalou os dedos. – Solte-a, S. J. Ela nos levará até Stillworth.

Brenna sacudiu a cabeça com pesar e olhou os dois homens, esquecida de Glendenning.

– Mas o que os senhores poderão fazer? – ela indagou com voz alquebrada.

– O que poderemos fazer? – Shelley riu. – Minha querida, você está olhando para sir Charles Abernathy Pearson III, um dos maiores especialistas da Inglaterra em remover projéteis. E eu também entendo um pouco do assunto.

Pearson, apesar do receio de ter sido alçado a um posto de tal responsabilidade, pois o item mais próximo de um projétil que ele extirpou foi um apêndice ingurgitado, sentiu-se grato a Shelley porque o amigo demonstrara ter um pouco de juízo naquela cabeça oca. A jovem parecia aliviada e limpava as lágrimas com as costas da mão.

– Venham comigo! – ela gritou. – Venham comigo imediatamente! – E saiu correndo do hall.

Shelley olhou para o conde, que limpava os arranhões do rosto com uma ponta do kilt.

– Não fiz isso – Glendeninng afirmou repetidas vezes. – Não sei do que ela está falando. Não fui eu.

– O que faremos com ele? – Shelley murmurou com ansiedade.

– Ele está bem. – Pearson pegou a capa.

– Não, quero dizer... se ele realmente atirou em Stillworth... Nós deveríamos... não sei. Prendê-lo ou coisa parecida?

Person olhou para o conde, que procurava ver seu reflexo na lâmina da espada.

– Deixe estar. Ele não vai a lugar nenhum.

– Você acha que ela é a jovem?... – Shelley sussurrou enquanto saíam do hall. – E que, por causa dela, Stillworth não quer sair desse maldito lugar?

– Se não for – Pearson decidiu –, então é uma vergonha lamentável e será melhor deixarmos que morra.

25

Vozes.

Ele ouviu vozes. Suavemente murmuradas. O que, de certa forma, era mais irritante do que uma conversa em voz alta. Como saber quem falava? A quem ele ia despedir pela manhã por perturbar seu sono?

Oh, Deus. Alguém chorava. Não podia haver engano. Era o som de choro. Suas irmãs. Eram choronas, todas elas. Por que Bates não as mandava embora? Não lhe faltava mais nada! Um bando de mulheres chorando ao lado de sua cama. Elas não sabiam que ele não morreria? Ele já levou um tiro em outra ocasião.

Talvez não fosse verdade, mas ele não deixaria a vida por causa de uma bala no ombro. Era viril demais para isso.

O que Bates estava pensando, afinal, ao permitir a entrada de suas irmãs? Duelar era ilegal, exceto no continente. Quando saíssem dali, elas espalhariam pela cidade inteira que ele perdeu essa última pequena disputa contra... Por falar nisso, com quem ele duelara? Não se lembrava de nenhuma derrota ultimamente.

Ethelridge. Teria lutado com Ethelridge? Mas por qual motivo? O camarada estava casado com Christine, e isso já era punição suficiente para qualquer homem, não era?

De repente, ele acordou.

Não escutou mais nenhum choro. O que seria aquilo?

Alguém jogava cartas. O som era inequívoco.

Começou a enxergar melhor. Estava em um quarto que não conhecia, deitado num colchão de plumas, em uma cama ornamentada com arabescos. Do outro lado do quarto, o sol brilhava fora da janela, e era possível sentir o cheiro de maçãs assadas.

Acima, notou as vigas e mais no alto...

Não era imaginação sua. Era um telhado de colmo.

Ao lado da cama enorme, Pearson e Shelley estavam sentados em mangas de camisa. Não acreditava que eles estivessem ali jogando cartas, sendo que tinham coisas muito mais interessantes para fazer.

– Ah – Shelley sussurrou. – Vinte e um. Ganhei.

– Malandro – Pearson reclamou. – Você não pode ter ganhado de novo. É impossível.

– Não é – Shelley retrucou. – Você não embaralhou direito.

– Embaralhei as cartas um tempão. Você está roubando.

– Como eu poderia roubar se você deu as cartas?

Reilly queria perguntar sobre o paradeiro de Brenna e se ela estava bem, mas quando abriu a boca, só conseguiu emitir um resmungo.

Mas isso bastou para atrair a atenção dos dois homens. Eles pararam de brigar por causa das cartas e o olharam com surpresa.

– Ah, eu sabia – disse Pearson em tom amigável. – Você está acordado. Já não era sem tempo. Como está se sentindo?

– Eu lhe mostrarei como se embaralham cartas. – Shelley mal o olhou e pegou todas as cartas. – Olá, Stillworth.

Reilly resmungou outra vez.

– Ele quer água – Pearson afirmou. – S. J., pegue água para ele.

– Já dei a ele aquela porcaria do láudano. – Shelley embaralhava as cartas. – Agora é sua vez.

Pearson suspirou, levantou-se e pegou um copo com água. Mas quando Reilly tentou levantar o braço direito para pegar o copo, estocadas de dor o fizeram se deitar de novo.

Pearson não pareceu impressionado.

– A outra mão, seu tolo. Você levou um tiro desse lado.

Reilly pegou o copo com a esquerda, bebeu toda a água e devolveu o copo para Pearson.

– Brenna... – disse Reilly com voz quase normal.

– Sim? – Pearson arqueou as sobrancelhas.

– Ela está ... – Reilly pigarreou. – Ela está bem?

– Você não se lembra? – Pearson fez uma careta e fitou o amigo.

Reilly desejou poder utilizar o braço direito. Se pudesse, teria dado um soco no rosto de Pearson.

– Não, não me lembro – Reilly resmungou com impaciência. – Estive inconsciente, seu idiota. Onde ela está? Ela está bem?

– Claro que sim. – Pearson parecia confuso. – Tenho que lhe dizer, amigo, que é uma ingratidão você me chamar de idiota. Fui eu quem tirou a bala de seu ombro. Sua preciosa senhorita Donnegal não conseguiu extraí-la.

– Isso – Shelley disse, sem tirar os olhos das cartas, que passava de uma das mãos para a outra – porque ela estava pessoalmente muito envolvida com esse pobre infeliz. Não teve coragem de dar o puxão necessário. Suponho que a senhorita Donnegal teve medo de machucá-lo. Felizmente, nosso *Sir* Charles não teve essa preocupação. Apoiou o pé na cabeceira e deu o mais violento tranco que já vi. A bala estava incrustada no osso. Um milagre que Pearson não o tenha quebrado.

– Mentira! Cuidei do paciente como se ele fosse uma criança. – Pearson se mostrou ofendido. – Como se fosse meu próprio filho. A senhorita Donnegal não poderia ter feito melhor, mesmo que ela desprezasse Stillworth, o que de fato devia fazer. Obviamente ela não sabe que se deixou envolver por um infame vulgar. – Ele ajeitou o colarinho da camisa. – Essa foi uma intervenção digna de um profissional de meu naipe, e eu a executei, se me permite dizer, com segurança.

– Faça-me o favor. – Shelley deixou as cartas de lado e piscou para Reilly. – Ele teve que tomar três ou quatro goles de uísque antes de se aproximar de você. Stillworth, você parecia próximo da morte.

Reilly, com dores, não estava com paciência para as brincadeiras dos amigos. Assim mesmo, conseguiu pronunciar algumas palavras de agradecimento antes de repetir a pergunta.

– Agora me digam, onde ela está?

Pearson e Shelley trocaram olhares surpresos, e Shelley assobiou longamente.

– Então não pretendem dizer nada?

– Eu não lhe disse? – Pearson gracejou com Shelley.

– Ora, e como eu ia saber? – Shelley aparentou estar aborrecido e desapontado. – O que uma jovem esplêndida como aquela haveria de querer com um tolo como Stanton?

Pearson sacudiu a cabeça e fitou Reilly com censura

– Você arrebentou nosso coração, Stillworth.

– Então foi por isso que ele não se importou por Christine ter se casado com Ethelridge. – Shelley suspírou. – Só pensava naquela jovem deliciosa...

– Onde ela está? – Reilly rugiu.

– Santo Deus! – Pearson piscou para Reilly. – Se quer mesmo saber, ela está no quarto, dormindo, embora eu acredite que não vai demorar para acordar com seus gritos. Tive que lhe dar uma dose para relaxar.

– Dose do quê? – Reilly tentou se sentar.

– O que você está fazendo? – Pearson ficou preocupado. – Você vai estragar minhas ataduras artísticas.

– Não amole! – Reilly se irritou, e sua testa estava suada pelo esforço e de dor. – Pelo amor de Deus, Chas, o que deu a ela?

– Você sabia – Shelley fitou-o com interesse – que, apesar de ser um bom médico, é um péssimo paciente?

– Olhe aqui, Stillworth – Pearson cerrou os dentes. – A jovem estava desorientada de tanta inquietação por sua causa...

– E por pouco não se tornou homicida – Shelley acrescentou.

– Homicida? – Reilly fitou os amigos sem entender. – Do que estão falando?

– Quando tivemos a honra de conhecer seu novo amor – Pearson explicou – ela tentou atingir com um grande atiçador a cabeça de quem ela suspeitava que houvesse atirado em você.

– Deus do céu! – Reilly gritou, estupefato.

– Foi sensacional – Shelley demonstrou satisfação. – No final, fui eu quem a desarmou.

– Que nada – Pearson o contradisse. – Foi Glendenning quem tirou o ferro das mãos dela. Você só evitou que ela lhe atingisse os olhos.

– Glendenning? – Reilly gemeu. – Eu disse a vocês que o vigiassem!

– É... – Pearson parecia pouco à vontade. – Nós cochilamos... – Ele viu o olhar carrancudo de Reilly e retificou – ...mas só um pouco. – Esclareceu, sem delongas, a cena que presenciaram ao acordar.

– Ela parecia uma tigresa feroz – Shelley achou melhor acrescentar. – Nunca vi nada parecido. Virou aquele peso todo como se fizesse isso desde o berço. Stanton, se está pensando seriamente em passar a vida com ela, é preciso ter cuidado. Ela é atraente, mas tem uma mira muito boa.

Reilly ignorou o sábio conselho.

– Na verdade, ela não viu Glendenning puxar o gatilho, não foi? – Reilly supôs.

– Ela não viu nada – Pearson explicou –, exceto você desabar no chão. – Qualquer outra mulher desmaiaria, e você teria sangrado até morrer. Nesse momento, estaríamos em seu funeral. Mas a intrépida senhorita Donnegal estancou a hemorragia e tentou remover a bala. Sem conseguir seu intento, resolveu matar o responsável por aquela monstruosidade. E foi aí que nós entramos.

– Certo. Fomos atrás dela, pegamos você, limpamos a sujeira e o levamos para a cama – Shelley contava os feitos nos dedos – retiramos o projétil, enfaixamos seu ombro e o braço, demos um remédio para sua amada dormir, jogamos dezesseis rodadas de *casino* e ganhei doze. – Olhou para Pearson. – Deixei de mencionar alguma coisa?

– Sim. Você não contou que todas as mulheres do distrito estiveram na cabana pelo menos uma vez para chorar ao lado da cama do "jovem doutor" e para deixar uma torta para quando ele se sentisse melhor.

– É verdade. – Shelley se alegrou. – Esqueci as tortas.

– E de Glendenning. – Pearson bocejou, o que deixou evidente para Reilly que, apesar do pouco-caso dos amigos, eles haviam se esforçado muito por sua causa nas últimas vinte e quatro horas. – O conde vem aqui periodicamente para vê-lo, sempre repetindo que não teve nada a ver com o caso.

– Certo. – Shellley concordou. – Mas como ele não trouxe nenhuma torta, não temos certeza a respeito de sua sinceridade.

– E ele teve mesmo alguma coisa a ver com isso? – Reilly questionou.

– É evidente – foi a resposta de Pearson. – O conde jamais admitirá que puxou o gatilho. Afirma que havia saído da propriedade para refletir um pouco... exatamente o tipo de coisa que ele diria, se fosse culpado. Não há testemunhas desse passeio, embora um garoto careca saiba de alguns detalhes...

– Hamish? – Reilly mencionou o menino.

– É esse o nome dele. – Pearson estalou os dedos. – O menino parece ter visto alguma coisa, mas não quer falar. Deve ter medo que o camarada o persiga, caso faça uma denúncia. Ele quer falar apenas com você. Toda hora ele vem aqui, para saber se você já acordou.

– Será que ele viu Glendenning? – Reilly desconfiou.

– A senhorita Donnegal acha que sim. – Shelley arrumou o baralho. – E é isso que acho estranho. Como ela pode ter tanta certeza que foi o conde? É, Stillworth, você se meteu num triângulo amoroso. Não que eu o culpe. Ela é um espetáculo e vale o sacrifício. Mas você nem contou a ela que é um marquês. Isso não é justo, não acha?

Reilly não respondeu, refletindo sobre tudo o que ouviu. Brenna, certa de que o conde havia atirado nele, tentou matar Glendenning. Teria o conde atirado nele? Teria visto Brenna e ele na relva? Isso poderia ter provocado uma raiva homicida em um homem como o conde...

Reilly não podia deixar de pensar – como foi desde o início – que havia alguma coisa peculiar a respeito da admiração do conde por Brenna. Reilly acreditava no que ela afirmava. Glendenning não amava Brenna pelo que ela era, mas porque era a única mulher da ilha que não queria ir para a cama dele.

– Está se sentindo melhor? – Pearson indagou. – Gostaria de comer um pedaço de torta? Há quantidade suficiente para um batalhão.

– Não. – Reilly olhou para cima. – Quero vê-la.

– A senhorita Donnegal? – Shelley arqueou as sobrancelhas. – Você está doido? Ela acabou de adormecer. Você não imagina o que ela sofreu. Ficou acordada a noite toda, com receio de que você tivesse uma hemorragia...

– Isso mesmo – Pearson apoiou o amigo. – A senhorita Donnegal tem um bom conhecimento médico, segundo ela, aprendido com o pai. – Pegou uma dupla de fotos em miniatura de cima da cômoda próxima. – O pai deve ser esse camarada, e suponho que este quarto é o do casal. – Entregou as miniaturas a Reilly, que tentou novamente erguer a mão direita. Fez uma careta de dor e pegou com a esquerda.

Reilly fitou os dois retratos, tão pequenos quanto seu relógio de bolso. Muito bem feitos, retratavam um belo casal. O homem tinha cabelos negros, rosto barbeado, e a mulher era uma versão mais magra e jovem de Brenna, porém com a mesma massa de cabelos rebeldes e vermelhos e semelhantes olhos azuis com cílios escuros.

Pearson, com um dos cotovelos apoiados na cabeceira, também observou as imagens.

– Eles já morreram?

– Não! Estão na Índia.

– Essa é boa – Pearson se espantou. – E deixaram essa flor sozinha para ser colhida por pessoas como você? Um despropósito.

Reilly o fitou com um olhar de advertência.

– Ela ficou aos cuidados de um tio. E como pretendo me casar com *essa flor*, agradeço se ficarem afastados dela, o que será bem melhor para vocês.

Shelley deu outro assobio antes de lamentar.

– Isso não é justo. Por que ele tinha de ficar com uma mulher tão formidável? Eu tenho uma aparência muito melhor que a dele.

– Por acaso está querendo levar um tiro? – Pearson disse com indiferença.

– Até valeria a pena – Shelley fez uma careta. – Desde que a cicatriz não fosse deformante... Ora, Stanton, aonde pensa que vai?

Reilly tirava o pé para fora do cobertor.

– Ver Brenna. – Reilly rangeu os dentes por causa da dor e descobriu que, se não movesse a mão direita, não havia sofrimento. Bastante promissor.

– Peça, se você precisar de alguma coisa – disse Pearson, prestativo.

– É – Shelley reprimiu uma risada. – Talvez uma padiola.

Reilly não achou graça no sarcasmo do amigo. Estava muito concentrado nos próprios passos. Não era exatamente difícil, se tivesse algo em que se apoiar, como um encosto de cadeira ou uma parede. Calculou que fosse por causa do láudano. Precisava evitar que Pearson o drogasse de novo.

Odiava o medicamento e não estava convencido de que os benefícios superassem os inconvenientes.

Sorcha, deitada ao lado da lareira, ao vê-lo na porta do quarto, se ergueu e foi para perto dele. Como se soubesse que ele não estava bem, a cadela não pulou. Apenas cheirou-lhe a mão, sacudiu o rabo e caminhou ao seu lado, com a língua de fora, mirando-o com ansiedade. Reilly lhe acariciou os pelos com a mão esquerda e entendeu que o olhar ansioso não era fome, mas preocupação.

Reilly achava inacreditável que houvesse levado um tiro! E logo após admitir em voz alta o que vinha pensando havia meses, que finalmente encontrou um lugar onde se sentia bem e precisavam dele. Era humilhante imaginar que alguém na comunidade o desprezasse tanto a ponto de atirar nele. Poderia entender, se houvesse sido Glendenning. E se fosse outra pessoa? Quem na ilha poderia odiá-lo tanto a ponto de querer sua morte, depois de tudo o que ele fez ou tentou fazer para provar seu valor?

Havia motivos suficientes para arrumar suas coisas e partir com Shelley e Pearson. Ilhéus infelizes, mal-agradecidos, mal-educados e desprezíveis! Lyming estava cheia deles. Se não queriam que ele ficasse, depois de tudo o que fez por eles, voltaria para Londres. Ora, se voltaria.

Mas ao abrir a porta do quarto de Brenna, entendeu que não poderia sair de Skye sem ela.

Brenna estava adormecida por cima da manta azul e branca, com o rosto apoiado em uma das mãos e os longos cabelos vermelhos espalhados no travesseiro. Usava um vestido verde-musgo que ele não conhecia. Em contraste com a cor densa, a pele parecia muito pálida. A respiração era curta e rápida.

Sorcha pulou na cama da dona, cheirou seu rosto e se sentou para olhar mais uma vez na direção de Reilly.

Reilly a mandou descer da cama. A cadelinha suspirou, obedeceu e voltou para a sala, antes que Reilly fechasse a porta. Sem mexer a mão direita, ele se sentou no lugar onde Sorcha estivera.

Deitou-se sobre os travesseiros e sentiu a exaustão tomar conta dele. Era o láudano. Seria difícil lutar contra o remédio. Estendido ao lado de Brenna, logo suas pálpebras começaram a se fechar lentamente.

Brenna se sentou e sufocou um grito.

Ela teve um sonho. Ela e Reilly estavam se beijando ao lado da cabana, sob a luz do sol. Ser beijada por Reilly era a coisa mais deliciosa do mundo. Pela primeira vez em sua vida jovem, sentia-se feliz. Finalmente havia encontrado um homem – e maravilhoso – que se propunha a aceitá-la do jeito que ela era. Ela, que havia se preparado para terminar seus dias como solteirona a fazendo experimentos excêntricos e debruçada em seus mapas.

De repente, aquele homem surgiu em sua vida. No começo, mal ousou acreditar. Poderia haver um homem como aquele? Que a amava, respeitava e a aceitava como ela era.

E no momento em que lhe abria o coração e a alma, ele fora arrebatado de seus braços.

Em seu sonho, ecoou um tiro, e Reilly, que momentos antes estivava tão forte e vibrante, desfaleceu em seus braços. Ela nem pensou em olhar para cima e ver quem havia atirada nele. Não, ela ficou ali parada enquanto ele deslizava junto dela, manchando seu vestido com sangue.

E todas as novas coisas que ela mal começou a esperar conseguir desapareceram num segundo. Ela olhou ao redor em desespero, até que ele alcançou seu braço com uma das mãos.

Então ela abaixou a cabeça e o viu.

Ali estava ele. O homem de seus sonhos, embora aquele estivesse usando um camisolão e um dos ombros parecesse mais alto por causa dos curativos. No queixo e maxilares a barba estava começando a crescer e havia sombras escuras sob os olhos...

Olhos exatamente iguais aos que vira da primeira vez: brilhantes, cálidos e risonhos.

Brenna deixou escapar um suspiro e depois o abraçou e descansou a cabeça em seu peito.

– Ouvi dizer – ele murmurou, e sua voz ecocou nos ouvidos de Brenna – que você tentou matar Lorde Glendenning com um atiçador de lareira.

Ela piscou. Não conseguia se lembrar de nada, do momento em que ele recebeu um tiro até esse momento. Tudo o mais era um cenário de sangue, curativos, homens estranhos que o chamavam de Stillworth e faziam comentários irreverentes...

– Não fale sobre isso. O mais importante é que você está bem.

– Se você o tivesse matado, seria enforcada como assassina. E quem cuidaria daquele abençoado corvo de seu irmão?

Brenna estremeceu.

– Não é engraçado – disse ela com os lábios tocando o camisolão. – Pensei que você tivesse morrido. Eu... não queria viver... sem você.

Ele jamais saberia o quanto custou a Brenna admitir aquilo. Era como se a medula houvesse se esvaído de seus ossos. Ela nunca experimentou um sentimento tão verdadeiro. Sem ele, não valeria a pena viver. Esse era o tamanho de seu amor.

Reilly sentiu o coração disparar ao ouvir aquelas palavras engasgadas, e não era por causa do láudano. A profundidade das emoções de Brenna – a jovem de brilhantes olhos azuis e rosto aristocrático, que combinava muito mais com um salão de baile do que com aquele bloco de rocha provincial – o desequilibrava. Brenna sentir-se asssim em relação a ele...

Era ao mesmo tempo a coisa mais enternecedora e excitante que ele já vivenciara. E foi isso que o fez esquecer a determinação de partir de Lyming na primeira oportunidade.

– É lisonjeiro – disse Reilly. Oh, Deus, por que abrira a boca? Se era para falar, por que não dizer algo mais romântico? O pior se seguiu. – Mórbido, mas lisonjeiro.

Seria por causa do láudano? Tinha que ser. Reilly lutou contra a nuvem densa que cobria seus sentidos.

– E como também me sinto assim a seu respeito – ah, aquilo soava melhor – será mais conveniente que nos casemos. E o quanto antes.

Brenna não respondeu. Reilly demorou alguns instantes para perceber que ela tornou a adormecer. Dessa vez, a respiração era profunda e regular. A cor retornou a seu rosto e, como sempre, ela estava linda.

Talvez Brenna o tivesse escutado. Talvez não. De qualquer maneira, eles estavam juntos, e isso era o que importava.

Reilly inclinou a cabeça e beijou-a na testa macia.

– Aceitarei isso como uma resposta afirmativa – ele murmurou.

E Reilly também se entregou aos efeitos do sedativo.

Eles nem podiam imaginar que seria o último sono verdadeiro que teriam por algum tempo.

26

– Foi o senhor Mackafee.

O ferimento no ombro de Reilly latejava bastante, o que não o impediu de se abaixar para ouvir as palavras murmuradas. Queria ter certeza de que entendera corretamente o que o menino dizia.

– Mackafee?

Hamish MacGregor fez sinal de silêncio.

– O senhor ficou louco? – o menino perguntou num fio de voz. – Não fale tão alto. Ele disse que me mataria, se eu contasse para alguém o que vi.

Reilly olhou ao redor. Havia muitas pessoas que podiam tê-lo ouvido. A cabana do Riacho recebia tantos visitantes quanto a igreja aos domingos, semelhança que ficava ainda mais acentuada pela presença do pastor e da esposa. Só faltava a adorável dona da cabana. Brenna saíra para dar uma dose de tônico ao irmão mais novo de Hamish, que havia exagerado na ingestão de mirtilos verdes de alguns arbustos que havia encontrado nas proximidades.

Brenna relutou em deixá-lo sozinho e só concordou depois que Reilly prometeu não retirar as ataduras, nem se empenhar em nenhum tipo de vingança contra seu quase assassino. Reilly, por sua vez, insistiu que *Sir* Charles Pearson a acompanhasse, para evitar outro acidente. Enquanto o atirador estivesse solto, não ia deixar que Brenna andasse sozinha.

Àquela altura, Hamish lhe fornecia mais do que uma pista da verdadeira identidade do misterioso matador.

– Foi o que eu disse. *Mackafee* – o menino sussurrou. – Vi com estes olhos que a terra irá comer. Ele percebeu que eu o observava e disse que se eu não mantivesse a boca fechada ele me mataria.

– Entendi. – Reilly anuiu.

Mackafee. De repente, o mundo de Reilly, que havia virado de pernas para o ar desde que levou um tiro, começava a fazer sentido. Ele estava mais preocupado pelo fato de alguém da comunidade não gostar dele a ponto de matá-lo do que com o ferimento. Somente naquela manhã admitiu que Skye havia se tornado seu lar da mesma maneira que Londres o fora até ele sair de lá. Talvez até mais, porque em Skye ele era indispensável. Em Londres havia muitos médicos e na ilha, nenhum.

Reilly não se convencera de que Lorde Glendenning houvesse tentado matá-lo. Como Brenna assegurou, os MacLeod podiam ser guerreiros, mas certamente não atirariam em um homem desarmado. Por isso lamentou ao pensar que alguém o odiasse a ponto de querer matá-lo. Ele fez um grande esforço para tratar as pessoas com respeito, apesar de que apenas um décimo deles soubesse ler e poucos tivessem hábitos considerados higiênicos.

A tristeza de constatar que alguém em Skye o detestasse tanto era pior do que a dor do ferimento. Uma simples bala destruiu todo o trabalho que havia feito.

Até aquele momento.

Mackafee. Era evidente.

Mackafee seria a única pessoa em Skye que teria motivos para não gostar de Reilly, nem do trabalho que ele vinha fazendo em prol da comunidade como um todo.

Além do mais, Mackafee jurou que se vingaria por causa do soco. E cumpriu a promessa.

De repente, o mundo de Reilly voltou a fazer sentido. O desalento inexorável desapareceu, assim como a resolução de voltar para Londres com Brenna o mais depressa possível. Tudo acabaria dando certo.

Reilly se endireitou e olhou para o garoto, que mantinha uma expressão grave.

– Se ele lhe disse para não contar para ninguém – Reilly não evitou um leve sorriso –, por que está contando para mim?

– Ora, eu lhe devo muitas obrigações por haver salvado a vida de meu cachorro e a minha também.

Reilly arreganhou os dentes num sorriso largo. Somente um verdadeiro habitante das Terras Altas consideraria a vida de um cachorro tão importante como a dele próprio.

– Considere seu débito liquidado. – Reilly tocou no chapéu de Hamish. – Eu lhe agradeço de coração por ter me revelado o que você viu.

– E o que o senhor pretende fazer agora? – Hamish não escondeu sua curiosidade.

Reilly não tinha a menor ideia. Uma coisa era certa. Não era o momento de discutir o assunto. Não na presença do reverendo Marshall e da esposa.

– Falaremos sobre isso mais tarde – ele segredou para Hamish, que anuiu com sabedoria.

O menino seguiu Reilly de volta à mesa, onde o reverendo e a senhora Marshall tomavam chá.

– Não é que não confiamos no doutor Stanton – o reverendo dizia para Shelley, que teve a infelicidade de ficar na mesa com ele e a esposa, enquanto Reilly e Hamish se afastavam.

– Longe disso – a mulher acrescentou, com um meio sorriso na direção de Shelley.

– É evidente que não – Shelley disse, segurando a xícara de chá com o dedo mindinho levantado, o que Reilly supôs que fosse uma imitação cruel da pose da esposa do ministro.

Ela possuía aquele hábito infeliz por achar que era uma postura elegante a ser seguida pela mulher mais importante de Lyming.

– Mas como homens esclarecidos... – o reverendo Marshall observou como Reilly se sentou com cuidado na cadeira – ...o senhor deve concordar que não é adequado que os três permaneçam aqui, mesmo que temporariamente, com uma jovem solteira.

Reilly, surpreso com o rumo que a conversa tomou durante sua ausência, teria respondido com cortesia, se não fosse antecedido por Shelley.

– Não creio nisso, reverendo, pois nós três somos especialistas em medicina e, por isso, extremamente confiáveis. Encaramos as mulheres apenas sob o ponto de vista profissional.

A senhora Marshal pestanejou, sem acreditar muito nessa afirmativa.

– Seja como for – o ministro não se deu por vencido –, confesso que acho isso altamente...

– Irregular – interveio a senhora Marshall.

– ...que os três fiquem aqui com a senhorita Brenna – o ministro argumentou. – Francamente, não apenas irregular, mas...

– Errado – disse a senhora Marshall com firmeza.

– Interessante – Shelley considerou. – Essa não é a opinião da senhorita Donnegal. Sendo ela a pessoa mais afetada por nossa permanência aqui, parece-me que ela mesma deveria objetar, se achasse o fato irregular.

E Brenna não achava, para aborrecimento de Reilly. Por algum motivo em particular, ela parecia contente com a presença dos amigos dele e arrumou as camas no quarto dos irmãos. Talvez fosse por gratidão pelo que haviam feito por ele.

Todavia Reilly desconfiava que houvesse algum motivo por trás disso. Desde a terna confissão dela no dia anterior, quando estavam na cama, Brenna não voltou a ficar com ele a sós. Qual seria o motivo? De qualquer maneira, ele pretendia descobrir por quê.

O reverendo resmungou uma porção de *brrr* antes de falar.

– A senhorita Brenna, além de ser muito jovem é bastante excêntrica. Não podemos esperar que ela saiba qual a maneira certa e adequada de se comportar.

– Ainda mais – a senhora Marshall acrescentou – quando sua querida mamãe está a milhares de quilômetros de distância.

– Por isso tomamos a iniciativa – o reverendo disse – de apelar aos cavalheiros que tomem uma decisão correta.

– E qual seria? – Shelley fez a pergunta com ar inocente.

– Os três – o reverendo falava devagar como se considerasse Shelley um tanto retardado – deviam procurar outras acomodações.

– Santo Deus! – Shelley fitou Reilly de viés. – Tudo menos isso! O único outro local onde poderíamos ficar seria o castelo de Glendenning, e lá, sinto informá-lo, está infestado de ratos!

Diante da menção à palavra "ratos", a senhora Marshall involuntariamente fez um movimento brusco, e metade do chá se derramou. Era evidente que ela ainda não havia se restabelecido do choque da última visita ao castelo.

– Minha querida – o reverendo a repreendeu, enquanto limpava o chá derrubado na mesa com o lenço. Virou-se para Shelley e Reilly. – Com certeza há outros lugares para ficar, além do castelo. Minha esposa e eu teríamos prazer receber os três durante a permanência...

A senhora Marshall rapidamente se recuperou do trauma induzido pela referência aos roedores.

– Claro! – ela gritou. – Venham ficar conosco! Adoraríamos recebê-los. – Minhas filhas são muito hospitaleiras e gentis. Os senhores serão tratados como nobres.

A sugestão agradou a Shelley. Esperançoso, ele fitou Reilly, que, com um sutil movimento de cabeça, pôs fim às expectativas do amigo. As filhas do reverendo até poderiam tratá-los regiamente, mas eles teriam dificuldade para se soltar das garras das moças, que eram ávidas por homens solteiros.

Reilly não teve tempo de pensar em uma recusa sem ofensas. O corvo Joe deu um grito agudo, e a porta da frente se abriu com violência.

Cinco cabeças espantadas – seis, contando com a gata – se viraram para a porta. Sem dúvida, era o conde de Glenndenning, com sua *delicadeza* habitual. Em uma das mãos, segurava a espada de seus ancestrais; na outra, carregava uma garrafa do melhor uísque da senhora Murphy, já pela metade.

– Stanton. – Iain MacLeod mal se firmava nas pernas. – Tenho uma questão para resolver com o doutor.

No mesmo instante, o reverendo ficou em pé, tocou a esposa para que fizesse o mesmo e empurrou-a em direção à porta, murmurando despedidas para todos na passagem.

Glendenning, apesar de embriagado, saiu do caminho e desejou-lhes um bom dia. A gentileza não deve ter sido ouvida, na pressa de saírem da cabana.

Mal se retiraram, Glendenning fez uma declaração com sua voz potente.

– Graças a Deus que eles foram embora. Não os suporto. Estão sempre exibindo aquelas filhas horrorosas. Como se eu olhasse duas vezes para elas, por causa das toalhinhas que elas vivem bordando. Eu lhes pergunto, o que um homem faz na cama com tantas toalhinhas bordadas?

Shelley caiu na gargalhada. Até Hamish, que olhava a cena de olhos arregalados, deixou escapar uma risadinha. Glendenning virou-se e apontou a espada para os dois.

– Não tem a menor graça – ele afirmou com severidade. – Trata-se de um assunto sério entre Stanton e eu.

Shelley fez o possível para conter o riso, o que não foi fácil. Hamish fechou a boca. A visão da espada foi suficiente para sufocar a vontade de rir.

– Assim está melhor – Glendenning afirmou. – Agora nós, Stanton. – Cambaleando um pouco, ele ficou em pé diante de Reilly que continuava sentado na cadeira.

– Brenna está pensando que fui eu quem atirou no doutor e... bem, o problema era eu ignorar que houvesse um motivo para matar Stanton. Até que ela me acusou. Não vou entrar em detalhes de como me sinto a esse respeito, embora considere desleal e suja essa armadilha que o doutor armou, por conhecer meus sentimentos a respeito dela.

Glendenning se empertigou, o que o fez parecer ainda mais alto, e estufou o peito antes de concluir.

– Portanto, o que vim lhe dizer é que, se eu imaginasse o que o doutor estava preparando, certamente teria dado o tiro antes. Como todos sabem, eu a vi primeiro ou, para ser mais exato, conheço-a de longa data. Por direito – ele apontou a espada para o rosto de Reilly – eu devia cortá-lo do umbigo até o queixo e ficar olhando suas tripas saltando para fora.

Com tal imagem descritiva, Shelley ficou boquiaberto, mas Hamish deixou transparecer certa apreciação. Reilly, contudo, fitava Glendenning sem se mexer na cadeira.

– Acontece – o conde prosseguiu e abaixou a espada – que não sou um homem vingativo. Sou um MacLeod, e os MacLeod sabem reconhecer quando a batalha está perdida. Nesse caso, tenho a impressão de que Reilly Stanton foi o vencedor. Por isso resolvi não interferir e deixá-los à vontade. – Ele parou com a garrafa de uísque a caminho da boca, quando se lembrou de algo.

– Ah, sim – acrescentou. – Também não fui eu quem atirou no doutor.

Dito isso, começou a beber lentamente.

Reilly deu uma leve pancada nas mãos de Shelley antes que este pudesse puxar o coro de aplausos pelo discurso dramático do conde.

– Eu sei – Reilly se dirigia a Glendenning.

O conde puxou o gargalo da boca com um estouro e olhou com espanto para Reilly.

– Sabe?

– Sim. – Reilly concordou com um aceno de cabeça.

– E do que exatamente – o conde pareceu confuso, talvez pelo excesso de uísque que já havia bebido naquela manhã – o doutor tem ciência?

– Que o autor do tiro não foi milorde.

Glendenning ficou pasmo.

– Como é que você sabe "disso"? – disse Shelley aos gritos.

Hamish, imóvel perto da lareira, arregalou os olhos para Reilly, por baixo da aba do chapéu.

– Eu sei – Reilly replicou com calma. – E isso é tudo.

– Mas... – Shelley estava atônito. – Então o que pretende fazer a respeito do caso?

– Ah, meu amigo, isso é...

Reilly se interrompeu com o som de vozes do lado de fora da porta de entrada, que Glendenning deixara aberta.

– Ah, talvez seja nosso assassino – disse Shelley assustado – que veio terminar o serviço.

Dedução errônea. Tratava-se de Brenna e Pearson, que voltavam da visita aos MacGregor. Por causa do trajeto longo, ela vestiu calças, mas substituíra o suéter por uma camisa branca do pai, por causa do calor. O efeito foi aprovado com entusiasmo por Reilly, embora não lhe agradasse que os outros homens também pareciam ter gostado.

Brenna e Pearson entraram conversando, mas se calaram ao ver quem estava sentado à mesa com Reilly e Shelley. Ela enrubesceu e apertou as mãos em punhos.

– Você! – disse ela, exaltada, e a hostilidade contra o conde emanava dela em ondas quase visíveis.

Reilly e Shelley educamente se levantaram quando Brenna entrou, mas Glendenning permaneceu sentado... um deslize que Reilly perdoou, pois o conde já estava em estado de embriaguez.

– Sou eu, sim – Glendenning confirmou com semblante desanimado. – Por favor, Brenna, não será necessário procurar o atiçador para me atingir. Já expliquei que não dei o tiro em Stanton, e ele acreditou. Você também tem que aceitar minha palavra.

Brenna atirou para trás a cabeça e deu uma risada histérica.

– E por que eu deveria acreditar? – ela retrucou. – Os fatos lembram seu estilo de agir.

– Atirar em um homem desarmado? – Glendenning, apesar de ébrio, levantou o queixo e mostrou-se indignado. – Você me conhece e sabe que eu jamais faria uma coisa dessas. Nenhum MacLeod atiraria num homem desarmado. Além disso – continuou, lançando os ombros para trás –, sou um espadachim.

Brenna não acreditou nele, mas entendeu que não adiantaria discutir com um homem em tal nível de intoxicação alcoólica. Contra seus princípios, pressionou os lábios para não falar.

Pearson guardou a capa e percebeu que havia mais duas xícaras.

– Reilly, você teve visitas, enquanto estivemos fora?

– Os Marshall – Reilly respondeu. – Eles estão preocupados com seu bem-estar moral, Brenna, o que consideram um dever.

Reilly adorou ver Brenna corar ainda mais enquanto o fitava com olhar de desaprovação. Ele tinha certeza de que algo a aborrecia, além do fato de ele ter sido alvejado. Por isso ela não se incomodou em hospedar Shelley e Pearson. Reilly estava determinado a descobrir do que se tratava.

Mas não naquele momento, nem diante daquelas pessoas.

– Umas gralhas velhas, isso sim – Shelley disse. – É o que penso deles. Venham até aqui, vocês dois. Tomaremos um pouco do excelente uísque de lorde Glendenning.

– Que ótimo. – Pearson se sentou no lugar ocupado pouco tempo atrás pela senhora Marshall.

– Hamish – Brenna notou o menino perto da lareira. – O que está fazendo aqui?

Hamish pestanejou com aqueles olhos grandes e inocentes.

– Nada – ele respondeu com suavidade.

Ela o fitou sem acreditar, mesmo sem ter nenhuma acusação contra ele.

– Brenna – Reilly falava com a mesma inocência enganadora empregada por Hamish –, Lorde Glendenning gostaria de dizer algumas palavras, não é, milorde?

O conde fez um gesto afirmativo com a cabeça.

– Brenna, não fui eu quem...

– Não é isso. – Reilly o interrompeu imediatamente. – A outra coisa.

Glendenning ficou momentaneamente confuso.

– Não sei do que...

– Sobre Brenna – Reilly o instigou.

– Não me faça falar sobre isso, Stanton – o conde respondeu, carrancudo.

– Está bem, falarei por milorde. Brenna, Lorde Glendenning veio desejar votos de felicidade para *nosso* futuro.

Brenna arregalou os olhos.

– É verdade – disse Glendenning, depois de receber um cutucão de Reilly sob a mesa.

Brenna não se mostrou nem um pouco emocionada.

– Bem, milorde, se isso é verdade, sinto muito tê-lo machucado com o atiçador.

– Ah. – Glendenning puxou o colarinho da camisa para disfarçar o embaraço. – Nem ficou marca.

Reilly resolveu acabar com o constragimento e disse a primeira coisa que lhe veio à cabeça.

– Como está passando o pequeno MacGregor?

– Seumas está enfrentando as consequências normais e desagradáveis de uma ingestão excessiva de frutos verdes – Pearson respondeu.

– Ele vai sarar? – perguntou Hamish, interessado pela saúde do irmão mais novo.

– Certamente – Brenna explicou. – Dei a ele um pouco de ópio misturado com água, pois estou desconfiada que pode ser algo além de indigestão.

– Excelente – Reilly aprovou, mesmo sem ter tido conhecimento do que se passou.

Ele não conseguia deixar de pensar no que estaria acontecendo com Brenna. Por que ela estava evitando ficar a sós com ele? Ele teria dito alguma coisa, sob a influência do láudano, que lhe desagradou? Não era possível. O que mais, além da verdade – que a amava até a loucura – ele poderia ter dito?

Seria mais provável que Pearson ou Shelley houvessem revelado qualquer inconveniência. Observou os amigos, que tomavam o uísque de Lorde Glendenning. Sabia que esteve inconsciente por quase um dia inteiro. Não havia como saber o que eles haviam dito a Brenna que a levara a adotar aquela atitude tensa em relação a ele. Teriam explicado que ele era um marquês? Deus o ajudasse se Brenna tivesse descoberto o que ele devia ter lhe contado há tempos.

Reilly tinha intenção de revelar a verdade à sua própria maneira e no tempo certo. Se Pearson ou Shelley houvessem deixado escapar uma palavra indiscreta...

Ah, iam ter que pagar caro por isso.

– Se não foi Lorde Glendenning quem atirou em você – Shelley perguntou com sua habitual falta de tato, tocando no assunto em que Reilly evitara tocar depois que Brenna voltara para a cabana –, então quem foi?

– Meu voto é para aquele Mackafee – Pearson opinou –, aquele da história que a senhorita nos contou.

Brenna, ao lado do aparador, os fitou com espanto.

– Harold Mackafee? – ela sussurrou.

– É, pensando bem, tem sentido – Pearson continuou. – Pela maneira como a senhorita Donnegal descreveu o caso, ele teria motivos para querer matar Stanton.

– Meu pai bateu em Harold Mackafee várias vezes, e ele nunca foi atrás dele com um rifle.

– Talvez Reilly tenha exagerado na dose.

– Ou então – Reilly interveio, tenso – não foi Harold Mackafee o autor do disparo.

Ele não disse isso para desmerecer Hamish nem para evitar o constrangimento do garoto com o rumo que a conversa tomara. O que Harold Mackafee fez era um problema exclusivamente de Reilly e de ninguém mais... pelo menos até ele resolver o que fazer com o homem.

Reilly olhou para Brenna, que evitava encará-lo. Ele esfregou a pele lisa do queixo. Havia se barbeado naquela manhã pela primeira vez depois do acidente e se vestiu com aprumo. Refletiu que estava na hora de encarar o mundo e Brenna de uma maneira civilizada.

Embora estivesse certo de que desejava olhar de frente apenas para Brenna, embora ela não demonstrasse vontade de ficar com ele.

Intrigado sobre os motivos do retraimento de Brenna, não notou quem havia chegado, mas ouviu a voz rouca de Brenna.

– O que aconteceu, Maeve?

Reilly virou a cabeça para a porta e viu a moça na entrada, com os olhos inchados e vermelhos de tanto chorar. Maeve ofegava, como se houvesse corrido desde a taverna.

– Ah, senhorita... Ah, senhorita Brenna...

O choro convulsivo não a deixava falar. Brenna largou a chaleira, aproximou-se da rapariga e a abraçou.

– O que foi, Maeve? Pode contar. Aconteceu algo errado?

Maeve continuava soluçando.

– Ah, senhorita Brenna... – Ela lançou um olhar na direção de lorde Glendenning. – É Flora, senhorita Brenna. Ela adoeceu... com aquilo.

– Aquilo o quê? – Reilly perguntou, mas ninguém lhe deu atenção.

Brenna segurou Maeve pelos ombros e sacudiu-a levemente, como para tentar fazê-la raciocinar.

– Adoeceu com *o quê*, Maeve? – Brenna perguntou.

Lorde Glendenning se levantou. A cadeira, como de costume, caiu para trás, mas ele não notou. Fitava a rapariga com ansiedade.

– A senhorita *sabe* com o quê – Maeve gritou e escondeu o rosto nas mãos. – A senhorita *sabe*! É cólera de novo, senhorita. Aposto minha vida nisso. *É cólera de novo.*

27

O nevoeiro da manhã cobria a ilha, tornando péssima a visibilidade. No alto do rochedo, o castelo de Glendenning não estava visível. Do lugar onde se encontrava, Reilly não podia ver a taverna, embora soubesse que ali havia gente acordada e com lamparinas acesas.

Era muito cedo, mas os pescadores já haviam saído nos botes. A maioria das gaivotas seguira os barcos e as redes, mas algumas sobrevoavam Reilly e seus amigos, que esperavam a balsa. Com exceção das ondas que batiam no píer, ouviam-se apenas o barulho feito pelas aves.

– A balsa está atrasada – Pearson comentou, impaciente.

– Sujeito idiota. – Shelley estremeceu, mas não de frio.

Reilly, ao lado dos companheiros, estava atento ao assobio desafinado de Stuben, a única maneira de determinar sua aproximação num dia cinzento como aquele.

– Não estou gostando disso – Pearson declarou.

– Ele nunca se atrasa mais de meia hora – Reilly explicou. – Meia hora não fará diferença. Vocês estão bem adiantados para pegar a diligência postal.

– Com *disso* quis me refirir a *você* ficar aqui, quando deveria vir conosco.

Reilly arqueou as sobrancelhas.

– Você sabe que não posso largar tudo.

– Pensamento irracional – Pearson se inflamou. –Você tem obrigação moral de voltar para Londres com Brenna. É um suicídio permanecer neste fim de mundo.

– Ela jamais iria – foi a resposta simples de Reilly.

– Então passe uma venda em seus olhos, amordace-a e ponha-a dentro de um saco – Pearson o aconselhou. – Mas é imprescindível que os dois saiam daqui.

Reilly não pôde deixar de sorrir. Ele amava Charles Pearson e St. John Shelley como se fossem os irmãos que não teve. Mas o afeto por eles não impedia que lhes conhecesse os defeitos. Eram egoístas como crianças que começavam a andar e fofoqueiros como meninas de colégio.

O que o fez lembrar...

– Vocês têm certeza de que não revelaram a Brenna que sou o marquês de Stillworth?

– Pela última vez, Stanton! Não! – Pearson continuava irritado.

– Ora, Brenna está aborrecida com alguma coisa e não sei do que se trata.

– Talvez seja a cólera que está rondando a ilha – Shelley sugeriu. – É uma questão que deixa as pessoas apreensivas.

– Antes disso, ela já havia demonstrado que estava agastada comigo – Reilly alegou. – Na verdade o amuo começou logo depois que atiraram em mim.

– Talvez ela tenha entendido que você era um péssimo paciente, e o amor desapareceu – Shelley deduziu. – E ela não tem culpa. Nunca vi ninguém se queixar tanto...

– Stillworth, você não agiu corretamente – Pearson repreendeu-o. – Deveria ter dito a ela desde o começo que era um marquês, para impressioná-la.

– Brenna não dá a menor importância a títulos de nobreza. – disse Reilly, enfático.

– Bobagem. – Pearson consultou o relógio e estreitou os olhos para enxergar melhor por causa da neblina. – Todos nós pensávamos que a senhorita King, ou melhor, *Lady* Ethelridge, se importava mais com caráter do que com dinheiro, e você viu como estávamos enganados. Ora, mesmo que a senhorita Donnegal diga...

– Diga o quê? – Reilly franziu o sobrolho.

– Nada... – Pearson fechou a tampa do relógio e voltou a colocá-lo no bolso do colete. Por baixo do bigode bem aparado, apertou os lábios.

– A senhorita Donnegal disse o quê? – Reilly perguntou com mais energia.

– Ah, você está se referindo ao que comentávamos a respeito da senhorita King?– Shelley intrometeu-se na conversa.

– Comentavam "a respeito de Christine"? – Reilly berrou. – Com *Brenna*? Quando foi isso?

Shelley deu um pulo, mais por causa da cotovelada de Pearson do que pelo grito de Reilly.

– Ai! – Gemeu, massageando o local machucado. – O que há com você, Chas? Reilly, eu lhe asseguro que sou inocente. Isso aconteceu enquanto você estava sob o efeito do láudano. Eu e Chas estávamos falando sobre... bem, como você aceitara de maneira favorável o casamento de Christine com Ethelridge e tudo o mais... quando, de repente, a senhorita Donnegal entrou.

– Não sabíamos que ela havia acordado e muito menos que estava no quarto – Pearson confessou, sem jeito.

– Então? – Reilly olhou de um para o outro.

– Ela perguntou se estávamos nos referindo à senhorita Christine King – Shelley explicou – e concordamos. Aí ela afirmou que um visconde na certa era uma escolha melhor do que um médico, e nós também concordamos. – Ele arregalou os olhos diante da expressão acusadora de Pearson. – Bem, foi o que houve. Nós nem mencionamos que um marquês era superior a um visconde, o que poderíamos ter dito.

– Reilly – Pearson suspirou. – Francamente...

– Não. – Reilly ergueu a mão para pedir silêncio. – Deixe-me pensar.

Então Brenna sabia que Christine se casou com outro. Seria esse o motivo para a frieza e o afastamento? Mas *por quê*? Que diferença faria para Brenna o fato de Christine ter se tornado *Lady* Ethelridge?

– Chas! – Shelley gritou, como se lhe tivesse ocorrido algo. – Você não acha que tudo isso tem a ver com o fato de eu ter dito a ela que tínhamos vindo buscar nosso melhor amigo?

– Você disse a ela que tinham vindo a Skye para me levar para Londres?

– É lógico. – Shelley se surpreendeu com a questão. – Ora, ela poderia ter descoberto isso sozinha. Era só somar dois mais dois. Afinal, você estava aqui por causa da senhorita King. E se ela se casou, não havia mais motivos para você permanecer em Skye.

Reilly teve a impressão de que um buraco se abria sob seus pés, embora isso não fosse algo comum num píer. Contudo, nenhuma onda causaria o tremor que ele sentiu.

– Você disse a ela que veio me buscar – Reilly repetiu lentamente. – Será que lhe ocorreu mencionar que recusei sua oferta bondosa?

Reilly percebeu o rápido olhar de culpa dos dois... Agora ex-amigos?

– Foi mais do que óbvio que você recusou, meu caro. – Shelley deu uma risada nervosa. – Afinal, você veio apenas para nos acompanhar até a balsa. Com certeza, ela já deve ter descoberto que você não voltará conosco.

– Então ela não tem ideia do que eu disse...– Reilly comentou no mesmo tom contido.

– Reilly, ela não está aborrecida por isso – Shelley insistiu. – Ela até brincou a respeito do assunto, não foi, Chas? Disse que o visconde desbancou o médico...

– Pelo amor de Deus, Stanton – Pearson insistiu, severo. – Você pediu para mantermos seu título em segredo. E foi o que nós fizemos. Você não deve...

Felizmente, o assobio de Stuben se tornou audível.

– Agora que o balseiro chegou – Reilly não escondia a irritação –, meus caros, terei que deixá-los. Tenho muito trabalho à minha espera.

– Reilly... – Pearson começou.

– Vocês poderiam me compensar pelo que fizeram, ficando aqui para me ajudar.

– Não, obrigado – Shelley recusou. – Prefiro que você fique com raiva de mim para sempre do que encurtar minha vida com uma epidemia de cólera.

Reilly os fitou com olhar duro.

– Seria interessante que vocês se lembrassem de algo que dissemos na escola. Creio que foi o juramento de Hipócrates...

– Não me venha com esse maldito juramento. – Pearson estava com tanta raiva – ou medo – que empalideceu, e o bigode se destacou no rosto branco como um ferimento. – É uma loucura ficar aqui. Loucura. Essas pessoas vão morrer, quer fiquemos ou não. Vá buscar Brenna e venha conosco.

Reilly pôs uma das mãos no ombro de Pearson.

– Não posso, meu camarada. Os aldeões precisam de mim. Tenham uma boa viagem e não esqueçam de providenciar meus pedidos. Precisaremos de muitas provisões.

Pearson, com ar distante, batia a mão no bolso do colete. Em meio ao nevoeiro, tentava avistar a balsa que tiraria Shelley e ele daquele inferno no qual haviam se metido.

– Não foi... – disse ele, evasivo.

Reilly arqueou as sobrancelhas, sem entender.

– ...insensatez – Pearson explicou – você tirar a licença médica. Você se importa com as pessoas e creio que, na verdade, até gosta delas.

– Suponho que sim. – O sorriso de Reilly não foi agradável.

– Se vocês dois sobreviverem à epidemia, convide-nos para o casamento, e nós viremos.

Reilly os deixou no píer à espera de Stuben, pois não havia tempo a perder.

A primeira coisa a fazer seria parar na taverna e fazer uma tentativa para consertar o estrago feito pelos amigos.

Não adiantou. Brenna só queria falar a respeito de sua paciente.

– Ela sobreviveu à noite – Exausta, Brenna o informou do lado de fora do minúsculo quarto caiado de Flora. – Para quem está tão doente como ela, já é alguma coisa.

Reilly espiou a moça, muito debilitada após vinte e quatro horas de febre alta. Não parecia a mesma jovem que minutos antes de dar à luz uma criança que viera de nádegas, estava calmamente sentada, folheando revistas de moda e tagarelando sobre as novidades parisienses. Flora estava largada na cama, insensível, com os cachos louros espalhados no travesseiro, pálida como a morte. Havia um odor característico no quarto, que Reilly somente então aprendia a reconhecer.

Era o cheiro de cólera.

O odor da morte.

Ao lado da pequena cama de Flora havia um banco de ordenha sobre o qual estavam frascos contendo líquido. O cólera deixava as vítimas com muita sede. A opinião dos colegas de Reilly variava acerca do que era melhor ministrar ao paciente. Reilly achava que a melhor bebida era a que agradasse ao doente, por ser talvez seu último pedido.

Brenna seguia os conselhos do pai e ministrava água com ópio aos enfermos, embora a cerveja da senhora Murphy servisse numa emergência, quando o estoque de ópio ficava baixo. Reilly foi informado de que os pacientes do doutor Donnegal haviam apresentado o dobro do índice de recuperação dos de aldeias vizinhas, o que o levou a pensar que o doutor Donnegal devia estar certo. De qualquer forma, Brenna ministrou durante a noite inteira ópio com água para Flora, e a moça não morreu... ainda.

Reilly achou que seria melhor nada comentar com o homem que estava largado ao lado da cama. Lorde Glendenning parecia muito maior na cadeira raquítica onde se sentou, aos pés da cama de Flora. Ele ficou com Brenna a noite toda e, com certeza, não abandonaria o quarto até que Flora sarasse, ou morresse. Era um tributo comovente, embora tardio, à mãe de suas quatro filhas. Era uma lástima que Flora não pudesse comprovar o fato.

Brenna seguiu o olhar dele e exibiu um sorriso cansado.

– Sim, ele adormeceu – Brenna explicou. – Graças a Deus. Eu ficaria louca se tivesse de ouvir mais uma vez o quanto ele sempre amou Flora.

– É mesmo? É conveniente para ele, agora que você está comprometida.

Ela não sorriu, como ele esperava que fizesse, e desconversou.

– Seus amigos já embarcaram?

– Logo estarão se afastando de Skye. Escute, Brenna. Quero falar sobre meus amigos. Entendo que eles...

– Você foi ver Seumas MacGregor? – Brenna o interrompeu.

– Ah, fui e você estava certa. A prostração não foi por causa do mirtilo. Ele também está...

– Oh, Deus. – Brenna levou uma das mãos à testa. – Eu devia ter imaginado, apesar de o verão estar apenas no início...

– A esposa de MacAdams está doente e também uma das meninas dos Abercromb que levei ao dispensário. Ela não está nada bem. – Reilly desejou nada ter dito ao notar a palidez de Brenna. – Por que não volta para a cabana e tenta dormir um pouco? – Sugeriu com gentileza. Explicações e recriminações podiam esperar. No momento, refletir sobre a doença era mais importante. – Acordarei Glendenning para ele ministrar a solução de ópio para Flora. Depois farei a ronda. Tornarei a ver Seumas e a senhora MacAdams...

– Não. Brenna negou com gestos enérgicos de cabeça. – Não há tempo para dormir.

Reilly entendeu que não se tratava de querer bancar a mártir. Apesar da exaustão, havia um componente que a impelia para vencer um desafio. Mesmo se tentasse, Brenna não conseguiria descansar. O desejo de combater a doença era como uma chama queimando-a por trás dos olhos cor de safira.

Ele viu a chama e achou que a entendia. Fora isso que a levou de volta a Skye, arriscando sua reputação e a aprovação familiar. No entanto, Brenna não se importava com nada, nem com ele... não naquele momento em que ela se transformara num fardo abrasador de energia compulsiva.

– Você disse MacAdams? – Ela levantou... o diário dele. Por um instante, Reilly pensou que ela fosse recomeçar a acusá-lo pela de falta de elogios poéticos a ela.

Todavia, aquele não era mais seu diário. Brenna se apropriou dele para fazer marcações ininteligíveis, uma versão portátil dos mapas que tinha no escritório da cabana.

Ela escrevia depressa.

– Os MacGregor – Brenna suspirou. – Os MacAdams. Flora. Os Abercromb. Assim como foi da outra vez. Mas... não consigo determinar a origem.

– Ora, com Seumas, é claro – Reilly respondeu.

– Sim, mas como ele se contaminou? Por que ele foi o primeiro? – Brenna analisou o esquema que fizera.

Reilly percebeu que se tratava de um diagrama da região. Ela marcou o local onde moravam as famílias das vítimas, e podia-se perceber que Brenna desenhou uma estrela.

– Os MacGregor moram mais longe da aldeia... assim como os Mackafee. Os Abercromb estão dentro dos limites da aldeia. Os MacAdams e Flora moram em Lyming. E, como antes, ninguém do castelo foi atingido. Nenhum dos Marshall, nem você, nem eu.

Reilly concordou. A senhora Murphy vinha se aproximando deles, com expressão preocupada, e não sem motivo. A doença de Flora podia atingir qualquer um deles a qualquer momento, com a mesma casualidade com que alcançou as outras vítimas.

– Doutor Stanton – disse a proprietária da taverna quando chegou perto o suficiente para falar em voz baixa a fim de não acordar o conde. – Senhorita Brenna. Há uma criaturinha lá embaixo dizendo que precisa dos senhores.

Brenna fechou o caderno com um estalo.

– Senhora Murphy – ela chamou. – Por favor, fique um instante com Flora. Veja se consegue acordá-la e faça-a tomar um pouco desta solução. Quanto ela quiser.

Brenna pegou Reilly pelo braço e praticamente o empurrou escada abaixo.

– Parece que a maior concentração de vítimas está na cidade – disse ela enquanto passavam pelo bar e seguiam em direção à porta da frente da taverna. – O que corresponde ao que conhecemos a respeito da doença. As mortes por cólera foram mais altas em Londres e outras cidades populosas... em geral nas portuárias...

– O que – Reilly afirmou com cuidado – nos remete à teoria do miasma. A putrefação...

– Não acho. Pensei que havia deixado claro que não há o menor sinal de putrefação perto das casas das vítimas.

– Brenna, muitos homens escreveram vários tratados...

– Então eles estavam errados.

Dito isso, Brenna abriu a porta. Uma criança estava encolhida lá fora, no degrau.

A criança se virou ao ouvir o som da porta e se levantou devagar. Mesmo com a sujeira acumulada em seu rosto, foi possível ver que se tratava de Shannon Mackafee. Os olhos arregalados estavam vermelhos.

– Shannon. – disse Brenna, ajoelhando-se. – Você está bem?

A garota concordou com um gesto de cabeça, parecendo incapaz de falar.

– É sua mãe? – Brenna afastou os cabelos encardidos do rosto da criança.

Shannon sacudiu a cabeça.

– Seus irmãos e irmãs estão bem?

A menina concordou e, nervosa, olhou para Reilly.

– É meu pai.

– O que houve com ele? – Brenna franziu o cenho.

– Ficou muito mal aqui – Shannon apontou o próprio estômago – há alguns dias. Agora está com muita sede, e minha mãe disse que ele está queimando de febre e que era para levar a senhorita e o doutor imediatamente...

– Ah, então é assim? – Reilly não conseguiu reprimir um leve sorriso.

Seu tom de voz fez que Brenna o fitasse com raiva, mas o que ela viu foi Reilly perscrutando o nevoeiro.

28

A choça dos Mackafee estava ainda mais deteriorada. Talvez fosse uma impressão por causa do mau cheiro do cólera, que impregnava o ambiente.

A chuva do dia em que Reilly os visitou se juntava à neve derretida do topo das montanhas e havia alargado a faixa de água que escorria pelo centro do trecho de terra dos Mackafee. As margens do regato, em geral raso, quase alcançavam a porta do barracão deles.

Reilly ofereceu a mão a Brenna, para ajudá-la a dar um pulo, mas ela preferiu chapinhar na água para atravessá-la.

No entanto, perdeu boa parte da coragem ao ver a imundície da lama que molhava suas botas.

O enfermo estava deitado numa cama em péssimo estado, num dos cantos da choupana que os filhos dele chamavam de casa.

– Por favor, senhor Mackafee – Brenna lhe pediu. – O uísque só vai piorar sua sede. Não quer experimentar um pouco do que eu lhe trouxe?

Ela mostrou um frasco com a solução de ópio e água que havia preparado antes de deixar a taverna.

Mackafee, envelhecido e macilento, sacudiu a cabeça e mostrou a boca sem dentes.

– Uísque – ele pediu, ofegante.

Brenna se sentou na beira da cama e olhou para a senhora Mackafee, que ocupava a única cadeira do cômodo e estava tão macilenta quanto o marido. A coitada nada podia fazer.

– Senhor Mackafee, experimente – Brenna insistiu. – Vai se sentir melhor, eu lhe garanto.

Mackafee, com uma força surpreendente para quem estava tão mal, destampou a garrafa e espalhou uísque na cama e em cima de Brenna.

– Não quero nada disso! – ele gritou em tom estridente. – Está me escutando, mulher? Não quero seus remédios nem seus conselhos! Vá embora!

Brenna, irritada, ficou em pé. Reilly se aproximou e afastou-a da cama.

– Por que não examina as crianças – ele sugeriu delicadamente –, enquanto me entendo com o senhor Mackafee?

– Está bem – Brenna concordou, confusa. – Talvez seja melhor.

Assim que Brenna se afastou, Reilly se sentou na beira da cama imunda e sorriu para o doente.

– Olá – disse ele, amável. – Lembra-se de mim?

Mackafee esbugalhou os olhos remelentos. Uma evidência de que se lembrava de Reilly.

– O senhor! – ele resmungou por entre os lábios rachados.

– Eu mesmo – Reilly garantiu, animado. – Está surpreso? Pensou que houvesse me matado? Sinto desapontá-lo. Os Stanton não morrem com tanta facilidade.

Mackafee virou a cabeça no travesseirto achatado.

– Não fui eu – Mackafee gritou, e sua voz pareceu um uivo de dar pena. – Eu não sabia quem o senhor era...

– Foi o senhor, sim. O senhor prometeu que eu me arrependeria do que havia feito e não perdeu tempo. – Reilly tornou a sorrir. – Mas houve um engano lamentável. O senhor não me matou, o que não foi uma atitude muito inteligente.

O medo de Mackafee era palpável. Reilly podia até sentir seu cheiro, como sentia o de cólera, parecendo que o pavor saía dos poros do sujeito.

– O... que o doutor pretende fazer? Vai me entregar às autoridades? Isso não se faz em Skye. Aqui, os homens resolvem sozinhos seus problemas. Eles não gostam da lei...

– A lei? Oh, não. O que as autoridades poderiam fazer? Se o senhor sobreviver à doença, ficará preso. Sua pobre esposa, sem condições de tornar a se casar, morrerá de fome. Não, tenho em mente uma punição bem pior do que a que a lei seria capaz de lhe atribuir.

Mackafee lambeu os lábios secos e rachados.

– E... que punição é essa?

– Já ficará sabendo. – Reilly tirou outro frasco do elixir de ópio do bolso da capa. – Está vendo esta garrafa? O senhor vai beber tudo isso.

– Mas... – Mackafee esbugalhou novamente os olhos.

– Não me importo se tiver ânsia de vômito. E quando terminar esta garrafa, tomará outra que vou lhe trazer. O senhor fará tudo o que a senhorita Brenna mandar e, sobretudo, esqueça a morte, mesmo que a deseje. – Reilly falou com dureza, sem sorrir. Sua expressão fez Harold Mackafee tremer na cama, embora isso nada tivesse a ver com a doença.

– Posso lhe garantir, Mackafee, que não vai morrer – Reilly continuou no mesmo tom gélido.– E quer saber por quê? Por que é assim que a senhorita Brenna deseja. Ela não vê o que eu vejo quando olho para o senhor. Um desperdício imundo de humanidade. Ela quer que o senhor viva para que possa se redimir, largando o uísque, e para se tornar a espécie de marido e pai que sua família merece. O que quer dizer, Mackafee, que o senhor vai obedecer a todas as ordens da senhorita Brenna, mesmo as que lhe pareçam absurdas. O senhor terá que se recuperar de qualquer maneira.

– É mesmo? – Mackafee o olhou com ansiedade.

– Ficará muito bem, com certeza. Não vai mais beber, vai construir uma casa decente para sua família, começará a tomar banho e a frequentar a igreja...

Apesar do medo, o lábio de Mackafee começou a se curvar para cima.

– O senhor não pode...

– Não posso? – Reilly o fitou com determinação. – Acredite, Harold, eu posso e o farei.

– Não se ... – Mackafee usou o último trunfo –... eu morrer.

– Harold – disse Reilly, num tom de doce censura. – Acha mesmo que eu o deixaria morrer? Jamais!

Mackafee o encarou.

– O senhor não pode me impedir.

– Claro que posso. Não ouviu falar como impedi que Hamish MacGregor morresse? Fiz um buraco na cabeça dele. – Reilly sorriu, satisfeito. – Direto no crânio, para alcançar o cérebro. Foi bem desagradável. Mas, como deve imaginar, esse não é meu único truque. Por exemplo, se de repente o senhor resolve parar de comer e de beber, sabe o que farei, Harold?

Mackafee não mais o desafiava, pois não parava de tremer.

– O quê? – no mesmo instante o homem se arrependeu da pergunta.

– Com minha faca farei um buraco bem aí – Reilly tocou levemente na garganta de Mackafee na junção com a clavícula. – Enfiarei nesse buraco um tubo oco, por onde a comida passará. Claro que o senhor – Reilly sorriu com pesar – não poderá mais falar. Desse modo, teremos que passar um mingau pelo tubo, para que não engasgue. O que também não importa. Uma vez feita a incisão e colocado o tubo, ele não poderá mais ser retirado, ou o senhor morrerá de fome antes que a ferida cicatrize e o senhor volte a comer. Como pode ver, seus dias de embriaguês estão terminados, meu amigo.

Reilly fitou o camarada e pôs-se a imaginar se Mackafee havia acreditado na história bizarra ou se seria preciso inventar outra, ainda mais revoltante.

– Eu... vou tomar o que está na garrafa. – O sujeito o olhou sem piscar.

– Muito bem. – Reilly deu uma pancadinha no ombro do paciente. – Eu sabia.

– Farei... tudo o que a senhorita Brenna mandar.

– Sim, sim.

– Sinto... muito por ter tentado matá-lo. – Eu... não pretendia fazer aquilo. Foi o uísque. Eu estava transtornado.

– Claro que sim. Mas agora o senhor não terá mais esse problema. Abra a boca – Reilly ordenou, e Mackafee obedeceu. Reilly despejou uma boa quantidade da solução pela garganta do enfermo.

Mackafee engoliu e deu um sorriso hesitante para Brenna, que se aproximava.

– Vejam só – disse Reilly em tom amistoso. – O remédio da senhorita Brenna faz muito bem, não é, Mackafee?

O homem concordou, olhando para Brenna.

– Viu, Brenna? – Reilly sorriu com afeto para o paciente. – Ele gostou.

– Isso é bom – Mackafee confirmou com um sorriso pastoso.

– Não acredito – disse Brenna, vinte minutos depois, enquanto desmantelavam a destilaria de Mackafee.

– É mesmo inacreditável – Reilly assegurou. – Ele me pediu para fazer isso. "Por favor, acabe com minha destilaria." Você devia ter visto. Parecia um penitente.

– Ele tem essa destilaria há mais de vinte anos – Brenna comentou.

– Mas chega uma hora na existência de um homem em que ele entende que terá que mudar. Doenças que ameaçam a vida estão entre esses casos, o que para você não deve ser novidade, pois deve ter visto mudanças semelhantes em pacientes de seu pai.

– Nada tão ameaçador quanto o cólera – Brenna explicou. – Impressionante, ele bebeu quase todo o conteúdo da garrafa com a solução de ópio antes de irmos embora. Terei que mandar outra à tarde.

– E quando um homem decide mudar de vida, ele geralmente gosta de recomeçar da maneira certa. – Reilly triturou o último pedaço de vidro com o pé, esfregou as mãos e, ao levantar o olhar, viu que Brenna o fitava intensamente.

– Você o ameaçou, não foi? – Ela fez a pergunta sem o acusar, apenas para ter certeza.

– Eu não faria tal coisa. – Reilly se indignou. – Como você ousa...

– Claro que sim – Brenna falou com uma imparcialidade que lhe lembrou a atitude de uma professora. – Ele tomou o elixir porque você o ameaçou. Qual foi o castigo que lhe prometeu? O homem está às portas da morte.

Reilly deu de ombros, e a dor o fez lembrar a quem devia o ferimento que ainda latejava quando tentava levantar o braço.

– Nem sei o que disse. – Era uma meia verdade. – Não importa. Seja o que for, funcionou.

– É verdade. – Brenna estava impessionada. – Eu só gostaria de saber, para referências futuras. Quer dizer, se eu tiver algum caso semelhante no futuro.

O que o fez recordar-se do que não fora dito entre eles.

– Brenna, sobre o que meus amigos, se é que se pode chamá-los de amigos, disseram enquanto eu estava...

– Veja... – Brenna o interrompeu. – Quem está lá?

Em outras circunstâncias, Reilly pensaria que Brenna estava fugindo do assunto. Mas ela fitava com grande interesse Dorcas Mackafee, que lavava, com expressão de nojo, panos sujos no regato.

– Dorcas. – Brenna se aproximou da menina. – O que está fazendo?

– As fraldas sujas do bebê – respondeu a garota de modo pouco claro.

Brenna observou Dorcas enfiar uma fralda na água várias vezes.

– Querida – Reilly teve um pensamento desagradável. – Esse é o mesmo regato de onde você tira água para beber e usar na cozinha?

A menina não entendeu a pergunta e estreitou os olhos por causa do sol, que aparecera.

– O quê?

– Dorcas, você toma água deste regato? – Brenna fez a pergunta de maneira mais fácil.

– Claro. – A menina voltou à lavagem.

Reilly conteve uma onda de náusea.

– Vamos embora, Brenna – ele decidiu e segurou no braço dela – Antes que eu vomite.

Brenna pôs a mão no peito dele, e Reilly, esperançoso, pensou que se tratasse de um gesto íntimo que havia dias não acontecia.

Mas Brenna continuou a olhar a garotinha que estava perto deles.

– Dorcas, sua mãe me disse que o bebê está doente – Brenna falava devagar – e com a mesma doença de seu pai, embora não tão grave. Você sabe há quanto tempo o bebê ficou assim? Sua mãe não se lembra. Você sabe se foi antes de o doutor Stanton e eu termos vindo aqui da última vez?

Dorcas anuiu.

– Foi antes, e por isso papai bateu na mamãe. O bebê chorava muito e não o deixava dormir.

Brenna não respondeu. Pensativa, não tirava os olhos do regato marrom e fétido.

– Você não acha melhor voltarmos? – Reilly, ao seu lado, insistiu em que se fossem. – Temos outros pacientes...

– Os MacGregor tiram água para beber do ribeirão onde esse regato desemboca – disse Brenna mais para si mesma.

– Que horror – Reilly se arrepiou. – Na volta, teremos que avisá-los sobre as fraldas do bebê, que são lavadas...

Brenna enfiou a mão no bolso, tirou o diário de Reilly e achou a página onde fizera o mapa de Lyming.

– O ribeirão onde esse regato desemboca – ela repetiu e traçou, com o lápis, a posição aproximada do regato próximo à casa dos Mackafee – passa perto da casa dos MacGregor e uma das crianças está doente. No verão passado, dois morreram.

– Da família de Hamish? – Reilly franziu o cenho. – Eu não podia imaginar.

– Então – Brenna continuou a desenhar – o ribeirão corre pela propriedade dos Campbell. Quatro mortos no verão passado. Depois vai pelo sítio dos Abercromb...

– Onde uma das meninas está doente – Reilly lembrou. De repente, a excitação de Brenna, que a deixara trêmula, pareceu atingi-lo. Como que hipnotizado, ele observou o movimento do lápis.

– Depois ele vai parar num curso d'água subterrâneo. – Brenna desenhou um quadrado. – Acima dele há uma bomba... de onde os MacAdams tiram água. – Ela riscou uma linha saindo do quadrado. – A taverna usa a água do mesmo local. – Outra linha. – Na verdade, toda a aldeia de Lyming tira água dessa bomba. – O lápis deu um pulo e parou em uma linha ondulada à parte do desenho.

– Exceto – Brenna arfava de excitação – a cabana do Riacho. Nós tiramos nossa água daquele riacho. A cólera nunca nos atingiu.

Reilly não teve tempo de ficar feliz com o "nós" antes que o lápis desse outro pulo.

– Nem os Marshall. – Brenna traçou uma linha do riacho até a igreja. – Não houve casos de cólera entre os Marshall, e eles tiram água do mesmo riacho.

Depois Brenna levou o lápis até o pé da página.

– O castelo de Glendenning – Brenna explicou. – Nenhum caso relatado de cólera. No castelo, eles usam água que também faz parte do riacho que passa pela cabana.

Reilly fitou o cruzamento confuso de linhas no desenho. Pensou que havia entendido. Mas...

Era impossível.

– Aonde precisamente você quer chegar, Brenna?

– Você sabe, Reilly. – Ela apoiou o lápis no quadrado – de onde se irradiavam várias linhas – do centro da página com tanta força que a ponta se quebrou.

– *É a água!* – ela declarou.

29

Era inacreditável, Brenna raciocinou. Tudo havia estado ali durante o tempo todo, diante dela e do pai, e nenhum deles se dera conta do que se passava. Ela nunca teria desconfiado, se não tivesse visto uma criança lavando um par de fraldas.

A água. O contágio do cólera se dava pela água.

Por que não pensou nisso antes? Aquelas pessoas... aqueles nomes inscritos nas lápides. Todos pertenciam a famílias que tiravam água da bomba da aldeia ou do regato que chegava até ali.

Esse era o elo que conectava as vítimas.

E, como tal, poderia ser controlado. A prova era o riacho próximo de sua casa. Quem dependia dele, não adoeceu. A infecção se espalhava quando as pessoas bebiam a água imunda que ia adiante a partir da choça dos Mackafee. Em Londres e outras cidades onde o contágio foi grande, o motivo devia ser o mesmo. As pessoas se lavavam ou faziam suas necessidades na mesma água que outros, rio abaixo, bebiam.

Era óbvio! Por que ninguém pensou nisso antes? Sempre se culpavam os miasmas, as substâncias gasosas que se formavam sobre pântanos ou regiões infectas...

O exame cuidadoso da topografia da região que ela fizera provou que não havia pântano nem depósito de lixo em Lyming. Nenhum vapor misterioso causava a disseminação da cólera. A doença era causada por uma coisa muito simples: ignorância. Pobreza e ignorância.

Uma combinação que causava muitas moléstias no mundo, Brenna se convenceu disso enquanto cavalgava Willow.

E por isso milhares de pessoas morriam todos os anos.

Não aconteceria mais. Embora a cura fosse remota, ela impediria que a doença se espalhasse. Talvez não pelo mundo. Mas com certeza em Lyming.

Brenna olhou por sobre o ombro. Reilly vinha atrás, em seu próprio cavalo, mas não conseguia cavalgar naquela velocidade por causa do ombro dolorido.

Reilly. Brenna virou para a frente.O que faria com ele?

Ela ficou sabendo de tudo.

Bem, não era hora de pensar no assunto. Tinha muitas coisas para fazer.

Brenna só diminuiu o galope quando Willow entrou na aldeia.

A égua se empinou, indignada. Ela adorava galopar e não queria parar. Brenna mal notou o comportamento diferente da égua. Apeou da montaria e correu até a oficina do ferreiro.

– Desculpe-me interrompê-lo, senhor Cameron – ela disse, quase sem ar. – O senhor me emprestaria uma chave de parafuso? É urgente.

O ferreiro, que almoçava o que parecia ser um cozido de peixe, olhou-a, curioso.

– Fique à vontade, senhorita Brenna, pegue a que quiser.

Brenna examinou a coleção de ferramentas do senhor Cameron até encontrar a que lhe servia. Levantou o instrumento pesado, agradeceu ao ferreiro com um sorriso e foi em busca daquilo que realmente lhe interessava.

A bomba d'água da aldeia.

Não havia ninguém por perto. Por causa da enfermidade de Flora e da senhora MacAdams, não havia barracas armadas na praça. Quem não estava trabalhando pela sobrevivência no mar ou no campo, permanecia em casa, fazendo o possível para não inspirar os temidos gases miasmáticos que se impregnavam a atmosfera da aldeia.

Brenna tinha certeza de que nenhum deles suspeitava que a doença fosse causada pela água que bebiam e na qual se banhavam.

Era preciso acabar com aquilo.

No local da bomba, antigamente havia um poço. Os aldeões se orgulhavam da bomba inovadora, que tornara suas tarefas mais fáceis e não haveriam de aceitar o que ela pretendia fazer.

Mas não havia outra maneira de impedir o flagelo.

Brenna se ajoelhou ao lado da manivela de cor chamativa e encaixou a ponta da chave num dos parafusos que a mantinham no lugar.

– Brenna! Espere!

Era Reilly, que chegava à praça trotando em sua montaria. Puxou as rédeas – sem muita firmeza por causa do ombro – e ficou parado, olhando para Brenna.

– O que é? – ela indagou. Reilly tentaria impedi-la? Ele não imaginava que aquela era a única maneira de conter a epidemia?

– No começo, é difícil fazê-los girar – ele afirmou. – Quer que eu tente primeiro?

Brenna se levantou. Quando Reilly desmontou e se aproximou, ela estendeu a chave de parafuso como uma rainha entregando a espada a um cavaleiro recém-nomeado.

– Fique à vontade, doutor.

Reilly estava com alguma dificuldade, não só por causa do ombro mas também porque os parafusos estavam enferrujados pela maresia. Mas acabou conseguindo fazer que um deles girasse, e Brenna conseguiu tirá-lo. Nesse momento, a pequena Jessie Murdoch se aproximou segurando o balde de água da escola.

– O que os senhores estão fazendo? – a menina indagou, curiosa.

Reilly não respondeu, empenhado na tentativa de mover o segundo parafuso.

– Estamos desmontando a bomba, Jessie – Brenna explicou. – Você terá que pegar água no riacho perto da cabana.

– No riacho? – disse a garota arregalando os olhos. – Mas por quê?

– A água da bomba não presta. – Brenna apontou Reilly. – O doutor Stanton e eu não queremos que ninguém mais beba água daqui. Durante um tempo, todos terão que pegar água do riacho.

– Mas o riacho é tão longe...

– Eu sei. – Brenna sorriu para a garotinha. – Sinto muito, Jessie, mas é assim que terá que ser.

Jessie olhou o balde.

– Será melhor falar com o senhor Rupert.

– Também acho – Brenna concordou, e a menina saiu correndo.

– Eles não vão gostar disso. – Reilly descansou um pouco do esforço. – Quer dizer, de ter que buscar água no riacho.

– Vão detestar – Brenna o afastou e tentou girar o parafuso. – Mas que escolha terão? É uma longa caminhada ou a morte. Creio que eles vão preferir a caminhada.

O parafuso não saiu do lugar. Reilly, recuperando um pouco a energia, segurou as mãos de Brenna com as suas. Com a combinação de forças, eles finalmente fizeram o parafuso girar. Depois disso, foi uma questão de desatarraxar, como o primeiro.

Estavam fazendo isso quando o professor Rupert se aproximou.

– Desculpem-me – disse ele com timidez, embora fosse um professor rígido. Foi se aproximando meio de lado, como se tivesse medo de apanhar.

– Pois não, senhor Rupert. – Brenna se endireitou e passou os dedos sujos de ferrugem e tinta nas calças.

– Jessie me disse que os senhores estão desmontando a bomba e que há alguma coisa errada com a água.

– Isso mesmo – Brenna concordou. – A água desta bomba está disseminando o cólera. O senhor terá que dizer às crianças que elas não devem beber "nenhuma água que não seja do riacho". Esta água está infectada.

O senhor Rupert ajeitou os óculos.

– Santo Deus. A senhorita tem certeza? Pensei...

– Tenho certeza – Brenna confirmou.

– Entendi – disse o senhor Ruppert, anuindo. – Entendi. Muito interessante. Transmitirei a notícia para as crianças de imediato. A senhorita pode assegurar que a água do riacho é saudável?

– Por enquanto. – Brenna explicou que todas as lavagens deveriam ser mantidas em áreas afastadas do riacho e que ele só permaneceria puro enquanto não fosse contaminado por dejetos humanos.

O senhor Rupert era um solteiro convicto, com ideias retrógadas a respeito das mulheres, por isso corou ao ouvir aquelas palavras ditas por uma jovem. No entanto, ele conhecia Brenna desde pequena e sabia que ela estava certa quanto ao que dizia.

– Direi a eles – ele prometeu, pálido. – Oh, Deus, direi a eles. Oh, Deus.

Em seguida eles cumprimentaram o reverendo, que se aproximava, vindo das residências nos quais fora rezar pela cura dos doentes. Ele não se mostrou muito cordial com a novidade.

– Espalhar-se pela água? – Ele gritou. – Não digam asneiras. Todo mundo sabe que...

– Cólera se transmite pelos miasmas – Brenna completou a frase, como a esposa dele fazia. – Só que não é bem assim. E a prova está nas pessoas que beberam água contaminada e adoeceram.

O senhor Marshall a fitou com raiva.

– O que eu ia dizer, antes de ser interrompido com tanta indelicadeza, é que todos sabem que o cólera é um castigo de Deus. Não é por acaso que a primeira a ficar doente foi a devassa da taverna...

Brenna deu um passo ameaçador para a frente, mas Reilly a deteve pelo ombro.

– Reverendo Marshall – Reilly se insinuou entre Brenna e o ministro. – Nós realmente gostamos da visão ecumênica das coisas. Mas como médico atuante desta aldeia, terei que tomar decisões baseadas em fatos científicos e não espirituais. E, neste momento, os fatos científicos apontam para o fato de que esta água é perigosa para os seus paroquianos. A senhorita Donnegal e eu precisamos ter garantias de que ninguém mais ficará doente por causa desta água.

Enquanto falava, Reilly havia posto a mão no ombro do reverendo, num gesto amigável, e o afastou, de maneira dissimulada, do local onde ele e Brenna trabalhavam.

– Agora, reverendo, seja um bom camarada, e diga a todos, no sermão do próximo domingo, que usem a água do riacho para beber e que, pelo amor de Deus, não a empreguem para fazer lavagens. Sabe a que me refiro, não é?

Reilly piscou para o ministro e voltou para junto de Brenna.

– O que ele está fazendo? – ele sussurrou, enquando se curvava sobre a alavanca da bomba.

Brenna espiou por sobre o ombro.

– Está olhando para nós como se houvéssemos escapado do hospício de Bedlam.

– Pobre homem. Ah, mais um giro, Brenna, e acho que... – A alavanca da bomba rangeu e se soltou da moldura de metal onde estava presa. Reilly se desequilibrou para trás. – Santo Deus, aí está!

Brenna tirou a peça das mãos dele.

– Excelente. Obrigada. Agora precisamos deixar um aviso.

– Isso mesmo. "Esta bomba foi fechada por ordem do doutor Reilly Stanton, médico da aldeia, com o intuito de evitar que o cólera se alastre".

– Parece oficial demais – Brenna ficou impressionada.

Reilly limpou as mãos no casaco.

– Sei ser bem oficial quando é preciso. E agora?

– Teremos que deixar outros avisos ao longo do regato que alimenta a bomba, para que as pessoas não bebam daquela água. E para os que não sabem ler, e são muitos teremos que bater de porta em porta. – Ela olhou a alavanca. – Esta é apenas metade da batalha ganha.

– Mas uma batalha pela qual vale a pena lutar.

Brenna o fitou. Seu osso molar estava sujo de graxa, e as ataduras grossas deixavam-no com aspecto de corcunda.

No entanto, ele era o homem mais bonito que já havia visto. O sol deixava dourados alguns fios dos cabelos negros e refletia-se nas faces e no queixo bem-delineados. Os olhos castanhos eram inteligentes e bem-humorados, o que ela também não se lembrava de ter visto em ninguém.

Ela abaixou o olhar e se sentiu entristecida, apesar das emoções.

– É, uma batalha pela qual vale a pena lutar – ela ecoou.

30

Mas a batalha não foi vencida com tanta facilidade.

Os aldeões não ficaram nem um pouco contentes ao descobrir que a fonte de água que haviam usado a vida inteira fora cortada, súbita e inexplicavelmente. Eles continuavam a se queixar, independentemente do número de vezes que Brenna e Reilly explicavam que a água da bomba estava contaminada e os lembrava também de quantas vidas haviam sido ceifadas no último verão no surto de cólera.

– Tomei daquela água desde que nasci e nunca fiquei doente em minha vida.

– Se a água está causando a cólera, como é que Una Murdoch contraiu a doença depois que a alavanca foi tirada?

Essas e outras frases semelhantes eram o que Brenna e Reilly mais ouviam. Brenna tentou explicar que nem todos eram suscetíveis ao contágio – que uns eram mais sensíveis do que outros – e que a senhora Murdoch foi infectada antes que a alavanca tivesse sido retirada e que a doença só se desenvolvera depois. Brenna confiava que, depois de alguns dias, quando mais nenhum caso aparecesse, todos seriam forçados a admitir que ela estava certa. Nesse meio-tempo...

Ela e o doutor Reilly Stanton não estavam entre as pessoas mais populares de Lyming.

O que foi conveniente para Brenna, que tinha pacientes para tratar e não dispunha de tempo para amenidades como visitas sociais. Sua preocupação principal era Flora, ainda gravemente doente e sem mostrar sinais de melhora. Flora estava tão fraca que Brenna temia por sua vida.

O pior era Lorde Glendenning suspeitar da pouca esperança de Brenna. Ele não se afastava do quarto de Flora e ajudava Brenna a trocar os lençóis da jovem e a lhe ministrar a solução de ópio. Ele não dormia. Ficava sentado, dia e noite, com olhos fundos e fisionomia abatida. Perguntava a todo instante se nada mais poderia ser feito. Em uma ocasião, desesperada, Brenna lhe pediu que, se quisesse ajudar, falasse com o novo grupo de pessoas que batia na porta da taverna para pedir a devolução da alavanca. Disse a ele que Flora não teria ficado doente, se não houvesse bebido a água da bomba. Brenna tinha esperança de que os aldeões acreditassem nas palavras de Lorde Glendenning. Apesar de namorador, o conde era respeitado na comunidade.

No entanto, para falar com os aldeões, Lorde Glendenning teria que se afastar de Flora, o que ele se recusava a fazer.

Brenna também ficava na taverna, o que era mais simples do que ir para a cabana e voltar a toda hora. Outros pacientes – Seumas MacGregor e a senhora MacAdams já haviam melhorado e não precisavam mais de atenções ininterruptas. Reilly cuidava dos outros, da senhora Murdoch e de seu paciente favorito, Harold Mackafee. Flora era, até aquele momento, o único caso que não progredia.

Mas Brenna não desistia. Ela derramava colheradas de líquido pela garganta da jovem inconsciente e banhava-lhe a testa. Se Flora conseguisse sobreviver mais uma noite...

Por isso não foi de estranhar que ela esperasse o pior quando Lorde Glendenning a acordou do cochilo leve a que havia se entregado.

Lorde Glendenning, que não se barbeava nem dormia havia uma semana, era um espetáculo de dar pena. Seu olhar parecia desvairado, como o de um eremita que vivia nas colinas. Brenna abriu os olhos e se assustou ao vê-lo. Mas supôs que ela mesma, mesmo sem a barba, não devia estar com aspecto muito melhor.

– O que foi? – ela sussurrou.

Lorde Glendenning respondeu em voz alta, sem se importar que passasse da meia-noite e que poderia acordar os moradores da taverna.

– Acho que ela se foi – ele disse em estado de choque.

Horrorizada, Brenna olhou para Flora, que estava imóvel sobre a cama. A palidez havia sumido do rosto bonito. As faces estavam rosadas e os lábios, úmidos e entreabertos.

Brenna já vira cadáveres e sabia que, com frequência, uma expressão de paz beatífica surge no semblante do moribundo antes do golpe final da morte. Devia ser o caso de Flora.

– Ah, milorde. – Ela tocou no braço do conde. – Sinto muito. – Aquela parecia uma expressão inadequada para o que ela realmente sentia, por isso acrescentou o nome que ninguém ousava dizer na frente dele. – Ian.

O rosto do conde estava contorcido pelo sofrimento. Ele se jogou de encontro a Brenna e enterrou a cabeça em seu ombro, enquanto soluçava sem parar.

Brenna, completamente despreparada para tal demonstração, batia-lhe nas costas de maneira desajeitada e murmurava frivolidades, sabendo que o gesto de nada adiantaria, mas também ignorando o que fazer para o consolar.

O estardalhaço do conde acabou acordando pelo menos um morador, Reilly, que dormia no sofá que lhe fora oferecido em seu primeiro pernoite em Lyming, e logo apareceu na porta, piscando de sono.

Ao dar com Brenna e o conde abraçados, perdeu o sono de imediato. Brenna o viu, levantou a mão que consolava o conde e apontou na direção de Flora.

Reilly não perdeu tempo. Pegou o estetoscópio que estava na pequena mesa ao lado da cama de Flora e o pôs no peito da jovem. Encostou o ouvido no instrumento, esperando escutar qualquer som de respiração ou batimento cardíaco.

– Foi minha culpa – o conde soluçava no pescoço de Brenna, que já se irritara devido às suíças. – Se eu tivesse me casado com ela, como devia ter feito, ela jamais teria ficado doente. Não teria tomado aquela água podre e agora estaria bem.

– Não foi sua culpa – Brenna o consolou. – Milorde não sabia. Nenhum de nós sabia...

Reilly murmurou algo, para que os dois ficassem quietos. Brenna percebeu, pelo tom dele, que algo de anormal estava acontecendo e pediu que Lorde Glendenning se controlasse.

– O que houve, Reilly? – ela sussurrou, quando o conde finalmente se acalmou.

– Muito estranho – Reilly confidenciou em voz baixa, ainda com o ouvido colado no instrumento de auscultar. – As batidas de seu coração estão mais fortes e a respiração...

Foi quando Flora abriu os olhos. Lorde Glendenning deu um grito de alegria e até Brenna, que fora para outro canto, levou um susto.

– Ei – Flora olhou para o estetoscópio. – O que o doutor está fazendo aqui?

Apesar da voz fraca, a entonação era a de Flora, que todos conheciam, e não a que sobressaía nos delírios da semana anterior.

Lorde Glendenning deu outro grito e caiu de joelhos – com uma batida que estremeceu as tábuas do piso –ao lado da cama da jovem.

– Flora! – ele exclamou. – Você está bem mesmo?

Flora o fitou com curiosidade.

– Acho que sim. Apenas com muita fome.

Brenna, atordoada, fitava-a sem falar.

– Você escutou, Brenna? – Reilly levantou o estetoscópio do peito de Flora. – Ela disse que está com fome!

– Ah, Deus, obrigada. – Brenna saiu do estado hipnótico e levou as mãos ao rosto onde lágrimas deslizavam.

– O que ela pode comer? – perguntou Lorde Glendenning, fitando Brenna com ansiedade. – O que posso dar a ela?

– Acho que pão – Brenna fitou Reilly em dúvida – molhado no leite, o que você acha?

Reilly observou que Flora e o conde estavam entretidos em trocar olhares de amor e sussurrar palavras de ternura.

– Vamos assaltar a despensa, senhorita Donnegal? – ele fez a pergunta num fio de voz.

– Vamos! – Brenna enxugou as lágrimas na manga.

Eles desceram a escada no escuro e chegaram à sala, onde não havia ninguém. Os clientes costumeiros deviam estar em casa, cuidando da família em vez de se embriagando na taverna. Reilly acendeu uma vela e Brenna o seguiu, achando estranho que apenas eles, além de Flora e o conde, estivessem acordados numa casa que não lhes pertencia. A senhora Murphy e seu marido pescador, o baixinho senhor Murphy, já estavam dormindo havia horas, não sem antes implorar à exaustão que Brenna lhes devolvesse a alavanca da bomba da taverna, que foi tirada da pia da cozinha.

Brenna se aborrecia pelo fato de ninguém a entender. E assim continuaria, até que pudesse convencer aqueles idiotas do *Royal College of Physicians* a aceitar sua teoria.

– Vamos ver o que temos aí – Reilly abriu a porta da despensa e segurou a vela no alto para enxergar melhor. – Ali está o leite. Você corta o pão?

Brenna cortou as fatias em cima da mesa, pensando que estavam a sós depois de muito tempo e se Reilly perguntaria...

– Brenna, eu sei o que houve. – A cabeça de Reilly estava atrás da porta e só se via uma sombra indistinta pelo brilho da vela.

Droga! Por pouco ela não cortava o dedo!

– Do que está falando? – ela perguntou para ganhar tempo. Seja forte, disse para si mesma. Quanto mais esperar, pior será. Como, por exemplo... cortar uma parte de si mesma.

– Sei por que você construiu uma muralha ao seu redor. – Reilly pegou o leite, fechou a porta da despensa com o pé e pôs a vela na mesa. – No entanto, é preciso que você saiba que não planejo ir a nenhum lugar.

– Não? – Brenna pestanejou.

– Não. – À luz da vela, era possível notar que os olhos de Reilly haviam perdido a alegria natural e que sua expressão não podia ser mais séria. – Apesar das bobagens que aqueles dois imbecis possam ter lhe dito, o casamento de Christine não teve o menor significado para mim, e isso também não significa que vou voltar para Londres. Pelo amor de Deus, Brenna, você, mais do que qualquer pessoa, deveria saber que Christine faz parte de meu passado e não tem nenhuma importância.

– Christine? – ela gritou em tom agudo. – Acha que tudo é por causa de Christine?

Foi a vez de Reilly pestanejar.

– É, sim. Pearson e Shelley me contaram o que houve. Não tente negar. Você poderia, ao menos, ter a gentileza de ser honesta.

Brenna o encarou com olhar fuzilante.

– Como milorde, que sempre foi honesto comigo?

– Como... como foi que você... me chamou?

– Creio que me escutou muito bem, *lorde Stillworth*!

– Ah. – Reilly não disfarçou que estava envergonhado. – Qual deles lhe contou?

– Nenhum dos dois. – Ela tirou o diário que estava no bolso de suas calças a noite inteira e o abriu na contracapa.

"*Edgar Reilly Willoughby Stanton, oitavo marquês de Stillworth*", era o que estava ali gravado.

Reilly leu as palavras como se nunca as tivesse visto. Depois ergueu o olhar, e Brenna notou que a alegria estava de volta ao olhar escuro.

– Então finalmente você descobriu o pior. Eu sabia que não seria possível esconder o fato de você por muito tempo, e agora não adianta negar. É verdade. Meu nome de batismo é Edgar.

Brenna fechou o diário com força.

– Mas que droga, Reilly. – Aflita, ela percebeu que as lágrimas marejavam seus olhos. Devia ser a tensão dos últimos dias, a preocupação com Flora e as críticas dos aldeões por causa da bomba d'água. Por isso ela não estava conseguindo se controlar.

Mentira. Seu coração estava em pedaços. Essa era a verdade.

Reilly viu as lágrimas e não achou mais graça.

– Brenna – disse ele com suavidade, segurando-a pelo braço. – Sei que eu deveria ter lhe contado. Juro que tentei. Eu queria primeiro provar que eu não era igual àqueles homens que trataram seu pai de maneira tão mesquinha. Não sou igual a eles, assim como nem todo médico é um charlatão, e você sabe disso...

Brenna se desvencilhou de Reilly, não porque o toque dele fosse repelente. Mas se deixasse que ele a tocasse, não seria capaz de fazer o que tinha que ser feito.

– Reilly, você mentiu para mim.

– Não menti – ele se defendeu. – Posso ter deixado de mencionar o fato, mas não menti.

Brenna sacudiu o indicador em acusação.

– Você me fez acreditar que era um médico do interior e que estava contente com isso!

– E estou muito satisfeito e é assim que pretendo ficar.

– Mas você não pode continuar dessa maneira. – Brenna sacudiu a cabeça, com os cachos vermelhos esvoaçando diante de seu rosto. – Você não pode ser ao mesmo tempo um médico de interior e um marquês em Stillworth Park!

– Não posso? – Reilly franziu o sobrolho. – Por que não posso?

– Por favor, Reilly, pensa que sou estúpida? Apesar de ter nascido em Skye, sei que os nobres são responsáveis por suas propriedades. Eles não podem simplesmente ir embora e exercer a medicina em recantos longínquos do mundo.

Reilly ergueu o queixo.

– Não? Pois *este aqui* – disse ele, apontando para si mesmo – pode e faz.

– E seu povo já fez uma tentativa para levá-lo de volta.

– Meu povo? Pearson e Shelley não são meu povo. Eles não são ninguém.

– Reilly – ela o fitou com um brilho no olhar. – Sei o que você está tentando fazer, mas não dará certo. Não posso compactuar com esse erro.

Reilly atirou as mãos para cima.

– Fazer o quê, Brenna? Que erro?

– Não posso ser *Lady* Stillworth – Brenna afirmou com determinação, apesar de sua voz tênue. – Eu poderia ter sido a senhora Stanton, o que me deixaria muito feliz. Mas você não vê que *Lady* Stillworth não combina comigo? Detesto os títulos de nobreza. Eu odiaria cada minuto de minha vida. Festas e chás com duquesas, bailes, visitas a chapelarias, dar ordens para uma governanta e... Santo Deus, Reilly, eu ficaria louca em um mês!

Reilly a encarou, sem encontrar uma resposta plausível.

– E mesmo que eu tentasse, por sua causa, jamais faria nada bem feito – Brenna continuou, com fervor. – Nunca teria um bom desempenho como... como a sua senhorita King. Depois de algum tempo, você passaria a se ressentir comigo e se afastaria, eu não suportaria uma situação como essa.

Ela tentou expressar em palavras o que tanto apertava seu coração nas últimas semanas.

– Quando você levou um tiro... – Brenna abaixou o tom de voz ao mínimo – e pensei que tivesse que viver sem você... Reilly, nunca fiquei tão apavorada. Não creio que poderia enfrentar de novo uma circunstância semelhante.

– E não vai ter que enfrentar – disse Reilly e segurou-lhe as mãos. – Brenna, juro que isso não se repetirá. Mackafee e eu nos tornamos amigos... – fez uma careta. – Bem, mais ou menos.

– Então foi mesmo o senhor Mackafee. – Brenna suspirou. – Você nunca me disse...

– Não, mas juro, Brenna, esse foi o último segredo que escondi de você. Não há mais nada que você ignore a meu respeito.

– Não importa – Brenna meneou a cabeça –, Reilly, porque não posso ficar com você. Não quero me tornar *Lady* Stillworth e você... não acredito que o deixem ser simplesmente o doutor Stanton. É melhor terminarmos tudo antes que eu... bem, antes que se torne muito mais difícil deixá-lo partir.

Brenna poderia imaginar qualquer reação por parte de Reilly, menos que ele caísse na risada. Pois foi o que aconteceu. Rindo sem parar, ele a tomou nos braços e, embora ela resistisse, não a deixou escapar.

– Ainda bem que você acha a situação engraçada. – Aborrecida, Brenna expressou-se com aspereza. – Se quiser me contar qual é a graça...

– Perdão, Brenna. – Reilly deu uma risadinha no pescoço dela. – É que Christine clamava exatamente o contrário. Queria ser *Lady* Stillworth e não simplesmente a senhora Stanton...

Brenna fazia o maior esforço para escapar.

– Ela, de novo – Brenna resmungou. – Quer saber, estou cansada de ouvir falar da senhorita Christine King...

– Você deveria ser agradecida a Christine – Reilly a interrompeu. – Afinal, ela foi o motivo de eu ter vindo para Skye.

Brenna por pouco não se soltou, mas Reilly a puxou de volta.

– Mas ela não é o motivo que me faz ficar aqui – Reilly garantiu com firmeza e afastou-a um pouco para poder encará-la. – Eu achava que pretendia mostrar meu potencial para minha ex-noiva. Mas, na verdade, vim provar para mim mesmo do que sou capaz. E sabe o que mais? Já provei. Demonstrei que tenho capacidade para realizar muitas coisas além de prescrever remédios para suores nos pés e histeria.

Reilly segurou seu rosto e a olhou com intensidade.

– *Você* me ajudou a revelar essa faceta de meu caráter. *Você* fez de mim um médico melhor e um homem melhor, o que nunca imaginei que pudesse acontecer. *Você* me desafiou e fez que eu avançasse... por isso me apaixonei por você. Eu lhe garanto. Pode ter certeza de que, se você quiser ficar nesta ilha e ser a senhora Reilly Stanton, não ouvirá nenhuma palavra de recriminação de minha parte. Não me importa em que lugar vamos estar, contanto que estejamos juntos. – Reilly beijou-a na testa com ternura e continuou falando de encontro aos cabelos dela. – Deus sabe que ninguém em Stillworth Park se importa com o lugar onde eu esteja, contanto que eu vá para casa em dezembro e distribua os pernis de Natal para os rendeiros.

Ainda nos braços de Reilly, Brenna mal podia acreditar no que ouvia.

– Mas... mas...

– Mas o quê? – A voz dele ecoava em seu ouvido, pressionado contra o casaco dele. – Então poderemos nos casar o quanto antes, não é? Quer dizer, estamos na Escócia ou não? Aqui não é preciso licença especial, nem editar proclamas ou qualquer outra bobagem semelhante...

Brenna aconchegou-se nele, maravilhada. Depois de tudo o que ela havia enfrentado recentemente, era delicioso sentir aquela fragrância de roupa limpa de Reilly, mesmo depois de passados tantos meses.

– Assim é melhor – Reilly sentiu a concordância de Brenna. – Agora me dê um beijo para selar o acordo.

Brenna ergueu o rosto e, com estranho sentimento de timidez, procurou os lábios de Reilly com os seus. Não entendia a razão de seu recato, depois de tudo o que haviam feito juntos... dentro e fora do quarto.

Beijá-lo foi como beijar um desconhecido.

Por um segundo. Quando Reilly tornou o beijo mais intenso e a abraçou com força, instantaneamente retornaram as chamas ardentes que ela sempre sentia quando ele se aproximava.

E Brenna o beijou com uma selvageria corajosa como nunca antes se atrevera...

Até que Reilly, com mãos trêmulas, tirou os braços dela de sua nuca.

– Nunca pensei que fosse ter que afastá-la... minha querida, mas nós nos esquecemos de nossa paciente...

– Flora!... – Brenna gritou.

– ...que está esperando pelo desjejum. – A fisionomia de Reilly era um misto de bom humor e desejo. – Mais tarde?

Brenna concordou com um gesto de cabeça e pegou uma tigela para ensopar o pão. Reilly mexeu o braço e gemeu.

– Prometa-me uma coisa – disse ele, esfregando o ombro dolorido.

– O quê?

– Você vai permitir que eu faça algumas modificações na cabana. Quero instalar uma banheira de porcelana onde eu possa me esticar para pôr de molho qualquer ferimento decorrente de algum tiro que venha a acontecer no futuro. Promete?

– Prometo. – Brenna sorriu para Reilly.

31

– Se algum dos presentes souber de qualquer motivo – o reverendo Marshall entoou – que impeça estes dois de unirem-se em matrimônio, que fale agora ou cale-se para sempre...

O ministro se interrompeu, como seus colegas faziam quando chegavam a esse ponto.

No entanto, não havia silêncio total na igreja. Hamish MacGregor deixou escapar um grito agudo quando Seumas, plenamente recuperado do cólera, enfiou no bolso do melhor casaco de seu irmão um pequeno camundongo marrom que era de estimação, mas desconhecido da família.

Reilly fitou os garotos com severidade, e os dois se calaram. Mesmo assim, Hamish não parava quieto porque o camundongo se mexia em seu bolso. Harold Mackafee – alto e ereto, acompanhava a família e parecia um homem diferente com o traje quase novo que comprou com parte do dinheiro que ganhou ajudando a puxar as redes do barco de pesca de Adam MacAdams – franziu a testa para os filhos menores, que sufocavam as risadas por causa do camundongo de Hamish. Até mesmo as quatro damas-de-honra loiras – uma delas tão pequena que ainda nem se sentava sozinha e estava nos braços da irmã mais velha – romperam a linha rigorosamente orquestrada ao lado da mãe e esticaram a cabeça para ver a minúscula criatura.

Nesse momento, quando o reverendo Marshall se preparava para perguntar ao noivo se aceitava aquela mulher pelas leis sagradas do matrimônio, soou uma voz do fundo da igreja.

– Eu não concordo!

Os presentes se viraram para ver quem tinha objeções ao casamento de tão belo par. Pela nave central se aproximava um bonito homem grisalho, vestido como um cavalheiro inglês e desconhecido de todos.

Exceto de Brenna, que inspirou fundo e encolheu-se atrás de Reilly.

– Exijo que essa farsa de casamento seja interrompida imediatamente! – o homem berrou.

O reverendo Marshall ficou pasmo. A senhora Marshall, sentada junto ao órgão, teve que cheirar os sais trazidos pela filha para não perder os sentidos. Seus desmaios passaram a ocorrer com frequência desde a noite em que ela fora selvagemente atacada por um rato no castelo de Glendenning.

– P... posso... lhe perguntar, senhor – disse o reverendo, gaguejando – qual a natureza desse impedimento?

– A noiva, minha sobrinha, não tem permissão dos pais para se casar. – O elegante cavalheiro se aproximou da noiva, cujo rosto estava coberto por um véu de renda veneziana feita à mão. – Você me envergonha. Volte imediatamente para a cabana do Riacho. Tenho algumas coisas para dizer a este jovem incorrigível.

A noiva jogou o véu para trás e revelou um belo rosto em formato de coração, emoldurado por cabelos loiros e cacheados.

– Perdoe-me, senhor – disse Flora, indignada. – Mas o senhor não é *meu* tio!

Atrás do cavalheiro – então muito confuso – Brenna deu uma tossidela.

– Tio Euan. – Brenna ergueu a mão e apontou para o banco da igreja onde estava sentada ao lado de Reilly. – Aqui.

O distinto cavalheiro corou. E enrubesceu ainda mais, quando Lorde Glendenning, que vestia o melhor kilt para a ocasião, lhe disse:

– O que o senhor está pensando ao invadir dessa maneira meu casamento? Saia antes que eu quebre seu pescoço!

– Acho melhor sairmos – Brenna sussurrou para Reilly.

– Claro. – Ele a ajudou a se levantar.

Do lado de fora da igreja, na escada e ao sol, o homem a quem Brenna chamara de *tio Euan* não perdeu tempo.

– O que significa isso? – ele bradou. – O que você está fazendo em Skye, quando deveria estar em Bath? E o que é esse negócio de casamento com um desconhecido?

– Tio Euan – Brenna começou, com uma paciência que causou inveja a Reilly. – Posso explicar...

– É melhor mesmo. E que essas explicações sejam muito convincentes. Primeiro descobrimos que um novo tratado sobre a propagação da cólera foi levado ao *Royal College of Physicians* em nome de seu pai e depois recebi isso... – ele agitou uma carta – ... explicando que você estava em Skye e que planejava se casar com um sujeito que não conhecemos, sendo que o tempo todo sua tia e eu pensávamos que você estivesse com Elizabeth Sexton em *Bath*...

– Senhor – Reilly viu-se na obrigação de intervir. – Receio ter que lhe dizer que não estou gostando de seus gritos com minha esposa.

– Alteza! – o tio de Brenna gritou.

Reilly piscou.

– Perdão, senhor, mas creio que deve haver algum mal-entendido. Não sou um duque.

– Não – o tio de Brenna continuava gritando. – Mas eu sou! Acontece que sou o Duque de Camden, sujeitinho sem importância! E eu gostaria que o senhor se dirigisse a mim usando o meu título. E o que estava querendo dizer, quando chamou minha sobrinha de sua *esposa*?

Reilly, espantado, olhou para Brenna. O tio dela era um duque? Mas então o que significava...

– Tio Euan. – Brenna soltou o braço de Reilly e segurou o de seu tio. – Reilly e eu nos casamos no último sábado. Minha carta deve ter se atrasado. O senhor deve ter entendido que seria neste sábado, mas foi na semana passada...

– Ótimo – o tio a interrompeu. – Exijo a anulação!

– Tio Euan – disse Brenna, revirando os olhos. – Não seja ridículo!

– O que há de ridículo nisso? – O duque nem mesmo a fitou de relance. – Meus advogados tratarão dos papéis sem demora.

Reilly, ainda espantado com a situação, disse quase gritando:

– *Alteza*, creio que nenhuma anulação seja possível, mesmo se quiséssemos, e nós não queremos, pois o senhor será tio-avô de nosso filho ou filha, que nascerá na época do Natal. Para finalizar, é preciso que saiba que estamos profundamente apaixonados.

O duque ficou fitando-os sem piscar por tanto tempo, que Brenna sacudiu de leve o braço do tio, para ter certeza de que ele não entrara em estado de choque.

– Tio Euan? – Ela olhava fixo para ele, ansiosa. – O senhor está bem?

O duque não respondeu.

– Reilly – disse ela, preocupada –, acho que nós o matamos.

Reilly se aborreceu. Esperava que o cavalheiro houvesse mesmo sofrido um ataque de apoplexia. Não gostava de interferência de parentes.

No entanto, o duque o desapontou ao se recuperar.

– Cachorro inescrupuloso! Casou-se na semana passada, e ela já estava grávida...

– Milorde, por favor – Reilly disse com frieza.

– Como é? – o duque o fitou, atônito.

– O senhor me chamou de cachorro. Acontece que sou o oitavo marquês de Stillworth e gostaria que se dirigisse a mim usando meu título.

O maxilar inferior do duque parecia ter-se deslocado, de tanto que havia caído. Brenna aproveitou a ocasião para dar-lhe um pequeno tapa amistoso no ombro.

– Tio Euan, compreendo que o senhor esteja zangado, mas, francamente, creio que o senhor e Reilly se entenderão muito bem. Ele ajudou a salvar dezenas de vidas no mês passado, quando houve um terrível surto de cólera aqui na ilha. E foi com a ajuda de Reilly que, finalmente, consegui provar a teoria de papai. Nós vamos ficar aqui em Skye e continuar a obra de meu pai, pelo menos até ele e mamãe voltarem. Quando isso acontecer, estamos planejando montar nosso consultório um pouco mais ao norte daqui. Como o senhor pode ver, ele não é nenhum canalha.

– Marquês de Stilworth. – Enquanto Brenna falava, o tio mudou radicalmente. Não estava rancoroso nem apoplético. Parecia um homem que fazia cálulos mentais. – Marquês de Stillworth – repetiu. – Conheci sua mãe.

– É mesmo? – Reilly não havia deixado de sentir antipatia pelo duque.

– É. A anfitriã mais graciosa de Londres. Quem diria, o Marquês de Stillworth.

O que havia causado a rápida aprovação do duque na certa era saber que o Marquês de Stillworth recebia mais de vinte mil libras ao ano, um fato que nem Brenna sabia ainda, mas que era do conhecimento de todos os pares do reino com filhas solteiras.

Contudo, pela primeira vez, Reilly não se ressentia com sua fortuna, que sem a menor sombra de dúvida ajudaria a apaziguar a família de Brenna.

– Milorde tem que me perdoar – o duque se desculpou. – Quando fiquei sabendo... Bem, ela é filha única de meu irmão e eu...

Reilly deu um sorriso cálido.

– Não se preocupe, está tudo de acordo.

– Ora, já que é assim, será que os dois poderiam esperar um pouco aqui? Volto em seguida.

O Duque de Camden saiu apressado pelo pátio da igreja e foi até a carruagem que o levou lá e que certamente viera de Portree, pois não pertencia a ninguém de Lyming.

Brenna, encantada com a mudança do tio, não continha a animação.

– Que bom, ele gostou de você, Reilly – ela gritou. – Mas quando você lhe contou sobre o bebê... pensei que fosse o fim. Ainda bem que ele se recompôs de modo maravilhoso.

– É verdade. – Reilly sabia o motivo. – Brenna, será que você não se esqueceu de mencionar nada?

– Esqueci? – Brenna perguntou, espantada. – Eu não...

– Por exemplo, que seu tio é um *duque*.

– Ah. – Ela mordeu o polpudo lábio inferior. – Acho que não me lembrei desse pequeno detalhe.

– O que significa que seu pai é filho de um duque?

– É... acho que é.

Reilly arqueou as sobrancelhas.

– Então a senhora é neta de um duque.

Brenna começou a corar aos poucos.

– Suponho que sim.

– Então tudo aquilo que me disse – Reilly procurava permanecer calmo – a respeito de médicos nobres que só procuravam progresso na carreira...

– Meu pai – Brenna apressou-se em dizer – é muito diferente daqueles homens. Ele pode ser filho de um duque, mas sua prioridade é ajudar o povo. Por que outro motivo ele teria vindo morar em Skye, se não fosse por isso? E ele também se recusa a ser conhecido pelo título...

– Mas o fato é que – Reilly a interrompeu – a *senhora é,* desde que nasceu, *Lady* Brenna.

– Sim. – Brenna parecia constrangida. – Mas nós sempre procuramos manter isso em segredo, para que as pessoas não pensassem que...

– E a razão por que – Reilly estava começando a achar engraçado – Lorde Glendenning estava tão ansioso para se casar com você não era por frustração, mas por você pertencer ao mesmo nível social dele...

– Acho que... – Brenna queria se desculpar – ...era pelos dois motivos.

Nada preocupante. Reilly começou a rir, embora soubesse que, pela seriedade da cerimônia que tinha lugar na igreja, as risadas não seriam apropriadas.

Contudo, ele perdeu a vontade de rir, ao ver a expressão de Brenna. Ela olhava por cima do ombro dele para duas pessoas que saíam da carruagem que trouxe seu tio. Um homem alto e distinto e uma mulher bem mais baixa do que ele, que olhavam ansiosos em sua direção.

Reilly entendeu de quem se tratava, mesmo antes de ouvir o grito de Brenna, de ela se soltar do braço dele e descer correndo os degraus da igreja para ir ao encontro dos dois. Ele os reconhecera pelas miniaturas que havia visto no quarto dos pais dela e por suas suspeitas, confirmadas logo depois.

– Seus sogros, milorde – o duque explicou com naturalidade. – Eles voltaram de Bombaim a semana passada. Tive muito trabalho para convencê-los a ficar na carruagem. Niall é seu sogro e estava disposto a matá-lo. Ainda bem que o persuadi a esperar enquanto eu investigava a situação.

Reilly observou Lorde Niall enquanto ele abraçava a filha. Não era alguém que se devesse desprezar.

– Mairi é um pouco mais compreensiva – Euan afirmou. Reilly fitou a pequenina mãe de Brenna abraçando a filha, bem mais alta. – E sempre foi mais romântica do que Niall. Já expliquei a situação para eles e acho que conveci meu irmão a não matá-lo.

Reilly engoliu em seco, quando Brenna dava os braços aos pais e os levava para conhecê-lo.

– E o que está esperando, meu rapaz? – o duque o instigou. – Vá lá.

Reilly, de cabeça erguida, foi ao encontro de sua nova família.

Nota da autora

A aldeia de Lyming, na ilha de Skye, é uma criação ficcional da autora. Infelizmente as epidemias de cólera realmente aconteceram na Europa e foram piores nas aldeias costeiras, de 1831 até meados de 1850. Antes da primeira onda epidêmica se afastar das ilhas Britânicas, a doença vitimou 52.000 pessoas, ou seja, um quinto da população de cada comunidade. Os médicos ingleses estavam despreparados para enfrentar a doença asiática, que era totalmente diferente dos males conhecidos.

No outono de 1848, seguindo o curso dessa história, outro surto de cólera ceifou a vida de mais 50.000 pessoas, quase tanto quanto em 1831. Isso se deu porque, a despeito do fato de alguns médicos começarem a relacionar água contaminada aos picos de contágio, as tradicionais instituições médicas continuavam a acreditar que doenças como cólera eram geradas espontaneamente da sujeira (fitogenia) e transmitida por gases tóxicos invisíveis, os chamados miasmas. Eles continuaram a acreditar nisso mesmo depois do incidente de 1854 com a bomba de Broad Street, em que John Snow, considerado hoje o pai da epidemiologia moderna, interrompeu o funcionamento de uma bomba que ele acreditava distribuir água contaminada com cólera para uma comunidade de Londres, acabando assim com a doença na região.

A autora deseja agradecer à epidemiologista Melissa Ehman, MPH, pela inestimável ajuda nas pesquisas para a realização deste romance. Qualquer imprecisão histórica deverá ser, é claro, atribuída à autora.

Este livro foi composto em Goudy Old Style
para a Editora Planeta do Brasil
em novembro de 2011